Jan Koneffke

Eine Liebe am Tiber

Jan Koneffke

Eine Liebe am Tiber

Roman DuMont

Erste Auflage 2004

Ausstattung und Umschlag: Groothuis, Lohfert, Consorten (Hamburg)
Gesetzt aus der Adobe Garamond
Gedruckt auf säurefreiem und chlorfrei gebleichtem Papier
Druck und Verarbeitung: Clausen & Bosse, Leck
Printed in Germany
ISBN 3-8321-7863-5

Erster Teil

I

Es muß der zehnte Oktober gewesen sein – der zehnte Oktober 1968 –, als wir am Hauptbahnhof Termini eintrafen. Meine Schwester preßte Stirn und Nase ans beschlagene Fenster und ließ sich nicht ablenken, als ich sie kitzelte. »Wo ist Vati?« maulte sie vorwurfsvoll. Ich zog meine Hand aus Lisas gelb-weiß-gestreiftem Kleid und schmiegte mich an Mutter, die sich im Taschenspiegel betrachtete. Sie zupfte an einer blonden Locke, rieb beide Lippen gegeneinander und wandte sich seufzend dem prallvollen Beutel zu, der Geld, Papiere und Fahrkarten, Kaugummis, Pfefferminze und Zahnpasta, Zigaretten und Streichholzschachteln, Lisas Bilderbuch, Lippenstift, Kamm und tausend anderer Dinge enthielt.

Ohne diesen Lederbeutel waren wir verloren! Wer keine Fahrkarte vorweisen konnte, den zwang der Schaffner, auszusteigen, daran hatte ich keinen Zweifel. Wir sollten aufpassen, hatte uns Vater ermahnt, und uns nicht bestehlen lassen, am Stiefel wimmele es von Halunken und Dieben. Ich spitzte meine Ohren, wenn Vater vom Stiefel sprach, und in diesen Wochen und Monaten, ehe er seine Lehrerstelle in Rom antrat, sprach er andauernd vom Stiefel. Seine Stimme klang boshaft und ablehnend oder ergriffen und feierlich. Bald las ich es seinem Gesicht ab, ob er Zuneigung oder Verachtung empfand, an seinen zusammengepreßten Lippen oder diesem versonnenen Ins-Leere-Schauen.

Dreizehn Stunden machte ich kein Auge zu. Dreizehn Stunden bewachte ich angestrengt Mutter und Mutters Lederbeutel. Auf Mutter war kein Verlaß. Sie war zu zerstreut, vergaß mitunter, Gas- oder Wasserhahn zuzudrehen, und Lisa und mir war zum Umfallen schwindlig vom faden Geruch, der sich in allen Zimmern verteilt hatte. Ohne Mutter einen Vorwurf zu machen, riß Vater Fenster um Fenster auf. Oder rollte stumm unsere pitschnassen Teppiche ein und breitete sie zum Trocknen auf Hecke und Gartenzaun aus.

Ja, Mutter war zu versponnen und vertrauensselig, ließ sich von Schlawinern beschwatzen, die bei uns klingelten, Messer- und Scherenschleifern, Staubsaugervertretern, und um sie rasch wieder loszuwerden, kaufte sie nutzloses Zeug. Dank Mutter besaßen wir drei Staubsauger, einer moderner als der andere, und montags und donnerstags flatterten mehrere Zeitschriften in unseren Briefkasten.

Ich war es, der aufpassen mußte. Und wie ein Schießhund paßte ich auf! Niemand entging mir, der sich im Korridor aufhielt und zu uns ins Abteil glotzte. Ich schielte zum dicken Mann, der beim Fenster am Gang saß und pausenlos rauchte. Der war bei Verona zugestiegen und hatte Mutter vergeblich in eine Plauderei zu verstricken versucht. Wenn er nicht schnarchte mit aufgerissenem Mund, betrachtete er ausgiebig Mutters Knie, Mutters Busen und Mutters Hut, und ab und zu seine gelben Finger, betrachtete Lisa, betrachtete mich, und als er mein strenges Gesicht bemerkte, holte er rasch eine Zigarette aus seinem Jackett und steckte sie an.

»Wo ist Vati?« schrie Lisa beharrlich. Mutter erwiderte nichts. Sie kramte besessen im Lederbeutel, aus dem ein Klimpern und Klingeln kam, konnte nicht finden, was sie suchte, und wischte sich fahrig den Hut vom Kopf. Er kullerte von Mutters Knie zur stickige Warmluft verbreitenden Heizung. Meine vom Fenstersitz springende Schwester stampfte auf: »Wann sind wir bei Vati?« und stand mit dem Schuh auf dem hellblauen Hut.

In Rom brauche man einen schicken Hut, hatte uns Mutter belehrt, als sie zwischen Umzugskartons, aufeinandergestapelten Schubladen, fleckigen kahlen Tapeten vorm Spiegel im Flur auf und ablief. »Vater wird staunen!« Ich schaute verlegen beiseite und wußte nicht, was meine Kehle zusammenpreßte, dieser Hut – den ich absolut scheußlich fand – oder eher Mutters Reisefieber. Mir war nicht zum Verreisen zumute. Ich wollte lieber daheim bleiben. Auf Zehenspitzen schlich ich ins Kinderzimmer und hockte weinend neben der Kiste mit meiner verpackten Modelleisenbahn.

Im Gang herrschte schreckliches Durcheinander. Leute schluchzten vor Wiedersehensfreude, winkten und beugten sich weit aus den Fenstern ins Freie, um Arme zu packen und Kinder zu streicheln, die man am Bahnsteigrand hochhielt. Eine Schirmspitze bohrte sich in mein Knie, ein Koffer knallte mit seinem Metallbeschlag schmerzhaft gegen meine Rippen.

Endlich entdeckte ich Vater. Er lief von Waggon zu Waggon und tippte sich ratlos mit einem Finger ans Kinn. »Papa!« kreischte ich, bis er sich umdrehte. Blond ragte sein Kopf aus dem Gewusel fuchtelnder, schwarzhaariger Gestalten. Wir hatten Vater erreicht, und Vater, ein Riese, verschaffte sich mit beiden Ellenbogen Platz vor unserem Fenster.

Lisa schaukelte selig in seinen Armen und weinte nicht mehr. Er beugte sich zu Mutter und mir, und ausnahmsweise erwiderte ich seinen Kuß – sonst mochte ich Vaters feuchte Lippen nicht besonders leiden. Wild bahnte er uns einen Weg um uniformierte Hotelvermittler, Taxifahrer und Kofferschlepper, die dienernd um unsere Beine fielen, am Koffer rissen, an Mutter zerrten, und streckte begeistert seinen Arm aus, als wir den Bahnhof verließen. »Servianische Stadtmauer, Elinor«, kreischte er, »Diokletiansthermen, Feelein!« Es war warm. Zwischen gelben Laternen hing dunstige Luft, eine Straßenbahn kreischte im Gleis.

Vater bei mir zu haben erleichterte mich. Ich mußte mich nicht mehr zur Wachsamkeit zwingen und meine Augen aufreißen. Im hoppelnden schwarzen Taxi, in das wir uns quetschten, fielen sie mir zu, und als wir ausstiegen, in einer dunklen Gasse, erwachte ich nicht richtig. Das letzte, was ich bemerkte, war eine Hand, die an meinen Kleidern zog, ehe ich in tiefen Schlaf fiel.

Am anderen Tag befiel mich stechendes Heimweh. Mein Zimmer, in dem ich alleine schlief – mit Bissen und Tritten hatte sich Lisa Zutritt zum Elternzimmer verschafft – war winzig, finster und fremd. Ein klotziger Spiegelschrank stieß an eine Kommode, in der der Holzwurm nagte, vom riesigen Doppelbett konnte ich meine Hand ins Emaillewaschbecken stecken. Aus Angst vor Asseln und Ohrenzwickern verstopfte ich seinen Abfluß mit Klopapier.

Schlimmere Schrecken erwarteten mich vorm Eingang der kleinen Pension, die sich »Duca d'Alba« nannte: rauhes Geschrei, das von Fenster zu Fenster flog, Motorradfahrer, die meistens zu zweit, wenn nicht zu dritt, einen Bock behockten und rudelweise vom einen Gassenende zum anderen sausten.

Ich haßte diesen Portier, der andauernd in meine Backe kniff und mir Bonbons schenkte, die ich ins Klo warf. Er konnte Fliegen und Kakerlaken fangen, was Lisa zum Jauchzen brachte. Er tat, als wolle er sie verspeisen, rieb seinen Bauch und ließ seinen Magen knurren, bis Lisa schrie: »Nein, nicht essen!« Er konnte mit beiden Ohren wackeln und mit seiner Zunge eidechsenschnell in ein Nasenloch fahren, Lisa war selig. Er jonglierte vor Lisas staunend aufgerissenen Augen mit vier Tomaten, und als er eine nicht rechtzeitig auffing, die auf den Tresen klatschte und seine Livree rot bespritzte, kicherte Lisa sich scheckig.

Um mein Vertrauen rackerte er sich vergeblich ab. Mag sein, es war seine schlecht verheilte Narbe am Auge, die mich vergraulte. Es dauerte Monate, bis wir erfahren sollten, wo er sich verletzt hatte. Das war beim Krawall, Mitte Februar, gewesen, als Tausende von Studenten das Architekturinstitut im Villa-Borghese-Park zu besetzen versucht hatten, Steine flogen, Autos und Omnibusse brannten und schlagstockschwingende Polizisten zwischen schweigenden Pinien aufmarschierten. Ins Krankenhaus wagte er sich nicht. Es hieß, man zerre verletzte Studenten ohne viel Federlesens aus dem Bett und verfrachte sie in eine Zelle. Luca ließ sich seine Braue von einem Freund, der Mediziner im ersten Semester war, mehr schlecht als recht zusammenflicken.

Aus Furcht, seine Anstellung zu verlieren, behauptete er vor Giulio Picciotti, dem grantigen Besitzer des »Duca d'Alba«, der von seiner Beteiligung am Villa-Borghese-Radau nichts erfahren durfte, seine Narbe stamme von einem Badeunfall im Tiber. Als er sich vor einer der Putzfrauen verplauderte, er habe das Schwimmen nie erlernt und ersaufe im Wasser wie eine Katze, kam das Giulio Picciotti zu Ohren, und Luca mußte dringend bei einer anderen Ausrede Zuflucht suchen. Er sei in einen Eifersuchtsstreit verwickelt gewesen, beteuerte er, mit einem Landsmann aus Kalabrien, und der habe beim Handgemenge sein Messer aufblitzen lassen und Luca verletzt.

Giulio Picciotti fand das plausibel. Sizilianer und Kalabresen waren in seinen Augen nichts als arabische Finsterlinge und Bastarde, die kein Vertrauen verdienten. Mochte er Lucas Ausrede Glauben schenken – zutiefst mißtraute er Luca, dem Kalabresen. Er kitzelte seinen Portier mit einer rostigen Weltkriegspistole am Kinn und drohte, falls der auf dumme Gedanken kommen solle, werde er mitleidlos schießen.

Luca mußte es sich gefallen lassen. Ohne das Geld, das er von Picciotti erhielt, war sein Studium nicht zu bezahlen. Nachts, wenn er sich ausnahmsweise nicht vom Besitzer beschimpfen und kommandieren lassen mußte, kauerte er im zugigen Eingang, beugte sich tief in ein Buch und zwang sich tapfer, nicht einzuschlafen. Dieser Picciotti, den wir anfangs beinahe nie zu Gesicht bekamen, verbrachte seine Tage im Hinterzimmer und scherte sich wenig um seine Pension. Bloß wenn ein Gast seine Rechnung verlangte, schlurfte er mit saurem Gesicht zum Empfang. Bisweilen war er im ersten Stock zu sichten, wo er einer der Zimmerfrauen auflauerte, um sie von hinten an Busen und Po zu packen und sich eine Abreibung abzuholen. Wischlappen klatschten um seinen Kopf, er mußte niedersausenden Besen und fliegenden Klobürsten ausweichen und schmetterte selig am Treppenabsatz: »Pfundsweiber, hach, echte Pfundsweiber sind das«, ehe er sich naß und staubig wieder im Hinterzimmer verkroch.

Was Picciotti zum Besten gab, erfuhren wir normalerweise beim Mittagessen in dem kleinen Lokal mit seinem zerzausten Wildschwein im Eingang, das dem »Duca d'Alba« benachbart war. Wir bekippelten eine Holzbank, Lisa und ich, und schauten dem pfeifenden Wirt zu, der mit einem riesigen Metzgermesser Scheiben vom Wildschweinfleisch schnitt. Der brachte uns einen halben Liter Weißwein vom Zapfhahn und Bestecke und legte seine rotbehaarte Pranke auf Lisas blonden Kopf. Bis zu mir reichte sein Arm Gott sei Dank nicht. »Ich mag kein Wildschwein«, maulte Lisa.

Vater mußte nicht erst verhandeln. Lisas Schmollmund reichte aus, um dem Wirt Beine zu machen. Im Laufschritt verschwand er in einem Hauseingang auf der anderen Straßenseite, und binnen einer Minute kam er wieder zum Vorschein, links und rechts zwei dampfende Teller mit Nudeln in jeder Hand.

Von Tag zu Tag wirkte Vater verdrossener, wenn er auf Giulio Picciotti zu sprechen kam. Er hatte sich, unverzeihlicherweise, vom neugierigen Pensionsbesitzer entlocken lassen, was er im Krieg gewesen war. Und als Picciotti erfuhr, als Lastenseglerpilot habe er am 25. Juli '43, dem Tag der Gefangennahme Mussolinis, Pomigliano angeflogen, gab es kein Halten mehr. Ja, neuerdings verließ er sein Hinterzimmer, um Vater abzufangen und Vertraulichkeiten auszutauschen. Er sei ein Faschist der ersten Stunde gewesen, bekannte Giulio Picciotti, was frech erschwindelt war, sein Alter erlaubte es nicht. Er eilte ins verrauchte Kabuff, um uns sein schwarzes Hemd zu zeigen, das er im Tresor aufbewahrte. Das erwies sich als schmieriger Fetzen, an dem nichts bemerkenswert war, außer dem Einschußloch beim Herzen, in das Lisa und ich unsere Finger steckten.

Picciottis Achtung vor einem Gast, der Wehrmachtspilot gewesen war, steigerte sich zur Hochachtung, als Vater verriet, was er bei seiner Landung in Pomigliano an Bord gehabt hatte. Neben 12 Faß Benzin und einem Kasten Artilleriemunition: sieben Fallschirmspringer.

Von diesem Tag an ließ sich Picciotti seinen Verdacht nicht mehr ausreden, als tapferer deutscher Soldat habe Vater sich um Mussolinis Befreiung verdient gemacht. Lastensegler waren es ja gewesen, die ein Kommando von Fallschirmspringern zum Gran Sasso geflogen hatten, um Mussolini zu befreien. Vaters Beteuerungen, nie im Leben sei er am Gran Sasso gewesen, verfingen nicht, nicht bei Picciotti. Der plusterte seine Backen auf und stimmte Marschmusik an, ehe er eine Hand auf Vaters Schulter legte. »Non si preoccupi, caro mio!« schnaufte er mitleidig, »keine Sorge, von mir wird kein Kamerad verpfiffen.«

Ich traute mich nachts nicht zur Toilette, die sich am Korridorende befand, wo mich Halunken und Diebe erwarteten. Wenn morgens mein Bettlaken naß war, verging ich vor Scham, und Mutter zu beichten, was mir passiert war, war ich, mit meinen beinahe elf Jahren, zu stolz. Lieber ekelte ich mich vorm feuchten Bett.

Ich bekam Schluckauf vor Heimweh, gegen den kein trokkenes Brot, mit dem Vater mich stopfte, etwas auszurichten vermochte. Von Stunde zu Stunde schluckste ich heftiger, und Giulio Picciottis Putzfrauen, die sicher waren, mir stecke der Teufel im Leib, bekreuzigten sich andauernd. Sie boten Vater an, mich zu behandeln. Die zierlichere von beiden, Antonietta, die spitzlippig Staub wischte, als habe es sie irrigerweise zum Putzen in diese Pension verschlagen, schwor auf ein Kraut des sizilischen Meeres, das freilich schwer zu beschaffen war und eine Woche bei Mondschein trocknen mußte; Marta, die handfeste, praktische, versprach im Heimatdorf anzurufen, wo man vom Schluckauf Befallene mit einem uralten Hausmittel heilte. Leider hatte sie das Rezept vergessen und konnte sich bloß an eine Zutat erinnern: zerstampftes Chitin vom Skorpion. Beide fingen an, sich vor Vater zu streiten, was wirksamer sei, Hausmittel oder sizilisches Meereskraut, und bemerkten nicht, als er sie stehenließ und mein Zimmer von innen verriegelte. Behutsam kraulte er mich im Nacken. »Wenn wir erst in unserer Wohnung sind, wirst du kein Heimweh mehr haben.« Ich boxte Vater vom Bettrand, aus Angst, er werde den gelblichen Fleck auf dem Laken entdecken.

Mit diesem Schluckauf konnte man mich in keinem Fall zur Schule schicken. Das war mein erster Erfolg. Und am anderen Morgen, als sich mein Zwerchfell nicht mehr krampfhaft zusammenzog, war ich kalkweiß im Gesicht und mußte mich ewig erbrechen. Giulio Picciottis Zimmerfrauen waren beruhigt und bekreuzigten sich, diesmal aus Dankbarkeit, mit Staubtuch und Handbesen. Der Teufel verlasse mich in kleinen Brocken, weihten sie Mutter ein, die kein Wort verstand und artig nickte.

Als ich außer Magensaft und Galle nichts mehr zu erbrechen hatte, packte mich zorniges Heimwehfieber. Vom dunklen Hinterhof zog schwelender Abfall- und Essensgeruch ins Zimmer. Ich lauschte Lisa und dem Portier, die im Empfang aus zerstoßenen Bonbons, Spucke und toten Kakerlaken eine Medizin zusammenmixten: Lisas Puppe Mimi war ernsthaft erkrankt, litt an Schluckauf, Erbrechen und Fieber. Picciottis Prusten drang an mein Ohr, wenn er unversehens aus einem

Schrank fiel und der Betten beziehenden Antonietta seine Hand zwischen beide Schenkel stieß. Hiebe prasselten nieder, und vor Giulio Picciottis begeistertem Kreischen hielt ich mir meine fiebrigen Ohren zu.

Als ich wieder auf wackligen Beinen stand, bewilligte mir Vater eine weitere schulfreie Woche. Die solle ich zusammen mit Mutter vorm italienischen Lehrbuch verbringen. Wir paukten Grammatik, Mutter und ich, und fragten uns gegenseitig Vokabeln ab. An unserer Aussprache haperte es entschieden, und die von Vater bestellten zehn kleinen Schallplatten nutzten uns nichts. Unser Grundig-Musikschrank stand Hunderte von Kilometern entfernt bei Großvater Emil im Keller.

Grimmig schlug Mutter das Lehrbuch zu – unsere Zungenbrecherei brachte sie zur Verzweiflung – und malte sich vorm Zimmerspiegel mit einem blutroten Lippenstift an. Ich mochte sie nicht leiden mit diesem verschmierten Mund und der Sonnenbrille, die sie sich ins Gesicht schob. Sie zerrte Lisa aus Lucas Armen und los ging's, im rumpelnden Omnibus, in den wir uns quetschten, zum Pincio hoch!, wo sie sich auf eine Bank fallen ließ und schnurstracks in ein dickes Buch vertiefte – ich nehme an, es waren Gregorovius' »Wanderjahre in Italien«.

Mutter war nicht mehr ansprechbar. Ja, sie war anders als zu Hause in Deutschland, ewig erregt und komisch beschwingt, und wenn sie nicht, mit unruhig wippendem Fuß, Gregorovius las, dem bald »Italienische Reise« und Cellinis Lebenserinnerungen folgten, berauschte sie sich an Dachterrassen mit brausendem Oleander und lispelnden Palmen, oder am fernen Tiberbogen, der sich, von herbstlich gelben Platanen verborgen, im dunstigen Blau verlor. Um alle Kuppeln, die sich vorm Pincio plusterten, auseinanderzuhalten, lernte sie eifrig Kirchennamen und konnte fuchsteufelswild werden, wenn sie sich nicht mehr an sie erinnerte.

Ich stocherte mit einem Stock in Kies und Pferdemist und langweilte mich zu Tode, anders als Lisa, die mit einem Kutscher Bekanntschaft schloß, der zu Droschkenfahrten an Pantheon und Kolosseum einlud und seine Zeit mit Rauchen totschlug, er hatte ja nie einen Kunden. Der zog sie zum Kutschbock hoch, teilte sein Brot, das mit fetter Mortadella belegt war, und fuhr meine Schwester im Park spazieren.

Ich hatte nichts als Heimweh, kam mir einsam vor und verraten von Mutter, die mich kein bißchen beachtete. Ich mochte Lisa nicht zuschauen, die mit Erwachsenen und Kindern anbandelte, quatschte und quasselte und sich nicht scherte, ob man sie verstand oder nicht. Sie rannte zur Bank, wo wir saßen, und kreischte: »Mama, warum sprechen alle falsch?« Voller Verachtung zischte ich: »Mensch, bist du doof«, und Mutter hielt mir meinen Mund zu.

»In sechs Tagen ziehen wir um«, versprach Vater, dem Giulio Picciottis kameradschaftliche Vertraulichkeiten mehr und mehr zuwider waren. Der wollte sich seine von Woche zu Woche sinkenden Zimmerpreise mit Kriegs- und Soldatengeschichten abgelten lassen. Sonst geizte Vater ja nicht mit seinen Pilotenerlebnissen. Normalerweise schwelgte er in Erinnerungen an seine Zeit als Segelflieger der deutschen Wehrmacht. Vorm dicken Picciotti blieb er wortkarg. Mit brennender Zigarrette im Mund kam der aus seinem Hinterzimmer und pustete Vater hemmungslos an, wollte mehr von seiner Bruchlandung bei Pomigliano erfahren – im ersten Eifer hatte sich Vater verplaudert – und von seinem Einsatz in Stalingrad.

»Begreifen Sie nicht?« schnaubte Vater, »als ich am 2. Februar abfliegen sollte von Bagarowo bei Kertsch auf der Krim-Halbinsel, war Stalingrad gefallen.« Picciotti nahm es nicht krumm. Eher schien er von Vaters schlagartig schnarrender Stimme beeindruckt zu sein. »Sie waren bestimmt in Barletta«, erwiderte er und schnickte seine Asche auf Vaters verschlissenes Cordjackett, »wo sie meinen Onkel erschossen haben.« Vater zuckte zusammen. »Ich?« keuchte er.

Ich hockte im Ohrensessel beim Treppenabsatz und sah meinen Vater blaß und blasser werden. »Nicht Sie in Person«, beschwichtigte Giulio Picciotti, »Sie waren Pilot, nicht wahr? Und außerdem hat er es ja verdient, dieser Feigling, der Mussolini und sein Vaterland verraten hat.«

»Er beschmutzt mein Leben mit Politik«, schimpfte Vater, als wir ins Zimmer traten und Mutter zu wissen verlangte, warum er aschfahl sei. »Ich verstehe nichts von Politik, ich habe nie etwas von Politik verstanden. Es reicht, in sechs Tagen ziehen wir um.«

Er konnte sein Versprechen nicht halten. Vater wollte seinem Feelein – seit sie ein Paar waren, nannte er Mutter Feelein – und uns ein Zuhause bieten, das sicher und im Winter warm war. Zwei Monate, ehe wir eintrafen, hatte er mit der Renovierung unserer Wohnung begonnen. Von drei Uhr mittags, wenn er vom Unterricht heimkam, bis Mitternacht war er zugange, verlegte neue Elektrokabel, um einem Wohnungsbrand vorzubeugen, ersetzte halbverrottete Gas- und Wasserrohre, baute Toilette und Heizungsanlage ein, verputzte und kalkte und kachelte. »Du solltest dir helfen lassen«, riet Mutter. Nein, Vater weigerte sich strikt, einen Handwerker einzustellen. Pfusch bezahle er nicht, aus Prinzip. Und in einem Land, das von Faulpelzen und Schlawinern bewohnt werde, werde er niemanden finden, der sich an seine Anweisungen halte – und das war es, was Vater verlangte. Er beugte sich zu mir und raunte: »Willst du mir helfen, Sebastian?«

Oh ja, ich nickte begeistert, heilfroh, meiner Mutter, Lisa und unseren Nachmittagen am Pincio entronnen zu sein, schleppte Bohrer und Kabelrolle, suchte im Werkzeugkasten nach passenden Schraubenziehern, vermengte Pulver und Wasser mit einem Spachtel zu Gips, bis mein Handgelenk schmerzte, und weißte mit einer am Besenstiel befestigten Rolle mein Kinderzimmer. Ich schleifte einen Zementsack ins Bad, der aufplatzte, als er zu Boden fiel. Meine Haare waren strubbelig und weißbekleckst, meine Finger von Lack und Gips verklebt, und meine Augen brannten wie Feuer. Es machte mich stolz, ein echter Bauarbeiter an Vaters Seite zu sein!

Gelegentlich sprang ich treppab und lief im Flur bis zum Sicherungskasten, wo ein verrostetes Fangeisen lauerte. Im kleinen Schrein, vor dem frische Blumen standen, und von einer nackten Birne beleuchtet, schaute mich eine milde Maria an. Sie steckte in einem blauen, bis zur Fußspitze reichenden Mantel und trug eine Krone im Haar, der allerdings mehrere Zacken fehlten. Es schauderte mich im muffigen Flur. An seinem Ende sperrte der rabenschwarze Keller das Maul auf, bei dem es sich in Wahrheit um eine uralte Grotte handelte, aus Zeiten, als Rom ein Weltreich regiert habe, hatte mir Vater verraten. »Wenn wir mit unserer Arbeit fertig sind, werden wir sie zusammen erkunden. Das wird ein richtiges Abenteuer!«

Mit spitzen Fingern und pochendem Herzen drehte ich am Porzellanknopf und stand schweratmend im Finstern, voller Furcht, eine schwarze Klaue lange mich kalt vom Keller an, lauschte zum obersten Stockwerk hoch und erwartete Vaters Befehle.

2

In seinen letzten Lebensjahren hauste Vater im Wohnwagen, den er vor einer Ewigkeit erworben hatte, um mit Mutter ans Ionische Meer zu reisen – sie hatten es nicht mehr erreicht. Der war vollgestopft mit seinem Krimskrams: einer antiken Scherbensammlung, selbstgebauten Instrumenten – sechs Gamben und einem kleinen Spinett –, zerfleddertem Flugbuch und Kladden mit Sonetten, die er verfaßt hatte, neben Ordnern, die Schuldokumente enthielten, und einem Apollonkopf aus Gips.

Als er sein Wohnwagendasein begann, verbrachte Vater niemals mehr als drei Monate an einem Ort. Er zog von Odenwaldecke zu Odenwaldecke, vom Katzenbuckel zum Frankenstein, von Heppenheim und Starkenburg zum Felsenmeer, stand eine Woche beim Heidelberger Schloß und wanderte am Neckar, besichtigte Naturkunde- und Heimatmuseen und durfte sich an einer Limes-Ausgrabung im Taunus beteiligen – ich besorgte Vater eine Erlaubnis bei einem Bekannten vom Landesdenkmalamt.

Jedes Jahr brach er zu einer großen Reise auf. Er verschwand, ohne uns zu benachrichtigen, und wenn vier Wochen verstrichen waren, erhielten wir eine Ansichtskarte, auf der er stolz von Strapazen und Pannen berichtete, die er erlebt und bestanden hatte: geplatzter Vorderreifen am Brenner, mit dem er fast in einen Abgrund raste, oder zwei Banditen im griechischen Norden, die in seinen Wohnwagen eindrangen und ein Messer an Vaters Kehle preßten.

Seine letzte große Reise unternahm er vier Jahre vor seinem Tod. Wie immer verschwand er von einem Tag auf den anderen, ohne ein Wort zu sagen. Das war an sich nicht beunruhigend, wir kannten ja seine Gewohnheiten. Sorgen begannen wir uns erst zu machen, als keine Karten eintrafen. Als er acht Wochen vom Erdboden verschluckt blieb, fielen uns seine vergangenen Abenteuer ein, die das Schlimmste vermuten ließen. Lisa telefonierte in alle Himmelsrichtungen, es konnte uns niemand Auskunft geben. Sie meldete Vater als vermißt und erkundigte sich jeden Tag vergeblich in Lichtenbergs Polizeirevier.

Ende Oktober traf Vater mit Wagen und Wohnwagen bei

meiner Schwester ein. Er war anders als vor seiner Reise, wirkte verbittert und lief gebeugt, sein Tatendrang und seine Zuversicht waren Vater abhanden gekommen. Mit seiner Heimkehr verwahrloste Vater. Er hatte verdreckte Klamotten an – Lisa mußte sie Vater vom Leib reißen – seine Finger waren schwarz und im Bart, den er sich wachsen ließ, klebten Essensreste. Um eine Ausrede war er nicht verlegen: Sein Wassertank faßte bloß vierzig Liter. Mehr und mehr nahm seine Vergeßlichkeit zu, und gelegentlich merkte man seinen Augen Verwirrtheit an.

Was in diesen Monaten seiner Reise passiert war, erfuhren wir nicht. Er schwieg sich beharrlich aus, brummte, das sei allein seine Sache, und wollte, was er erlebt hatte, in sich begraben. Wir gaben es auf, Vater zu befragen, der seinerseits meiner Schwester versprach, zu keiner Reise mehr aufzubrechen, ja sich nicht mehr vom Fleck zu bewegen. Zu unserem Erstaunen hielt er sich an sein Versprechen. Seine Ortswechsel waren Vergangenheit, Vergangenheit seine ausgedehnten Reisen. Er, der Vesuv und Ätna bekraxelt hatte, Herculaneum und Pompeji in glutheißer Sonne abschritt und sich keine Inschrift, keine verwitterte Freske entgehen ließ, litt zunehmend an Lustlosigkeit und Schwermut. Sein Wohnwagen setzte Rost an. Um vier platte Reifen wucherte Unkraut, Spinnweben klebten an seinen Fenstern, das Dach war von Zweigen und Laub bedeckt.

Er mußte nicht bangen, von seinem Stellplatz vertrieben zu werden. Zwei Odenwaldbengel, die er in Deutsch und Englisch unterrichtet hatte, waren heute in Lichtenberg Polizisten. Die kniffen ein Auge zu, regelten Beschwerden von Wandervereinen und Forstmeisterei mit einem Kollegen beim Ordnungsamt. Nie fuhren sie Streife, ohne zum Waldversteck meines Vaters hochzuschaukeln und sich zu vergewissern, ob alles in Ordnung war.

Fast vierzig Jahre war Vater Lehrer gewesen, er bezog eine gute Pension. Freitags fuhr er mit seinem VW zum Supermarkt und kaufte ein, was er brauchte: Dosenravioli, Kartoffeln und Quark, einen Kasten Bier und bergeweise Schokolade.

Nachts blieb er im Wohnwagen, schrieb Terzinen, Alexandriner, am liebsten Sonette, klopfte Daktylen und asklepiadeisches Versmetrum haargenau aus, las archäologische Forschungsberichte – er hatte sich eine Fachzeitschrift abonniert und bebte vor Ungeduld, wenn sie nicht am Monatsersten im Postfach steckte – und zum hundertsten Mal Ferdinand Gregorovius' »Wanderjahre in Italien«. Bei warmem Wetter hielt er sich im Freien auf, kratzte am Waldrand, in kurzen Hosen und ohne Hemd, einen Contretanz auf einer seiner Gamben: Quadrille und Écossaise.

Drei Wochen vor seinem Unfall im Sportflugzeug – falls es sich um einen Unfall handelte, wie meine Schwester behauptete – besuchte ich Vater an seinem Stellplatz bei Lichtenberg. An diesem heißen Tag im August sprang er nicht freudig auf, als er mich zwischen Fichten und Buchen hochschlendern sah, blieb hocken, wo er hockte, auf einem Baumstamm im Schatten, halbnackt, und scheuerte sich mit einem roßhaarbespannten Gambenbogen sein Schulterblatt, umflattert von einem Zitronenfalter, dem er mehr Augenmerk schenkte als mir. Normalerweise ließ er es sich nicht nehmen, mich heftig in seine Arme zu schließen, meinen Hinterkopf und meinen Nakken abzutasten, als wolle er feststellen, ob nichts an mir zerbrochen sei. Meine Besuche waren ja rar, und Vater verbarg seine Neugierde nicht, zerrte mich in seinen Wohnwagen, um mich auszuhorchen, von Grabungsberichten und Institutsklatsch konnte er nie genug bekommen.

An diesem Tag im August war das anders. Ohne aufzustehen, reichte er mir seine Hand und blieb stumm, als ich an seiner Seite Platz nahm. Ja, meinen Aufsatz zu Christian Jürgensen Thomsen und seinem Dreiperiodensystem, den ich als frischen Sonderdruck mitbrachte und vor seiner Nase schwenkte, legte er achtlos beiseite – er, der sich sonst meine wissenschaftliche Laufbahn als sein Verdienst anrechnete und platzen wollte vor Stolz, einen Archäologen zum Sohn zu haben.

»Willst du ein Bier?« seufzte Vater endlich. Ich nickte und mußte Vater helfen, als der sich vom Baumstamm erhob. Krumm schleppte er sich zum Wohnwagen. Im Eingang stieß ich gegen seine Gamben, die lustlos schepperten, und mußte, um Platz zu finden, einen Haufen verschmutzter Klamotten beiseite schieben.

Eine Weile schien es, als habe mich Vater vergessen. Mit ineinander verhakten Fingern stand er beim Eisschrank und schaute aus einem Fenster, vor dem der Wald ins besonnte Tal fiel, wo sich Giebel an Giebel im Mittagsblau zackte.

»Ich hab's«, rief er unvermittelt, »es war am 16. 3. 1943, wir kamen aus Wiener Neustadt und waren mit Finnenzelten beladen, flogen im Steigflug auf schneebedeckte Wipfel der Hohen Tatra zu, und landeten nach 4 Stunden und 30 Minuten in Kalinowka. Runde 980 Kilometer.« Es zischte, als er meine Bierdose aufriß.

Vergeßlichkeit und Verwirrtheit, die wir neuerdings an Vater bemerkten, erstreckten sich nicht auf sein Flugbuch, in dem er als junger Pilot exakt und pedantisch Strecken und Lasten, Start- und Landezeiten, Maschinenkennzeichen und -typen verzeichnet hatte.

An diesem Nachmittag betete er es mir vor, legte mir haargenau auseinander, was eine DSF 230 von einer »Gigant« unterscheidet, wollte mit listigem Blinzeln von mir erfahren, welche drei Instrumente es sind, auf die kein Segelflieger verzichten kann, zu welchem Zweck man ein Variometer und einen Wendezeiger braucht, alles Dinge, die ich als Kind bei meinem Vater erlernt hatte, wenn er mich auf seinen Schoß zog und mir seine Flugabenteuer ins Ohr raunte. Er erwiderte meine Antworten mit einem zufriedenen Schnaufen.

Ich weiß nicht, warum ich antwortete wie ein artiges Kind. Vermutlich aus Mitleid mit Vater, der in seinem glutheißen Wohnwagen gleichzeitig zu schwitzen und frieren anfing. Seine Lippen bibberten beim Sprechen, sein graues Brusthaar war schweißverklebt. Meine Aufforderung, sich etwas anzuziehen, befolgte er nicht, und als ich eine Decke vom Bett holte und um seine Schultern legte, nahm er es nicht wahr.

Nein, es war nicht meine Absicht, Vater zur Rede zu stellen. Mein Widerwillen, ja mein Haß gegen Ludwig Wieland waren erloschen. Als Abiturient und in meiner ersten Studentenzeit hatte ich Vater verabscheut, den ich ausschließlich bei seinem Nachnamen ansprach. Ich konnte Wieland nichts verzeihen, nicht seine Pedanterie, von der kein Buch, das er las, verschont blieb – er sammelte Druckfehler in einer Mischung aus heiligem Zorn und Leidenschaft –, nicht seine Verstocktheit, mit der er abstritt, im Krieg Soldat gewesen zu sein, er sei harmloser Segelflieger gewesen, nicht seine kindische Freude an Steckenpferden wie Instrumentenbau oder Sonettkranzflechten, von seinem Interesse an Altertum und archäologischer Forschung zu schweigen, nicht seine Dickfelligkeit, mit der er sein Leben als Schicksal annahm. Gegen seine schlimmsten Erfahrungen kam er mir hart und empfindungslos vor, was meinen Ekel erregte.

Vater zu vergeben war keine bewußte Entscheidung gewesen. Es war mit der Zeit passiert, die hatte meine Verachtung zerfressen und absterben lassen, bis sie ein totes Gewebe war, das ich abstieß, ohne es zu bemerken.

Mag sein, an diesem heißen Tag im August, bei meinem letzten Besuch, hatte er mich im Verdacht, ich wolle auf Mutter zu sprechen kommen, und um das zu vermeiden, belagerte er mich mit seinen Pilotenerlebnissen. Sollte das seine Angst sein, strengte er sich vergeblich an. Ich hatte nichts als einen Wunsch, der mir bei diesem Besuch nicht bewußt war: Er solle Mutters Namen aussprechen, Elinor sagen und Feelein, mit der zarten und liebevollen Stimme, die ich aus Kindertagen kannte.

»Weißt du, wer mir aus Zufall begegnet ist?« Vater lief in seine Badekabine, die er als Stauraum benutzte. Er nahm das Spinett, das er hochkant und ohne Beine neben der Dusche verwahrte, und trug es behutsam ins Freie. »Und wer ist dir begegnet?« fragte ich eher mechanisch als interessiert. »Alfred«, rief Vater von draußen, wo er seinem Spinett die drei Beine anschraubte. Er schlug eine Reihe Akkorde an. »Mein Kopilot. Ringelnatz-Alfred. Du erinnerst dich an seinen Spitznamen, nicht wahr?«

Gewiß, ich erinnerte mich an seine Kriegs- und Soldatengeschichten, die mich in meiner Kindheit gefesselt hatten und mir um so verhaßter gewesen waren, als ich mit siebzehn beschloß, Geschichte und Politikwissenschaft zu studieren. Ich entdeckte an Vater keinen Schmerz, wenn er von seinen Pilotenerlebnissen plauderte. Im Januar '43 waren Alfred und er in Nancy stationiert gewesen, als sie den Befehl erhalten hatten, Transporte in Stalingrads Kessel zu fliegen. Am anderen Tag stiegen sie in einen Viehwaggon, um gegen Osten abzudampfen, und Alfred hielt meinen Vater und sich mit Ringelnatz-Versen bei Laune. Oder er brachte Tee ans eiserne Doppelstockbett, das Wieland belegt hatte, und schwatzte von seinen Bordellbesuchen. In einem Posener Puff wollte er einer bitterlich weinenden Polin begegnet sein. Warum sie weine, das habe er nicht verstanden, vermutlich aus Weltschmerz, im allgemeinen, vermutete Alfred. Er habe sie weinen lassen, sich nett verhalten und seinen Zweck erreicht. Ab seinem zweiten Besuch im Bordell ließ sie sich kostenlos beschlafen, nahm sie sein

Geld nicht mehr an. Vater nippte am Tee und lauschte dankbar. Und als sie am ersten Februar in Bagarowo bei Kertsch eintrafen, Flugzeugteile der DSF 230 entluden, um sie zu montieren, und erfuhren, General Paulus habe Hitlers Befehle mißachtet und kapituliert, kicherte Alfred: »Schwein muß man haben!«

Vaters Geschichte von der Bruchlandung in Pomigliano kannte ich auswendig. Das flogen sie beide, Alfred und er, am Gummiseil einer Schleppmaschine an, viereinhalb Stunden bei klarer Sicht, warfen einen schmalen Schatten auf vor Sommerglut flimmernde Berge und lapislazuliblaues Meer, Korsikas Nordspitze, winzige italienische Fischer- und Badeorte, von Pinien und Palmen und Felsen versteckt. Alfred brachte meinen Vater diesmal mit Morgenstern-Versen zum Lachen, und der rezitierte am Steuer Stefan George und Rilke und seinen Vater, meinen Großvater Heinrich, der ein wahrer Dichter gewesen war, befreundet mit Weinheber und Will Vesper. Im Dunkeln, bei brennender Platzbefeuerung, schwebten sie bei Pomigliano ein, und Vater, benommen vor Seligkeit, endlich Italien erreicht zu haben, das er aus Winckelmanns Schriften kannte, von Gregorovius und Goethe und Großvater Heinrichs Berichten – der es als Student bis zur Spitze bereist und kein klassisches Bauwerk verpaßt hatte –, flog, als das Zeichen zum Ausklinken kam, quer zur Landebahn und viel zu niedrig. Einen Erdwall der Flakstellung streiften sie krachend, schlitterten zweihundert Meter in wirbelndem Lavastaub rechts gegen einen Baum und verhakten sich linker Hand in einer Ju 88, die mit Bomben beladen zum Nachteinsatz auf Sizilien bereitstand. Alfred, den es beim Aufprall ans Plexiglas schleuderte, das unter seinem Gewicht zerbrach, landete in einer Astgabel auf seinem Sitzfallschirm – Vater nutzte das Loch, um ins Freie zu krabbeln. Und ehe der Oberleutnant im Sanka anbrauste und fluchend den Schaden besah – man mußte den

Bomber entladen, der an seinem Fahrwerk verbogen war, und Vaters Segeltransporter erwies sich als trauriges Wrack –, rief Alfred von seiner Astgabel: »Bist du verletzt?« – »Nein, nein«, erwiderte Vater. Ringelnatz-Alfred stieg von seinem Baum und keuchte, als er bei Vater ankam: »Schwein muß man haben. Und Schwein verbindet.«

Seit sie sich wiederbegegnet waren – wo und wann verriet Vater mir nicht –, trafen sie sich jeden Dienstag im Taunus auf einem Segelflugplatz, hockten stundenlang in der Kantine und tauschten Erinnerungen aus. Oder sie stapften fachsimpelnd zum Hangar, besichtigten Segel- und Sportflugzeuge, nahmen gelegentlich in einem Cockpit Platz und stiegen hoch zum Kontrollturm, wo Vater sich mit der modernen Funktechnik, die er nicht kannte, vertraut machte. Sein Segelschein war vor einer Ewigkeit abgelaufen. Und wollte er eine Runde fliegen, mußte er sich von seinem Freund begleiten lassen. Der ließ sich nicht bitten und liebte es, Vater mit Wellen- oder wildem Gewittersegeln seine Meisterschaft zu beweisen.

Ob es Vater war, der mir bei meinem Besuch seine Treffen mit Ringelnatz-Alfred schilderte, oder ob ich erst von meiner Schwester erfuhr – die es nicht besser wissen konnte –, was sie bei diesen Begegnungen zwischen Kantine und Flughafenhalle angeblich erlebt hatten, kann ich nicht sagen. Wahr konnte Vaters Geschichte nicht sein. Ringelnatz-Alfred und er mußten sich gegenseitig belauert haben, und ein erbitterter Streit zum Schluß mochte Vaters Entscheidung beeinflußt haben, zu seinem letztem – und einsamen – Flug aufzubrechen.

An diesem Nachmittag im August beharkte er ausdauernd sein Spinett, ließ Passacaglien, Präludien und Fugen erklingen, und ich kauerte an seiner Seite im Gras. Wenn er in einer Akkordfolge steckenblieb, sich bei einem Lauf verhedderte, spuckte er aus und fuchtelte mit beiden Armen, als wolle er aus seiner Haut fahren. Mich beachtete er nicht mehr.

Gegen zehn, als ein nachtblauer Himmel aufzog, der mit Sternen besprenkelt war, und feuchte Luft vom Waldboden aufstieg, schlug er mir vor, mich im VW zur Pension zu bringen. Normalerweise weigerte ich mich standhaft, nachts bei Vater zu bleiben, fand es bei Tage zwischen seinem Krimskrams beklemmend genug und war nicht erpicht auf einen Alptraum. In seinem zu Schatten zerfallenen Gesicht las ich pures Erstaunen, ja beinahe Ensetzen, als ich erwiderte, nein, ich wolle im Wohnwagen schlafen, und anfing, sein Sofa freizuschaufeln.

Er kreuzte beide Arme vor seiner Brust und seufzte. Trotz sperrangelweit aufgesperrter Dachluken und Fenster blieb es im Wohnwagen stickig, fand keiner von uns in den Schlaf. »Was machst du?« wollte ich wissen, als Vater sein Bett verließ. »Nichts«, entgegnete er verdrießlich, lief barfuß ins Freie und holte meinen Aufsatz zu Christian Jürgensen Thomsen, den er am Mittag beim Baumstamm vergessen hatte.

Ich schlief nicht ein. Vaters Decke stank und scheuerte an meinen Armen, ich strampelte sie zu Boden. Seine Bank war hart, es kratzte und raschelte um seinen Wohnwagen, Zweige schleiften am Dach, und ich lauschte beunruhigt. Es kam mir vor, als packe mich Kindergrauen an. Ja, es war Vaters Gegenwart, die mich verwirrte, seine reglose, schweigsame Gegenwart. Er schnarchte nicht, vermutlich lag er stocksteif in seiner Schlafkabine und starrte zur Wohnwagendecke.

Als es vom Kirchturm in Lichtenberg zwei schlug, tauchte sein Schatten neben mir auf im phosphoreszierenden Hemd. Ich schreckte hoch. »Was ist los?« – »Laß man«, murmelte er, »ich muß austreten.« Seine schlurfenden Schritte entfernten sich. Ich drehte mich zur Seite, schloß meine Augen und war im festen Glauben, wach zu sein, als ein Schrei mich weckte. Im Fenster stand eine neblige Morgensonne, und Vater hockte an meiner Seite, sprach mir beruhigend zu. »Warum schreist du, Sebastian?« Vergeblich versuchte ich mich zu erinnern, wann er das letzte Mal bei mir am Bettrand gesessen haben mochte. Er wagte es nicht, mich zu streicheln, und ich bemerkte es mit Erleichterung.

Zum Abschied beklopfte ich Vaters Schulter, stapfte, ohne zu winken, bergab, und seine krumme Gestalt beim Baumstamm verschmolz bald zu einem zitternden Hauch vor der mich blendenden Sonne.

3

Abschied vom »Duca d'Alba« nahmen wir Ende November, wenn ich nicht irre, zu Giulio Picciottis Bedauern, der aus seinem Hinterzimmer schlurfte und einen Trauermarsch anstimmte. Vater konnte seinen schmatzenden Lippen nicht rechtzeitig ausweichen, er war von Koffern umringt. Um einen Besuch des Pensionsbesitzers bei uns zu vermeiden, kritzelte Vater eine falsche Adresse auf seinen armseligen Hausprospekt, ehe er »Abmarsch!« befahl.

Aus einem Zimmer im ersten Stock segneten uns Marta und Antonietta mit Staubtuch und Wischlappen. Flusen rieselten auf uns nieder, und Mutter fand keine Gelegenheit, sie sich vom hellblauen Rock zu wischen, beim Aufstand, den Lisa veranstaltete. Sie wollte sich nicht von Luca trennen. Um sie zu beschwichtigen, wackelte der mit beiden Ohren, versuchte es mit furchterregendem Magenknurren, vergeblich, sie ließ sich nicht ablenken, und als er sie sanft von sich losmachte, warf Lisa sich schreiend aufs Kopfsteinpflaster.

Es dauerte, bis wir vom »Duca d'Alba« endlich bei unserer Wohnung eintrafen. Lisa, die alle paar Meter stehenblieb und in ohrenzerreißendes Kreischen ausbrach, bis sie blau anlief, erregte Aufsehen. Frauenstimmen schimpften schrill aus dusteren Fluren, als Mutter sie ohrfeigte. Ich rannte in einen Friseur, der vor seinem Laden ein schneeweißes Handtuch schwenkte – und es mir um meine Ohren schlug. Aus einer Metzgerei kam ein Bursche mit blutigem Fleischabfall, den er auf seinen muckernden Dreiradlaster warf. Ein Hahnenkamm flog vor Vaters Schuhe, seine graue Hose war blutbefleckt. Gelegentlich nahm uns ein knatternder Schwarm Lambrettas und Vespas in seine Mitte, und Vaters Kopf ruckte unruhig im Hemdkragen. »Zu deiner Linken, Elinor!« heulte er, »halt deine Tasche fest, Feelein!« Am kleinen Platz mit seinem saumselig pladdernden Brunnen flegelten Halbstarke, und als sie Mutter entdeckten, stießen sie anerkennende Pfiffe aus. Das machte mich zornig. Ich starrte sie wutentbrannt an und ergriff Mutters freie Hand.

Als wir aus der Sonne ins dustere Treppenhaus traten, zuckten wir vor einem Schatten zusammen, der auf dem Steinboden kauerte. »Benvenuti! Willkommen!« rief Sassolino, der Vater erkannte, und kam aus der Hocke hoch. Sassolino, das war unser Nachbar. Er arbeitete als Chauffeur bei der Deutschen Botschaft und betrieb nebenbei eine Wohnungsvermittlung, die seine Brusttasche polsterte. Sassolino verdankten wir unsere Wohnung, die sich aus Zufall in dem Haus befand, in dem er mit seiner Familie lebte. Vater zweifelte an einem Zufall und vermutete, Paolo Sassolino rechne sich Vorteile aus. Es mochte ja zu etwas nutze sein, Wand an Wand mit einem Lehrer der Deutschen Schule zu wohnen, zu der er seine Tochter schickte.

Verstohlen schob Sassolino mit seiner Schuhspitze etwas beiseite – ich wußte, um was es sich handelte –, zupfte an seiner Krawatte und nahm Mutters Hand, die er fest in der seinen hielt, ehe er sich meiner Schwester zuwandte. Schwatzend hob er sie hoch, bestaunte sie von allen Seiten, und das nutzte ich aus. Ich stahl mich zum Fangeisen neben der Treppe. Zwischen seinen verrosteten Zangen steckte ein kopfloser Rattenkadaver. Als ich an etwas Weiches stieß und in ein glitzerndes Auge starrte, schrie ich erschrocken auf. Im Trubel, der herrschte, bemerkte das keiner. Paolo Sassolino schnappte sich unsere bauchigen Lederkoffer und tobte zur zweiten Etage hoch, wo er Frau und Tochter ins Treppenhaus kreischte.

An diesem Tag lernte ich Lili kennen, Lili, die auf Geburts- und Taufschein Paola Maria Grazia hieß – Paola zu Ehren von Vater Paolo, Maria Grazia zum Andenken an seine Mutter – und die Sassolino stur Lili rief, sei es, um keinen Zweifel an seiner Achtung vor Deutschland aufkommen zu lassen, sei es aus sentimentaler Regung. Wie alle Soldaten hatte er nasse Augen bekommen, wenn im Radio »Lili Marleen« erklungen war. Lili machte ein schnippisches Gesicht, was mir einen Stich versetzte. Ja, sie raffte das schwarze Haar am Nacken zusammen und ließ sich Zeit, mich von Kopf bis Fuß zu mustern, ehe sie mir hastig zwei Finger reichte und anschließend keine Beachtung mehr schenkte. Ich schlug meine Augen nieder. Sie machte sich nichts aus mir, sie nahm mich nicht ernst, das stand hundertprozentig fest. Ich war einen Kopf kleiner als sie, knappe elf, und Lili mochte fast dreizehn sein. Oder sie fand mich abscheulich mit meinen Segelohren – ich faßte heimlich an meine Ohren, die knallrot sein mochten –, meinen kurzsichtigen Augen und meiner Hornbrille. Ich war eine Brillenschlange, und Brillenschlangen waren leider nicht beliebt. Vor Scham biß ich auf meine Lippen. Oh ja, ich mußte mich wappnen, das wußte ich instinktiv, mit Hochmut, mit Trotz, dem Gegengift, das vor Kummer bewahrt.

In dieser Sekunde packte mich Sassolinos Frau, Beatrice, am Schopf. Mit meiner Nase versank ich im losen Kittel, aus dem mich ein milchig-saurer Geruch anwehte, der meine Sinne benebelte. Im Laufe der kommenden Monate sollte ich Frau

Beatrices Busen besser und besser kennenlernen. Sie ließ keine Gelegenheit aus, mich an sich zu pressen und in meinen Haaren zu graben, bis ich keine Luft mehr bekam.

Anfangs wehrte ich mich gegen Frau Beatrices begeisterte Zudringlichkeiten, was sich als zwecklos erwies. Es spornte sie bloß zu mehr Kraft, zu mehr Leidenschaft an, und ich gab meinen Widerstand auf. Ja, bald kannte ich keine spannendere Stelle als die zwischen Frau Beatrices Busen, der um meine Segelohren schwappte und von Tag zu Tag anders roch. Ich erschnupperte frisches Basilikum, Steinpilze, Kernseife oder Lavendel. Zitronen- und Knoblauchdunst kitzelten in meiner Nase, bei Stockfisch und kaltem Zigarrenrauch – Sassolino rauchte Zigarre – nieste ich Frau Beatrice naß. Die nahm das nicht krumm und schwatzte auf Mutter ein, als Kleinkind sei sie strohblond gewesen, ja blonder als Lisa und ich, und heute habe sie rabenschwarzes Haar, ob das nicht zum Verzweifeln sei.

Am Nachmittag ordnete Vater seine Sammlung antiker Scherben in eine Vitrine im Wohnzimmer, wo seine sieben Gamben bereits an sieben Haken befestigt waren, sein kleines Spinett beim Fenster stand und der von Großvater Heinrich, Vaters Vater, ererbte Apollonkopf aus Gips auf einem extra verfertigten Holzpodest seinen Ehrenplatz hatte.

Zu diesem Zeitpunkt war seine Sammlung bescheiden. Sie bestand aus Sporen und Lanzenspitzen, Teilen des Bronzebeschlags eines Prunkschilds, Schnallendornen und aretinischen Vasen, zwei wertvollen Pferdetrensen, Keramikflaschen und einem Terrakottakrug aus Fiesole. Ich schmiegte mich an meinen summenden Vater. Seine Ernsthaftigkeit, mit der er Scherbe um Scherbe in seinen Fingern drehte und mit einem Eintrag im Inventarbuch verglich, zog mich an, ja ich liebte sie.

Er nutzte meine Zuneigung aus. »Und was ist das?« erkundigte er sich listig und hielt einen Sockel hoch, der an allen vier Ecken mit Kopf und Geweih eines Widders verziert war. »Basis eines Marmorcippus«, erwiderte ich automatisch. »Und?« spornte Vater mich an. »Basis eines Marmorcippus mit vier Widderkopfpronomen.« – »Die nennen sich Protomen«, fiel er mir ins Wort. »Fundort?« – »Umgebung von Pisa.« – »Datierung?« – »Sechstes Jahrhundert vor Christus.« Zufrieden zog Vater mich an sich. »Ich wette, du wirst ein zweiter Schliemann. Das, was ich in meiner Kindheit werden wollte. Was meinst du, Feelein«, wandte er sich an Mutter, die im Sofa hockte und Gregorovius las, »hat er das Zeug, meinen Traum zu verwirklichen?« Und ohne Mutters Erwiderung abzuwarten, rief er: »Er hat es, bestimmt.«

Ich schnallte meine Rollschuhe an und sauste von Zimmer zu Zimmer, ohne an Schwellen zu Fall zu kommen und mich in Teppichen zu verheddern. Unsere Zimmer, zwei große, drei kleine, besaßen roten und grauen Steinfußboden und himmelhohe Decken aus Holz. »Schieb mich!« bettelte Lisa und kreischte vor Wonne, als ich sie im Puppenwagen mit Karacho um Eßtisch und Sessel schleuderte. Lisas sticksige Beine ragten ins Freie, und bei einer scharfen Kurve im Flur verlor sie das Gleichgewicht. Es krachte furchtbar, als sie zu Boden schlug, und wimmernd verkroch sie sich in Mutters Schoß. Und ich, erhitzt, außer Atem, und um einem Donnerwetter zuvorzukommen, schlich in mein Zimmer, das ich von innen verriegelte, sachte, behutsam, um es Vater nicht merken zu lassen. Mich ins Zimmer einzuschließen hatte er mir strikt verboten, keiner in unserer Familie habe etwas vorm anderen zu verbergen, »merk dir das, Sohn!« – er nannte mich Sohn, nicht bei meinem Namen, wenn er Verwarnungen aussprach.

In einer Ecke schlummerte meine Modelleisenbahn in zwei Umzugskisten. Ich hatte keine Lust, sie auszupacken und aufzubauen, meine Spielsachen ließen mich kalt. Lieber preßte ich meine Nase an der Fensterscheibe platt und betrachtete unsere Gasse, zu der eine breite Treppe hochstieg und die sich am anderen Ende den Augen mit einem scharfen Knick entzog. Mehr als elf Hausnummern hatte sie nicht zu bieten, vier an Stahlseilen schaukelnde Lampen, die nachts einen schummrigen Schein verbreiteten, falls sie nicht, bei Stromausfall, dunkel blieben, eine Polsterer- und eine Schreinerwerkstatt.

Ich konnte ins Kellergeschoß eines Schusters schauen, der behaart war und knochig und andauernd Arien schmetterte, mit einer Stimme, die einen massiven Zwei-Meter-Menschen erwarten ließ. Dem mageren Kerlchen, das am Mittag vor seiner Werkstatt im Sonnenschein Platz nahm und Nagel um Nagel in einen Absatz schlug, traute man sie nicht zu.

Wenn wir unsere Schuhe im Keller ablieferten, senkte er seine Stimme und weihte uns in sein Geheimnis ein. Sein Ruf habe sich bis Berlin verbreitet, tuschelte er, bis Berlin! Ja, an Deutscher und Komischer Oper halte man eine Baritonstelle frei, falls er seinen Schusterberuf vertauschen wolle. Vater legte seine Stirn in Falten: »Im Osten?« Ja, im Arbeiterparadies, erwiderte unser Schuster, der Kommunist war, das sei eine Riesenehre! Neben seiner nagelneuen Ausputzmaschine klebten vergilbte Zeitungsausschnitte, die Palmiro Togliatti und Gramsci zeigten – ich weiß nicht, von wem und wann ich erfuhr, wer von beiden Togliatti war und wer Gramsci – und eine Fußballmannschaft. Eine rote Fahne bedeckte das Regal mit reparierten Schuhen und diente als Staubschutz. Und aus einer Schublade, in der er schwarze und braune Schnürsenkel aufbewahrte, die sich bewegten, als seien es Kriechtiere, grub er stolz einen blauen Wimpel, der mit »FDJ« beschriftet war.

Vater erkundigte sich, wann er seine Stelle im Opernhaus antreten werde. »Niemals«, erwiderte unser Schuster, er komme aus einer Familie von Schuhmachern, sein Vater, sein Großvater seien bereits Schuster gewesen, und er denke Tag und Nacht an nichts anderes als Schuhe, »vor einem verrotteten Schuh bricht mein Herz in zwei Teile!« Ich begleitete Vater gerne zum Schuster, wo es nach Leder und Schuhwichse roch und von einer Schleifscheibe Funken spritzten. Ich mochte es, wenn er unsere reparierten Schuhe in einen Karton packte und uns Schmachtfetzen anstimmend zum Ausgang begleitete.

Ums niedrige Eckhaus am Treppenabsatz pflegten wir drei einen Bogen zu machen, Mutter, Lisa und ich. Das war schwarz vom Muff, der an seinen Mauern fraß. Es gruselte uns vor seinen Bewohnerinnen, zwei Zwillingsschwestern mit scharfen Adlernasen und zotteligem grauen Bart, der beiden am Kinn sproß. Wenn sie zusammen das Haus verließen, und niemals ging eine alleine aus, Arm in Arm oder Hand in Hand, heulten Kinder von allen Seiten: »Ei, brutte babbuine! Zitelle meschine!« und spritzten schreiend auseinander. Sie winkten dem Schuster zu, der vor den Stufen zur Werkstatt auf einem Schemel hockte und sie mit derben Bemerkungen foppte. »Schwesterchen, zeigt eure Feigen! Sind sie saftig und frisch oder trockener als Schuhsohlen?« – »Trockener als Schuhsohlen«, schnatterten beide.

Es dauerte Monate, bis ich verstand, was sich Schuster und Zwillinge zuriefen, beugte mich halsbrecherisch ins Freie und konnte im Einkaufskorb der Schwestern nie eine Feige entdecken. Die fanden es lustig, verspottet zu werden. Im Laufe eines bescheidenen Lebens, das sie mit Heimarbeiten im Auftrag eines Textilunternehmens bestritten, mochten sie sich mit Sticheleien und Schabernack abgefunden haben. Mag sein, sie empfanden diese Neckereien inzwischen als Aufmerksamkeiten, und vermutlich waren sie das. Kichernd tippelten sie zum kleinen Platz, auf den unsere Gasse abfiel, knicksten vorm

Heiligen in seiner Nische, vor dem sich ein Abfallhaufen erhob, und schauten sich alle paar Meter aus tiefverliebten Augen an.

Bisweilen, bei Dunkelheit, machte ich einen kleinen rundlichen Priester aus, der beim niedrigen Eckhaus anklopfte und den eine Hand flink ins Innere zog. Am Himmel rollte ein gelber Mond ums Ruinenfeld mit seinen Mauern aus roten Ziegeln und grauem Tuffstein, verstaubtem Buschwerk und schattigen Spalten, und ruhte sich zwischen zwei Pinien aus. Ich nahm mir fest vor, es bald zu erforschen, legte mich zittrig vor Abenteuerlust zu Bett und schlief unruhig ein. Mein Heimweh war verflogen.

In dienstfreien Stunden, wenn seine Gegenwart beim Botschafter nicht erforderlich war und er keinen Handel abzuwickeln hatte, schwebte Paolo Sassolino mit seinem Schlitten vors Haus. Ehe er ausstieg, in makellos sitzender Uniform, seine Krawatte zurechtzog und seine Lederhandschuhe abstreifte, pflegte er ausgiebig zu hupen. Er betrachtete seine Ankunft als ein Ereignis, das niemand verpassen durfte, und ich verpaßte es nie. Er marschierte um seinen Mercedes, den er von allen Seiten begutachtete und hingebungsvoll zu polieren begann. Erst wenn sich wirklich kein Staubkorn mehr finden ließ, schwarzer Lack und Metallbeschlag blinkten, wedelte er sich mit seiner Chauffeurskappe Luft zu und atmete aus.

Vater wollte mit unserem Wohnungsvermittler nichts zu schaffen haben, den er wechselweise als Aufschneider, Spitzbube oder Hallodri bezeichnete. Nein, Sassolino ließ sich nicht abwimmeln, steckte alle paar Tage beharrlich seine Nase in unseren Korridor, um seine Hilfe anzubieten. Er liebte es, Packen aus fleddrigen Geldscheinen auf seinen Handteller klatschen zu lassen, bot Vater Kredite zu niedrigen Zinsen an oder lud uns zu einem Ausflug in seinem Botschaftsmercedes ein, ins Abruzzengebirge, ans Meer. Vater lehnte dankend ab.

Bestenfalls eine Bohrmaschine lieh er sich bei Sassolino aus, und das mit schlechtem Gewissen!

Den entmutigte Vaters Bescheidenheit nicht. Mitte Dezember klopfte er bei uns an, beladen mit Fleischpaketen, frischer Salami und duftendem Schinken. Er verehrte sie Mutter mit artigem Diener, zog seine Kappe vom Kopf, um sich Luft zuzuwedeln, und weihte uns ein, was er sich als Botschaftschauffeur und Wohnungsmakler, der nicht mehr aufs Kleingeld achten mußte, um diese Zeit der anstehenden Feier- und Freßtage leistete: ein komplettes, lebendiges Schwein. Das schlachtete er mit Hilfe von Frau und Tochter, die es zu Boden preßten, um seine Klauen zusammenzubinden, und am Ringelschwanz festhielten, wenn er es abstach. Er hob seinen Arm, als wolle er zustechen, und Lisa versteckte sich schreiend in Mutters Kleid. Wurst zu machen, das habe er bei seinem Vater erlernt, diesem Hurensohn von einem Maurer und Emigranten, der in Amerika verschollen sei. Sassolino bekam feuchte Augen und schwieg. Und Vater, der nichts mehr zu dolmetschen hatte, nahm Mutter Salami und Schinken ab. »Mi dispiace davvero«, murmelte er.

Ich glaube, es war seine Anteilnahme, die unseren Wohnungsvermittler in Rage brachte. Sein Vater sei nichts als ein Faulpelz und Suffkopp gewesen, wetterte Sassolino, der seinen bescheidenen Lohn mit Pferdewettrennen und Weibern verpraßt habe. Ja, keinen Heller habe er mehr besessen, um einen Arzt zu bezahlen, als er, sein Sohn, an Malaria erkrankt sei. »Er hat seinen Ehering versetzt und ohne sich zu verabschieden bei Nacht und Nebel ein Schiff bestiegen, und Mutter, die man im Dorf als weiße Witwe verachtete, durfte allein sieben hungrige Kinder aufziehen.« Schimpfworte prasselten aus Sassolinos Mund, die Vater uns lieber verschwieg.

Am folgenden Nachmittag stapfte er mit einer schaurigen Schlangenhaut zu uns hoch, die er zusammenzulegen pflegte, bis sie ein handlicher Packen war. Er habe sie in Afrika erbeutet, wo er Soldat gewesen sei, »beim Kommando von Feldmarschall Rommel«, trompetete er in unseren Wohnungsflur. Vater stellte sich stutzig, als habe er in seinem Leben von einem Feldmarschall Rommel nie etwas vernommen. Sassolino verdross das nicht. Er ermutigte Lisa und mich, seine Schlangenhaut zu betasten, ehe er sie mit spitzen Fingern am Ende anfaßte und vor unseren Augen entrollte. Sie schnellte um Stuhl- und Kommodenbeine, wickelte sich bis ins Wohnzimmer auf und stieß zum Schluß gegen Vaters Vitrine, ein schlauer Trick, mit dem er sich Zutritt zu unserer Wohnung verschaffte.

Wenn Sassolino in unseren Korridor trat, quetschten wir uns normalerweise zwischen Garderobe und Schuhboy zusammen. Beim kleinsten Verdacht, er beabsichtige, sich in Eß- oder Wohnzimmer schleichen zu wollen, verkrallte sich Vater in seinem Arm. Heute konnte er unseren Nachbarn nicht aufhalten. Um seine Schlangenhaut wieder zusammenzufalten, eilte der flink zur Antikenvitrine und besichtigte neugierig Vaters Scherben.

Als Sassolino sich endlich verabschiedet hatte, stapfte Vater erbost ums Spinett und meinte zu Mutter, er werde seine Vitrine mit einer Sicherheitskette versehen. Mutter saß in einer Sofaecke, studierte das Italienischlehrbuch und rauchte. »Denkst du ernsthaft«, spottete sie, »Sassolino will bei uns einbrechen?« Vater versetzte, man wisse nie. »Und es reicht ja, wenn er sich vorm Falschen verquatscht. Pahh, Eindruck schinden zu wollen bei mir, mit Feldmarschall Rommel!« schafutterte Vater, »Mussolinis Armee war ein feiger, verluderter Haufen. Die spritzten ja beim ersten Schuß auseinander.«

Lisas Herz hatte Sassolino mit seiner Schlangenhaut erobert. Ja, es verging kein Tag, an dem sie nicht quengelte, er solle uns wieder mit seiner Kobra besuchen kommen. Und ich? Und mein Herz? Das pochte wild, wenn ich seiner Tochter im Treppenhaus oder am Schultor begegnete. Mit Lili wollte ich Freundschaft schließen. Mit Lili wollte ich unseren Keller erkunden, der eine Grotte war, wo man bestimmt auf Skelette trat und gegen schlafende Flughunde stieß. Mit Lili wollte ich Streiche aushecken, Vaters Marmorcippus stehlen oder Sassolinos Limousine mit einem Nagel zerkratzen.

Mein Herz klopfte vergeblich, sie ließ mich links liegen. Im Pausenhof, wo sie in fließendem Deutsch mit Freundinnen Klassenarbeiten bekakelte, strafte sie mich mit Verachtung. Ja, meine Gegenwart machte sie zornig. Je ergebener ich sie umkreiste, um so boshafter ließ sie mich abblitzen. »Scher dich um deinen Kram!« fauchte sie, »stolper nicht andauernd um meine Beine!«

Schlimm war es zuzuschauen, wie sie kichernd um einen Burschen scharwenzelte, der sich auffallend schmuddelig kleidete. Neben uns Kindern mit sauberen spucke- oder pomadebefestigten Scheiteln und Nacken, die ausrasiert waren, konnte der sich auf seine Wirkung verlassen. Konrad Menzing hatte fettige Haare, die auf seine Schultern fielen, trug zerfranste Pullover und knittrige Hemden, steckte nicht in einem Anzug wie wir, zu schweigen von einem beengenden Schlips, zu dem manche Kinder von Botschafts- und Konsulatspersonal verdonnert waren, nein, seine Hosen waren aus Jeansstoff, die er zu unserem Erstaunen mit Rauten, Namen von Comicfiguren und Rockstars oder Politparolen bekritzelte. Wir mußten unsere Schuhe auf Hochglanz bringen, seine waren verdreckt. Und er benahm sich mit Vorliebe flegelhaft, rotzte aufs Hofpflaster, trat nie beiseite, um einen Lehrer durchzulassen, und bekaute permament einen Zahnstocher. Menzing konnte sich das erlauben. Es hieß, er habe fortschrittliche Eltern – seine Mutter war Kunsthistorikerin und Fabrikantentochter, sein Vater Journalist – die sein Verhalten auf Elternabenden und vorm Direktor verteidigten. Als er sitzenzubleiben drohte, habe Frau Menzing, munkelte man, seine Versetzung mit einem Scheck geregelt.

Konrad Menzing war zu beneiden, um seine Eltern und um seinen Barthauch. Ja, um in Lilis Achtung zu steigen, beschloß ich meinem mangelnden Bartwuchs mit Vaters Rasiermesser nachzuhelfen – wer sich rasierte, dem wuchs ein Bart, das war ja nicht zu bestreiten!

Am Nachmittag, als niemand aufpaßte, schlich ich ins Bad, schlug Vaters Rasiercreme im Becher zu Schaum und seifte mir Kinn und Backen ein, ehe ich fleißig zu schaben begann. Als ich mich fertig rasiert hatte, war mein Gesicht verschrammt und zerschnitten. Von Oberlippe und Wangen sickerte Blut und tropfte ins Waschbecken, was ich halb beklommen, halb stolz bemerkte. In Schrecken versetzte mich erst Mutters Aufschrei: »Um Himmels willen, Sebastian, was ist passiert?« Sie rieb mich mit Vaters Rasierwasser ein, das teuflisch brannte, beklebte meine Wangen, mein Kinn, meine Oberlippe mit Pflastern, insgesamt waren es acht, und am anderen Morgen im Schulhof verging ich vor Scham und wollte lieber tot sein. Wochenlang, bis meine Backen verheilt waren, machte ich einen Bogen um Lili.

Gewittertage folgten, die weiße Magnesiumnetze am Himmel auswarfen. Tage mit prasselndem, klatschendem Regen, der uns in unsere Wohnung einsperrte. In seiner Werkstatt spektakelte Schuster Fabrizio: »Roma quanto sei bella quando piove«, Vater zog sich eine Strickjacke an und korrigierte Klassenarbeiten. Mutter verkroch sich mit angezogenen Beinen ins Sofa, lernte Vokabeln und griff pausenlos zur Zigarettenschachtel, was wir von zu Hause nicht kannten. Nein, sie war nicht mehr dieses versponnene Wesen, das eine warme, verletzliche Ruhe ausstrahlte. Sie war empfindlicher als daheim, schwankte bedrohlich zwischen Erregung, Verzagtheit und Niedergeschlagenheit. Vater betrachtete sie halb besorgt, halb verdrossen. »Hast du etwas zu Hause vergessen?« wollte er wissen und beugte sich wieder in seine Kladden, als er keine Antwort bekam.

Heute weiß ich, was Mutter in diesen Wochen erlebte – oder bilde mir ein, es zu wissen. Als sie sich in Vater verliebt hatte – der im Schulhaus von Reichenbach Elinors Lehrer gewesen war –, hatte sie eine andere Welt betreten, eine Welt, die luftiges, lustvolles Wissen versprach. An seiner Seite hatte sie in dieser Welt Fuß zu fassen versucht, in ewiger Furcht zu scheitern und Vater nicht das zu bieten, was er von einem Menschen verlangte. Von dieser Anspannung hatte sie sich mit der Zeit befreit. Gewohnheit und Alltag holten sie ein, und Mutter hatte sich wieder verschlossen in einen Kindheitstraum, der nie erloschen war. Elinor war vierunddreißig, als sie am Tiber erneut eine andere Welt betrat, die sie verunsicherte und verwirrte, eine Erfahrung, die sich mit der ersten kurzschloß, und das sollte sie aus dem Gleichgewicht bringen.

Grabesstille herrschte um meine Schwester. Sie rannte nicht plappernd von Zimmer zu Zimmer, verscheuchte mich nicht mit Spinettklimpereien, warf keine Kakaotasse um. Nein, sie muckste sich nicht, wenn wir riefen: »Wo steckst du?« Wir fanden sie in der Speisekammer zwischen Kartoffeln und kullernden Zwiebeln mit der zernagten Puppe im Arm, wispernd, versonnen, in ein Spiel vertieft, an dem wir nicht teilhaben konnten.

An einem Tag wehte warmer Wind Staub und Papier in unseren Hauseingang. Ein beunruhigend schmutziger Himmel zog auf, bedrohlich und gelb wie ein Tigerauge. Schuster Fabrizio, der seinen klappernden Kellereingang verschloß, hatte ein gelbes Gesicht. Ein gelbes Gesicht hatte Vater, als er vom Unterricht heimkam, und unser Nachbar Sassolino, der aus seinem Botschaftsmercedes stieg, ohne zu hupen. Am Nachmittag regnete es afrikanischen Sand, und haareraufend marschierte Sassolino um seine mit gelben Flecken besprenkelte Limousine.

Wir hatten uns halb vom Schirokko erholt, als unser Haus sich bewegte, Vaters an sieben Haken befestigte Gamben zu scheppern begannen, seine antike Scherbensammlung in der Vitrine klirrte und klingelte und der Apollonkopf aus Gips bedrohlich auf seinem Holzpodest wackelte. Sprungbereit, horchend stand Vater im Wohnzimmer. »Ein Erdstoß«, hauchte er selig, »es ist das erste Erdbeben meines Lebens!«

Beim zweiten Erdstoß am folgenden Nachmittag rettete Mutter Großvater Heinrichs Apollonkopf, der vom Podest kippen wollte. Und Vater schöpfte Verdacht. Schnaubend stapfte er ins zweite Stockwerk – Lisa und ich folgten aufgeregt –, wo Sassolino uns hocherfreut in seine dunkle Wohnung winkte. Vaters Vermutung erwies sich als richtig. Es war Sassolinos Waschmaschine amerikanischen Fabrikats, die Vater sein erstes Erdbebenerlebnis beschert hatte. Als Waschmaschinen ein Luxus waren, hatte unser Wohnungsvermittler sie gegen billiges Geld von einem abberufenen Konsul erworben und zu einer seiner verschiedenen Einnahmequellen gemacht: Gegen Bezahlung wusch seine Frau die verdreckten Klamotten von sieben Nachbarn. Er zeigte auf mehrere Blechwannen voller schmutziger Hemden und Unterhosen neben der riesigen Waschmaschine.

Lisa und ich starrten ins Bidet, in dem sich drei Goldfische tummelten, und Sassolino, dem nicht entging, was unser Erstaunen erregte, berichtete stolz, die habe er vor sechs Monaten beim Scheibenschießen im Lunapark Ostias gewonnen. Frau Beatrice hatte seinen Hauptpreis im Bidet ausgesetzt, und das war anscheinend ein goldfischgerechter Platz. Zumindest gingen sie nicht ein. Ja, alle paar Tage, wenn sie das Bidet benutzte, ließ Beatrice das Wasser ab und warf seine drei Goldfische in die Wanne. »Einen Kaffee, professore?« Sich bei Sassolinos im Wohnzimmer niederzulassen, das kam nicht in Frage. Murrend bewilligte Vater der bettelnden Lisa eine Schlangenhautvorstellung, und ich schlich mich zu Frau Beatrice.

Die stand vor einem riesigen Berg aus Mehl, in den sie ein Loch bohrte, bis er an einen Vulkan denken ließ, klatschte ein Ei auf, ein zweites, ein drittes und ließ das Eigelb ins Loch plumpsen. Frau Beatrice holte tief Luft und los ging's! Sie faßte ins Mehl, daß es staubte, und hielt zum Schluß einen Teigfladen hoch. »Fatto«, schnaufte sie, sichtlich zufrieden. Mir blieb keine Zeit, meine Nase in Beatrices weißbepuderten Kittel zu stecken, was meine Absicht gewesen war: Vaters Finger umklammerten meinen Nacken und bugsierten mich schmerzhaft ins Treppenhaus.

Er hatte bald andere Sorgen als amerikanische Waschmaschinen. Ende Januar kam er, puterrot im Gesicht, vom Unterricht heim, schleuderte seine Tasche in eine Ecke und marschierte im Wohnzimmer auf und ab. Rache werde er nehmen, zischte Vater, Rache an Giulio Picciotti.

Ich nehme an, er bemerkte es nicht, als ich meinen Platz neben Mutter verließ. Auf Zehenspitzen huschte ich in mein Zimmer und horchte mit klopfendem Herzen. Ich war es ja gewesen, der Vaters angebliche Heldentat ausposaunt hatte, und Mussolinis Befreiung war mit Sicherheit eine Heldentat, das bewiesen Giulio Picciottis Begeisterung und seine Hochachtung vor meinem Vater.

Es war am ersten Schultag passiert, als mich der Lehrer ermuntert hatte, zur Tafel zu kommen und mich vorzustellen. Verlegen rutschte ich aus meiner Bank. »Ich heiße Sebastian Wieland«, stotterte ich, als ich beim Lehrer und seinem wippenden Zeigestock ankam. »Ich weiß, wie du heißt, Sebastian«, meinte er freundlich, »du mußt es zur Klasse sagen.« Ich starrte zu Boden und wiederholte, »ich heiße Sebastian Wieland.« – »Und dein Vater ist Lehrer an unserer Schule«, sprang er mir bei, als ich wieder in Schweigen verfiel. Ich bejahte: »In Englisch und Deutsch.« Warum ich mehr verriet, weiß ich nicht. Vermutlich, um etwas zu sagen, nicht stumm vor der Tafel zu zappeln, nicht rot zu werden. »Und außerdem«, setzte ich an und faßte Mut, als der Lehrer mir aufmerksam zunickte, »und außerdem war er Pilot im Krieg und hat Mussolini befreit!«

Das verbreitete sich wie ein Lauffeuer bei seinen Lehrerkollegen: »Ludwig Wieland hat Mussolini befreit!« Bald munkelte man, er sei rechte Hand des Kommandanten Skorzeny bei der Aktion am Gran Sasso gewesen. Geschichtslehrer Haustein beteuerte, er habe Wieland in einer historischen Zeitung wiedererkannt, die er als Faksimiledruck besitze, und ließ sie heimlich kursieren. Angesichts eines hageren blonden Soldaten neben Skorzeny zweifelte niemand an seiner Behauptung. Geographie- und Musiklehrer zwinkerten Vater komplizenhaft zu, Haustein beklopfte permanent seine Schulter. Andere Kollegen schnitten Vater von einem Tag auf den anderen. Sie tuschelten in seiner Gegenwart, wandten sich ab, wenn er auf sie zukam, und bat er um eine Unterredung, hatten sie leider nie Zeit. Diese Dinge sprach man besser nicht aus, man riskierte bloß Streit, am Ende politische Feindseligkeiten, und die konnte man sich an einer deutschen Schule im Ausland nicht leisten. Erst als das Gerede nicht verstummte, schaltete sich der Direktor ein und bestellte Ludwig Wieland zu sich.

Direktor Ackermann war es peinlich, das merkte Vater von Anfang an. Aufgeregt putzte er seine Brille und machte Vater Komplimente, die seine Arbeit als Lehrer betrafen. Seine politischen Ansichten in dieser Sache seien leider nicht ausschlaggebend, seufzte er endlich – Vater verstand kein Wort. Als Direktor sei seine einzige Pflicht, das Ansehen der Deutschen Schule zu wahren. Vater nickte mechanisch. Und bestimmter Klatsch schade dem Ruf der Schule. Er empfinde Respekt vor

Wielands Leistung als Wehrmachtssoldat, trotzdem betrachte er es als ratsam, bestimmte Dinge aus einer bestimmten Zeit nicht in Umlauf zu bringen. Vater lauschte und tippte sich ratlos mit einem Finger ans Kinn. Seine Begriffsstutzigkeit – oder Sturheit – brachten Ackermann zur Verzweiflung. Er beugte sich in seinem Sessel vor: »Verstehen Sie mich bitte nicht falsch. Es ist keine Schande, beileibe nicht, am Sonderkommando zu Mussolinis Befreiung beteiligt gewesen zu sein.«

Vater war nicht der Mensch, der aufbegehrte. Der sich gegen dummen Klatsch, gegen eine Verleumdung zur Wehr setzt – falls er das Gemunkel um seine Person als Verleumdung empfand. Es war nicht korrekt. Es entsprach nicht seinen Pilotenerlebnissen, nicht seinen Flugbucheintragungen, das war es, was Vater verletzte. Beharrlich lehnte er Ackermanns Vorschlag ab, bei der kommenden Lehrerversammlung dem falschen Gerede ein Ende zu machen. Er weigerte sich, aus Prinzip. Er habe sich nichts zuschulden kommen lassen und brauche sich vor niemandem zu rechtfertigen oder reinzuwaschen. Und seine Wut verrauchte rasch. Statt Rache an Giulio Picciotti zu nehmen, vermied er es, seiner Pension zu nahe zu kommen, und kraxelte mit seiner Schultasche lieber zu einer entfernteren Bushaltestelle.

Vater verkroch sich, schmollend, beleidigt, wich seinen Kollegen im Schulhof aus und beschwichtigte seinen Kummer daheim am Spinett mit Fugen und Sarabanden. Er stocherte widerwillig im Essen, schob seinen Teller beiseite und ging zu Bett, ohne uns Gutenacht zu sagen. Er schlurfte andauernd zum Holzpodest und lehnte seine Stirn gegen Großvater Heinrichs Apollonkopf aus Gips oder strich mit einem Finger versonnen um Schnallendornen und Lanzenspitzen. »Bist du krank, Vati?« wollte Lisa wissen, und Vater erwiderte nichts.

Vater betrat mein Zimmer nie in diesen Tagen und konnte nicht feststellen, ob ich es verriegelte oder nicht. Ich schloß mich ein und lehnte pfeifend im Fenster zur sonnengelben Gasse. Es war kein lustiges Pfeifen. Ich mußte mir Mut machen, pfiff gegen meine Scham und mein schlechtes Gewissen an. Ich schlug meine Augen zu Boden vor Vater oder kniff Lisa, bis sie schrie, um meiner Anspannung zu entkommen. Nein, er faßte keinen Verdacht und rief mich nicht zu sich, wenn er am Schreibtisch im Wohnzimmer hockte und Tagebuch schrieb. Ich lauschte seinen Seufzern, seinem knackenden Stuhl und konnte nicht einschlafen. Mehrere Tage vergrub er sich in seinem Grimm, seinem Selbstmitleid, scherte sich nicht um sein Feelein und nicht um uns Kinder.

4

Vater ist tot – diese Nachricht erreichte mich im Dahlemer Institut an einem verregneten Vormittag im September. Es war stockdunkel in meinem Zimmer, das vor Zeiten als Rumpelkammer gedient hatte und als Raucher- und Kaffeepausenkabuff den Reinemachefrauen von Nutzen gewesen war. Zu mir verlor sich fast nie ein Student, und ich konnte in aller Ruhe Seminarvorbereitungen treffen und meine Habilitationsschrift verfassen. Ich hatte es nie bereut, im Keller zu hocken, entfernt von Assistenten und Professoren, als letzter vom neuesten Klatsch, von Querelen oder Institutsentscheidungen zu erfahren. Und man befragte mich nicht nach Fortschritten bei meinen Studien, was ich um so erleichternder fand, als ich keine Fortschritte vorweisen konnte. In den letzten zehn Monaten hatte sich mein Arbeitstempo erheblich verlangsamt, und ich verstand nicht, warum. Nein, im Keller vergessen zu werden war keine Idee, die mich schreckte, im Gegenteil.

Ich wischte einen Stapel mit Seminararbeiten zu Boden und lauschte der schluchzenden Stimme meiner Schwester: »Sebastian, Vater ist tot.« Ich wollte erwidern – als sei das ein Einwand –, vor drei Wochen erst hätte ich Vater besucht. Ich blieb stumm und wehrte mich innerlich gegen Lisas verzweifeltes Weinen.

Vater, der sonst dienstags mit Alfred zusammentraf, hatte sich bereits am Montag auf den Flugplatz im Taunus begeben. Er habe bestimmt den Tag verwechselt, vergeßlich wie er am Ende gewesen sei, und seinen Bekannten vergeblich im Hangar gesucht, vermutete Lisa mit einer Entschiedenheit, die keinen Widerspruch duldete. Als er Ringelnatz-Alfred nicht finden konnte, war er in ein kleines einmotoriges Sportflugzeug geklettert, das startbereit vor der Flughafenhalle stand. Sein Besitzer hatte es eine Minute verlassen, nicht mehr als eine Minute, um mit einem Techniker zu plaudern. Oh ja, er hatte Vater bemerkt, der neugierig seine Maschine umkreiste. Sein Mißtrauen konnte das nicht erregen, er kannte ja Vater als Flughafenzaungast und Ringelnatz-Alfreds Begleiter.

Um so entgeisterter war er, als ein Motor aufheulte und sich seine Cessna mit einem Ruck in Bewegung setzte. Armeschwenkend rannte er los und erreichte das Flugzeug, als es zur Startbahn einbog. Vater schenkte dem Cessna-Besitzer keine Beachtung und ließ sich vom Mann im Kontrollturm und seinen Befehlen nicht im geringsten beeindrucken. Er behielt seine Armaturenanzeiger im Auge, ruckelte sich im Sitz zurecht, winkte dem Cessna-Besitzer im Seitenfenster ironisch zu und zog am Gashebel.

Wieder brach Lisa in Schluchzen aus, meine Schweigsamkeit konnte sie nicht ertragen. Zu Recht vermutete sie in meinem Widerwillen zu antworten Zweifel an der beruhigenden Idee, es handele sich um einen Unfall und nicht um verzweifelte Absicht, mit der unser Vater am Berghang zerschellt war.

Sie bettelte um meine Zustimmung. Wenn ich Lisas Glauben nicht teilte, war er nichts wert, konnte sie keinen Halt finden. Atemlos vor Erregung beschwor sie mich, strengte sich an, meine Zweifel zu zerstreuen, ein Kurzschluß sei es gewesen, Vater habe sich diese Gelegenheit schlicht nicht entgehen lassen wollen, eine startklare Cessna zu kapern, um seine Meisterschaft als Pilot zu beweisen, und leider sein Alter vergessen. Außerdem sei es ein diesiger Tag gewesen mit Hochnebelfeldern im Taunus. »Himmel, es herrschte schlechte Sicht, Sebastian! Ich wette, er hat den Berg erst bemerkt, als er nicht mehr ausweichen konnte«, redete sie auf mich ein und wehrte sich gegen meine Skepsis. Als sie endlich auflegte, war ich erleichtert. Ich hob Papiere und Zettel vom Boden auf und verstaute sie achtlos in einer Schublade, knipste Computer und Schreibtischlampe aus und hockte im Halbdunkel. Ob ich weinte, das weiß ich nicht mehr.

Am folgenden Nachmittag schaukelten wir im Auto zum Stellplatz am Waldrand hoch, um Vaters Wohnwagen abzuholen, den Lisa im Garten aufstellen wollte, um meiner Nichte und meinen zwei Neffen eine Abenteuerbehausung zu bieten. Ich betrachtete meine Schwester verstohlen, die heute beherrscht wirkte, beinahe sachlich, als sie mir auseinanderlegte, was sie an Wohnwagenumbauten plane, und sich verschiedentlich versicherte, ob ich an sich einverstanden sei, sie sei ja nicht Vaters Alleinerbin. Mager war sie, erschreckend mager, und nichts erinnerte mehr an das weiche, mollige Wesen bei meinem letzten Besuch vor vier Jahren, als Vater verschwunden war.

Mir war Lisas verbissener Kampf vertraut, bei dem sie monatelang gegen Speckringe, Bauch oder Busen aufbegehrte, um wieder in reinste Freßsucht zu verfallen, wenn sie fand, sie sei schlank genug. Nichts abbekommen zu haben von Vaters Hagerkeit und nichts von Mutter, die knabenhaft zierlich gewesen war, machte sie rasend. Es war ein Leiden, das sie sich nicht ausreden ließ. Mit der Sturheit von Mutter betrachtete sie sich als abstoßend, ja als »Familienfehlschlag« – und nicht erst, seit sie darum wußte, vom Ehemann betrogen zu werden. In einem Mannheimer Vorort, wo er EDV-Mann in einem Chemiebetrieb war, leistete er sich ein Liebesnest. Meine Schwester hatte mehrere anonyme Briefe aus Mannheim erhalten. Die zerriß sie verzweifelt und litt, wenn er wieder nicht heimkam und sich mit Arbeit rechtfertigte, litt stumm und ließ sich nichts anmerken, aus panischer Angst, er werde sie, falls es zum Schwur kommen sollte, verlassen.

Eine blendende Nachmittagssonne tauchte aus zotteligen Wolken, als wir vom Teerweg abbogen. Ich grub im verstopften Handschuhfach, bis ich eine Sonnenbrille fand, und den Brief der Versicherung unseres Vaters, die Zweifel anmeldete, ob sie zur Zahlung verpflichtet sei angesichts eines schuldhaft verursachten Schadens – Diebstahl, verweigerte Starterlaubnis und nicht vorhandener Pilotenschein. »Vater ist drei Tage tot«, brauste Lisa am Steuerrad auf, »und diese Versicherungsfritzen kommen uns mit juristischen Spitzfindigkeiten.«

Sie weihte mich ein, welchen Kranz sie bestellt hatte, was auf der Schleife stand, und erkundigte sich nebenbei, ob sie meinen schwarzen Anzug zur Reinigung bringen solle. Ich besaß keinen schwarzen Anzug, hatte nie einen besessen, »außer in meiner Kindheit«, bemerkte ich trocken, »und dem bin ich leider entwachsen.« Meine Schwester erwiderte nichts und schaltete krachend in einen anderen Gang.

Vaters Wohnwagen war halb leer. Seine Gamben fehlten, es fehlte sein Spinett in der Duschkabine, und von seiner Sammlung antiker Scherben war keine Spur zu entdecken. Ich ließ mich auf eine Sitzbank sinken, erstaunt, verwirrt, erhob mich wieder und klappte sie auf: In der Truhe hatte er Großvater Heinrichs Apollonkopf aufbewahrt, Marmorcippus und Pferdetrensen. Sie enthielt archäologische Fachzeitschriften, meine Doktorarbeit, Beiträge in Ausstellungs- und Bestandskatalogen und meinen Aufsatz zur spannenden Reise einer mesopotamischen Statuette in ein neolithisches Grab an der Lahn, den Vater beinahe komplett mit seinem gelbflimmernden Marker markiert hatte. Ich kramte vergeblich im Stapel mit Vaters Schuldokumenten, in dem sich bis vor drei Wochen sein Flugbuch befunden hatte, seine blaugraue Mappe mit Hunderten von Sonetten. Von allen Dingen, die Vater zeit seines Lebens am meisten bedeutet hatten, war nichts mehr vorhanden – bis auf ein einziges Tagebuch, das ich aus Zufall in einem Pizzakarton auf dem Boden entdeckte. Ohne mich zu vergewissern, aus welchem Jahr es stammte, ließ ich es in meinem Mantel verschwinden und eilte zum Ausstieg.

»Was ist mit Vaters Sachen passiert?« herrschte ich meine Schwester an, die einen Reifen zum Wohnwagen rollte. »Verzeih mir, das habe ich vollkommen vergessen. Ich wollte die Dinge, die Vater am liebsten gewesen sind, rechtzeitig abholen.« Sie lehnte den Reifen an einen Baumstamm. »Bei einem verlassenen Wohnwagen weiß man ja nie, ob er nicht Einbrecher anzieht, verstehst du? Wenn wir mehr Zeit haben, kannst du dir aussuchen, was du als Andenken mitnehmen willst.«

Normalerweise entging es mir nie, wenn mich meine kleine Schwester anlog. Sie hustete, stocherte hektisch mit der Schuhspitze im nassen Sand, was mich seltsamerweise nicht mißtrauisch machte. »Laß man«, versetzte ich, »besser wenn wir seine Sachen nicht auseinanderreißen. Ich denke, sie sollten bei dir bleiben.« Nein, Lisas Erleichterung fiel mir nicht auf. Sie blies eine Locke aus der Stirn, nickte und wandte sich wieder dem Reifen zu. »Kannst du mir helfen, Sebastian?« Beinahe zwei Stunden dauerte es, bis wir Vaters Wohnwagen flott gemacht hatten und zum Haus meiner Schwester abschleppen konnten.

5

Luca hatte es meiner Schwester versprochen: Er werde sie bald besuchen bekommen! Und Lisa zerrte unseren Portier aus Giulio Picciottis Pension ins Wohnzimmer, wo er mit beiden Ohren wackeln und seine Zunge blitzschnell in ein Nasenloch stecken mußte, bis sie zufrieden war. Ohne graue Livree und Portierskappe war er beinahe nicht wiederzuerkennen. Außerdem hatte er sich seine Haare wachsen und einen fransigen Bart stehen lassen, steckte in Jeans statt in mausgrauen Stoffhosen, und aus seinem von Motten zerfressenen Pullover ragte ein flammendes Halstuch. Vater fragte belustigt, ob Giulio Picciotti an diesem Aufzug nicht Anstoß nehme, und Luca versetzte, ach was, dieser Picciotti sei nichts als ein Ausbeuter und Faschist, dem er seine Tapeten mit Hammer und Sichel beschmiert habe, nein, bei dem arbeite er nicht mehr. »Wir haben Picciotti bestreikt«, sagte Luca. »Bestreikt?« Vater rieb vor Begeisterung seine Knie. Er vergaß meine Schwester zurechtzuweisen, die Luca bekraxelte und beturnte, als sei er ein lebender Kletterbaum. Sonst ließ Vater das nicht zu. Wenn Erwachsene sich unterhielten, durften Kinder sich nicht mucksen!

»Er hat sich von Tag zu Tag dreister benommen, dieser Hundsfott und Hurensohn«, knurrte Luca, »er bestellte uns in sein Kabuff, seine Putzfrauen und mich, um uns mitzuteilen, er mache hohe Verluste mit seiner Pension, die halb leerstehe, und um sie wettzumachen, habe er keine andere Wahl, als unseren Lohn zu halbieren. Am anderen Tag kreischt dieser Bock Antonietta zu sich, krank sei er, sterbenskrank, es brenne in seinem Bauch, seinen Eingeweiden, und ohne sie sei er verloren. Er verspricht Antonietta den vollen Lohn, wenn sie seine Leiden beseitigt. Die ist leider zu dumm, um den Braten zu riechen, und als sie sich neben Picciotti aufs Sofa setzt und hilfsbereit wissen will, wo er um Himmels willen Schmerzen habe, zieht er mit einem Ruck seine Decke beiseite und ist splitternackt.«

Vater betrachtete stirnrunzelnd Lisa, die sich beim Toben verausgabt hatte und in einer Sesselritze poofte, und mich – und ich zupfte mit Hingabe an meinen Lippen, als ob mir stinklangweilig sei. »Das haben wir uns nicht bieten lassen! Wir empfingen Picciotti mit Trillerpfeifen, an Besen befestigten Pappschildern und haben im Sprechchor mehr Lohn verlangt. Und der rastete aus, ist ja klar. Wir seien irrsinnig, tobte er, in seiner Pension herrsche Streikverbot! Und als uns das nicht beeindruckte, holte er seine Beretta aus dem Kabuff. Zu Kriegszeiten sei er Milizmann gewesen, er habe schlimmere Gegner erlebt als zwei Zimmerfrauen und einen frechen Studenten. Oh ja, Marta und Antonietta seien schlecht beraten gewesen, sich von einem neunmalklugen Studenten aufhetzen zu lassen, und kitzelt mich mit seiner Weltkriegspistole am Kinn. Er sei ja kein Unmensch, er werde uns nicht entlassen, andererseits ginge es nicht ohne Strafe, einen Monatslohn werde er streichen!«

»Und?« Vater beugte sich vor. »Nichts, ich blies in meine Trillerpfeife. Er war fassungslos, außer sich, was weiß ich, er konnte seinen Finger am Abzug nicht mehr beherrschen und schoß. Er schoß seine Deckenlampe entzwei. Und bei dem Knall hat er einen Infarkt erlitten!« – »Er bekam einen Herzanfall?« kicherte Vater. »Und ob! Er blieb ein paar Wochen im Krankenhaus«, erwiderte Luca, »und schickte einen Verwandten in seine Pension, der uns fristlos entließ. Naja, und ein Freund von mir ließ sich von Giulio Picciottis Verwandtem als Nachtportier einstellen, das hatten wir beide vereinbart. Und um zwei Uhr nachts kam ich mit Pinsel und Farbtopf, schmierte Hammer und Sichel auf seine Tapeten, und wir erbrachen seinen Tresor, um Beretta und schwarzes Hemd zu stehlen. Zum Schluß fesselte ich meinen Freund zum Schein aufs Sofa in Picciottis Kabuff, wo er sich ausschlafen konnte.«

Vater erhob sich beschwingt aus dem Sessel, er habe Durst bekommen, und kam mit zwei kalt beschlagenen Bierflaschen wieder. Er prostete unserem Ex-Portier zu und wanderte schlacksig vor Heiterkeit um sein Spinett. Und ich konnte nicht mehr verstehen, warum mir Luca verhaßt gewesen war. Er war ein Held. Mit seinen zum Hemdkragen fallenden Haaren und seinem fransigen schwarzen Bart, vom flammenden Halstuch zu schweigen, an dem er verschiedentlich zupfte, um es besser zur Geltung zu bringen, war er ein furchtloser Held! Ja, er war mutiger als Konrad Menzing, und ein flammendes Halstuch besaß Menzing nicht. Ich lehnte mich an seine Sessellehne, und er kniff mir mit Zeige- und Mittelfinger in meine Backe. Von dem Tag an waren wir Freunde.

»Und dieser Lappen, Picciottis Milizhemd, was ist mit dem?« – »Das haben meine Genossen und ich in der Villa Borghese verbrannt«, antwortete Luca verschmitzt und rieb seine Braue. Vater machte ein saures Gesicht, als er »Genossen« dolmetschen mußte. Und Picciottis Beretta? »Die haben wir vergraben«, erwiderte Luca verlegen, »man kann nie wissen, wann eine Waffe von Nutzen ist.«

Vater ließ seine Bierflasche sinken. »Sie sind Kommunist oder irre ich mich?« – »Neunzig Prozent meiner Landsleute wollen Kommunisten sein, falls Sie das meinen. Kommunist zu sein ist nichts Besonderes bei uns.« – »Neunzig Prozent?« fragte Vater entsetzt. »Mmmmh«, machte Luca beschwichtigend, »sagen wir sechzig. Und keiner will ehrlich bekennen, sein Kreuzchen treu bei den Christdemokraten zu machen, wenn Wahlen anstehen. Nein, ein Kommunist bin ich nicht.« Er reckte sich in seinem Cordsessel. »Ich kann diese Kommunisten nicht ausstehen, die keinem Parteibefehl widersprechen und Togliatti verehren, als sei er ein Heiliger!« Und wer habe

Faschisten und Schufte wie diesen Picciotti vorm Kerker bewahrt? Wer habe sie seinerzeit amnestiert?

Vater hob seine Schultern, er wußte es nicht. »Justizminister Palmiro Togliatti!« Unser Ex-Portier redete sich in Rage und feuerte Breitseiten gegen Togliatti ab, wackelte ab und zu mit seinen Ohren, um Lisa, die wieder erwacht war und quengelte: »Wollen wir Verstecken spielen?« abzulenken, und Vater betrachtete stumm seine Scherbensammlung.

Es war Mutter, die Luca zum Schweigen brachte. Erstaunt wandte Vater sich zu seinem Feelein um, das zornig bemerkte, ein Streik, der mit Entlassungen ende, der lohne sich nicht. Und ob er sich lohne! versetzte Luca, als er erfahren hatte, was Mutter erboste, der Mensch werde erst zum Menschen, wenn er sich nicht mehr erniedrigen lasse! Er strampelte aufgeregt in seinem Sessel. Aufstand und Kampf seien nicht an Erfolg oder Niederlage zu messen, aufzubegehren sei ein Wert an sich. Im Aufstand erlebe der Mensch seine Freiheit!

Vater wirkte verstimmt. »Klassenkampf« oder »Ausbeutung« waren Worte, die in seinem Sprachschatz nicht vorkamen. Andere Worte waren Vater heilig. Wenn Mutter zum Beispiel »Serviette« sagte, verbesserte er sie mit scharfer Stimme: »In meinem Elternhaus hieß das Mundtuch.« Es war Vater ein Graus, Lucas schwungvolle Rede zu dolmetschen, und er verfinsterte sich um so mehr, als sein Feelein nicht schwieg, ausgerechnet sein Feelein, das sonst zu versponnen war, um sich in Auseinandersetzungen einzumischen, sei es mit Lehrerkollegen, sei es mit seinen Segelfliegerfreunden, wenn die uns, zu Hause in Deutschland, besucht hatten. Sie widersprach, widersprach beharrlich, »Picciotti wird seine neuen Putzfrauen nicht besser behandeln als seine alten. Was hat das mit Freiheit zu tun?«

»Sag das, bitte!« wandte sie sich an Vater, der inzwischen vor seinem Spinett hockte und eine Fuge erklingen ließ. Er war nicht bereit, seinem Feelein zu helfen. »Springe ins ka-halte Wasser!« sang er, und mit ineinander verhakelten Fingern beugte sich Mutter im Sessel vor, hustete, schaute zur Decke und stammelte los. Oh, was zappelte sie, und was war sie verlegen. Hektische rote Flecken besprenkelten Mutters Gesicht, und alle naslang drehte sie sich um Beistand bettelnd zu Vater um, der hartherzig blieb, seine Fuge zu Ende spielte und mit einer anderen begann. Sie sprang zum Regal und holte das Lexikon, eine dicke, zerfledderte, schwere Schwarte aus Großvater Heinrichs Besitz, das zu umfangreich war, um Mutter von Nutzen zu sein.

Luca starrte aufs Lexikon oder auf Mutters Knie, die in weißlichen Strumpfhosen steckten. Und mir, der ich meine Mutter strengstens bewachte, besser bewachte als Vater, konnte das nicht entgehen. Fremde Augen, die kleben blieben an Mutter, machten mich fuchtig! An diesem Nachmittag war das anders. Erstens war Luca ein Held und zweitens mein Freund und drittens richtete sich mein Groll gegen Vater, der Mutter nicht beisprang und in aller Ruhe sein dummes Spinett beklimperte. Ja, als sie mit Armreif und Schuhabsatz klapperte, kopflos und zappelig wie sie war, ermahnte Vater sein Feelein, nicht andauernd in seine Fuge zu platzen. Und sie solle, um Himmels willen, Großvaters Lexikon heil lassen! »Reiß mir bloß keine Seite ein!« warnte er Mutter, und sie klatschte das Lexikon zu. Zitternd saugte sie an einer Zigarette, die sie im Aschenbecher vergaß, und steckte sich eine zweite an. Die rauchte sie bis zum Filter ab, versengte sich beinahe Zeige- und Mittelfinger. Sich blamiert zu haben, das war am Schlimmsten. Außerdem war sie verletzt, was sie sich in Gegenwart eines Fremden um keinen Preis anmerken lassen wollte. Tapfer hielt sie im Sessel aus, und erst als wir allein waren, rannte sie schnurstracks ins Badezimmer, in das sie sich einschloß. Vater bekam es nicht mit. Der warf sich mit meiner kleinen

Schwester ins Wohnzimmersofa und kitzelte sie, wackelte angestrengt mit beiden Ohren, schleppte sie huckepack um sein Spinett, und Lisa schrie: »Vati, du kannst das nicht!«

In dieser Vollmondnacht scheuchte er uns aus den Betten und hoch ging's zum Kapitol, wo wir auf knochenweiß schimmernde Marmorruinen starrten und Vater seinen Arm zum runden Vestalinnentempel ausstreckte, raunend, Vestalinnen seien Priesterinnen und keusche Jungfrauen gewesen. »Sie mußten ein ewiges Feuer bewachen und im Keller verborgene heilige Dinge. Und wenn man sie erwischt hat beim Liebesspiel mit einem Mann, hat man sie kurzerhand zum Tode verurteilt und lebend begraben.« – »Vati, bin ich eine keusche Jungfrau?« lispelte meine sich gruselnde Schwester. »Von wegen, du bist eine dumme Gans«, fauchte ich an Vaters Stelle, der zu versonnen war, um meiner Schwester zu antworten und mich zurechtzuweisen. Kein Lufthauch ging, es war totenstill. Tiefe Schatten wanderten mit dem rollenden Mond um Mauerreste und kopflose Statuen, und Vater schob seufzend seine Finger in Mutters rechte Hand. Und ich ergriff flink Mutters linke.

In diesen Tagen schloß Vater seine letzten Umbau- und Renovierungsarbeiten in unserer Wohnung ab. Er mußte nicht mehr zum Konsulat oder zur Polizei, um uns anzumelden, sein stundenlanges Schlangestehen im Gesundheitsamt hatte Erfolg: Wir waren mit Marken und Stempeln versichert. Was an normalem Schulkram anfiel, erledigte ein erfahrener Pauker wie er, ohne sich zu verausgaben. Außer Geschichtslehrer Haustein, der sich von seiner fixen Idee nicht abbringen ließ, Vater sei ein Vertrauter des Kommandanten Skorzeny gewesen, schlich man im Lehrerzimmer um Ludwig Wieland mit schlechtem Gewissen. Seine Kollegen ließen es nicht an Respekt und Aufmerksamkeiten fehlen, empfingen Vater an seinem Geburtstag im Lehrerzimmer mit Sekt und Mimosentorte und einer Erstausgabe von Heinrich Wielands ins Deutsche gebrachten »Metamorphosen« Ovids – ich habe vergessen, wer sie aus Zufall in seiner Bibliothek entdeckt hatte. Die brachte er heim und zeigte sie seinem Feelein, selig, mit nassen Augen.

Er war entschlossen, sein Rom zu erobern, hockte bis drei Uhr nachts mit Karte und Bildband am Schreibtisch, erstellte einen exakten Plan, was er besichtigen wollte. Diesen Bildband hatte er in seiner Kindheit mit Großvater Heinrich betrachtet – er weigerte sich, einen anderen anzuerkennen. Vor seinem ersten Eroberungsspaziergang bat er mich, kleine Wimpel zu basteln, legte mir Klebstoff und kartoniertes Papier in Blau, Gelb und Rot bereit. Und wenn er von einem Ausflug heimkam, steckte er als erstes meine Wimpel in seine Karte und wußte hundertprozentig, welche Tempel, Basiliken und Museen er besucht hatte. Meine Schwester und ich standen staunend vor Vaters bunt besprenkeltem Stadtplan, der an der Wand neben seiner Vitrine befestigt war.

Er wollte sein Rom allein erobern und Mutter nahm es nicht krumm. Ja, wenn er pflichtschuldig vorschlug, sie solle mitkommen, winkte sie ab. Von Tag zu Tag verschlechterte sich Mutters Laune, was Vater nicht wahrnahm. Mag sein, er wollte es nicht bemerken, sich nicht von Mutters Niedergeschlagenheit anstecken lassen und sie nicht ernster nehmen, als sie, in seinen Augen, war.

Wer Vater bisweilen begleiten durfte, war ich, und aufgeregt kletterten wir um Buschwerk und Pinien am Palatinabhang zu Livias verfallener Villa. Nahe beim Campo de' Fiori heulte er: »Schau dir das an!« und zeigte auf hohe, im Halbkreis verlaufende Hausmauern, »die hat man im Mittelalter auf einem antiken Theater errichtet«. Er schubste mich in einen finsteren, pissig stinkenden Gang mit Stufen und riesigen Marmorsteinen zu beiden Seiten, und ich klammerte mich an sein Hemd.

»Und dieser Gang, na, was wird das gewesen sein?« verlangte Vater von mir zu wissen. Beklommen trat ich von einem Fuß auf den anderen, mir fiel keine Antwort ein. Er beugte sich zu meinem Ohr, als ich schwieg. »Du wirst es nicht glauben, Sebastian, das war ein Korridor zum Theater!« Und ob ich es glaubte! Was er mir verschworen ins Ohr raunte, zweifelte ich nicht an.

Wir hockten im Circus Maximus auf einer Treppe, ich sammelte kleine Steine und steckte sie in meine Hosentaschen, und Vater schwelgte in anderen Zeiten: »Stell dir das vor, er hatte drei Stockwerke, Startboxen, Kaiserlogen, und auf seinen Holzstufen trampelten dreihunderttausend Besucher. Normalerweise fanden im Zirkus Rennen statt, mit Wagenlenkern, die lederne Sturzhelme trugen und 600 Meter von Kurve zu Kurve sausten, wo sie ins Schlingern kamen und Wagen an Wagen krachte und Staubwolken aufstiegen. Ja, man ließ Schlachten nachspielen mit 1000 Infanteristen und 600 Reitern und Dutzenden von Elefanten. Was willst du mit deinen Steinen anstellen, Sebastian?« Ich krempelte rasch meine Hosentaschen um und ließ alle Steine ins Gras fallen.

Bald wußte ich, wo man Caesar ermordet hatte und sich Neros verfallener Palast befand. Was ein korinthisches Kapitell ist, ein Eierstab, eine Kosmatenarbeit. Ich durfte an Kordeln ziehen, die kleine Glocken in Aufruhr versetzten, und murrend marschierten Kustoden an, um uns aufzuschließen. Ich erinnere mich an einen schattigen Kreuzgang mit Hunderten blaugrauer Grabfragmente, die in seinen roten Mauern steckten. Alle waren sie numeriert mit pinselfeinen schwarzen Ziffern. Ich zupfte an Vater, wenn ich Elefanten erkannte und Pferde, Delphine und Seeschlangen, und blieb atemlos stehen vor einer Hand, die aus der roten Mauer zu kommen schien und ein Frauengesicht streichelte. »Warum ist sie traurig?« wollte ich wissen, und Vater erwiderte: »Sie ist tot.« – »Und wo ist der, der sie streichelt?« – »Es sind Eheleute gewesen«, antwortete Vater, »und als beide tot waren, hat man sie auf diesem Grabstein verewigt.« – »Ist man allein, wenn man tot ist?« – »Ich weiß nicht«, Vater tippte sich ratlos mit seinem Finger ans Kinn.

Ich glaube, es war seine Ratlosigkeit, die mir meine Kehle zusammenpreßte. Verstohlen wischte ich meine Augen ab, und als wir heimkamen, verschwitzt und staubig, schmiegte ich mich an Mutter, umarmte sie leidenschaftlich, und wollte sagen: »Wenn ich tot bin, werde ich furchtbar allein sein und nichts mehr von euch wissen, von dir und Vater, Lisa und Lili, nicht wahr?« Ich zweifelte, ob es klug sei, von Lili zu sprechen, und Mutter schob mich beiseite: »Laß mich, Sebastian, ich lerne!«

Ja, in diesen Wochen war sie verbissen am Italienischlernen, lauschte dem von Vater erworbenen Sprachkurs auf zehn kleinen Langspielplatten, studierte das Lehrbuch, Grammatik, Vokabeln, die sie von Vater abfragen ließ – und das endete meistens in kleinlichen Zankereien, wenn er einen Aussprachefehler verbesserte oder auf einer Vokabel beharrte, die Mutter sich einfach nicht merken konnte –, stapfte mit tropfnassen Hemden und klapperndem Klammerbeutel im Arm zur Terrasse hoch und war pausenlos am Deklinieren. Wir begleiteten sie, meine Schwester und ich, spielten Fangen um Rohre und Fernsehantennen, ablenken durften wir Mutter nicht.

Die war verzweifelt, wenn Frau Beatrice, bepackt mit Klamotten von sieben Nachbarn, auf der Terrasse auftauchte. Um sich nicht einem Wortschwall auszusetzen, vor dem sie stumm bleiben mußte, verkroch sie sich zwischen zwei Wassertankkammern. Wir kuschelten uns an Mutter, die pssst! machte und unsere Lippen mit feuchten Fingern versiegelte, selig, sie bei uns zu haben. Mutters Begeisterung, in Rom zu sein, war verflogen. Schweigend stand sie vor Kleider- und Schuhboutiquen am Corso und wagte nicht, sie zu betreten. Um sich vorm Schuster nicht zu verraten, der sie zum Plaudern anstiften wollte, was Mutter ein panisches Stammeln entlockte oder trotziges Schweigen, schickte sie mich. Pfeifend lief ich ins Treppenhaus, horchte an Sassolinos Wohnung, um zu erfahren, ob Lili zu Hause war, hopste Stufe um Stufe zur Straße, wo mich zwei Holzschwerter schwenkende Bengel empfingen und schauderhaft heulend verfolgten. Mit letzter Not rettete ich mich ins Kellergeschoß unseres Schusters, der sie von seiner Schwelle vertrieb. Mir war es recht, wenn er schwatzte und sang und unsere Schuhe nicht einpackte, ehe sie nicht mit Fett eingeschmiert und poliert waren.

Vater bat Mutter, auf dem Markt einzukaufen, wo man frischere Sachen bekam als im Laden ums Eck, und billiger waren sie außerdem. Mutter half meiner Schwester in Mantel und Schuhe, schnappte sich unseren Weidenkorb und zog los, zaudernd, zockelnd, zum kleinen Platz mit seinen blauverschossenen Buden, wo sie scheu und verlegen von Stand zu Stand lief, an einen grinsenden Schweinekopf stieß, dem ein Apfel im Maul steckte, oder an baumelndes Federvieh. Vor kreischenden Fischweibern nahm sie Reißaus und kam sich idiotisch und feige vor. Sie zwang sich zur Tapferkeit, zeigte spitz auf Tomaten und Zwiebeln, Salat und Kartoffeln, es war Mutter entfallen, wie sie hießen, und das wurmte sie, machte sie hilflos und zornig.

Man beschummelte Mutter, das war am schlimmsten. Sie bemerkte es erst, wenn sie Rechenschaft ablegen mußte vor Vater, der alle Ausgaben kontrollierte, mit Gaunereien war ja zu rechnen. Mutter peinigten diese Minuten am Nachmittag, wenn er vom Unterricht heimkam, das Haushaltsbuch nahm, seine Brille aufsetzte, sich ins Sofa fallen ließ, neben Mutter, um »Kasse zu machen«. Ja, seine exakten und sturen Ausgabenberechnungen nannte er »Kassemachen«. Und wenn er wieder auf einen Betrug stieß, zerrte er an seinen Fingern, klammheimlich erfreut, Recht behalten zu haben mit seinem Mißtrauen. »Bei diesen Schlawinern und Spitzbuben kann man nicht wachsam genug sein«, belehrte er Mutter.

Aus Prinzip bestand Vater auf Anstand und Rechtschaffenheit, ob es eine erkleckliche Summe war oder bloß ein bescheidener Betrag, um die man Mutter betrogen hatte. Anstand und Ehrlichkeit, meinte er, ließen sich nicht in Heller und Pfennig umrechnen. Er stapfte mit der widerstrebenden Mutter zum Markt, um sich zeigen zu lassen, wer sie begaunert hatte, und Krach zu schlagen. Er zankte vor Fischstand und Fleischbude, und ließ sich von muskelbepackten Metzgern, die Hackmesser schwenkten, nicht abschrecken. Stritt sich mit keifenden Obstweibern, tobte vor einer verhutzelten Alten, die stumm blieb und Vater mit Safran bewarf. Von Kopf bis Fuß war er gelb bepudert – und unsere Mutter dem Weinen nahe.

Zum Markt konnte Vater sie nicht mehr schicken. Bestenfalls war sie bereit, im Postamt Strom- und Telefonrechnung zu begleichen. Er bereitete extra ein Portemonnaie vor mit der Summe, die sie zu bezahlen hatte, und meinte beschwichtigend, »Feelein, es kann nichts schiefgehen.« An einem verregneten Februartag trat sie in eine stickige Schalterhalle mit Hunderten schlangestehender Leute. Die lasen Zeitung im Stehen, scherzten, rauchten. Schweiß und Knochblauchduft, nasse Klamotten und stinkender Fisch wehten Mutter an, der es bald schwindlig war. Sie verkrallte sich in einem Arm, den erstbesten, den sie zu fassen bekam. Der steckte in einem Pfeffer- und Salzmantel, und sein Besitzer erwies sich als struppiger kleiner Mann mittleren Alters, der kohlrabenschwarze Augen hatte, die Mutter ein Brennen verursachten, und dem ein Schneidezahn fehlte. Sie bedankte sich mit einem Nicken und starrte verunsichert auf seine Bartstoppeln. Von dem, was er sagte, verstand sie kein Wort. Mutters bedauerndes Schulterzucken brachte das Kerlchen erst richtig in Fahrt. Er nahm seine Finger zu Hilfe, er zeigte auf Mutter, zur Schlange, zum Schalter, sprach von Minuten, minuti, und Schritten, passi, und endlich, ja, endlich verstand sie. Man schaffe drei Schritte in zehn Minuten, und bei zweiundvierzig Schritten zum Schalter werde Mutter im Schnitt zwei Stunden und zwanzig Minuten brauchen, bis sie bedient werde. »Se tutto va bene!« bemerkte er kichernd und zeigte sein lustiges Schneidezahnloch.

Mutter nickte begeistert und dankbar – begeistert und dankbar, verstanden zu haben – und riß vor Freude am Lederbeutel. Er entleerte sich mit einem Schlag. Lippenstifte und Zigaretten kullerten vor Mutters Schuhe, Papiere, zwei Portemonnaies, Handspiegel, Kamm und Sonnenbrille, Goethes Italienbuch fielen klatschend und klingelnd zu Boden, der verschmiert und von Sohlen bestempelt war. Als sie sich atemlos aufrichtete, war der Mann mit dem fehlenden Schneidezahn fort.

Es verstrichen zwei Stunden und zwanzig Minuten, bis Mutter vorm Schalter zu stehen kam und hektisch im Beutel zu kramen begann. Sie fand keine Brieftasche, keine von beiden, wandte sich stotternd an den Beamten, der seine Hand aufhielt und ein Gesicht machte, das teilnahmslos, mißmutig war. Es erhoben sich Stimmen, sie solle den Schalter freigeben, von hinten begann man zu schieben, ein Ellbogen bohrte sich schmerzhaft in Mutters Brust, und nach Luft schnappend, fassungslos, trat sie beiseite. Niemand beachtete Mutter mehr, die stumm und verzweifelt ins Freie eilte.

Sie wartete an einer Ampel und ließ sich von Bussen und Autos mit Schmutzwasser vollspritzen. Heulte, beschimpfte sich, stolperte vor eine Vespa. Besorgt sprangen Fahrer und Beifahrer ab und lehnten sie an eine Hausmauer. Im Handumdrehen war sie von Leuten umringt, die Mutter mitleidig betrachteten, »Ambulanza!« und »Medico!« riefen. Sie machte sich los, wild und schluchzend. Humpelte heim mit zerrissener Strumpfhose und blutigem Knie, hinkte zum dritten Stock hoch, packte als erstes im Wohnzimmer Lehrbuch und Schallplatten und warf alles auf unsere Gasse.

Mit verdreckten Schuhen kroch sie ins Bett und ließ sich widerwillig von Vater verarzten, als der nach Hause kam. Er erkannte sein Feelein nicht wieder, das schmutzig und rauchend im Ehebett lag. Er beschwichtigte sie, das sei nichts als ein Bluterguß mit ein paar Schrammen, und wollte sie streicheln, Mutter stieß schroff seinen Arm weg. Und fing zu toben an, als er sie bat, zum Polizeirevier mitzukommen. »Feelein«, bettelte Vater vom Flur, in den er sich sicherheitshalber verzogen hatte, »denk an Recht und Gesetz!« Ein Straßenschuh knallte an seinen Kopf. »Willst du den Diebstahl nicht anzeigen?« – »Nein«, kreischte es aus dem Schlafzimmer, und Vater duckte sich vor Mutters zweitem Schuh, Reisewecker und Winckelmanns Schriften.

Meine Schwester verzog sich verschreckt mit Puppe Mimi ins Speisekammerversteck. Vater schlich vorwurfsvoll und beleidigt um Großvater Heinrichs Apollonkopf – und rollte sich in dieser Nacht auf unserem Wohnzimmersofa zusammen. Und ich, ich huschte ins Treppenhaus und stapfte hoch zur Terrasse, die im Nachmittagssonnenschein dampfte und glitzerte. Am Horizont zackten sich graublaue Berge, als seien sie aus Elefantenhaut. Ich marschierte um Rohre und Wassertankkammern, schlenkerte mit beiden Armen und schmetterte gegen meinen Kummer an.

Wenn ich mich richtig erinnere, blieb Mutter zwei Tage im Bett. Weigerte sich zu essen und rauchte. Bat mich gelegentlich um ein Glas Wasser und kraulte mich schweigend im Nacken. Erst Lucas Besuch brachte sie auf die Beine. Der strampelte pfeifend vor unseren Hauseingang, sprang von seinem Rad, was ich rechtzeitig meldete, und im Handumdrehen zog sie sich an. Rannte ins Bad, wusch und schminkte sich, und als sie wieder zum Vorschein kam, bester Laune, ja strahlend, verzieh ich Mutter hautengen Rock und knallrote Lippen. Und Vater schluckte, als er sein Feelein zusammen mit Luca im Sofa fand.

Er konnte es Mutter nicht abschlagen. Murrend bezahlte er unserem Ex-Portier eine »entschieden zu hohe Summe« – das wiederholte er pausenlos –, die Elinor ohne sein Wissen vereinbart hatte. Und Luca kam dienstags und donnerstags zu uns, um in meine Backe zu kneifen und mit seinen Ohren zu wackeln und unsere Mutter im Italienischen zu unterrichten.

6

Vaters Tagebuch war ein Oktavheft mit schwarzem Umschlag und gelbbraunen Seiten. Auf seinem Deckel entzifferte ich: »Altes Schulhaus zu Reichenbach '47–'50«. Feuchtigkeit hatte an vielen Stellen Vaters Tinteneintragungen verwischt. Ja, als ich sein Tagebuch aufgeregt nach Mutters Namen durchforstete, stellte ich fest, beinahe das halbe Heft war nicht mehr leserlich.

In keiner der Eintragungen, die sich entziffern ließen, kam er auf Mutter zu sprechen. Das versetzte mich nicht in Erstaunen. Sie war seinerzeit ja erst dreizehn gewesen und schließlich bloß eines von achtzig Kindern, die er im Klassensaal vor sich hatte.

Mutters Vater, Großvater Emil, der bis '39 Postbote gewesen war und '43 vom russischen Feldzug als Invalide heimkehrte, hatte bei einem Luftangriff erst seine Frau verloren und bei einem anderen bald seine Wohnung im Frankfurter

Bahnhofsviertel. Und mit ein paar Habseligkeiten, die nicht verbrannt waren, einem bescheidenen Teil seiner Bibliothek – die aus zweitausendsechshundertvierundvierzig Romanen bestanden hatte, wie er versicherte – einer Standuhr, Geschirr und Elinors Puppen, brachte er seine Tochter und sich in Sicherheit, floh mit einem schwerbeladenen Leiterwagen nach Reichenbach, seinem Geburtsort, wo sie im Gasthof unterkamen, den seine Geschwister betrieben.

Sie lernten sich rasch kennen, Ludwig Wieland und Großvater Emil. Vaters Ankunft im Dorf war ja ein Ereignis. Zwei Jahre war das Schulhaus verlassen gewesen und wirkte bereits verfallen. Unkraut wucherte um seine Mauern, Fenster waren erblindet oder zerbrochen, und im Klassenraum nisteten Schwalben. Zwei Jahre hatte keines von Reichenbachs Kindern mehr Unterricht erhalten. Und Vater, der jung war, erst Mitte zwanzig, barst vor Zuversicht, Lebenslust und Energie.

Wenn man von ein paar Schrammen absah und einer schweren Hepatitis, mit der er viele Wochen im Lazarett seiner Heimatstadt Dresden verbracht hatte, war er dem Krieg mit heiler Haut entronnen, sei es als Segelflieger, sei es am Ende beim Volkssturm in Franken, wo er Stellungen ausheben und sich drei Tage im Dreck verschanzen mußte, mit knurrendem Magen und bibbernd vor Frost. Am zweiten Tag war er allein gewesen, seine Rufe erwiderte niemand. Was sollte er machen? Ohne Befehl seine Stellung verlassen, das war zu riskant. Lieber blieb er in seinem Erdloch hocken, als marodierender SS zu begegnen, und wartete ab, was passierte. Er wartete siebenunddreißig Stunden, bis sich ein schwarzer Soldat zu Vater ins Erdloch beugte, der aufschrie vor Schreck und seine Waffe fallen ließ.

Auf einem Lastwagen fuhr er ins Kriegsgefangenenlager, wo er zweieinhalb Monate zubrachte, ehe er floh. Bitter war es am

Anfang gewesen, als sie bei eisigem Nordwind und Minusgraden im Freien ausharren mußten. Nachts stand er mit anderen Gefangen beisammen in blinden und wankenden Haufen zu hundert, zu zweihundert Mann wie verfrorene Tiere. Und um sich aufrecht und wach zu halten, dichtete Vater im stillen Sonette.

Bald bekleidete er allerdings einen verantwortungsvollen Posten im Lebensmittelmagazin, kontrollierte, zusammen mit Fred aus Kentucky, Anlieferung und Verbrauch von Fleischkonserven, Kartoffeln und Bohnen. Das verdankte er teils seinem Englisch, teils Rilke. »Kennen Sie etwas von Rilke?« Das war das erste, was Kommandant Johnson zu wissen verlangt hatte, als Vater vor seinem Schreibtisch strammstand. Und ob! nickte der und legte los mit »Herbsttag« und »Torso Apolls«. Und Kommandant Johnson, der Germanistik studiert hatte und Rilke verehrte, bekam feuchte Augen.

Kann sein, er nahm an, ein Deutscher, der Rainer Maria Rilke auswendig kenne, sei eine ehrliche Haut. Das war ein Irrtum. Vater und Fred aus Kentucky waren sich im Handumdrehen handelseinig. Sie verschoben in großem Maßstab Konserven und Weißbrot und Zigaretten, und Vater nahm zu, bekam rosige Backen und hatte rasch eine Reihe von Freunden, die wertvolle Papiere besorgen konnten. Als er erfuhr, wo sich seine Eltern aufhielten, die den Bomben auf Dresden entronnen und den russischen Truppen entkommen waren, entzog er sich, ehe sein Schwindel auffliegen konnte, Kommandant Johnson auf einem entladenen Lebensmittellaster, der an einem heißen Mittag im Juli rumpelnd das Lager verließ.

Als er in Reichenbach eintraf, war er ein schlanker, ansehnlicher Kerl, der auf seinen Spitznamen Bel-Ami stolz war. Den hatten Vater halb anerkennend, halb spitz seine Fliegerkollegen verliehen. Er war diesem dummen Krieg entkommen – warum sollte er mutlos und verzagt sein?

Ohne sich aufzuhalten, begann er, das alte Schulhaus zu reparieren, turnte aufs Dach und flickte Schindeln, senste im Garten Gras und Unkraut, putzte Fenster und setzte, wo sie zerbrochen waren, Pappe ein. Eltern boten sich an zu helfen, schrubbten und bohnerten Klassenraumdielen und Vaters Wohnung im ersten Stock, einen luftigen, sonnenhellen Saal mit Gaskocher, Schreibpult, Kanonenofen und einer Karte des deutschen Reichs in seinen Grenzen von '37. Vater entfernte sie nicht, sei es aus schlichter Freude, im Besitz einer Karte zu sein, sei es aus Achtung vor dem Lehrer, der in Jugoslawien gefallen war und den er beerbt hatte. Er faßte keine der Nazischriften an, die zuhauf im Regal standen. Sollten sie bleiben, wo sie waren, Hauptsache, sein Goethe, sein Gregorovius und Rilkes Gedichtsammlung fanden Platz.

Einer der ersten, der sich zum Schulhaus begab, um seine Hilfe anzubieten, war Großvater Emil. Der machte sich Sorgen um Elinor, die halbe Tage im Wald verschwand, zerzaust und schmutzig, mit Kletten im Haar, bei seinen Geschwistern im Gasthof am Mittagstisch hockte und an einer Brotscheibe knabberte. Verschlossen, verstockt wich sie Großvater aus, wenn der sich erkundigte, was sie erlebt hatte, schaute verlegen zu Boden und schwieg. Von Tag zu Tag kam sie Emil verwilderter vor, und was schlimmer war: einsamer.

Er war nicht imstande, seiner Tochter ein Leben mit Regeln zu bieten, sie zum Lesen zu bringen, zum Lernen. Infolge seiner Kriegsverletzung litt er an rasendem Kopfweh, fand nachts keinen Schlaf, war bei Tage zerschlagen und verkroch sich am liebsten im Gasthofzimmer. Das dunkelte er gegen Sonnenschein ab, warf sich aufs Bett und preßte sein von Schmerzen verzerrtes Gesicht ins Kissen. Sich mit seinen Schmerzen und wechselnden Launen seiner Tochter zu widmen, das schaffte er nicht, er ließ es an Aufmerksamkeit vermissen, an Zuwendung, was er sich nicht verzieh.

Es erleichterte Großvater, als er erfuhr, in Reichenbach werde ein Lehrer erwartet. Und als Ludwig Wieland endlich eintraf, trotzte er seinen verfluchten Schmerzen, band sich eine Krawatte um, nahm seinen Hut und marschierte zum Schulhaus. Er wollte dem Lehrer seine Tochter ans Herz legen, das war das eine. Das andere war Neugier: Zeit seines Lebens bedauerte Großvater Emil, nie ein Gymnasium besucht und studiert zu haben. Was er sich an Bildung erworben hatte, verdankte er seiner besessenen Lesewut. Er hatte mit dreizehn zu lesen begonnen und jedes Buch verschlungen, das erreichbar war. An Lesestoff mangelte es allerdings, in seinem Elternhaus, Reichenbachs Gastwirtschaft, ließ sich kein einziges Buch auftreiben außer der Bibel, und Vater und Mutter mißbilligten seine Lesebegeisterung bald. Wenn er sich mit einem Buch verkroch, das er beim Pfarrer entliehen hatte – was er mit Laubkehren im Kirchhof und Blasebalgtreten beim Gottesdienst abgelten mußte –, verspotteten sie seinen Bildungsfimmel und hetzten seine Geschwister auf, er wolle anscheinend was Besseres sein als sie.

Es hatte Beharrlichkeit erfordert, sich nicht entmutigen zu lassen, sich durchzubeißen von Buch zu Buch, und auf diese Beharrlichkeit war er stolz. Mehr als auf sein Wissen, in dem er nicht heimisch war. Ja, Großvater Emil empfand sich als Einbrecher, der wertvolle Dinge entwendet hat und dem kein Fehler passieren darf, wenn sein Schwindel nicht auffliegen soll. Seine Verlegenheit konnte er nie recht verbergen. Er schwankte zwischen verbissener Rechthaberei – wie ein Dieb, der nicht zugeben kann, sich am Eigentum anderer vergangen zu haben –, Kleinmut und Schuldbewußtsein.

Am Anfang war Großvater Emil von Vater und seinem Verhalten befremdet. Er hatte einen erfahrenen Lehrer erwartet, mindestens einen Mann seines Alters, der einem Respekt abverlangte. Vor Ludwig Wieland konnte er keinen Respekt haben, der war zu strahlend, zu jung. Ja, er fand es bezeichnend, Vater im Garten beim Schneckeneinsammeln und Umgraben von verkrauteten Beeten anzutreffen, nicht beim Studieren im Schulhaus. Und als Lehrer Wieland, um keine Spur verlegen, mit einem Schmunzeln bekannte, er habe einen Kurzkurs zur Lehrerausbildung besucht, der sechs Monate dauere, und drei seien leider verstrichen gewesen bei seinem Eintritt ins Institut, verfestigte sich Emil Sallmanns Verdacht. Dieser Wieland war sich seiner Aufgabe nicht bewußt und schlicht eine Fehlbesetzung. Dem konnte er seine Tochter nicht anvertrauen. Er stapfte verdrossen zum Gartentor, und auf der Dorfstraße meldeten sich seine Kopfschmerzen mit einer Wucht, die Großvater blind machte – fast taumelte er in ein Milchfuhrwerk.

Wieland seinerseits hatte keine Zweifel an seiner Eignung als Lehrer. Er stammte ja aus einer Lehrerfamilie. An seinem Latein war nichts auszusetzen und Englisch beherrschte er leidlich. Beschlagen war er in Geographie, Mendels Vererbungslehre kannte er bestens, und Pilze und Pflanzen bestimmen war eine Leidenschaft seiner Kindheit. Nein, er ließ keine Zeit verstreichen und begann ab sofort mit dem Unterricht vor achtzig scheuen und wissenshungrigen Kindern der ersten bis achten Klasse.

Vater versetzte sie in Erstaunen, als er im Klassensaal auf eine Leiter stieg, um behutsam das Schwalbennest abzubrechen, das er ergriffen von Bank zu Bank trug. An heißen Tagen empfing er sie in Sandalen, einem weißen Hemd, kurzen Hosen, schwenkte ein Schmetterlingsnetz und ließ seine Kinder in Zweierreihen antreten: Singend und pfeifend ging's hoch zum Wald. In dieser Zeit baute er seine erste Gambe, schnitt Holz zu, besorgte sich Leim beim Tischlermeister, Roßhaar vom Bauern, und Reichenbachs Pfarrer konnte mit Darmsaiten dienen. Hopsend und fidelnd lehrte Vater im schattigen Garten des Schulhauses seine achtzig Kinder Contretanz. Ja, sie verehrten Vater, der spannend von seinen Flugabenteuern berichtete, Rilke-Gedichte aufsagte, sie eifrig in Metrum und Reimschema einweihte und bald eine Bienenzucht anlegen sollte. Er war streng, nicht zu sehr, legte Wert auf Gerechtigkeit und drohte niemals mit Hieben.

Und Mutter? Mutter schlich nachmittags verlegen und forschend ums alte Schulhaus. Oder sie hockte im Dickicht beim Bach, zusammen mit anderen Backfischen, die sich in Vater verliebt hatten. Kichernd und mit ersticktem Schnattern spionierten sie Lehrer Wieland aus, der seinen Gartenzaun himmelblau strich, Flammende Herzen und Bartnelken goß, mit einem Eimer im Kirschbaum verschwand, sich im Liegestuhl ausstreckte, dichtete, las. Gelegentlich lief er mit Imkerpfeife im Mund und verschleiert zum Bienenstand in einer Gartenecke, die nicht weit vom plappernden Bach entfernt war, und Mutter duckte sich tiefer ins Dickicht, aus Angst, vom Lehrer ertappt zu werden.

Es erboste sie, nicht alleine zu sein im Versteck, von dem sich Schulhaus und Garten am besten im Auge behalten ließen. Sie wollte Vater mit niemandem teilen, bestimmt nicht mit diesen drei dummen Puten, die dauernd am Ratschen und Prusten waren. Pssst! machte Elinor, knuffte und boxte sie. Mutter war kleiner und zierlicher als alle drei, und sie hatte keinen Busen. Das war schlimm, und am schlimmsten war es, wenn sich die drei mit heiseren Stimmen abstoßende Dinge ausmalten – Elinor kamen sie grob und gemein vor. Sie ballte eine Faust, bis es weh tat, zersprang fast vor Abscheu und Zorn.

Normalerweise war sie als erste beim Bach und verließ das Dickicht als letzte, an Beinen und Armen zerstochen. Das machte Mutter nichts aus. Nicht, zwischen krabbelnden Feuerwanzen und wimmelnden Ameisen Platz zu nehmen, die sie versonnen vom Rock wischte. Wenn sich im Schulhaus nichts regte, wo Lehrer Wieland vermutlich sein Nickerchen hielt, las sie in Rilkes Roman »Laurids Brigge«, den sie bei Großvater Emil entdeckt hatte. Es scherte sie nicht, ob sie etwas verstand. Bald kannte sie erstes und zweites Kapitel auswendig, konnte sie fehlerfrei aufsagen. Sie betete Ludwig Wieland an, seinen Pilotenmut und seine Leichtigkeit, sein Wissen, das Mutter immens vorkam. Er mußte es nicht buchstabieren, wie Elinors Vater das tat, Ludwig Wielands Wissen war frei von Verzagtheit und Schwere.

Gewiß, Mutters Liebe war kindlich, versponnen. Heimlich nahm sie zum Lehrer Verbindungen auf, die er andererseits nicht bemerken durfte, verfaßte Briefe, die halb aus holprigen Reimen, halb aus Rilke-Zitaten bestanden und warf sie in einen hohlen Baum, Mutters verschworenen Briefkasten. Sie stahl einen Ring bei der Gasthofcousine, den sie behauchte und blankpolierte, und als Ludwig Wieland im Garten war, rannte sie zu seiner Wohnung hoch, die sperrangelweit offen stand, schaute sich fieberhaft um und fand eine Dielenbretterritze beim Bett, kein Versteck konnte passender sein. Im Unterricht meldete sie sich nie, hockte im hintersten Klassensaalwinkel, verschlossen und stumm, und hing an seinen Lippen. Besonders aufmerksam war sie nicht, außer wenn er Gedichte vortrug oder zu seiner Gambe griff. In Englisch, Geschichte und Geographie war es um Elinors Leistungen schlecht bestellt. Und wenn Ludwig Wieland Vokabeln abfragte und Elinor aufrief, begann sie entsetzt zu stammeln, bekam keine Antwort zustande.

Kindlich mochte sie sein, Mutters Liebe, harmlos und launenhaft war sie nicht. Sie verkrallte sich mehr und mehr in Elinors Herzen und wollte ausbrechen, wollte aus Elinors Haut fahren! Mag sein, aus Verzweiflung verbiß sie sich in eine der drei dummen Puten, die alle paar Tage in Mutters Versteck platzten, sie aufscheuchten, boshaft und wild machten. Von allen dreien schwatzte Mechthild am meisten. Die erlaubte es sich, als Klassenbeste, scheißfrech zu sein und schrecklich anzugeben, protzte mit allem, was sich aufbieten ließ, sei es mit englischen Brocken und Erdkundekenntnissen, sei es mit Menstruationserfahrungen und einem runden Busen. Mutter verstopfte sich beide Ohren oder keifte: »Halt endlich dein Maul!«, was Mechthild nicht kratzte, es spornte sie eher an. Er habe sich absolut in sie verschossen, Lehrer Wieland, er wage es bloß nicht zu zeigen, behauptete sie eines Nachmittags. »Er zwinkert mir zu, wenn es niemand bemerkt, und schaut mir verstohlen ins Kleid.« Sie reckte sich lustvoll und eitel, lupfte den Rock bis zur Unterhose und strich mit zwei Fingern am inneren Schenkel hoch. »An dieser Stelle«, seufzte sie, »soll er mich anfassen!«

Mit einem Schrei warf sich Mutter auf sie und biß sich im fleischigen Schenkel fest. Es scherte sie nicht, ob sie Blut schmeckte, ob sie die anderen kratzten und traten, ob sie ein Stockhieb traf und bald ein zweiter – zappelnd hing sie am Schenkel und wollte nicht loslassen. Und der zehn Schritte entfernt an seiner Honigschleuder kurbelnde Wieland schaute verwundert zum zuckenden Dickicht am Bach, aus dem ohrenzerreißendes Kreischen kam. Er nahm seinen Gartenzaun mit einem Sprung, und mit einem zweiten Sprung war er am anderen Ufer.

Mutter bekam er als erste zu fassen. Er zerrte sie an einem Arm ins Freie, und da stand sie, zerzaust, in zerissenen Kleidern und mit blutverschmierten Lippen, vorm Lehrer, der nichts begriff, und eher aus Entsetzen, als um zu bestrafen, drei schallende Ohrfeigen austeilte. Bloß der flennenden Mechthild verpaßte er keine. Die humpelte an seinem Arm zum Schulhaus. Im Treppenhaus wandte sich Wieland um und beauftragte Mutter mit barscher Stimme, Viehdoktor Fleitmann Bescheid zu sagen – einen anderen Arzt hatte Reichenbach nicht zu bieten. Sie gehorchte mechanisch, und als sie ins Dorf rannte und

Doktor Fleitmann benachrichtigte, brannte Mutter vor Kummer und Scham.

Niemand erfuhr, was passiert war, keine der vier wollte etwas verraten. Vater erntete nichts als verstocktes Schweigen oder belanglose Antworten, als er sie sich vornahm, und kapitulierte rasch.

Keine der Backfische wagte sich mehr ins Versteck außer Elinor, die es besessen zum Lehrer zog. Vorsichtig schlich sie am Mittag im Roggenfeld, das sie verbarg, bis zum Bach, und atmete auf, wenn sie wieder allein blieb. Alleine mit Wieland, versteht sich, der bisweilen seine Augen zusammenkniff und mißtrauisch zum anderen Ufer starrte. Erst Regen und Herbststurm vertrieben sie, und Mutter verzog sich ins Gasthofzimmer, wo Großvater Emil vor Schmerzen verging. Er schaute vom Kissen hoch, als sie weinte. Und als sie sich endlich zusammenrollte, im Bett, das sie miteinander teilten, streckte er seinen Arm aus und streichelte Elinor, bis sie schlief.

Elinors Liebe war stur. Ab Mai 1948 empfing Ludwig Wieland Damenbesuche im Schulhaus, und trotz aller Vorsichtsmaßnahmen – seine Besucherin traf freitags bei Dunkelheit ein, beide hielten sich niemals im Garten auf und verkrochen sich in Wielands Wohnung bis Sonntagnacht – wußte Reichenbach bestens Bescheid. Von Mutter zu schweigen, die nie einen Tag verstreichen ließ ohne verschwiegene Stippvisiten beim Schulhaus. Mit klopfendem Herzen radelte sie vom Waldrand bergab und schielte zur Wohnung hoch.

An einem dieser warmen Tage im Mai – Grillen ratschten im Feld, vom Weiher kam Froschgequake – entdeckte sie am Wielandschen Fenster im ersten Stockwerk ein blondes, splitternacktes Wesen. Erschrocken und starr wie sie war, paßte Mutter nicht auf und landete scheppernd im Graben. Sie blieb eine Weile am Boden liegen, zwischen staubigen Nesseln und harten Steinen, hatte keine Kraft, keinen Mut, sich vom Rad zu befreien und aufzurichten. Alles tat Elinor weh. Arme und Beine waren taub, und am schrecklichsten war dieses Ziehen im Herzen. Vom Graben aus konnte sie Wieland erkennen, der inzwischen am Fenster erschienen war und seine Freundin im Arm hielt, die er im Nacken liebkoste, am Ohr. Zart und behutsam rieb Bel-Ami eine der Brustwarzen mit seinen Fingern.

Beirren ließ Mutter sich nicht. Ja, es erleichterte sie, eine fremde Frau in seinen Armen entdeckt zu haben, keine der Schnepfen aus Klasse und Dorf, die Wieland mit Kuhaugen anglotzten. Sie erfuhr, wer das blitzblonde Wesen war. Es hieß Ingeborg Witt, war Luftnachrichtenhelferin am Flughafen von Dijon gewesen, wo sie Ludwig Wieland begegnet war, mit dem sie ein Techtelmechtel anfing. Als sich beide zu einer knappen Woche Paris hatten abkommandieren lassen, Konzerten im Salle Pleyel lauschten und das Musée Rodin besuchten, sich mit Radieschen und Weißbrot vollstopften und nachts Arm in Arm bei Akkordeonmusik und Vollmond am Seineufer spazierengingen, verliebte sich Ingeborg ernsthaft in Bel-Ami. In der kleinen Pension am Montmartre schlich sie auf Zehenspitzen an Wielands Bett, das sie bis zum Morgengrauen teilten.

Erst am Abreisetag verriet sie, leider verheiratet zu sein, was Bel-Ami halb erleichterte und halb verstimmte. Er kam sich betrogen vor, ja, und gleichzeitig bot sich mit Ingeborgs Beichte ein praktischer Vorwand, dem Abenteuer, das aus Lust, nicht aus Liebe bestand – mehr war es nicht in seinen Augen – ein baldiges Ende zu machen. Er erwiderte Ingeborgs Briefe nicht, die aus Dijon in Nancy eintrafen und, als er mit Gelbsucht im Lazarett lag, in seinem Dresdener Krankenzimmer.

Es war ein Zufall, der Ingeborg Witt im Mai '48 zu Vaters Adresse verhalf, kein Versprechen, das beide verband. Atemlos traf sie in Reichenbach ein, wo sie dem verdutzten Wieland ins

Schulhaus platzte. »Ich bin frei«, schluchzte Ingeborg an seiner Schulter, »mein Ehemann ist an der Ostfront verschollen.« Und aus Bequemlichkeit oder aus Mitleid bandelte Bel-Ami wieder mit Ingeborg an, bestand allerdings auf Verschwiegenheit. Er holte sie niemals vom Zug ab, auf Schleichwegen mußte sie zu seiner Schule laufen. Nein, diese diebische Liebschaft mit einer Frau, die verheiratet war und bald Mitte dreißig – Wieland war erst siebenundzwanzig – konnte Mutter nichts anhaben, absolut nichts!

Es war Großvater Emil, der Wielands Geheimnisse kannte. Im Laufe von Monaten hatten sich beide angefreundet, und wenn seine Kopfschmerzen abebbten, stapfte Großvater lieber zur Schule, als sich bei seinen Geschwistern im Gasthof zu langweilen. Sein giftiges Urteil vom ersten Tag hatte er rasch korrigiert: ein Leichtfuß, ein Dummerjan war dieser Wieland nicht. Sie saßen zusammen im Garten, beschattet von Apfel- und Kirschbaum, und plauderten angeregt. Wann sie ins Duzen verfallen waren, wußte keiner von beiden zu sagen. Vater teilte mit Emil sein Lieblingsgericht, Eierkuchen mit Blaubeeren, und Großvater, der sonst nie Appetit hatte und Eierkuchen nicht ausstehen konnte, schlug heißhungrig zu. Vom Bienenkorb summte es, Bachwasser plapperte, und sie stritten erhitzt, bis es dunkel war, um Goethes Rang als Naturforscher, den Emil bescheiden und vormodern nannte, was Ludwig sich heftig verbat. Goethes Naturforscherleistungen seien bis heute nicht richtig erkannt, schnaubte er, und dem Kleingeist der Schulwissenschaften ein Graus. Zum verbitterten Zwist kam es nie zwischen beiden – beim Abschied marschierten sie schulterklopfend ans Gartentor, und Großvater winkte ausgiebig, bis er am Dorfplatz ums Eck bog.

Vater scheute grimmige Auseinandersetzungen, und Emil war seinerseits vorsichtig. Um keinen Preis wollte er sich seine Freundschaft zum Lehrer verscherzen. Er kannte in Reichenbach niemanden, den er mit seiner Belesenheit beeindrucken konnte, außer Vater. Das war Großvater Emil am wichtigsten: Seinen »verrosteten Hirnkasten« anzukurbeln und wieder in Schwung zu versetzen. Teuflisch litt er an seiner Vergeßlichkeit, die er der schweren Verletzung verdankte. Sie hatte Großvater Emil eine Eisenplatte im Kopf beschert, und er lebte in dauernder Furcht, seine Erinnerung komplett zu verlieren.

Sich nicht mehr an den Roman zu erinnern, der bei Elinors Namensgebung Taufe gestanden hatte, machte Großvater rasend. Er spielte in einer englischen Grafschaft, etwa um 1820, und das Buch mußte aus dieser Zeit stammen. Nein, Titel, Verfasser waren Emil entfallen, als er verletzt aus dem Krieg heimkehrte. Und das trotz der Scherereien, die er bei den Nazis mit Elinors Namen gehabt hatte, als er im Verdacht stand, ein stiller Verehrer von Eleanor Roosevelt zu sein. Jahrzehntelang sollte er sich das Hirn zermartern – und erst als seine Tochter tot und begraben war, entdeckte Großvater Emil das Buch in einem Antiquariat Sachsenhausens.

Ob das mit der Eisenplatte stimmte? Mag sein, ich reimte mir das als Kind aus seinen Bemerkungen zusammen. Ich glaubte zum Beispiel, schuld an Großvaters breitem hessischen Dialekt sei diese Eisenplatte im Kopf, die seine Sprache zermalme. Mutter sprach eifrig erlerntes Hochdeutsch und Vaters anklingendes Sachsenidiom war zu schwach, um mich an meiner Einbildung zweifeln zu lassen. In meiner Kindheit herrschte kein Mangel an kriegsversehrten Erwachsenen, was ich bei unseren Aufenthalten in Lichtenbergs Freibad beobachten konnte, und wenn Nachbarn und Kaufmannsfrau hessisch palaverten, mußten sie Großvaters Schicksal teilen und halt Eisenplatten im Kopf haben!

Großvaters Namen entdeckte ich in Vaters Tagebuch. Der Eintragung, die aus drei Zeilen bestand, merkte man Spottlust und Hochmut an. Bei einem Treffen im Schulhaus, gegen

Ende Oktober '49, mußte sich Emil entsetzlich verhaspelt haben. Er hatte »monieren« mit »mokieren« verwechselt und »Renaissance« mit »Necessaire«. Von Besuch zu Besuch, die er Vater abstattete, nahm seine Verunsicherung zu. Er irrte sich laufend, vergriff sich bei Fremdwörtern, Namen von Schriftstellern und Philosophen, vertauschte historische Vorkommnisse, und wenn Ludwig in schallendes Lachen ausbrach, verhedderte Großvater sich um so mehr. Es war furchtbar, als Schwindler ertappt zu werden, als Hochstapler, und im September '50 stellte er seine Besuche im Schulhaus ein, ohne Ausrede oder Entschuldigung, und Lehrer Wieland kam seinerseits nicht in den Gasthof, um zu erfahren, was mit Großvater Emil passiert sei, als ob er sein Fehlen nicht wahrnehme.

Mittlerweile war Elinor beinahe sechzehn, hochaufgeschossen, kein Kind mehr. Sie riegelte sich alle naslang im Zimmer ein und rannte zum Kleiderschrankspiegel. Betrachtete atemlos und erregt Schamhaare, Beine und spitze Brust. Stupsnasig war es gewesen, Mutters Gesicht, und besprenkelt von Sommersprossen, die sich leider nicht abkratzen ließen und Gasthofcousinen und -tanten ermunterte, sie einen Lausbub zu nennen – inzwischen wirkte es hager, fast streng.

An Wielands Unterrichtsstunden nahm Elinor nicht mehr teil. Seine Lehrbefugnis reichte von der ersten bis zur achten Klasse, nicht bis zur zehnten, und Mutter mußte mit einem Bus zur Schule im Nachbarort schaukeln. Um nicht vergessen zu werden vom Lehrer, bekniete sie Emil, sie mitzunehmen bei seinen Besuchen im Schulhaus. Nein, sie war nicht mehr das scheue Ding, das sich verabscheute und lieber verstecken wollte. Er sollte sie aufmerksam anschauen, Wieland, der wieder frauenlos war.

Zum Leidwesen Ingeborgs war der verschollene Ehemann heimgekehrt, krank und verhungert, ein Wrack, ein Gespenst, das sie anfangs nicht wiederkannte, als es im Schwalbacher

Zimmer aufkreuzte. »Wer sind Sie? Was wollen Sie von mir?« keuchte Ingeborg, und als es erwiderte: »Ich bin dein Mann«, brach sie mit einem Aufschrei zusammen. Ein verbitterter Brief traf im Schulhaus ein, verbittert gegen das Schicksal, das sie ereilt hatte, gegen den fremden Menschen, mit dem sie verheiratet war, und voller Kummer nahm sie Abschied von Ludwig Wieland und Reichenbach.

Meistens lehnte es Emil barsch ab, sich von seiner Tochter zum Lehrer begleiten zu lassen. Sie konnte nicht wissen, warum, mußte flehen und betteln, bis er sich erweichen ließ. Sich vor seinem Freund zu blamieren war schrecklich genug – in Gegenwart seiner Tochter wollte er sich eine Schande ersparen. Bel-Ami bewirtete beide im Garten mit seinen Heidelbeereierkuchen, die er am Ende allein aß – Emil schob seinen Teller beiseite und Mutter vergaß zu kauen und zu schlucken, zu aufgeregt war sie, zu selig hing sie an Wielands Lippen, die blau verschmiert waren und sich ohne Pause bewegten. Er schwatzte und schwatzte, plauderte von seiner Bienenzucht, weihte sie ein, er beabsichtige, im kommenden Jahr ein Spinett zu bauen, und als Mutter nicht lockerließ, war er bereit, seine Kladde mit Wachstucheinband zu holen und sein neuestes Sonett vorzulesen. Emil bereitete diesen Besuchen normalerweise ein hastiges Ende. Er bekam einen Hustenanfall oder floh vor einer Biene im Zickzack ans Gartentor und lehnte es ab, wieder Platz zu nehmen. Erleichtert war Großvater Emil erst, wenn er sich am Arm seiner Tochter verabschieden konnte.

Als er sich standhaft zu weigern begann, Besuche im Schulhaus zu machen, war Mutter verzweifelt. Und es kam schlimmer: Ohne Vorwarnung, ohne im Gasthof Lebewohl zu sagen, reiste Ludwig Wieland aus Reichenbach ab. Beim Pfarrer hieß es, er habe sich auf eine Lehrerstelle im Taunus beworben. Andere meinten, im Spessart. Und es mußten drei Jahre verstreichen, bis Mutter von seinem Verbleiben erfuhr.

Vergessen konnte sie Vater nicht. Sie wanderte traurig ums alte Schulhaus und murmelte alle Sonettzeilen Ludwig Wielands, die sie behalten hatte. Beim Einschlafen seufzte sie seinen Namen, weinte im Traum oder streichelte Großvater Emil und rollte zur Bettkante, wenn er sie weckte: »Was hast du? Was ist mit dir, Elinor?«

Als Mutter, Anfang der 50er Jahre, in Frankfurt zur Handelsschule ging, hatte sie bald einen Schwarm Verehrer, was sie halb zerstreut, halb belustigt bemerkte. Bisweilen traf sie eine Verabredung, die sie im Handumdrehen wieder vergaß. Am Mainufer sprach sie ein Fernmeldetechniker an, der sie mit seinen blauen Augen, seiner schlanken Gestalt und seinen blonden Haaren leidlich an Vater erinnerte. Dummerweise hatte er keinen Schimmer von Rilke und seinen Gedichten und verstand sich kein bißchen aufs Gambenspielen. Beim zehnten Spaziergang zum Eisernen Steg, als er Mutters Hand nahm und festhalten wollte, fing er sich einen Kinnhaken ein. »Aus uns wird es nichts!« entschied sie erbarmungslos und rannte heulend nach Hause. Was scherte es sie, als Blaustrumpf verschrien zu sein, Mutters Herz war vergeben!

Wie sie zu Vaters Adresse kam, kann ich nicht sagen. Ich weiß, sie war außer sich, kopflos, verbrachte Stunden in Frankfurts zerbombten Gassen, hetzte ziellos um Schutthalden, Baustellen und fand erst um Mitternacht heim. Oder hockte im Wintergarten der Sachsenhausener Wohnung, wo Emil und sie inzwischen zwei Untermietszimmer bewohnten, zwischen vertrockneten Rosen und staubigen Blumengestecken, versteinert, nicht ansprechbar. Er hob sie vom knarrenden Korbsessel, Großvater, und trug seine reglose Tochter zu Bett.

Um einen Brief zu verfassen, der nicht zu verworren klang, hochfliegend oder befangen, brauchte sie mehrere Wochen. Den trug sie mit pochendem Herzen zum Postamt und wartete bang auf Antwort. Vergeblich, es traf keine ein. Vater bekam einen Haufen Verehrerpost von seinen verflossenen Kindern aus Reichenbach, die er mit einem Schmunzeln las, beiseite legte und nicht mehr beachtete. An einem aprilblauen, windigen Tag schnappte sich Mutter aus Großvaters Nachttischschublade Beruhigungspillen und Schmerzmittel, setzte sich kalt und entschlossen in einen Zug, der bis Lichtenberg dampfte. Im Stadtwald begann sie zu zittern. Und ab Dreieichenhain stopfte Mutter sich panisch und wahllos mit Emils Tabletten voll. Am verschlafenen Bahnhof von Lichtenberg torkelte sie halbblind ins Freie und nahm es nicht wahr, als sie einen Schuh verlor, der in der Waggonplattform steckenblieb. Mutters Magen verkrampfte sich wild und schmerzhaft. Und als ein Stationsvorsteher zu Hilfe eilte, erbrach sie sich auf seine Uniform. Blaß lief sie zu Vaters Haus, das einsam am Berghang lag – es dauerte eine Stunde, bis sie es ausfindig machte. Er war nicht daheim, als sie anklopfte. Mutter setzte sich auf einen Stuhl, der im Garten stand, lauschte summenden Bienen und raschelnden Hecken und schlief, bis das Gartentor knarrte und Vater sein Fahrrad zum Regenfaß schob.

7

Es muß ein Tag im April '69 gewesen sein, als Rosalinapaulina Arm in Arm zum Gassenknick tippelten, wo sie beim Heiligen in seinem Schrein, vor dem sich ein Berg aus Abfall erhob, dicke Fliegen um faule Orangen, vermatschte Spaghetti und Fleischreste brummten und widerlich stinkender Rauch von einem verkokelnden Autoreifen aufstieg, ein mit Krakeln versehenes Pappschild befestigten: »Es ist eine Schande, den Heiligen zu beleidigen und zu entweihen. Vergognatevi!« Schuster Fabrizio hockte im Sonnenschein, spuckte einen im Mundwinkel steckenden Nagel aus und schmetterte gegen das scheppernde Radio des Polsterers an: »Disperato morirò! Verzweifelt werde ich sterben!« An diesem Tag strampelte Luca zu seiner ersten Unterrichtsstunde vors Haus, sprang vom Rad, das er auf seine Schulter hob, um es ins Treppenhaus zu tragen, wo es vor Dieben sicher war, und meldete uns seine Ankunft mit einem Pfiff, der Mutter zusammenzucken ließ. Ich nahm mir fest vor, diesen Pfiff zu erlernen! Rasch legte Vater zwei Scheine bereit, verkroch sich zum Lesen ins Schlafzimmer und sollte erst wieder zum Vorschein kommen, als sich Luca verabschiedet hatte.

Vater wirkte ratlos in diesen Wochen. Hatte er nicht behauptet, bei einem Studenten im dritten Semester, der keine Erfahrung als Sprachlehrer mitbringe und nichts als modischverquaste Ideen im Kopf habe, werde sein Feelein nichts lernen? Er sollte sich irren, und wie! Vier Unterrichtsstunden reichten aus, um Mutter zum Sprechen zu bringen. Sie redete, ohne rot anzulaufen, sich Verzweiflungslocken ins Haar zu drehen oder hektisch an Armen und Beinen zu kratzen. Luca verbesserte sie behutsam und kritzelte, nicht besonders eifrig, Konjugationen ins Unterrichtsheft, Redewendungen, die sie nicht kannte.

Bald dehnten sich seine Besuche aus, und Vater, der sich begreiflicherweise nicht ewig ins Schlafzimmer einsperren mochte, brach zu einem Ruinenbummel auf, erwanderte Stadtmauerreste und Tiberufer oder nahm einen Bus bis zur Appia antica, und ließ sich von Hitze und schwarzen Wolken, die sich am westlichen Himmel zu einem Gewitter zusammenbrauten, nicht abschrecken. Es konnte passieren und er erkundigte sich, ob ich mitkommen wolle. Und ich verneinte – mit schlechtem Gewissen. Lustiger war es, bei Mutter und Luca zu bleiben, als mir neben Vater, der Riesenschritte machte und mich nicht beachtete, Blasen zu laufen.

Es war lustiger, ja, und außerdem wollte ich beide im Auge behalten. Besonders aufmerksam las ich nicht im »Tom Sawyer«, den ich ins Wohnzimmer mitnahm, wenn Lucas Unterrichtsstunde begann. Und es sollte mir nicht entgehen, als er beim dritten, beim vierten Abschied im Korridor scheu Mutters Hand nahm und streichelte. Und Mutter, die anfangs erschrocken wirkte und »Lasciami!« zischte, benahm sich bald anders. Sie schien eher erheitert zu sein als entsetzt, wenn Luca sie wieder verstohlen im Nacken kraulte oder am Haar zupfte, und mit einer kehligen Stimme, die ich an Mutter nicht kannte, gluckste sie: »Luca, che cavolo fai?«

Der beichtete in einer Unterrichtsstunde, kein Kalabrese zu sein. Er stamme aus einem lukanischen Dorf namens Oppido. Um seine Spuren zu verwischen, habe er sich einen anderen Paß besorgt. »Um deine Spuren zu verwischen? Und warum das?« – »Mein Vater darf niemals erfahren, wo ich stecke«, erwiderte Luca, »sonst bringt er mich um. Ich habe sein Auto gestohlen, um von zu Hause auszureißen, und ich wette, er hat es nie wiederbekommen. Ich war erst bei Potenza, als mir das Benzin ausging. Ich Dummkopf, ich hatte vergessen, mir einen von Vaters randvollen Kanistern zu schnappen. Er hortete ja Benzin. Meine Flucht war leider schlecht vorbereitet.«

»Und du hattest kein Geld bei dir?« – »Eine bescheidene Summe«, erwiderte Luca, »und die mußte ich eisern zusammenhalten. Außerdem war ich erst sechzehn und hatte entsetzlichen Bammel vor einer Kontrolle. Ich ließ Vaters Auto am Feldrand stehen und reiste auf einem Maultierkarren bis Ruoti, wo mich ein Lastwagen mitnahm.« – »Du warst erst sechzehn?« stammelte Mutter erschrocken, »und hocktest am Steuer?« – »Ehja, autofahren, das konnte ich. Das hatte ich bei meinem Vater erlernt, der in seinen Fiat vernarrt war, mit acht oder neun. Sein Auto, das war ein Ereignis in Oppido. In meiner Kindheit bestaunten wir ja das Vorkriegsmodell, das bei unserem Quacksalber, Doktor Bussoli, im Hof stand. Weiß nicht, von wem der sich das hatte aufschwatzen lassen und wann sein Motor kaputtging, den niemand bei uns reparieren konnte. Ohnehin durfte ja keiner seinem schwarzen Lancia zu nahe kommen, der an allen Ecken und Enden mit blitzendem Chrom verziert war. Wenn wir uns, ich meine, wir Kinder, bei Dunkelheit in seinen Hof stahlen und Doktor Bussolis Maschine umschlichen, fuchtelte er mit dem Schrotgewehr und schoß eine prasselnde Ladung zum Himmel. Bei einer Gelegenheit hat er aus Versehen seine Katze erschossen, die sich auf dem Dach befand.«

Mutter machte ein mitleidiges Gesicht, und als Luca mir zuzwinkern wollte, steckte ich flink meine Nase ins Buch. Sie sollten mich nicht beim Lauschen erwischen! Am Ende mochte Mutter meine ewige Gegenwart leid sein und sie würde mich ins andere Zimmer verbannen, was nicht passieren durfte. Wer sollte sonst auf sie aufpassen?

»Am Sonntag rollte Bussoli mit seiner Familie im Lancia zur Kirche bergab, knappe dreihundert Meter«, fuhr Luca fort, »und wir mußten in Oppidos schmaler Gasse beiseite springen, er bremste nie, war zu begeistert von seiner Geschwindigkeit, und begleitet von uns, einer Horde kreischender Kinder, kam er beim Kirchplatz an und scheuchte uns mit seinem Stock auseinander. Doktor Bussolis Sonntagsfahrt ließen wir uns nie entgehen, und wenn er nach beendeter Messe sein Auto wieder heimschieben mußte, keuchend, mit rotem Kopf – er wollte sich ja von niemandem helfen lassen außer von seinem Sohn – verringerte das unsere Ehrfurcht nicht. Bis zu dem Tag, als Vater mit seinem Cinquecento ins Dorf preschte!«

»Ich wußte von Vaters Vorhaben, sich in Turin ein Auto zu kaufen, er hatte es mir verraten, bloß mir, meiner Mutter und meinen Schwestern nicht. Und um seine Ankunft nicht zu verpassen, hockte ich drei Tage in stechender Sonne auf einer Mauer am Hang, wollte nichts essen, und nachts mußte Mutter mich an meinen Ohren nach Hause schleifen. Am vierten Tag steigt eine Staubwolke auf, und mittendrin hoppelt und hupt ein Auto. Ich glaube, ich wollte vor Freude zu Vater fliegen, sein Auto umarmen, wer weiß, breite die Arme aus, springe!, und lande zwanzig Meter tiefer in einer Felsspalte, die Gott sei Dank dicht bewachsen ist. Bis man mich entdeckte, vergingen Stunden.«

»Warst du verletzt?« wollte Mutter wissen. »Und ob ich verletzt war«, erwiderte Luca, »ich konnte meine Beine nicht mehr bewegen, beide waren gebrochen, und es tat teuflisch weh. Das war nicht am schlimmsten. Das Schrecklichste war, von fern Vaters Hupe im Ohr zu haben und seinen strahlenden Einzug in Oppidos Gassen nicht mitzuerleben. Angst hatte ich erst, als es dunkel war und niemand kam. Ja, ich hatte panische Angst zu sterben und Vaters Fiat nie kennenzulernen«, Luca lachte. »Sechs Monate steckten meine Beine in Gips, und Vater reiste mit mir in seinem Auto ans Meer, bis Neapel und Bari. In dieser Zeit haben wir uns verstanden, mein Vater und ich, als ich sieben war.«

»Und Doktor Bossoli?« entfuhr es mir. »Bussoli«, verbesserte Luca mich heiter, »Bussoli mit u. Du hast meine Geschichte verstanden, nicht wahr?« Er beugte sich vor, um in meine Backe zu kneifen. »Der war am Ende, das sage ich dir. Wenn er am Sonntag zur Kirche rollte, bewarfen wir Kinder sein Auto mit Steinen. Bis er es aufgab und seinen Lancia verrotten ließ. Verwunden hat er das nicht, ja er verfiel zusammen mit seiner Karre. In einer eisigen Winternacht schleppte er sich im Hemd und ohne Schuhe zum Lancia im Hof und nahm hinterm Steuerrad Platz, um zu sterben. Am andern Tag war er ein Eiszapfen.«

Klatschend fiel mein »Tom Sawyer« zu Boden, und Mutter

zuckte erschrocken zusammen. Ich verdankte es Luca, wenn sie mich nicht anraunzte. Der bat um seinen Kaffee, den Mutter vergessen hatte, und eine Entschuldigung murmelnd schoß sie vom Sofa hoch. Es verging keine halbe Minute, in der ich verlegen ins Buch starrte und zum Schein meine Lippen bewegte, als sie wieder ins Zimmer kam. Zu unserem Erstaunen befreite sie sich von den Schuhen, die sie auf Vaters Spinett knallte. »Heute bleibe ich nicht zu Hause. Ludwig kommt sowieso erst um Mitternacht heim, und ich will nicht versauern. Darf ich euch in ein Lokal einladen? Wir essen im Freien, Sebastian, was meinst du?«

Es stimmte, vor Mitternacht war nicht mit Vater zu rechnen, der seinen alten Flugplatz in Pomigliano besuchte und sich von unserem Wohnungsvermittler begleiten ließ. Es war ja bequemer im Botschafterschlitten als im stickigen, rumpelnden Vorortzug, in dem Ziegen und Federvieh mitreisten. Außerdem verstanden sich Sassolino und Vater neuerdings bestens.

Das hatte Sassolino mit seiner antiken Grabbeigabe erreicht, einem Kreisel aus Ton, der Rillen besaß, um die sich ein Faden auf- und abspulen ließ und das Spielzeug in Schwung brachte. Eines Nachmittags stand er mit seinem Kreisel bei uns im Korridor. Staunend, begeistert betrachtete Vater das Spielzeug, und als Sassolino meinte: »Behalten Sie es. Sie sind Sammler, nicht ich«, und kein Geld haben wollte, verflog seine Feindseligkeit gegen unseren Nachbarn im Nu. Ja, er zerrte an seinem Arm, bis Sassolino bereit war, sich zu einem Plausch im Wohnzimmer niederzulassen, und bot unserem Wohnungsvermittler Zigarren an – eine Marke, die sich »Deutsche Einheit« nannte, aus Großvater Heinrichs Besitz stammte und reichlich verstaubt schmecken mußte: Sassolino ließ es bei einem tiefen Zug bewenden und faßte sie nicht mehr an. Vater schenkte unserem Nachbarn ein Wasserglas Schnaps ein und sich einen Fingerhut voll, und wollte erfahren, dringend erfahren, bei wem er das Spielzeug erworben habe. Sassolino stieß einen Seufzer aus: »Ich habe halt meine Beziehungen. Verstehen Sie? Die darf ich nicht preisgeben.« Das war eine niederschmetternde Auskunft, und Vater sackte im Sessel zusammen.

Oh ja, mit antiken Grabbeigaben ließe sich Geld machen, richtiges Geld, das sei nicht zu vergleichen mit dem, was er an einer Wohnungsvermittlung verdiene, zu schweigen vom ewigen Verdruß, den man mit seiner Kundschaft erlebe. Bestimmt eine Stunde quatschte und quasselte Sassolino vom schwierigen Wohnungsmarkt, und Vater, der normalerweise nichts trank außer einem Schluck Wein zum Essen, goß sich verzweifelt mit Schnaps voll, bis er glasige Augen bekam. Schwankend umarmte er unseren Nachbarn beim Abschied, sei es aus Dankbarkeit, sei es aus Furcht, das Gleichgewicht zu verlieren, und Sassolino, der seine Chauffeurskappe festhalten mußte und sichtlich bewegt war, versprach, Vater nicht zu vergessen und andere Angebote einzuholen. Als er fort war, taumelte Vater an sein Spinett und beharkte es mit einer Wildheit, die mich vertrieb. Ich weiß nicht, ob zehn oder zwanzig Minuten verstrichen – schlagartig verstummte sein Spiel. Und als ich mich aus meinem Zimmer traute, hing er halb auf dem Spinettdeckel, schnarchte entsetzlich und umklammerte mit seiner Faust Sassolinos Grabbeigabe.

Vater betrachtete unseren Nachbarn nicht mehr als Aufschneider und Schlawiner, den man sich vom Leib halten mußte. Und er hatte nichts einzuwenden, wenn meine Schwester zu Frau Beatrice stapfte, um mit Sassolinos Schlangenhaut zu spielen oder den Goldfischen im Bidet. Als wir sie zum Essen abholen wollten, hatte sie eine weiße Nasenspitze und Mehlstaub im Haar. Sie schnitt Vierecke aus einem Teig, die Frau Beatrice in atemberaubendem Tempo mit Daumen und Mittelfinger zu winzigen Ohren kniff und auf ein Geschirrtuch warf, und war zu vertieft, um uns zu bemerken. Mutter zog sie belustigt am Zopf. »Laß mich, du dumme Kuh«, fauchte Lisa, »ich komme nicht mit. Ich bleibe bei meiner Freundin!« und zeigte auf Frau Beatrice. Ich lehnte im Flur und schielte zu Lili, die auf einem Schemel beim Eisschrank hockte und sich aufmerksam aus einer Schale mit Erdbeeren bediente. Ja, sie schnupperte an jeder Erbeere, entfernte den Außenkelch vorsichtig und biß eine Kleinigkeit ab. Lilis Kinn, Lilis Finger waren rot befleckt, und auf dem blauen Kleid, das sie anhatte, konnte ich kleine Spritzer erkennen.

Wenn es zur Pause schellte, blieb ich im Schulhof inzwischen dem Eisentor fern, an dem Menzing mit seinen Verehrern lehnte und das sie beharrlich umkreiste, nie alleine, versteht sich, stets im Schutz einer Gruppe von schnatternden Freundinnen, die dick waren, schreckliche Pickelgesichter und scheußliche Zahnspangen hatten und mit Lili nicht wetteifern konnten. Und trotzdem beachtete Menzing sie nicht. Mag sein, er machte sich nichts aus Weibern oder wollte sich schlicht nicht blamieren. Als Kopf einer Bande konnte er seine Zeit nicht an dumme Puten verschwenden. Und vor seinen Leuten erst recht nicht!

Ich zog eine Ecke im Schulhof vor, in die mich niemand aus meiner Klasse verfolgte und alberne Witze riß oder, schlimmer, mit mir das Fernsehprogramm bekakeln wollte, das ich nicht kannte. Leider weigerte Vater sich standhaft, einen Fernseher anzuschaffen. »Wir haben bereits einen Abfalleimer und brauchen keinen, der flimmern kann«, sagte er. Und wenn wir wieder nicht lockerließen, meine Schwester und ich – ich wiegelte Lisa auf und bestach sie mit Schokolade –, und ich bokkig zu wissen verlangte, warum er verstaubt und veraltet sein wolle, Lisa sich bettelnd um seinen Hals warf und plapperte, wie wir es einstudiert hatten: »Vati, wir leben total hinterm Mond!«, tobte er los wie der kleine mechanische Affe von Lisa, der mit seinen Holzschlegeln irrsinnig auf eine Trommel drosch.

In meiner Hofecke, halb verborgen vom Oleander mit seinem strengen Geruch, der mich dauernd zum Niesen brachte, kaute ich lustlos am Schinkenbrot, stellte mich ab und zu auf meine Zehen, um mitzubekommen, was am Schultor passierte. Lili benahm sich von Tag zu Tag dreister, stieß scheinbar versehentlich mit Menzing zusammen, wenn es zum Unterricht klingelte, und schickte eine der Freundinnen los, ausgerechnet die pummeligste von allen vieren, die, knallrot im Gesicht und verlegen kichernd, mit einem Zettel zum Eisentor stolperte. Das war zu frech, und Konrad Menzing, der mißmutig auf seinem Zahnstocher kaute, ließ das Papier zu Boden segeln und zerrieb es achtlos mit seiner Schuhsohle. Vor Schadenfreude verschluckte ich mich an meinem Schinkenbrotbissen. Oh nein, ich hatte kein Mitleid mit Lili, die blaß und vernichtet zum Schulhaus schlich und die schnatternden Freundinnen abwehrte. Sie verschwand im WC, vermutlich um sich in einer Toilette einzuschließen und beim Heulen allein zu sein. Sollte sie, mir war es schnuppe!

An diesem Tag machte ich Faxen im Unterricht, spielte mit meinem Banknachbarn Schiffeversenken, bis uns der Lehrer erwischte und mit einem Tadel ins Klassenbuch eintrug. Sollte er, mir war es wurscht!

Und als Sassolino vorm Schulhof hupte – bisweilen holte er seine Tochter ab –, mich entdeckte und schnaubend am Ranzen zum Botschaftsmercedes bugsierte, »von wegen, ich lasse dich heimlaufen, uffa, du kommst mit uns mit!«, und ich neben Lili ins Polster plumpste, die mit einem giftigen Zischen beiseite wich, platzte ich beinahe vor Hochmut. Wir schwiegen uns eisern und feindselig an. Sassolino, der mit mir schwatzen wollte und sich vergeblich ins Zeug warf, schaltete seufzend das Radio ein, drehte an der Piazza della Repubblica etliche

Runden, um ausgiebig vier blonden Schwedinnen zuzuwinken – er beteuerte, es seien Schwedinnen und wollte mit mir eine Wette abschließen –, die im Kolonnadencafé hockten und der Sonne acht schneeweiße Beine zeigten.

Es war eine warme Nacht. Fledermausschatten sausten um efeubewachsene Mauern, Lampen befleckten das Gassenpflaster mit einem gelblichen Schein, und im Meereswind schaukelten Windeln und Bettlaken, die sich an Leinen von Fenster zu Fenster spannten. Schwungvoll stellte ein Kellner randvolle Teller und glitzernde Weißweinkaraffen auf wackligen Klapptischen ab, eilte pfeifend in unsere Ecke, sagte in atemberaubendem Tempo auf, was er an Speisen zu bieten hatte, flocht einen Witz ein und schmeichelte Mutter und wischte sich gleichzeitig mit der Serviette, die fettig und rotbesprenkelt war, den Schweiß vom Gesicht: »E allora? Cosa vi posso portare, signori?«

Luca bestellte Sardellen, die sauer und scharf waren und teuflisch am Gaumen brannten, Nudeln mit einem weißen Fleisch, das ich nicht mochte – und als er verriet, es handele sich um Kalbsdarm, verging mir mein Hunger – und einen Salat, in dem ich als erstes eine zermatschte Fliege entdeckte, die ich heimlich auf seine Tomaten schnickte. Zu meiner diebischen Freude verspeiste er sie. Er schielte ja dauernd zu Mutter, die tapfer Sardellen und Kalbsdarm aufaß, und plauderte wieder von seiner lukanischen Heimat und seinem Vater.

Der war als Kind ein verlauster Bauernbursche gewesen und hauste mit seinen Eltern, sieben Geschwistern, einem Maultier, Hennen und Hahn zwischen vom Feuer verrußten Mauern am Fuße der Kalkfelsen Oppidos. Dem Malariatod entging er knapp, und seine Mutter, der bereits drei kleine Kinder gestorben waren, und die eine Tochter in schwarzen Socken begraben hatte statt in weißen – weiße Socken besaß sie nicht mehr –, was sie sich niemals verzeihen sollte, kroch auf Knien zum benachbarten Berg, um St. Antonio zu danken, Oppidos Schutzheiligem vor Malaria und Trockenheit, bewarf sich mit Staub, kaute Erde und Steine, und schleppte sich blutend und schmutzig vors Klostertor.

Klostervorsteher Papitto versprach, der Familie einen Besuch abzustatten. Und trotz seiner panischen Ansteckungsangst hielt er sich an sein Versprechen. Nicht zuletzt, um den Stimmen vorzubeugen, die behaupteten, St. Antonio sei auferstanden und habe Lubranos Sohn mit seinem Segen vorm Tode bewahrt. Don Papitto war ein erbitterter Feind des verbreiteten Aberglaubens, den man beherrschen und lenken mußte, wenn er der Kirche nicht schaden sollte. Sicherheitshalber ließ er zwei Tage verstreichen, ehe er sich in Lubranos Behausung wagte, ein stinkendes, schummriges Loch, das halb im Felsen verschwand. Dankbar und aufgeregt holte Mutter Lubrano das Kind aus der Wiege, die wie ein ewiges Pendel neben riesigen schwarzen Kesseln und Pfannen, Holzrechen, Hacken und Ziegenglocken an einem Baumstamm schwang, der von der Decke hing.

Auffallend war nichts am kleinen Lubrano, wenn man von seinen Augen absah, und die ließen Oppidos Abt erschaudern. Das rechte war stumpf wie ein Maultierfell, glanzlos und schmutzig, als sei es erblindet. Das linke, vor dem sich Papitto bekreuzigte, von einem tiefen und dunklen Blau wie Lukaniens Himmel an einem Augusttag oder das Ionische Meer. Fluchtartig verließ Don Papitto Lubranos Behausung. Ja, er vergaß sie zu segnen und rannte mit fliegender Kutte zum Kloster hoch, wo er sich in einer Zelle einschloß und drei Tage das Essen verweigerte.

»Und diese Geschichte ist wahr? Die mit seinen Augen?« Mutter beugte sich vor, um belustigt an Lucas rotflammendem Halstuch zu zupfen. »Ich weiß es nicht«, sagte der schmunzelnd, »heute hat er zwei braune Augen wie ich.« Er hielt Mutters Hand fest, und erst als ich auf meiner Holzbank zu zappeln begann und versehentlich gegen sein Schienbein trat, ließ er sie los. »Beh«, machte Luca und holte Luft, »Großmutter behauptete steif und fest, bis zum Schluß, bis sie starb, Vaters linkes Auge sei blau gewesen, als er ein Kleinkind war. Und Don Papitto vergaß meinen Vater nicht. Im Alter von acht oder neun stapfte der alle paar Tage zum Kloster hoch, wo er Gartenarbeiten verrichtete. Er durfte Zichorien anpflanzen, Rosen beschneiden und Laub zusammenkehren und mußte sich nicht abrackern wie auf Großvaters steinigen Feldern. Seine Arbeit belohnte Papitto mit Eßbarem, Bohnen, Tomaten und Brot, und an besonderen Tagen mit Fleisch, Salami und Schinken und Lammkeulen, die sich meine Großeltern sonst niemals leisten konnten. Und nicht allein das: Außerdem lehrte er Vater das Lesen und Schreiben«, Luca zerriß eine Brotscheibe, um aus dem Teig kleine Kugeln zu kneten, »und Vater erwies sich als flinker Kopf, konnte bald rechnen, beherrschte rasch eine Reihe lateinischer Gebete und machte sich mit der Astronomie vertraut. Seine Auffassungsgabe war schwindelerregend. Und ehe Papitto das Zeitliche segnete, verschaffte er meinem Vater eine Hausdienerstelle beim Gutsbesitzer, der in einem sauberen Haus und in frischer Luft auf Oppidos Bergspitze wohnte, fern vom Malariasumpf. Und der stellte bald fest, Vater taugte zu mehr als zu Handlangerdiensten wie Schuhputzen, Schneeschippen oder Petroleumlampen anstekken.« Luca verstummte und warf einem bettelnden Hund seine Teigkugeln zu.

»Oh ja, er besaß drei Begabungen, die einen Verwalter auszeichnen: Rechnete schneller als eine Rechenmaschine und meisterte schwierigste Zahlenkolonnen mit Leichtigkeit, war seinem Herrn treu ergeben und« – Luca hob seine Stimme – »strotzte vor Hochmut und kalter Verachtung gegenüber Oppidos Bauern und Landarbeitern. Erbittert verleugnete er seine

Herkunft. Er liebte es, Großvater schlecht zu behandeln, wenn der seine Finger beim Essen zu Hilfe nahm – hatte es ja nicht besser erlernt und konnte mit Messer und Gabel nicht umgehen –, bis Großvater vor Scham keinen Bissen mehr aß und zum Gerippe abmagerte. Das verzeihe ich Vater bis heute nicht!« Mit einem Fußtritt verscheuchte Luca den Hund, der neben der Holzbank sein Bein hob. »Und brachte er es zum Verwalter?« – »Ja! Als der alte Verwalter ums Leben kam. Ein komischer Tod. Man fand seine Leiche mit schrecklich verdrehtem Kopf und verkohlten Haaren in einem Olivenhain, und in Oppido, wo er verhaßt war und ›Bluthund‹ hieß, munkelte man bis in meine Kindheit, eine Fledermaus habe sich in seinen Haaren verkrallt und das sei der Teufel gewesen! Der habe seine Haare verbrannt und Großgrundbesitzer Damianis Verwalter habe sich seinen Kopf vor Entsetzen und Grauen verrenkt, bis er einen Genickbruch erlitten habe. Mit dieser Geschichte hat mich meine Großmutter ewig verfolgt, als ich klein war. Wenn ich heftig mit meinem Kopf verneinte, etwas nicht einsehen wollte und strampelte, kreischte sie, Luca verrenke dir nicht deinen Kopf, sonst wirst du ein grausiges Ende nehmen, wie Damianis verstorbener Verwalter. Meine Großmutter machte mir dauernd Angst. Sie lebte in einem dusteren Zimmer mit mindestens zwanzig Kruzifixen und einem Christus mit blutendem Herzen, ja, aus seinem Herzen ergoß sich ein Blutstrom, und das war, laut Großmutter, meine Schuld. Ich sei zu frech und zu widerspenstig. Und meine Anstrengungen, vier Wochen artig zu sein, waren vergeblich: Sein Blutstrom versiegte nie.«

Ich schmiegte mich maulend an Mutter, die lustig und aufgekratzt war und nicht heim wollte. Achtlos streichelte sie meinen Kopf. »Nicht wahr, deine Großeltern lebten nicht mehr in der Felsenbehausung?« – »Oh nein«, sagte Luca, »sie zogen zusammen mit Vater und seinen kleineren Schwestern, die nicht verheiratet waren, ins verwaiste Verwalterhaus. Vater brachte als erstes das Maultier zum Schlachter, schaffte das Federvieh ab und verbot meinem Großvater, auf seinen Feldern zu arbeiten. Das schicke sich nicht bei seiner Stellung. Oh, er kleidete sich wie ein richtiger Herr mit Weste und goldener Taschenuhr, trat dem faschistischen Ortsverband bei, wo er einen entscheidenden Posten besetzte, und handelte mit unserem Dorfmaresciallo aus, seine Tochter zur Frau zu nehmen. Zu dieser Zeit war meine Muter erst vierzehn, und um sie zu heiraten, mußte Geburten- und Kirchenregister berichtigt werden, was mit Hilfe Damianis ein Pappenstiel war. Und knappe drei Wochen nach Vaters Hochzeit lag ein Hundekadaver vorm Haus.«

»Ein Hundekadaver? Verstehe ich nicht.« Ein brennender Tabakrest segelte auf Mutters Bluse. Sie bemerkte es nicht, als er sich in den Stoff fraß, und ohne sich in seiner Antwort beirren zu lassen, wischte Luca den kokelnden Fussel von Mutters Brust. »Das ist eine schwere Beleidigung. Wer frisch verheiratet ist und vorm Haus eine Tierleiche findet, der weiß, er war nicht der erste bei seiner Frau. Vater hat meiner Mutter diese Geschichte niemals vergeben, er beschimpft sie bis heute als Hure. Und gleichzeitig war er verschlagen genug, mit dem Hundekadaver vorm Haus seinen Mord zu rechtfertigen. Ja, bei den Unruhen im Herbst '49, als zweihundert Bauern und Landarbeiter zu Don Damianis Feldern marschierten und sie besetzten, telefonierte er mit seinen christdemokratischen Freunden in der Hauptstadt Potenza, und die schickten ein Aufgebot Polizei. Als das Gewehrfeuer loskrachte, das ist ja klar, machten Oppidos Bauern sich aus dem Staub. Und der einzige, der auf den Feldern Damianis liegen blieb und mausetot war, war der Aufwiegler und Kommunist Boschetti. Und den hatte mein Vater erschossen, der mit seiner Mauser im Hinterhalt lauerte und sich das Chaos zunutze machte.«

»Der Ehre wegen«, vermutete Mutter, »ich meine, um Rache an seinem Rivalen zu nehmen?« – »Das ist ja das Schlimme«, erhitzte sich Luca, »Boschetti war nicht sein Rivale, er war ein politischer Feind! Und als man in Oppido munkelte, an seinem Tod sei Verwalter Lubrano schuld, ließ Vater, mein widerlich schlauer Vater, von Verwandten und Hausdienern streuen, Boschetti sei es gewesen, der mit der Tierleiche seine Familie entehrt habe. Ja, er zwang meine Mutter, dem Priester zu beichten, wie Boschetti sie angeblich mit Geld und Aufmerksamkeiten zu Schamlosigkeiten verleitet und zum Schluß vergewaltigt habe. Vater staffierte Mutters angebliche Beichte mit peinlichen Einzelheiten aus, die sie auswendig lernen mußte. Sie sollte sich ja nicht verhaspeln vorm Priester – und seine hechelnde Neugier befriedigen. Der war als schwatzhafter Kerl bekannt, und Vaters Rechnung ging auf: Boschettis vermeintliche Vergewaltigung verbreitete sich wie ein Lauffeuer, und an einen politischen Mord glaubte niemand mehr.«

»Erst als ich dreizehn war«, seufzte Luca, »kam es zu einem Prozeß gegen Vater, den ich von einer Kastanie aus verfolgte, die dicht beim Gerichtssaal stand. Verschiedene Bauern, die man als Zeugen aufrief, hatten kleine Bestechungssummen von Vaters Anwalt erhalten. Bloß Rocco, den wir im Dorf als begnadeten Mundharmonikaspieler verehrten, redete wie ein Wasserfall und belastete meinen Vater schwer. Leider konnte es Rocco nicht lassen, bei seiner Zeugenaussage in Reimen zu sprechen. Das war seine Macke, er redete dauernd in Reimen. Naja, einem Mann, der fast hundert ist, treibt man seine Marotten nicht aus. Und der Richter, der Rocco vergeblich ermahnt hatte, nahm seine Aussage nicht zu den Akten.«

»Am dritten Prozeßtag«, fuhr Luca fort, »fiel ich schreiend aus meiner Kastanie. Kannst dir ja denken, wer zitternd im Zeugenstand saß: meine Mutter. In allen erniedrigenden Einzelheiten mußte sie diese verlogene Geschichte wiederholen, die meinem Vater zum Freispruch verhalf. Und erst, als mir Mutter – aus Scham, um von mir nicht verachtet zu werden – verriet, diese Boschetti-Geschichte sei reine Erfindung, fing ich meinen Vater zu hassen an und nahm mir vor, von zu Hause Reißaus zu nehmen, bei der ersten Gelegenheit, die sich bieten würde!«

Ob Luca uns in dieser Nacht von seinen ersten Wochen am Tiber berichtete oder bei einer der kommenden Unterrichtsstunden, das weiß ich nicht mehr. Als er in Ostiense vom Lastwagen sprang, klopfte sein Herz vor Freude und Aufregung. Fassungslos betastete er seinen Kopf, seine Arme und Beine: Ja, er war es, er hatte sein Ziel erreicht! Staunend lief er von Viertel zu Viertel, konnte sich nicht sattsehen an jungen Frauen in schicken und luftigen Kleidern, stand stumm und verlegen vor Burschen seines Alters, die rote Kappen trugen und in Hotellivreen steckten, preßte seine Nase an Schaufenstern mit Krokodillederhandtaschen, Brillanten und Perlenketten platt, berauschte sich am Geruch von Benzin und Parfums, dem Duft von gemahlenen Kaffeebohnen und auf Grillfeuern brutzelndem Fisch. Endlich war er es los, sein nach Maultierpisse und Ziegenfell stinkendes Heimatdorf.

Erst, als es dunkelte, kam er sich einsam vor. Niemand beachtete Luca, der auf einem Brunnenrand hockte und Heimweh bekam. Ja, er sehnte sich nach einem warmen Essen und seinem vertrauten Bett. Mit dem bißchen Geld, das er bei sich hatte, konnte er sich sieben Tage in einer schmierigen Absteige einmieten. Oder vier Wochen von Brot und Tomaten leben. Ins Rechnen vertieft, betrachtete er seine Scheine und achtete nicht auf den schmutzigen Knirps, der acht Jahre sein mochte und pfeifend am Brunnenrand lehnte. Und war nichts als verwirrt, als der Junge sich blitzschnell das Geld schnappte, auf eine wartende Vespa sprang und sich im Dunkeln verlor.

Bald war Luca verdreckt, schlief auf schimmligen Decken

am Tiber, und was er zum Essen brauchte, das bettelte er sich zusammen. Von einem anderen, angeblich blinden Bettler klaute er Armbinde, Sonnenbrille und einen Stock und konnte seine Einnahmen erheblich verbessern. Wenn das erbettelte Kleingeld nicht reichte, raubte er einen Opferstock aus, und erst bei seinem vierzehnten Diebstahl sollte er beinahe erwischt werden. Er bemerkte den lauernden Kirchendiener von Santa Prassede in letzter Sekunde, rannte zum Ausgang, setzte sich flink seine Sonnenbrille auf, packte den an einer Grabplatte lehnenden Blindenstock und prallte absichtlich mit seinem Verfolger zusammen. »'tschuldigung, muß einen Dieb verfolgen!« japste der Dummkopf und wetzte zur Gasse.

Beim billigen Mittagstisch in seinem Stammlokal, das sich im Gassengewirr von Trastevere befand, befreundete er sich mit einem Kellner. Der war sein Landsmann, kam aus einem Dorf namens Policoro am Golf von Taranto, und wenn der geizige Wirt an der Kasse sein Nickerchen hielt, ließ er Luca umsonst essen. »Freitagsnachts kommt ein Professor zu uns, der mag junge Kerle wie dich.« Als Luca abwinkte, warf sich sein Landsmann ins Zeug: »Er ist reich, Mitte Vierzig und gutaussehend. Platzt vor Belesenheit, sage ich dir, wollte mir neulich verklickern, was Mehrwert ist. Das mit dem Klassenkampf habe ich ja verstanden, ich gegen den«, er zeigte zum schnorchelnden Wirt an der Kasse, »bloß, was dieser Mehrwert sein soll, blieb mir schleierhaft. Ich dachte, beim Mehrwert verhalte es sich wie mit meinem Trinkgeld, verstehst du? Neulich kam mir zu Ohren, er sei mit Togliatti verwandt, keine Ahnung, um wie viele Ecken, und im Zentralkomitee. Ich meine es gut mit dir, kannst es mir glauben.«

Saverio Coccoli, der Hochschulprofessor, war eher sechzig als Mitte Vierzig und mit seinem vernarbten Gesicht, das eine Infektion in seiner Kindheit zerfressen hatte, bestimmt keine Augenweide. Reich war er, das stimmte, besaß eine Wohnung mit Gartenterrasse am Aventin, die er allein bewohnte – seine Frau und zwei Kinder lebten im Ausland. Daheim war Saverio fast nie. Er raste vom Architekturinstitut, wo er seine Lehr- und Verwaltungsverpflichtungen erledigte, zu Sitzungen ins Parteihaus Botteghe Oscure und ins Parlament, um bei entscheidenden Abstimmungen seinen Abgeordnetenplatz einzunehmen. Außerdem war er Chefredakteur einer Architekturzeitschrift, traf sich in Nachtlokalen mit seinen Freunden und Freundinnen und jettete alle zehn Tage zu einem anderen Kongreß.

Von Luca verlangte Saverio nichts – außer seiner plaudernden Gegenwart, wenn er um zwei oder drei Uhr nachts heimkam. Er mixte sich einen Drink aus Campari und Wodka, preßte Orangen aus, kochte Kaffee, den er Luca brachte, der auf der Terrasse am Lesen war – er studierte Karl Marx, Friedrich Engels und Lenin. Eine Stunde verbrachten sie schwatzend und den nachtblauen, flimmernden Himmel betrachtend, auf zwei Stahlrohrliegen von Le Corbusier.

In diesen Nachtstunden ließ er sich von Saverio auseinandersetzen, was er bei Marx nicht verstanden hatte, lauschte Revolutionsgeschichten, vom Sturm auf das Winterpalais in St. Petersburg, den Turiner Fabriksowjets Gramscis bis zur Ermordung von Liebknecht und Luxemburg, oder Saverio verklickerte Luca fortschrittliche Architekturtheorien: Bei Namen wie Mies van der Rohe und Gideon fingen Saverios Augen zu leuchten an, wie die eines Kindes vor seinen Geburtstagskerzen.

Ja, Saverio Coccoli beschaffte Luca, der vor der Flucht seinen Ausweis verbrannt hatte, einen anderen Paß. Er nannte sich nicht mehr Lubrano, in Zukunft hieß er Mazotti und war Kalabrese aus einem Dorf an Lukaniens Grenze. Mit Hilfe Saverios, der seine Beziehungen spielen ließ und eine Reihe mit Stempeln, Unterschriften und Marken versehener Dokumente besorgte, konnte sich Luca Mazotti erfolgreich auf einen Studienplatz bewerben.

Saverio benahm sich, als sei er sein Vater, aufmerksam, ernsthaft und freundlich. Als er eine Woche nach den Krawallen in der Villa Borghese von einem Kongreß in Paris heimkam, betrachtete er Lucas Narbe entsetzt und verhinderte seine Verweisung vom Campus. Zwar wetterte er gegen Linksradikale im allgemeinen und verteidigte den Polizeieinsatz, der eine Besetzung seines Architekturinstituts vereitelt hatte – »und warum mußte es mein Institut sein? Mein Institut und kein anderes, du Dummkopf?« wollte er fassungslos wissen. Trotzdem hing er zwei Tage am Telefon, bis eine verstohlene Hand den Namen Mazotti von der schwarzen Liste entfernte. Luca, der anfangs mißtrauisch gewesen war, verbarg seine Dankbarkeit nicht. Und hatte nicht den geringsten Anlaß, mit einem schlimmen Erwachen zu rechnen.

Um so beunruhigter war er, als Vater Saverio, gegen alle Gewohnheit, an einem heißen Augusttag um vier Uhr nach Hause kam, das Telefonkabel aus der Wand riß, Wodka in seinen Rachen kippte und binnen Minuten betrunken war, ehe er sich zum Fernseher schleppte und mit glasigen Augen den Schirm anglotzte, auf dem man rollende Panzer erkannte und eine verzweifelte Menschenmenge, die sie mit Pflastersteinen empfing, Leute, die sich das Hemd aufrissen und mit nackter Brust vor den Kanonenrohren standen. »Wo ist das?«, erkundigte sich Luca zitternd, als er bemerkte, Saverio weint. Ja, Saverio weinte stumm auf seinem Stahlrohrstuhl von Marcel Breuer. »Sie sind in Prag einmarschiert, diese Schweine!« versetzte er mit erstickter Stimme, »Kommunisten erschießen Kommunisten«, und hemmungslos fing er zu schluchzen an.

Luca beging einen schweren Fehler, als er Saverio streichelte. Er streichelte seinen Kopf, bis das Haarteil verrutschte, sein nasses, vernarbtes Gesicht, und wischte dem flennenden

Hochschulprofessor Rotz von der Nase und aus dem Schnurrbart.

Saverio sprang schlagartig von seinem Stahlrohrstuhl hoch, warf sich mit flehenden Augen auf Luca und zerrte wie von Sinnen an seinem Hemd. Sie fielen zusammen zu Boden, rollten von einer Seite zur anderen, und Lucas Schmerz schlug in kopflose Wut um. Ohne Kraftaufwand warf er Saverio ab, der seine Brust zu liebkosen versuchte und andauernd lallte: »Ich liebe dich«, stopfte das Haarteil in seinen Mund und schnappte ein Messer vom Rietveld-Buffet.

Blutverschmiert wie er war, rannte Luca zum Nachbarn und bat, einen Notarzt zu rufen. Und als Sirenen anheulten, floh er mit seinen paar Habseligkeiten zum Tiber und verkroch sich auf einem verlassenen Hausboot. Stunden um Stunden verbrachte er auf dem Kabinenbett, versteinert vor Kummer und Angst.

Um Mitternacht, als es stockfinster war, schleppte er sich ins Freie, wusch sich mit widerlich warmem Wasser, das er in einem Eimer vom Tiber an Deck zog. Er empfand keine Spur von Erleichterung, stellte das Radio an, das auf einem Regal beim Kabinenbett stand, lauschte Louis Armstrong, der quäkend Trompete blies und mit seiner Reibeisenstimme sang: »And I say to myself: What a wonderful world«, und erwachte am Morgen, um sechs oder sieben, als im Radio Saverios Name fiel. Sein Pressesprecher, hieß es, habe Erkenntnisse der Polizei dementiert, es handele sich um einen Anschlag aus Eifersucht. Saverio Coccoli, der sich mit dem Einmarsch der Russen in Prag aus Verzweiflung das Leben zu nehmen versucht habe, sei außer Lebensgefahr. Mit sofortiger Wirkung verzichte er auf seinen Sitz im Zentralkomitee und behalte sich einen Parteiaustritt vor.

Eine finstere Heiterkeit packte Luca. Pfeifend – er pfiff »What a wonderful world« – verließ er die stickige Schiffskabine, stand eine Weile an Deck, an diesem reinen, strahlenden Sommermorgen, und ehe er sich ans Ufer schwang, spuckte er grimmig ins Wasser: »Ich bin dir ein letztes Mal dankbar, du Lump.« Und am selben Tag lief er in Giulio Picciottis Arme, der einen Portier brauchte.

»Ich glaube, bei dem war er lieber als bei seinem verlogenen Hochschulprofessor«, bemerkte Mutter mit einem Stirnrunzeln, als wir Wochen später in Anzio am Strand hockten. Ja, ich erinnere mich: Am Horizont stand eine glutrote Sonne, und vom Meer kamen Brisen, die mich erschaudern ließen. »Lieber? Warum?« brummte Vater, der seine Waden von klebrigem Sand befreite. »Na, dieser Picciotti war von Anfang an eine Bestie«, erwiderte Mutter bestimmt. »Mhmm«, machte Vater, erhob sich von seinem Handtuch und zog unseren Sonnenschirm ein.

Mir steht sein Gesicht vor Augen, das zu nachtblauen Schatten zerfiel. Ob er Mutters Verwirrung bemerkte? Oder ahnte, er werde sein Feelein verlieren? Nicht das eine und nicht das andere, nehme ich an. Ich denke, er hatte ausschließlich Sassolinos Versprechen im Sinn, einen zierlichen Aphroditenkopf aus dem ersten Jahrhundert zu beschaffen, den man in seinem Bekanntenkreis zu einem erschwinglichen Preis verkaufen wollte. Wenn Mutter von Luca zu sprechen anfing – und manches in seinen Geschichten verstand ich erst, als Mutter sie wiederholte –, lauschte Vater verdrossen und stumm, um gelegentlich mit seiner Hand zu wedeln, als sei er am Fliegenverscheuchen. Was seine Stimmung erst recht verdarb, war Sassolinos verbissener Kleinkrieg mit unserem Nachbarn Antonio Orizio. Ja, Sassolino war zu beansprucht von diesem nervenaufreibenden Streit, um an sein Versprechen zu denken.

Antonio Orizio, der Kartenabreißer in einem Varietétheater am Bahnhof war, wo Magier und Feuerschlucker auftraten, knapp bekleidete Damen und ein zotige Witze reißender Conférencier, lebte zusammen mit Frau und Eltern und einer Schwester im Erdgeschoß. Der Kirche, die Hausbesitzerin war, zahlte er eine geringe Miete, ließ seine Wohnung verrotten und entleerte sich krachend auf dem Balkonklo. Kippen und Apfelsinenschalen, Streichholzschachteln und Fischskelette und was er sonst nicht mehr brauchen konnte, warf Orizio achtlos ins Freie und traf mit seinem Abfall nicht selten den blinkenden Botschafterschlitten vorm Haus. Zu schweigen von seinen ewigen Zankereien mit Schwester und Frau, die meistens um Mitternacht ausbrachen, wenn er vom »Volturno« nach Hause kam. Ein irrer Tumult erhob sich im Erdgeschoß, und Frau oder Schwester retteten sich vor Orizio, der eine Pfanne schwenkte, um sie zu verdreschen, zur Gasse und kauerten eine halbe Stunde in Nachthemd und barfuß im Eingang, bis sein grunzendes Schnarchen Entwarnung gab und sie sich heimtrauen konnten.

Mit den Priestern von S. Catarina da Siena und S. Giovanni Battista dei Cavalieri war Sassolino sich einig: Man mußte Orizio vertreiben! Er hatte zwei Interessenten zur Hand, einen Schweizer und einen Amerikaner, die eine beachtliche Provision versprachen. Wer nicht mitspielen wollte, das war Orizio. Stur schlug er alle Angebote einer sauberen Neubauwohnung in Torpignattara am Stadtrand aus. Als Orizios Frau oder Schwester, die man schwer auseinanderhalten konnte – sie hatten ja beide dauernd verschwollene Gesichter und blutunterlaufene Augen – mit schmutzigen Hemden und Unterhosen zu Frau Beatrice hochstapften, schrie Sassolino: »Machsdir-im-Arsch! Wir nehmen euern Dreck nicht mehr an!« Das ließ sich Antonio Orizio nicht bieten. Er kritzelte an eine Treppenhauswand: »Sassolino, du bist ein Hodenbrecher!« und rotzte beharrlich an seinen Briefkasten.

Das war erst der harmlose Anfang: Paolo Sassolino sammelte Hundekot in einem Plastiksack, den er vor Orizios Wohnung auskippte. Und Antonio Orizio warf seinerseits eines Nachts eine tote Taube ins Schlafzimmer der Sassolinos und traf: Sie landete klatschend auf Frau Beatrice.

Wenn ich mich richtig erinnere, war dieser erbitterte Zweikampf in vollem Gange, als Vater beschloß, mit Mutter und uns vor der Backofenhitze ans Meer zu fliehen. Ich sammelte Muscheln, brachte Lisa mit Haifischgeschichten zum Gruseln und kraxelte zwischen spitzen Felsen zur verfallenen neronischen Villa hoch, wo ich kraftlos ins struppige gelbe Gras fiel. Ich schlief ein, und erst Vaters verzweifelte Rufe: »Sebastian! Se-bas-ti-an!« weckten mich. Mit einem schweren Sonnenbrand mußte ich vier Tage im dunklen Pensionszimmer bleiben. Ich hatte Fieber, war zu schwach, um vom Bett aufzustehen, und gleichzeitig scheuerte meine brennende Haut am verschwitzten Bettuch, und ich weinte vor Schmerzen. Alle paar Stunden kam Mutter zu mir und rieb mich von Kopf bis Fuß mit einer Salbe ein, die mir Erleichterung verschaffte.

Als es mir besser ging, zog ich sie an mich, schnupperte gierig an Mutters Haaren, die nach Sonne und Salzwasser dufteten, einem Anflug von Knoblauch und Nikotin. Wir rieben unsere Nasen aneinander, und Mutters graublaue Augen, mit winzigen gelben und braunen Punkten besprenkelt, schwebten vor meinem Gesicht. Die schauten mich ernsthafter an, als sie zugeben wollte.

Ja, Mutter war heiter, holte mir frisches Wasser und kaufte Melonen ein, die sie mit Vaters Taschenmesser in Scheiben schnitt und von den Kernen befreite, hockte am Bettrand, um mit mir Dame und Halma zu spielen, und war nicht beleidigt, wenn sie wieder und wieder verlor. Als ich meinte, sie sei eine Negerin, schlitterte sie protestierend ins Bad, entkleidete sich vorm Spiegel und prustete zu mir ins Zimmer: »Sebastian, du hast recht. Ich habe zwei Schokoladenseiten.«

Echt war sie nicht, Mutters Heiterkeit. Sie verletzte sich

beim Melonenschneiden, wollte beim Damespiel mit meinen Steinen ziehen, fegte unsere Halmafiguren vom Brett, und wir mußten von vorne beginnen. Nachts aßen wir in einem Hafenlokal, das eine kleine Terrasse besaß, die ins glucksende schwarze Wasser reichte. Es roch nach Tang und Benzin, nach Fisch und vom Grillfeuer wirbelndem Rauch. Ich erinnere mich an ein Gewirr von Schatten aus Holzstegen, schaukelnden Booten, Netzen und Taurollen, Karren und Fischen, die im Hafen mit Klammern an Leinen befestigt waren und zum Trocknen aushingen; an Lisa, die keine Antwort bekam, als sie zu wissen verlangte, warum es nicht zischt, wenn die Sonne ins Meer plumpst, und auf den schwankenden Brettern der kleinen Terrasse um unseren Tisch hopste, bis Vater sie ohne Vorwarnung anschrie: »Schluß jetzt!« Am Nachbartisch schimpfte ein kleiner verknitterter Mann: »Nazista!«, und Vater erstarrte.

Lampions beschienen Mutters erhitztes Gesicht und Vaters Ferienbart, mit dem er mir fast wie ein Fremder vorkam, der sich an unseren Tisch verirrt hat. Wortkarg nagte er Muscheln aus schwarzen Schalen und knackte den Panzer der Riesenkrabben, die auf seinem Teller lagen, und Mutter, die pausenlos plauderte und sich gegen sein Schweigen anstemmte, kam wieder auf Luca zu sprechen, und Vater leckte sich alle zehn Finger ab. »Nimm dich vor deinem Messerstecher in acht!« kommentierte er knurrend, und Mutters Augen blitzten vor Zorn.

Am letzten Abend, den wir in Anzio verbrachten, hielt Sassolinos Botschafterschlitten neben den Stapeln von Wassermelonen, die, von zwei weißen Lampen dem Dunkeln entrissen, wie eine Oase der Nacht aussahen. Frauen hockten in schimmernden Kleidern auf den Balkonen und schnatterten, Liebespaare schlenderten am Kai, und Sassolino, der uns das Zimmer in der Pension seiner Tante Sophia vermittelt hatte, die dauernd »Heiterkeit!« rief – und das mit einer Stimme, die mißmutig schepperte –, deckte uns schwatzhaft mit Neuigkeiten von seinem Krieg mit Orizio ein.

Er hatte Orizio, der mit einem Nagel seinen Botschafterschlitten vollkommen zerkratzt hatte, angedroht, in seinen Wassertank Gift zu kippen, falls er sich weigere, die Reparaturkosten zu begleichen, was den Kartenabreißer veranlaßt hatte, seine Wassertankkammer mit mehreren Ketten zu sichern. »Bezahlt hat er nicht?« wollte Mutter wissen. Sassolino verneinte mit seinem Kopf, und eine Handvoll Spaghetti, die aus dem triefenden Mund hingen, pendelten um seine Backen. Inzwischen sei er in Sorge, Orizio werde seiner Vergiftungsdrohung zuvorkommen wollen, und habe seinerseits Vorsichtsmaßnahmen ergriffen. »Und ich rate dir«, wandte er sich an Vater, »deine Wassertankkammer gut abzuschließen. Bei diesem Orizio weiß man nie. Am Ende verwechselt er deine mit meiner und richtet ein Massaker an.«

In den folgenden Wochen schlichen Orizio und Sassolino andauernd zum Dach hoch, um Riegel und Sicherheitsketten zu kontrollieren. Vater dehnte seine Reisen bis Pompeji und zu den griechischen Tempeln von Paestum aus, und ich glaube, er war eher erleichtert, als sein Feelein es ablehnte, mitzukommen. »Bei 38 Grad im Schatten willst du Pompeji besichtigen?« seufzte sie. Nickend setzte sich Vater einen Strohhut auf und marschierte zum Bahnhof.

In diesen Wochen freundete sich Mutter mit Schuster Fabrizio an, der bei Dunkelheit vor seiner Werkstatt hockte, uns seine Schemel anbot und behauptete, er brauche nichts als zwei Schuhsohlen, um in eine menschliche Seele zu schauen. Ja, wie ein Mensch seine Sohlen abnutze, das lasse auf seinen Charakter schließen! Neben uns spielte Lisa mit einem Holzreifen, den sie ums Becken kreiseln ließ, und auf den Stufen zu unserem Haus saß Orizios Frau – oder Schwester –, seifte sich beide Beine ein und rasierte sie summend und in sich versunken. »Darf ich?« raunte Fabrizio und beugte sich vor. Er nahm Mutters Pumps, die sie bereitwillig auszog, und hielt sie sich dicht vors Gesicht. Mit seinem behaarten Zeigefinger fuhr er um Absatz und Sohlenspitze, zog seine Brauen hoch, schnalzte verschiedentlich, und es verging eine Ewigkeit, in der ich vor Neugier zu zappeln begann und Mutter beunruhigt die nackten Zehen bewegte, bis Fabrizio endlich den Mund aufmachte.

»Signora!« sagte er heiser, »ich muß Sie warnen, Sie sind in Gefahr.« – »In Gefahr?« fragte Mutter belustigt, »warum?« – »Sie sind nicht mit dem Boden verbunden, Signora, Sie schweben! Und das mit einem starken Willen, einer Entschiedenheit, die Sie gegen Vernunft und Warnungen taub machen. Sie werden es nicht bemerken«, sagte Fabrizio, »wenn Sie vorm Abgrund stehen!« – »Und das sehen Sie meinen Sohlen an?« Heiter wischte sich Mutter den Schmutz von den Fersen und stieg in die Schuhe: »Singen Sie etwas, Fabrizio!« Brisen kamen vom Meer und trockneten meine verschwitzte Haut, bis mir kalt war. Und mit bebender Stimme, ja, schluchzend schmetterte Schuster Fabrizio Romanzen und Arien, und erst als Lisa auf Mutters Schoß einschlief und wie eine kleine Dampflok schnaufte, schob er sich einen Nagel in seinen Mund. Das war Fabrizios Angewohnheit: Wenn er sich am Singen hindern wollte, nagelte er seinen Mund zu, wie er das nannte, und hockte stumm, mit vernieteten Lippen, auf seinem Schuhmacherschemel. »Wer ein schweres Herz hat, der sollte nicht singen. Eine Stimme zerspringt, wenn der Schmerz zu gewaltig ist. Ja, sie verliert den Verstand, sie wird irrsinnig!« Er steckte sich Nagel um Nagel in seinen Mund und wir lauschten den Grillen im wild wuchernden Gras beim Trajanischen Markt.

Vormittags klopfte Mutter bei Frau Beatrice, um sich Rezepte verraten zu lassen. In der stockdunklen Wohnung, die mit Kommoden, Vitrinen und schweren Sesseln verstopft war, hielt ich vergeblich nach Lili Ausschau. Die schlief bis zum

Mittag oder verbrachte, zu Frau Beatrices Verzweiflung, Stunden um Stunden im Bad. »Sie liebt es, im eisigen Wasser zu liegen, kalt wie ein Reptil und bewegungslos wie ein Faultier«, sagte unsere Nachbarin aufgebracht. »Und ewig schleppt sie den Plattenspieler ins Bad, der hintereinander zehn Schallplatten abdudeln kann.« Sie packte mich aufgeregt schwatzend am Hinterkopf, und aus Beatrices schwappendem Busen stieg scharfer Zwiebelduft in meine Nase. Tiefer und tiefer versank ich im Kittel, bis mir der Einfall kam, eine der Brustwarzen mit etwas Spucke anzufeuchten. Das ging schief, ich verhedderte mich im Stoff und stieß gegen die Warze – ob mit der Nase oder den Lippen, das weiß ich nicht mehr –, die sich im Handumdrehen aufrichtete und steinhart war. Frau Beatrice erzitterte. Es war ein tiefes Beben, bei dem sie den Bauch einzog, ruckartig, krampfhaft, und einen gurgelnden Seufzer ausstieß, den Mutter vermutlich auf Lili bezog. Schwer zu beurteilen, wer von uns beiden verwirrter war, Frau Beatrice, die sich von meiner Brille befreite – sie hatte sich in einem Knopfloch verhakt – und am Kittel zog, der verrutscht war und weit auseinanderklaffte, oder ich, erschrocken von meiner Macht, Frau Beatrice zum Zittern zu bringen.

Beim Staubwischen im Wohnzimmer weihte sie Mutter ein: »Spargel zu essen, das mußte ich erst bei Contessa Clara erlernen. Ich wußte ja nichts von den Regeln, die man befolgen muß. Wenn man sich sicher ist, nimmt man den Spargel am unteren Ende und beißt seine Spitze ab. Und wenn es an Sicherheit fehlt, sollte man seinen Kopf besser mit einer Gabel abteilen.« – »Und was ist mit dem Rest?« – »Oh«, erwiderte Frau Beatrice und wirkte erstaunt, bei Mutter erheblichen Bildungsbedarf zu entdecken, »den darf man nicht essen, versteht sich. Und wer diese Regeln nicht richtig beherrscht, der sollte auf Spargel an sich verzichten.« Sie sagte das mit belegter Stimme, als wolle sie Mutter nicht verletzen, und entriegelte flink einen Fensterladen. Kochende Luft drang ins Zimmer, und im blendenden Weiß des Augustvormittags flimmerte knisternder Staub.

Mutter war nicht eine Spur verletzt. Arglos wollte sie wissen, seit wann Beatrice mit dieser Contessa bekannt sei und wo sie wohne, und jetzt war es unsere Nachbarin, der Mutters Aufrichtigkeit entging und die beleidigt den Laden zuknallte. »Contessa Clara besitzt eine Villa in Cannes und eine in Porto Fino, einen Rolls-Royce und mehrere Sportwagen, Segeljachten und Tausende Hektar Wein, und ist von einer Hundertschaft Diener umgeben. Die weiß nichts von mir und meinem Vorhandensein.« Erst als Mutter sich stammelnd entschuldigt hatte, fuhr Frau Beatrice freundlicher fort, Contessa Clara schreibe Woche um Woche in einer Zeitschrift, um den Frauen von heute Anstand und Schliff beizubringen, die sie als sechste Tochter eines Mezzarden aus der Gegend von Gubbio ja nicht mit der Muttermilch mitbekommen habe.

Oder sie nutzte Mutters Besuche am Vormittag, um in Erfahrung zu bringen, was Sassolino erspart hatte, der seine Einnahmen als Wohnungsvermittler und andere Nebenverdienste zur Bank brachte – oh ja, er war ein moderner Mensch und versteckte sein Geld nicht im Sicherungskasten, in Kaffeedose oder Matratzen! – und dem es besondere Freude machte, vor Vater mit seinem Kontostand anzugeben. Von Monat zu Monat posaunte er imposantere Summen aus, Summen, die er um so beharrlicher vor Frau Beatrice verschwieg.

Sassolino war knauserig und hielt sie knapp, und um das magere Haushaltsgeld aufzubessern, war unsere Nachbarin dauernd im Einsatz, eilte am Mittag in Hausschuhen vors Nebenhaus, wo eine Stimme krakeelte: »Heute sechs Eier und Speck, meine Liebe!« Flink entnahm Frau Beatrice dem Einkaufskorb, der an einem Hanfseil zur Gasse schwebte, einen zerknitterten Schein, rannte in Kittel und Wohnungslatschen zum Lebensmittelladen ums Eck, und im Nu kam sie wieder mit Speck und Eiern. Oder sie leerte den Briefkasten am Haus auf der anderen Straßenseite, das seit einem bestialischen Mord gegen Kriegsende nicht mehr bewohnt und verrammelt war, zog alle vier Wochen – entschlossen, vor den sich dauernd erneuernden Blutflecken nicht zu kapitulieren – mit Eimer und Wischlappen los, um es sauber zu machen, erntete Orangen und Zitronen, die auf der Terrasse reiften, lehnte sich waghalsig aus einem Fenster und beschnitt, von Hummeln und Bienen umsummt, an der Mauer hochkletternde Blauregenzweige.

Leider stand Mutter mit Zahlen auf Kriegsfuß, und wenn Frau Beatrice den Kontostand von Sassolino erfahren wollte, schaute sie hilfesuchend zur Decke und mußte rasch einen Betrag erfinden, was auf Dauer nicht gutgehen konnte. Sie wichen zu stark voneinander ab, Mutters Summen, und Frau Beatrice beschwerte sich: »Sie sind nicht ehrlich zu mir! Vergangene Woche war es das Doppelte!« Ehe sich Mutter rechtfertigen konnte, brach unsere Nachbarin in Schluchzen aus und fiel auf den Hocker beim Herd. Mutter kniete sich mitleidig neben sie, streichelte Frau Beatrices Schulter und meinte beschwichtigend: »Ich bin mir sicher, Contessa Clara ist meiner Meinung.« Frau Beatrice schneuzte sich in den Kittel und schaute Mutter verunsichert an. »Ich passe nie auf, wenn Paolo uns in seinen Kontostand einweiht, und wollen Sie wissen, warum?« Frau Beatrice nickte. »Es ist charakterlos, seine Nase in Dinge zu stecken, die einen nichts angehen. Bei Geldangelegenheiten anderer Leute muß man seine Ohren verschließen, um Anstand und Schliff zu beweisen. Ich wette, Contessa Clara denkt in dieser Sache nicht anders als ich.«

Von diesem Tag an verehrte Frau Beatrice unsere Mutter, schleppte alle naslang Brot zu uns hoch, das ofenwarm war und im Treppenhaus duftete, Wein und Tomaten, die sie von

Eltern und Schwestern bezog, die bei Gubbio lebten, und frisch zubereitete Teigwaren. Und ich, der keinen Anstand beweisen mußte – und unsere Nachbarin dringend ins gruselige Haus begleiten wollte –, kritzelte Sassolinos Zahlen eifrig auf Zettel und steckte sie Frau Beatrice komplizenhaft zu.

Luca roch widerlich in diesen Wochen. Sein Hemdkragen starrte vor Schmutz, sein Haar war verfilzt, und Lisa entwischte ins Treppenhaus, als er sie Huckepack nehmen wollte. Er beichtete Mutter, mit anderen Studenten ein Haus am Testaccio besetzt zu haben. Es sei nicht verfallen oder vom Einsturz bedroht, schimpfte Luca, zu reinen Spekulationszwecken habe man es entmietet. Wasser und Strom hatte man den Besetzern gesperrt, und wenn sie sich waschen wollten, mußten sie das am Brunnen vorm Schlachthof tun.

An einem Donnerstag blieb er dem Unterricht fern, und erst am Freitag, bei Einbruch der Dunkelheit, tauchte er auf, mit tiefen Ringen unter den Augen, blaß und erregter als sonst. Sein saurer Geruch war nicht auszuhalten. Armeschwenkend marschierte er ums Spinett und berichtete, wie sie das Haus in der Nacht zum Mittwoch gegen Dutzende von Polizisten verteidigt hatten: mit Tierknochen, Fleischabfall, faulem Obst, Tomaten und menschlichen Exkrementen – »aus unseren verstopften Toiletten«, kicherte er –, die aus vier Stockwerken hagelten, auf Uniformen und Helme klatschten, und hundert bekleckerte Polizisten hatten schleunigst das Weite gesucht.

Ich fand das spannend, und Mutter seufzte. Sie schickte Luca als erstes ins Bad, legte ein sauberes Hemd und saubere Hosen von Vater bereit und warf eine Handvoll Spaghetti ins kochende Wasser. Angesichts des dampfenden Tellers knurrte sein Magen entsetzlich. Er stopfte sich gierig mit Nudeln voll, und aus seinem sonst redebegeisterten Mund kam nichts als ein lustvolles Schmatzen. Mit einer Brotscheibe, die er sich von mir erbat, wischte er seinen Teller sauber, stieß auf und betrachtete Mutter dankbar.

Normalerweise waren sie in diesen Wochen andauernd am Streiten, zankten erbittert um Dinge, die ich nicht begriff, Vietnamkrieg und Kapitalismus, Revolution und Privateigentum, und bis zur Feindseligkeit um Familie und Liebe. Familien, erhitzte sich Luca, seien nichts anderes als winzige Festungen, kleinlich und mißtrauisch gegen alle anderen und nie solidarisch. Ja, Familien seien Krebszellen der Gesellschaft, die den Gemeinsinn zerfressen, punktum! »Nein«, widersetzte sich Mutter standhaft, »erst in der Familie lernt man zu lieben, sich nahe zu sein und Vertrauen zu haben«, was Luca erst richtig in Rage brachte. Er tobte ums Sofa, bis Vaters Vitrine zu klingeln anfing, und krakeelte: »Familie und Liebe haben nichts miteinander zu tun. Was du Liebe nennst, nenne ich knallharten Eigennutz. In der Festung Familie klammern sich alle, ausschließlich alle ans nackte Interesse. Oh ja, sie brauchen sich gegenseitig, um den bescheidensten Vorteil zu sichern.« Er baute sich grinsend vor Mutter auf: »Versteht sich, man kuschelt sich lieber an einen Familienleib, wo es warm und bequem ist, als mit seinem Interesse allein zu sein. Und trotzdem verbirgt sich in deiner Familienliebe brutale Berechnung.« – »Nein«, wehrte sich Mutter, »das ist nicht wahr. Man liebt seine Kinder nicht aus Berechnung.« – »Es muß keine bewußte Berechnung sein«, erwiderte Luca und wischte sich mit seinem Halstuch den Schweiß von der Stirn. »Keine bewußte Berechnung, ah«, echote Mutter ironisch, »und bitte, verrate mir, was man sich ausrechnet?« – »Das sichere Alter! Beistand der Kinder im Kampf um das nackte Interesse! Und was wird aus deiner Familienliebe, wenn eine Erbschaft verteilt werden soll? He? Sie verbrennt wie ein Haufen vertrocknetes Stroh, und Blutsverwandte werden zu Raubtieren, die sich am liebsten erstechen und totschlagen wollen! Nein, deine Liebe eckt in einer Zwangsjacke, die sich Familie nennt«, wetterte uca, »in der sie erstickt und zugrunde geht. Weißt du, was passiert, wenn zwei Menschen sich heiraten? Man schmiedet sie an eine Kette. Ja, was sie miteinander verbindet und bis zum Tode verbinden soll, das ist eine rasselnde Kette, an der sie ein Lebtag zappeln und zerren. Will der eine nach links, muß der andere folgen, und will der andere nach rechts, reißen sie sich gegenseitig zu Boden! In der Antike kettete man Gefangene mit Toten zusammen, und das ist das Schicksal der Ehe. Anfangs mag man den anderen lieben oder sich mindestens einreden, es zu tun. Bis zu dem Tag, an dem man sich nichts mehr vormachen kann und mit Grausen bemerkt, an einen Kadaver gefesselt zu sein, sich mit einem Leichnam zu paaren!« – »Es reicht«, fauchte Mutter, die rot war vor Zorn. Sie scheuchte Luca zum Korridor, schnappte sein Fahrrad, das an der Garderobe lehnte, und schubste es schnaubend ins Treppenhaus, ehe sie unsere Wohnung verriegelte. Und wenn Luca nicht aufgeben wollte und vor der verschlossenen Wohnung weitertobte, um Mutter zur freien Liebe zu bekehren, von der er andauernd sprach, hielt sie sich beide Ohren zu oder stellte das Radio an.

Neuerdings rannte sie morgens um acht – ich mußte mich anstrengen, Schritt zu halten – zur Bude mit Blechdach am Largo Corrado Ricci, wo sie zwei Zeitungen kaufte. Sie wirkte beinahe erleichtert mit den zwei Zeitungen, die sie nach Hause trug, sie scherzte mit mir und nickte dem Heiligen zu, vor dem sich kein Abfall mehr sammelte – inzwischen erhob sich der Abfallberg zehn Meter entfernt beim Trajanischen Markt –, und wenn wir in unsere Wohnung traten, marschierte sie kurzerhand zum Sofa, ohne sich von Straßenschuhen oder Schirm zu trennen, und las. Sie blieb vollkommen taub gegen Lisas Quengeln und meine Spinettklimpereien. Verzweifelt suchte sie unsere Bibliothek nach politischen

Schriften ab, vergeblich, denn Vater besaß keine. Deshalb rief sie in Sachsenhausen an, um sich von Großvater Emil, der fassungslos stammelte: »Kindchen, was ist mit dir los? Seit wann interessiert dich dieser Marcuse?«, ein schweres Buchpaket schicken zu lassen. Es verstrichen drei Wochen, es traf nicht ein, und verschiedentlich telefonierte Mutter mit Großvater Emil, den sie im Verdacht hatte, sich bei der Adresse vertan zu haben, und eilte zum Postamt, um sich zu beschweren.

Luca bekniete Mutter in dieser Zeit, ins Haus am Testaccio zu kommen, mit einer Sturheit und Dringlichkeit, die sie fuchsteufelswild machen konnte. Im Korridor packte er sie am Arm und ließ seinen Daumen beharrlich um Mutters Impfpocke nahe der Schulter kreisen: »Warum besuchst du mich nicht?« – »Nicht im Beisein der Kinder«, murmelte Mutter und schob seine Hand weg. Bisweilen hatte sie einen harten Zug im Gesicht, war bissig und abweisend, und Luca betrachtete sie mit den mutlosen Augen eines Hundes.

Trotzdem entschied sie sich eines Tages – es muß Anfang September gewesen sein – zu einem Besuch im besetzten Haus. Sie lieferte Lisa bei Frau Beatrice ab, die Mutter mit einem Seufzer umarmte: »Wenn ein Herz nicht am richtigen Fleck sitzt ...« Ich weiß nicht, warum sie mir kleiner als sonst vorkam, als sie sich zum Abschied trompetend ins blauweiß karierte Geschirrhandtuch schneuzte.

Ich war entschlossen, an Mutters Seite zu bleiben, sie nicht allein ziehen zu lassen, und erstaunlicherweise wimmelte sie mich nicht ab. In der rumpelnden Straßenbahn, die wir beim Kolosseum bestiegen, ließ sie sich von mir versprechen, Vater von unserem Ausflug nichts zu verraten, und schaute ansonsten, bis wir am Ziel waren, stumm aus dem Fenster. Zwischen hupenden Autos bahnten wir uns einen Weg zur Pyramide, die in den schmutzig bezogenen Himmel ragte, und stapften um einen mit Buschwerk, Unkraut und struppigem Gras bewachsenen Berg, an den sich von tobenden Hunden bewachte Werkstattschuppen, Blechbaracken und krumme Holzbuden klammerten. Entfernt erhob sich als rundes und bleigraues Eisenskelett ein Gasometer, und bald tauchte der rostrote Schlachthof mit seinem Portalbogen auf, vor dem sich Metzger, schnatternde Hausfrauen und Schulkinder tummelten, von lauernden Dieben besetzte Vespas um Schwemme und große Waage knatterten, Marktpolizisten mit Huren scherzten, die rauchend und faul an der Mauer lehnten. Wir flohen vor einem Bettler, der keine Beine mehr hatte und uns hundert Meter auf seinem rollenden Holzbrett verfolgte, indem er sich, hemmungslos fluchend, mit sehnigen Armen vom Boden abstieß, flohen um ratternde Stoßkarren, aufdringlich winkende Zigarettenschmuggler und mit Banknoten wedelnde Zocker und rannten atemlos auf ein vergammeltes Haus zu, aus dem Fahnen und Bettlaken hingen. Auf Matratzen und Apfelsinenkisten vorm Eingang lungerten junge Leute, ließen Bierflaschen kreisen, rauchten und wippten zu wilder Gitarrenmusik, die aus zwei Lautsprecherboxen im Hausflur kam. Mutter kniete sich vor mir nieder. Sie zuppelte an meinem Hemd und schrie mir ins Ohr: »Sebastian, du bleibst, wo du bist! In zehn Minuten komme ich wieder!«

Vorwurfsvoll starrte ich hoch zum Haus mit seinen zerbrochenen Fensterscheiben, der beschmierten Fassade, von der der Verputz platzte, und entzifferte ratlos das Spruchband im ersten Stock: »Voglio essere un orfano!« Warum wollten sie Waisen sein, Luca und seine Freunde? Ich lehnte mich gegen das Weinen auf, das in meiner Kehle hochstieg, und versteckte mich zwischen zwei Abfalltonnen. Um nicht zu heulen, kratzte ich Erde vom Boden, bis meine Finger schmerzten, und rieb sie mir ins Gesicht.

Endlich tauchte sie wieder im Hausflur auf, den sie vor einer Stunde betreten hatte. Und gleichzeitig mit Mutter, die panisch ins Freie lief, entdeckte ich Luca im dritten Stock, der auf den steinernen Fenstersims kletterte. »Wenn du nicht wiederkommst, springe ich!« Er trug nichts außer Vaters verwaschenen Cordhosen und seinem flammenden Halstuch, an dem er wie von Sinnen zu zerren begann, bis sich der Knoten entwirrt hatte. Es schwebte in Zeitlupentempo zu Boden. »Eleonora, ti prego! Non mi lasciare!« In Windeseile versammelte sich eine fuchtelnde Menschenmenge vorm Haus, die zum schwankenden Luca hochglotzte und vielstimmig aufheulte, wenn er sich vorbeugte.

Ich konnte Mutter nicht mehr entdecken, die sich taumelnd und ohne den Kopf zu heben zwischen den gaffenden Leuten verloren hatte, zog mich atemlos an einer Tonne hoch und stolperte blindlings um blutige Metzgerkittel und prallvolle Einkaufsbeutel, rempelte gegen ein rundliches Kerlchen, dem seine Schmugglerware zu Boden fiel, die er im Mantel versteckt hatte. Nicht mehr bepackt, war das Kerlchen hager und zog mich mit giftigem Zischen am Ohr. Ich weiß nicht, ob Luca zum Sprung ansetzte: Neben uns kreischten zwei Hausfrauen: »Oh, dio mio!« und bei der Bewegung, die in der Menge entstand, ließ das Kerlchen mich los.

In den verbleibenden Tagen bis zum Ende der Ferien, Mitte September, verhielt Mutter sich auffallend still. Zwischen Spinett und Antikenvitrine, Teakholzkommode und Grundig-Musikschrank, Sofa und Bibliothek bewegte sie sich beinahe schlafwandlerisch. Ich glaube, sie schluckte Beruhigungspillen, heimlich, wenn Vater am Tagebuch schrieb oder seiner Italienkarte, die neuerdings neben der Romkarte hing, gelbe, blaue und rote Wimpel verpaßte. Selig, mit sonnenverbranntem Gesicht und drei Terracottawebgewichten, die er aus einem Taschentuch wickelte, war er von seiner Reise nach Tarquinia und Blera heimgekommen. »Sie stammen aus neolithischer Zeit«, belehrte mich Vater und zwinkerte mir mit seinen hellblauen Augen zu: »Du weißt, wann das war, Sebastian?« – »Achtes Jahrtausend vor Christus«, antwortete ich, und mit anerkennendem Schnalzen reichte mir Vater ein Webgewicht. »Du darfst es behalten, wenn du mich im kommenden Sommer begleitest. Was meinst du?« Ich trat von einem Fuß auf den andern und wußte nicht, was ich erwidern sollte. Ich durfte ja Vater nicht einweihen, ich konnte nicht sagen: und wer paßt auf Mutter auf? Und trotzdem verriet ich mich, als ich mich hilflos zum Sofa umwandte, wo Mutter das Buchpaket aufriß – der Postbote hatte es heute mit lustigem Pfeifen ins Haus gebracht – und sich in die Klappentexte vertiefte. Verlegen betrachtete Vater die Titel, die sie bei Großvater Emil bestellt hatte, eher erstaunt und betreten als mißmutig, und nahm sein Feelein in den Arm. Am Nachmittag las er mit kindlicher Freude an seinen Metren und Reimen Sonette vor, die er auf seinen Reisen verfaßt hatte, in Grabkammern oder Amphitheatern, und sie mußte sich anstrengen, wach zu bleiben, schmiegte sich an seine Schulter und lauschte. Er bekam es nicht mit, als sie einschlief. Ja, Mutters Kopf sackte auf seine Brust, was er als liebevolle Zustimmung auffaßte, nehme ich an. Er streichelte Mutter im Nacken, sanft und passend zum Jambus, bis sich ein schwaches Schnarchen in seine Verse mischte. Vater verstummte, betrachtete Mutter verdutzt und ließ seine Sonettkladde sinken. Vorsichtig hob er sein Feelein vom Sofa, und von der Schlafzimmerschwelle aus schaute ich zu, wie er sie aufs Bett legte: schonungsvoll, sachte und in sich versunken.

Dienstags und donnerstags drang nachmittags kein Gassenpfiff mehr zu uns hoch, und ich horchte vergeblich auf scheppperndes Fahrradblech. Ich weiß nicht, warum ich zu Mutter schlich und mit belegter Stimme verriet, er sei am Leben, es sei nichts passiert. Anders als sie, die zum Scherbenberg taumelte, ohne sich umzudrehen, hatte ich mich beim Brunnen vorm Schlachthof mit Wasser bespritzt und den kippelnden Luca im Auge behalten. Erst als zwei Arme sich um seinen Bauch schlangen und den zappelnden Luca ins Zimmer zogen, hatte ich mich beeilt, Mutter einzuholen.

»Er ist am Leben. Es ist nichts passiert«, raunte ich Mutter ins Ohr, die am Lesen war. Schleppend hob sie den Kopf und starrte mich an, als habe sie mich nicht verstanden. »Laß mich, ich will es nicht wissen«, sagte sie abwehrend, und ich mußte es aufgeben, meine Geschichte loszuwerden.

Ich habe sie als beklemmend stumm in Erinnerung, diese Septembertage, trotz des grausigen Mitternachtsschreis aus der Erdgeschoßwohnung, mit dem sie zu Ende gingen. Den stieß Kartenabreißer Orizio aus, als er vom »Volturno« nach Hause kam und seinen Vater entdeckte, der leblos und schlaff auf der Klobrille hing. »Rache!« kreischte Antonio Orizio und tobte vom Hausflur zur Gasse, wo er, schwankend und sternhagelvoll wie er war, einen lockeren Pflasterstein ausgrub, den er mit furchtbarem Kriegsgeheul Sassolinos ins Schlafzimmer schleudern wollte. »Zeig dich, du Hurensohn!« heulte Orizio, der vollkommen mit Scherben bedeckt war, die wie Kristalle im Lampenschein glitzterten, »du hast meinen Vater vergiftet! Ich mache dich fertig, und zwar auf der Stelle! Hast du verstanden? Ich bringe dich um!« Als er erkannte, sein Schlafzimmerfenster zerschmettert zu haben, nicht das seines Erzfeindes, warf er sich zu Boden, mit Armen und Beinen strampelnd und gurgelnd vor Wut.

Mit einem lohnenden Wohnungshandel war nicht mehr zu rechnen, nicht bei diesem Sturkopf von Kartenabreißer!, und Sassolino beschloß, dem Kleinkrieg ein Ende zu machen. Reue zu zeigen, das kostete nichts, und er stapfte am anderen Tag zu Orizio, mit zerknirschtem Gesicht und schwarzer Krawatte. Bevor er Gelegenheit fand, vor Orizios Frau – oder Schwester – sein Beileid zu heucheln, rannte Antonio Orizio mit einer riesigen Pfanne ins Treppenhaus, und Sassolino zog Leine. Trotzdem betrachtete er es als Ehrensache, sich bei der Beerdigung zu zeigen, und an einem strahlenden Septembermorgen scheuchte er Frau Beatrice und Tochter Lili in seinen Botschafterschlitten. Ich habe vergessen, warum er mich mitnahm. Neben der schweigsamen Lili im knautschigen Leder versinkend, nahm ich meinen Mut zusammen. »Weißt du, wer schuld ist am Tod von Orizios Vater?« Lili schaute mich mißmutig an. »Du weißt es nicht«, stichelte ich. »Pfff«, machte Lili und starrte zur Decke. »Dieser Orizio stinkt vor Dummheit, wenn er deinen Papa anklagt. Schuld ist der Kapitalismus!« Fluchend riß Sassolino am Steuerrad – nicht wegen mir, ich sprach Deutsch, um von niemandem als seiner Tochter verstanden zu werden –, und es schleuderte mich gegen Lili, die mir einen schmerzhaften Hieb in die Rippen versetzte. »Bleib, wo du bist«, zischte sie.

Ich schluckte, beirren ließ ich mich nicht. »Weißt du, was passiert, wenn zwei Menschen sich heiraten? Man schmiedet sie an eine Kette, an der sie zappeln und zerren bis zum Tod.« Lili zog eine Augenbraue hoch, was mich, zu Recht oder Unrecht, ermutigte. »Und wenn sie sich nicht mehr lieben, haben sie einen Kadaver am Bein. Wie in der Antike, als man Gefangene an Tote gekettet hat«, plapperte ich, »sie paaren sich mit einer Leiche, verstehst du?« Lili zuppelte Flusen vom schwarzen Kleid und verbiß sich ein Kichern. Beschwingt vom Erfolg, den ich endlich erzielte, bemerkte ich eifrig: »Ich werde nicht heiraten. Nie. Dauernd mit einem Toten zusammensein, puhh!« Ich schnatterte, bis wir beim Friedhofstor hielten, wo Leichenwagen und brauner Sarg und Orizios Familie in Sicht kamen – und Kartenabreißer Orizio mit saurem Gesicht Sassolinos Hand nahm, nicht ohne zu grummeln: »Du Hurensohn zahlst mir das Fenster, sonst bleiben wir Feinde!«, was Sassolino veranlaßte, nach einer angemessenen Frist von Anteilnahme und Achtung vor dem Verstorbenen, den Kleinkrieg erneut aufzunehmen. Als wir den Botschafterschlitten verließen, raunte ich Lili vertraulich ins Ohr: »Weißt du, warum ich nicht heiraten will? Ich bin ein Verfechter der freien Liebe!« Lili konnte nicht an sich halten und kicherte. Sie kicherte heimlich ins Taschentuch, hatte, passenderweise zu einer Beerdigung, bald nasse Augen, und vor der Grube, in der man Orizios Vater versenkte, schielte sie mich von der Seite an, halb anerkennend und halb erstaunt, und ich mußte mir einen Luftsprung verkneifen. Oh ja, ich war selig an diesem Tag, als man Orizios Vater bestattete.

8

Bei der Beerdigung meines Vaters schwankte ich zwischen Benommenheit und Groll. Es war ein windiger grauer Herbsttag mit Wolken, die tief am Himmel zogen, und man konnte meinen, sie reißen absichtlich beim plumpen Zementturm der Kirche ein, um uns vom Platz vor der Trauerhalle mit einem lausigen Guß zu vertreiben. Etwa hundert Menschen hatten sich eingefunden, um Abschied von Vater zu nehmen. Ich kannte nicht mehr als ein Dutzend Gesichter. Bei allen anderen mochte es sich um Leute handeln, die Vater in grauer Vorzeit unterrichtet hatte, um ehemalige Lehrerkollegen, Musikliebhaber und Segelflugfreunde, die aus Zeitungsbericht oder Todesanzeige von seinem tragischen Ende erfahren hatten. Vom tragischen Ende sprachen sie alle, die unsere Hand nahmen, Lisas und meine. Ich war nicht besonders aufmerksam, murmelte heiser »Ja, ja« und entfernte mich von meiner Schwester, um endlich allein zu sein.

Ich schlenderte rauchend vorm Friedhofstor auf und ab und

ignorierte Lisa, die mich herrisch, ja zornig zu sich winkte: Sie wollte mir einen Freund unseres Vaters vorstellen, einen großen, trotz seines fortgeschrittenen Alters sportlich wirkenden Mann mit eisgrauen Haaren, fleischigen Lippen und flinken ironischen Augen, die er bisweilen beunruhigt zum Himmel hob. Mir fielen seine Handschuhe auf, die zum milden Wetter nicht paßten, sein schwarzer breitkrempiger Hut, und ein Familienschirm, den er andauernd aufspannte und wieder zuklappte, voller Sorge vor einem losbrechenden Schauer. Ich weigerte mich, Lisas Aufforderung zu folgen, und das verstimmte sie um so mehr, als ich keine Anstalten machte, unserer Stiefmutter Margret auszuweichen, die schwankend zum Friedhofstor kam, sei es aus Angst, sich bei mir eine Abfuhr zu holen, wie sie das vor einer halben Minute bei meiner Schwester erlebt hatte, sei es, weil sie sich aus einem Flachmann bedient hatte und bereits halb beduselt war.

Ich mochte Margret nicht besonders, die verletzend und boshaft sein konnte und unseren Vater getriezt und gepiesackt hatte, bis seine Langmut verbraucht gewesen war. Tage und Wochen hatten sich beide heftige Streitereien geliefert und in der Regel um nichts. Ameisen im Bad, ein verlorener Hemdknopf, von Wieland beim Einkauf vergessenes Klopapier hatten ausgereicht, Margret zur Weißglut zu bringen. Rechtfertigungen, Entschuldigungen prallten an Margrets Panzer aus verbitterter Liebe und Rachsucht ab. Wochenlang weigerte sie sich zu kochen, und Vater, dem es verboten war, strengstens verboten, sich an Herd oder Eisschrank zu schaffen zu machen, hortete in seinem Schreibtisch heimlich kiloweise Schokolade. Wenn sein Appetit auf handfeste Nahrung nicht mehr zu beschwichtigen war – und sein Schokoladenvorrat verzehrt –, schwang er sich ins Auto und brauste zur verwitweten Ingeborg, der pensionierten Lehrerkollegin Dagmar, der Hausmusikpartnerin Ilse und stillte seinen Heißhunger mit Sauerkrautrippchen und Spargelomelett. Mehr und mehr entwickelte sich sein Zuhause zu einem Spinnennetz, in dem er, als Lisa und ich es verlassen hatten, einsam und leidend zappelte.

Als er es endlich zerriß und unserer Stiefmutter mitteilte, er werde ausziehen, zerschmetterte die seine siebte Gambe. Bewarf unseren Vater, der seine Sachen zum Wohnwagen schleppte, mit Eierschalen, schimmligem Obst und schmierigem Kaffeesatz vom Komposthaufen, und kreischte von Sinnen, er sei eine Niete und am Tod seiner ersten Frau Elinor schuld, das habe sie endlich begriffen. »Mich wirst du nicht zugrunde richten!« keifte Margret, zerriß seine Briefe und seinen Sonettkranz, mit dem er sie seinerzeit, als sie sich kennenlernten, verherrlicht hatte. Er packte stumm seine Habseligkeiten zusammen und ließ sich auch nicht erweichen, als Margret an seiner Schulter in Schluchzen ausbrach.

Nein, ich mochte sie nicht besonders, ohne sie wie meine Schwester zu hassen und als »Hexe« und »Schnapsdrossel« zu beschimpfen. Ich konnte Margrets Verbitterung verstehen. Von Anfang an war Vaters Ehe mit unserer Stiefmutter nichts als ein Vorwand gewesen – und das sollte so bleiben, bis sie sich trennten –, der Wieland erlaubte, wieder Fuß zu fassen in einem normalen Leben, einem Leben, das nicht von Verzweiflung beherrscht war.

Mutter war erst drei Monate tot, als Vater, der wieder an seiner alten Schule in Lichtenberg lehrte, in wilde Betriebsamkeit verfiel. Fest entschlossen, ein Haus zu bauen, fuhr er mit uns an freien Tagen von Odenwaldort zu Odenwaldort, um einen Bauplatz auszusuchen, der eine gute Lage aufweisen sollte und billig sein mußte. Mit seinem kopflos betriebenen Ankauf antiker Funde und dem Erwerb eines Wohnwagens hatte er sich hoch verschuldet, und um einen Kredit zu bekommen, mußte er erst seine Miesen loswerden.

Er hatte keine andere Wahl, als seine inzwischen in einem Altersheim lebende Mutter anzupumpen, die leider sparsam war bis zum Geiz. Vier Jahre mochten vergangen sein seit seinem letzten Besuch, und Wieland traf eine Greisin an, die nicht mehr allein aufstehen konnte, aus Haut und Knochen bestand und verwirrt war. Sie verwechselte Vater, der seine gewichtslose Mutter vom Bett zum Lehnsessel trug und in eine Wolldecke wickelte, als sie zu frieren begann, beharrlich mit einem der Pfleger. Er gab es bald auf zu beteuern, der Ludwig und nicht der Herr Dehmel zu sein.

Von seiner Mutter verwechselt zu werden, sollte sich freilich als Segen erweisen. Behutsam, und auf eine giftige Antwort gefaßt, brachte Vater sein Anliegen vor, und ohne zu zaudern war sie bereit, dem »lieben Herrn Dehmel« mit Geld auszuhelfen. Prompt bewilligte sie die von Vater erbetene Summe und wollte von Zinsen nichts wissen. Freudestrahlend kehrte er mit einem dicken Paket brauner Geldscheine heim und mochte sich nicht seinen Kopf zerbrechen, was mit seiner Mutter passiert war, die er als harte Person in Erinnerung hatte, als knauserigen Menschen, der keinen Pfennig verlieh, ohne strenge Bedingungen zu stellen und einen Vertrag aufzusetzen. Sie sei einfach verwirrt oder wolle sich kurz vorm Ende freigebiger zeigen, als sie es jemals im Leben gewesen sei, vermutete Vater und wandte sich wieder Fassadenansichten und Grundrissen zu, die er in endlosen Nachtstunden zeichnete.

Wenn ich mich richtig erinnere, stattete er vor der Hochzeit mit Margret dem Altersheim einen zweiten Besuch ab und trat als lieber Herr Dehmel auf, um einen weiteren Geldbetrag lockerzumachen. Das ging schief: Bei dieser Gelegenheit erkannte sie Vater auf Anhieb und stellte sich taub. Nicht einen Pfennig ließ sich seine Mutter entlocken, und ehe er sie verließ, schwor er mit eisiger Stimme, nie mehr wiederzukommen, nie mehr. Ich glaube, er hielt sich an sein Versprechen.

Erst als sie mit beinahe neunzig starb, erfuhren wir Großmutters wahre Geschichte. 200.000 Mark hatte sie im Laufe der Jahre dem lieben Herrn Dehmel vermacht, der vor einer Ewigkeit Altenheimpfleger gewesen war, bis er sich auf Erbschleicherei und Betrug verlegt hatte. Ja, mit seinem methodischen Vorgehen, Aufmerksamkeiten und Hilfsbereitschaft am Anfang, anschließend Drohungen und Erpressung, und wenn es erforderlich war, Gewaltanwendung, kassierte er seine Opfer, meistens verwirrte, vereinsamte Frauen ab und verdiente sich eine goldene Nase. Mit einem prallvollen Geldkoffer rettete er sich vor seiner Verhaftung ins Ausland – und Großmutters Konten waren leer.

Ich weiß nicht, was Vater empfand, als uns, zusammen mit Großmutters Todesnachricht, diese Geschichte zu Ohren kam. Schweigend fuhr er mit uns zur Beerdigung, schweigend stand er vor seiner im teuren Eichensarg aufgebahrten Mutter, schweigend – und strafend – schaute er Margret an, als sie losheulen wollte, schweigend beglich er Bestattung und zehn Jahre Grabpflege, schweigend fuhr er uns wieder heim.

Ich habe vergessen, was Margret sagte, als sie ans Friedhofstor kam. Ich glaube, es machte sie fassungslos, nicht kalt von mir abgefertigt zu werden. Oh ja, ich erinnere mich bis heute an Margrets Geruch, eine Mischung aus Mottenpulver und Alkoholfahne, bei dem sich mein Magen bedrohlich zu heben begann. Trotzdem tat sie mir leid, ließ ich es zu, als sie meine Hand nahm und weinte, und streichelte Margrets ergrautes Haar.

Es gelang mir, mich gegen den Brechreiz im Rachen zu wehren, bis meine Stiefmutter schluchzte: »Ich wollte von Ludwig Abschied nehmen, und man hat es mir nicht erlaubt. Es sei ein zu schrecklicher Anblick.« Ja, bei dem Aufprall am Berghang hatte das Sportflugzeug Feuer gefangen, und Vater war in der Cessna verbrannt. Bei Margrets Worten hatte ich seinen verkohlten Kadaver vor Augen. Ekel und Wut stiegen in mir auf – oder hilfloser Kummer, ich kann es nicht sagen.

Wild riß ich mich von meiner Stiefmutter los, die einen Entsetzensschrei ausstieß, rannte halbblind um verschwimmende Grabsteine, Holzkreuze, zitternde Birken und stolperte in eine Reihe beim Wasserhahn anstehender Plastik- und Blechkannen. Vor einer Schubkarre ging ich zu Boden und vergrub mein Gesicht zwischen faulenden Blumen und Laub, bis meine Schwester mir aufhalf. Rasch rieb sie mein Kinn ab, spuckte ins Taschentuch, um meinen Mantel sauber zu wischen, und zog mich zur Friedhofskapelle, vor der uns ein schwitzender Pfarrer empfing, der mahnend auf seine Armbanduhr zeigte.

Margret konnte ich nicht mehr entdecken, nicht in der Friedhofskapelle und nicht im Leichenzug, der Vaters Sarg folgte. In dieser betriebsamen Zeit nach Mutters Tod, als er, fast ohne Hilfe, ein Haus hochzog, an Nachmittagen und Wochenenden ausschließlich auf seinem Bauplatz war, gab er Dutzende von Inseraten auf: »Verwitweter Lehrer und seine zwei Kinder suchen liebevolle Mutter und Frau.« Er konnte sich vor Angeboten nicht retten und bestellte alle Bewerberinnen zur Baustelle, empfing sie schreiend neben der ohrenzerreißend rotierenden Mischtrommel, zwischen Ziegelsteinhaufen und Schalholzstapeln, in seinem zementbespritzten Blaumann, mit struppigem Haar und verbundenem Daumen. Wenn er Besuch bekam von seinen Anzeigenliesen – ich nannte sie Anzeigenliesen, was Vater erheiterte – zogen wir Leine, liefen zum Waldrand und schauten vom Hochsitz, kichernd und prustend, zur Baustelle. Vater war zu begeistert von seinem Hausbau, um seine Besucherinnen aufmerksam zu betrachten. Ob sie zu schicke Klamotten anhatten, auf hohen Schuhen wie auf Stelzen stolzierten – Vater bekam es nicht mit. Er fuchtelte mit seiner Maurerkelle, wenn nicht einem

Schlegel oder Hammer, und scheuchte sie stolz ums halbfertige Haus. An windigen Tagen verließen sie Vater hustend, mit brennenden Augen und staubbedeckt, bei Regenwetter mit schlammverspritzten Kleidern, und zwei seiner Anzeigenliesen hinkten am Schluß mit abgebrochenem Absatz zur Bushaltestelle am Ortsrand.

Warum sich Vater entschied, Margret Lehmann zu heiraten und keine andere Bewerberin – am Ende waren es beinahe hundert –, kann ich bis heute nicht sagen. Mag sein, sie kreuzte zum richtigen Zeitpunkt an seiner Baustelle auf: beim Richtfest, das er mit seinem Schreiner und uns beging. Sicher, sie hatte Musik studiert und eine Klavierlehrerinnenstelle, was unseren Vater beeindruckte. Und es trennten sie Welten von Mutter. Sie hatte nichts Zierliches an sich, war stark und robust, wirkte handfest und praktisch. Ja, sie zeigte ein ruppiges Selbstvertrauen und betrachtete es als normal, wenn meine Schwester und ich sie verabscheuten. Nein, sie war nicht zerstreut und versponnen wie Mutter, sich an einem Traum zu verbrennen war Margret absolut fremd. Und trotzdem verbrannte sie sich an Vater, der sie benutzte, um seine Verzweiflung zu vergessen. Im Abstand von Jahren verstand ich besser, warum sie sich in eine boshafte, herzlose Stiefmutter verwandelt hatte, eine Stiefmutter wie aus dem Bilderbuch. Vater liebte sie nicht, ja er hatte sie nie geliebt, seine Zuneigung konnte sie nicht erreichen, und das zahlte sie Wieland mit Mißmut und Launen heim, mit einer maßlosen Herrsch- und Tobsucht, gegen die er nichts aufbieten konnte.

Als er vor Margrets Rache Reißaus nahm, sein Haus verließ, das er nie wieder betreten sollte, suchte Vater als erstes Zuflucht und Trost bei seiner Freundin aus Kriegszeiten, der Luftnachrichtenhelferin Ingeborg. Er konnte sich nicht beklagen in Ingeborgs Villa am Bergstraßenhang, und an Mitleid ließ sie es nicht vermissen. Sie machte ein Zimmer im ersten

Stock frei, das Arbeitszimmer des verstorbenen Mannes, der Richter gewesen war. Das durfte er einrichten, wie er wollte. Sie wusch seine Hemden und brach keinen Streit um schmutzige Kragen vom Zaun wie Margret. Sie besorgte Leckerbissen im Feinkostmarkt, Kaviar und Lachs, Avocados und Kiwis, Hummer und zartestes Rinderfilet. Leider war Ingeborg schwatzhaft und neugierig, und wenn er es sich zwischen Edellupinen und Knollenbegonien bequem machte, beim Fischteich im Liegestuhl hockte und las, ließ sie sich an seiner Seite nieder. Er mußte sich in seinem Zimmer verschanzen, um sie nicht pausenlos um sich zu haben. Permanent quetschte sie Vater über seine Ehen mit Margret und Elinor aus, liebte es, stundenlang zu spekulieren, warum Mutter im Tiber ertrunken war, und verfiel auf bestechende Mordtheorien. Vater hielt es nicht aus. Nicht Ingeborgs Mundwerk, nicht Ingeborgs Nachthemd, das durchsichtig war und in dem sie beharrlich zum Gute-Nacht-Sagen an sein Bett kam. Ingeborgs ewige Anspielungen auf eine Liebesnacht am Montmartre und selige Stunden in Reichenbachs Schulhaus, wo sie Menuette und Walzer getanzt hatten – und zwar splitternackt –, beunruhigten Vater. Als sie an einem Oktobertag heimkam und strahlend zwei Flugtickets schwenkte, Frankfurt–Paris, entschloß er sich kurzerhand auszuziehen. Ehe er hupend bergab rollte, meinte er: »Wir bleiben Freunde, nicht wahr?« Ingeborg schneuzte sich still in ein seidenes Taschentuch und nickte tapfer.

Zwei Monate zog er zur Hausmusikpartnerin Ilse ins Amorbachhexenhaus, das Blauregen und Rhododendron verbargen. Jahrelang hatten sie donnerstags abends Bach und Buxtehude geprobt. Ilse war freilich inzwischen halb taub, was sie aufs heftigste leugnete, und nachmittags scheuchte sie Vater, der seine Tage am liebsten verschlafen wollte, vom Bett und treppab ins Musikzimmer. Das endete nie ohne Streitereien: Ilse vermasselte Einsatz um Einsatz, verfehlte fast jeden zweiten Ton um ein nervenzerreißendes Viertelchen, kratzte und scheuerte, statt zu streichen, und wenn eine halbe Stunde vergangen war, sprang Vater abrupt vom Klavierschemel auf und schnappte: »Wir sollten es besser lassen.« – »Du bist schuld«, kreischte Ilse normalerweise, »mit deinem schmerzverzerrten Gesicht machst du mich vollkommen rappelig!«

Knappe sechs Tage hielt Vater es bei der Lehrerkollegin Dagmar aus, die eine Unzahl von Katzen besaß. Die behockten zu dritt oder viert sein Bett, kackten aus Eifersucht auf den Teppich, und als er sie fluchend verjagte, ging eine Etruskeramphore zu Bruch. »Wir bleiben Freunde, nicht wahr?« sagte Vater zu Dagmar und suchte das Weite.

Von nun an begann er, mit Auto und Campingwagen von Stellplatz zu Stellplatz zu ziehen, lud seine Freundinnen alle paar Monate zu einem Tagesausflug ein und war heilfroh, wenn er sie wieder am Gartentor abliefern konnte.

Nach seiner letzten großen Reise, von der er uns nichts verraten wollte, grauste es Vater regelrecht vor der Lebenslust seiner drei Scharteken, wie er sie neuerdings boshaft nannte – und seine kichernde Bosheit war neu –, die Urlaub auf Teneriffa machten oder auf einem Luxusdampfer bis Island schipperten. Island! Vater schauderte es. Von seiner Verwirrung errieten sie nichts, bemerkten nur, wie seine Verwahrlosung zunahm, und deckten Vater mit Duft- und Rasierwasser ein. Er beschloß, sie nie mehr zu besuchen, winkte freundlich aus seinem VW und entfernte sich eilig: mit quietschenden Reifen.

Eine Woche vor seinem Tod, als Ingeborg Witt, halb grimmig und halb besorgt, beim Stellplatz in Lichtenberg aufkreuzte, kniete er neben dem Wohnwagen vor einem Feuer, in das er Kladden und Ordner warf. Es war ein heißer, windiger Tag. Glimmende Fetzen Papier stoben hoch und segelten in alle Richtungen, und Ingeborg, die aus dem Auto sprang, zeterte: »Willst du den Wald abfackeln, Ludwig?« Vater ließ Kladden und Ordner fallen und versteckte sich panisch im Wohnwagen, den er von innen verriegelte. Sie klopfte und bettelte, kratzte und lockte, vergeblich, er muckste sich nicht.

Sechs Stunden verbrachte sie auf dem Stellplatz, trat das Feuer aus, setzte sich seufzend auf Vaters Baumstamm und hielt seine Gambe im Schoß. Erst als es dunkelte und Wielands Wohnwagen finster blieb, gab sie es auf zu warten.

Das erfuhr ich im Gasthaus beim Leichenschmaus. Ich mied meinen Platz neben Lisa und Lisas Kindern, die Pommes mit Mayo verlangten und schmollende Schnuten zogen, als meine Schwester zu schimpfen begann: »Benehmt euch endlich, Großvater ist tot!« – »Auf deiner Beerdigung, Mama«, quakte mein Neffe, »werden wir Pommes mit Mayo essen«, und fing sich eine Ohrfeige ein. Ich ließ mich an einem kleinen Tisch beim Eingang der niedrigen Gaststube nieder, an dem, wie ein Kleeblatt mit Trauerrand, drei schwarzgekleidete Frauen saßen, mit je einem Taschentuch in der Hand, in das sie sich gleichzeitig schneuzten: Ingeborg, Dagmar und Ilse.

»Er hat seine Kladden und Ordner verbrannt?« erkundigte ich mich erstaunt. »Ja, seine Kladden und Ordner«, versicherte Ingeborg. »Und seine Antikensammlung?« – »Seine Sammlung? Das weiß ich nicht. Tut mir leid.« Mir war nicht zum Essen zumute, ich trank, bestellte ein Bier nach dem andern und schaute stumm Vaters Freundinnen zu, die sich mit Rippchen und Sauerkraut vollstopften, um Kirschkompott, Erdbeer- und Nußsahnetorte rangelten und sich zu zanken begannen.

»Ich war zu aufdringlich, als er bei mir wohnte«, seufzend leckte sich Ingeborg Sahne vom Finger, »er mußte ja erst seine Trennung verdauen.« – »Ludwig war krank«, kreischte Ilse, »er konnte nicht mehr musizieren, und ich dusslige Kuh, ich damische Gans wollte es erzwingen! Unsere Beziehung war ja eine hochmusikalische.« Ingeborg, die sich das Ohr zuhielt, zischelte boshaft: »Sie brauchen mit mir nicht zu schreien. *Ich* bin nicht taub, meine Liebe!« Wer weiß, was Ilse verstand, freudestrahlend beugte sie sich zur Nachbarin: »Oh ja, richtig atmen, das ist das Geheimnis. Ich hatte Gesangsunterricht, als ich siebzehn war!«

»Bei mir hat er bleiben wollen«, wandte sich Dagmar an mich, »am ersten Tag schleppte er seine Keramikflaschen und Pferdetrensen ins Dachzimmer hoch und ließ sie nicht in seinem Wohnwagen einstauben. Wie bei Ilse und Ingeborg«, stichelte sie. – »Und bums! hast du seine Amphore zerdeppert«, entgegnete Ingeborg giftig, die sich vom Kellner das zweite Glas Baileys bringen ließ. »Was wir nicht vergessen wollen«, kicherte sie, »keine von euch war mit Ludwig im Bett. Ich ja, und zwar in einer herrlichen, warmen Mittsommernacht am Montmartre.« Sie bekam nasse Augen, die sie sich mit einem Taschentuchzipfel abwischte. »Und er war jung, mein Liebhaber Ludwig, knackig und frisch, ja, und« – Ingeborg kicherte wieder – »ein bißchen zu aufgeregt.« – »Impertinente Person«, fauchte Dagmar und stampfte zur Damentoilette. Und Ilse, die nichts begriffen hatte, schaute entgeistert von Ingeborg zu mir – sie hatte ein richtiges Nonnengesicht, fiel mir auf, etwas gelblich und faltenlos – und rief: »Wer ist knackig und frisch?«

Ich brach in schallendes Lachen aus. Und als man sich zu mir umwandte, klopfte ich mit einem Messer ans Glas. Ich stemmte mich schwankend von meinem Platz hoch, ohne mich um meine Schwester zu scheren, die mich mit schneidender Stimme verwarnte. Rechtzeitig eingreifen konnte sie nicht mehr. Sie mußte sich wieder den Kindern widmen, die im Gaststubeneingang auftauchten, in Trinkhalme bliesen und Erbsen verschossen. Lisa rannte ins Freie, und ich legte los.

Es war eine wirre Rede, von der ich fast nichts behalten habe, außer dem Schluß. Ich schrie die versammelte Trauergesellschaft an, es sei kein tragischer Unfall gewesen, mein Vater habe sein Ende geplant, sein Flugbuch und seine Sonette verbrannt, seine Musikinstrumente ins Feuer geworfen und seine Antikensammlung zerschmettert. »Und warum?« tobte ich, »warum hat er sein Leben beenden wollen?« und stierte von Tisch zu Tisch.

Niemand wagte, mich anzuschauen oder zu antworten, es herrschte betretenes Schweigen. Ehe ich meinen Mund wieder aufreißen konnte, faßte mich meine Schwester am Arm. Sie betrachtete mich mit dem bittenden Kindergesicht aus unseren Tagen am Tiber. Oder es waren die zwei Erbsen in Lisas Haar, die meinen Groll verscheuchten. »Verzeih mir ... ich wollte nicht«, stammelte ich und fiel wie ein Sack auf den Stuhl.

In Windeseile leerte sich das Gasthaus von Vaters Bekannten und Freunden, niemand verabschiedete sich von mir außer dem auffallend großen, sportlich wirkenden Mann mit den eisgrauen Haaren, fleischigen Lippen und flinken ironischen Augen, den meine Schwester mir hatte vorstellen wollen. Er reichte mir seine Karte. Ich begriff nichts von dem, was er sagte, hielt seine Karte zwischen den Fingern, ohne imstande zu sein, sie zu lesen, und ließ sie aufs fleckige Tischtuch fallen. Erst, als er zum Gaststubenausgang strebte, richtete ich mich am Tisch auf und rief: »Sie sind Ringelnatz-Alfred, nicht wahr?« Eine Kellnerin raffte das Tischtuch zusammen, und Ringelnatz-Alfred verschwand, ohne etwas zu sagen.

Zweiter Teil

I

Wenn ich mich richtig erinnere, fand ich Picciottis Beretta in einem Fach unserer Speisekammer, Ende Februar 1970, als Luca sich bei uns verbergen wollte und mehrere Stunden zwischen Kartoffelsack, Korbflaschen und Peperonigirlanden, Salami und baumelndem Knoblauchzopf kauerte, bis er an Armen und Beinen stocksteif war. Ob er seine Waffe bei uns vergaß oder absichtlich verkramte, das weiß ich nicht. Ich verschwieg meinen Fund, den ich mit klopfendem Herzen in einer der Umzugskisten mit meiner Modelleisenbahn vergrub, und bis zu Lucas Verhaftung im Juli dachte ich nicht mehr an seine Pistole.

Ich bekam Lucas Ankunft nicht mit. Erstens wagte er nicht seinen Gassenpfiff auszustoßen, und außerdem war ich in diesen Minuten, als er zur Wohnung hochstieg, mit Sassolinos Tochter im Bretterverschlag, unserem heimlichen Treffpunkt seit einiger Zeit.

Begonnen hatte das bald nach der Beerdigung von Orizios Vater. Lili fing an mir aufzulauern, flegelte sich an einer Mauer im Hausflur, meistens zwischen Marienschrein und Fangeisen, wenn mich Mutter, die etwas beim Einkauf vergessen hatte, zum Laden ums Eck schickte. Singend sprang ich treppab und begegnete Lili, die mich frech und ironisch betrachtete. Wer meine Lieblingsmusiker seien, wollte sie wissen, und ich, der Beatles und Stones nicht kannte und keinen blassen Schimmer von Jimi Hendrix und Janis Joplin hatte, erwiderte: »Johann Sebastian Bach.« Lili brach in ein Prusten aus, und um sie zum Schweigen zu bringen, versetzte ich ernsthaft: »Von Bach habe ich meinen Namen.« Lili kugelte sich erst recht, und als ich begriff, wie falsch meine Antwort gewesen war, machte ich mich aus dem Staub.

Entmutigen ließ sie sich nicht von meiner Scheu, die im Nu

in Verlegenheit, Trotz oder Fluchtbereitschaft umschlagen konnte. Beinahe kein Tag verstrich, an dem sie mich nicht im muffigen Hausflur abfing, um mir Schokolade anzubieten, die wir zusammen kauten, oder mich mit Neuigkeiten vom Kleinkrieg zwischen Antonio Orizio und Vater Paolo zu versorgen. Sie langweilte mich mit Schulgeschichten, und wenn mir schlagartig Mutters Auftrag einfiel und ich mich abwandte, kam sie, listig und eine Spur boshaft, auf Konrads Bande zu sprechen. »Freitags um Mitternacht treffen sie sich in Mussolinis verfallener Villa. Du kennst den Torlonia-Park, nicht wahr?« Ich verneinte, und eifrig fuhr Lili fort, es sei streng verboten, den Park zu betreten, der seit Ende des Krieges vollkommen verwildert sei. »Er ist voller exotischer Pflanzen, blauen Palmen, Himalayazedern, syrischen Pinien und schwarzen Magnolien. Und vor den Villen und Tempeln warnen Totenkopfschilder vor Einsturzgefahr. Kannst du dir vorstellen, wie gruselig das ist, wenn im Mondschein ein glitzerndes Totenkopfschild vor dir auftaucht?« meinte sie mit einem Schaudern. »Oh, man muß mutig sein, um sich in Mussolinis verfallene Villa zu schleichen. Und Konrad besitzt den Mut«, sagte sie spitz.

Ich klimperte mit Mutters Kleingeld, das meine Tasche ausbeulte, und blickte zu Boden. Und Lili beeilte sich, mich zu beschwichtigen. »Kannst du mir mehr von der freien Liebe verraten?« Sie machte einen Bogen ums blutverkrustete Fangeisen neben der Treppe, beugte sich zu meinem Ohr und raunte: »Ich habe nicht recht verstanden, warum man sich mit einem Leichnam abschleppen muß, wenn man verheiratet ist.«

Von Woche zu Woche dehnten sich unsere Begegnungen im muffigen Hausflur aus. Und wenn ich endlich beim Laden ankam, vor dem der Besitzer mit einer Stange am rasselnden Gitter zog, um zu schließen, und mir mit einem Nicken erlaubte, zwischen Gitter und Schwelle ins Innere zu huschen, wo sich sein erwachsener Sohn Mortadella und Schinken auflud und zum Keller schleppte, hatte ich meistens vergessen, was ich Mutter besorgen sollte, Milch oder Mehl, Sardellen oder Thunfisch, es fiel mir verdammt nicht mehr ein.

»Was bist du zerstreut!« sagte Mutter, »ich wollte einen Salatkopf, Sebastian!« und nahm mir mein Kilo Zitronen ab. Sie begann, Einkaufszettel zu schreiben, die sie mit Klammern an Geldscheine heftete und energisch in meine Tasche schob, was sich als nutzlos erwies. Ich besorgte zwar nicht mehr das Falsche, nein, inzwischen traf ich beim Laden erst ein, wenn er verrammelt und finster war. Unverrichteter Dinge kehrte ich heim, lieferte Einkaufszettel und Geldschein ab und log, was das Zeug hielt. Schuster Fabrizio hatte mir eine komplette Oper vorsingen wollen, Schinken war nicht zu bekommen gewesen – in keinem Laden unseres Viertels! – oder zwei finstere Kerle hatten mich angequatscht, um mir mein Geld abzunehmen. Ich schilderte meine Flucht vor den erfundenen Dieben mit einer Lebhaftigkeit, bis Mutter mir glaubte. Verdacht faßte sie erst, als sich meine Ausreden zu wiederholen begannen.

Anfang Februar schickte sie mich zum Laden, um ein Pfund Zucker zu holen – was mir schleierhaft war, ich hatte erst vor einer knappen Woche Zucker besorgt –, und ob ich an Mutters kratziger Stimme oder dem sinnlosen Auftrag erriet, was sie vorhatte, kann ich nicht sagen. Sie wollte mich ausspionieren, das war klar.

Verschiedentlich hatten wir uns verborgen, Lili und ich, in der Ecke beim Kellereingang, die vom Hausflur nicht einzusehen war. Vater hatte uns aufgescheucht, der im Januar erst gegen sieben von seinen Schulkonferenzen nach Hause kam. Gelegentlich stellte Frau Beatrice beim Marienschrein einen Strauß frischer Blumen ab und murmelte rasch ein Gebet, und alle paar Tage platzte Antonio Orizio in unsere Plaudereien, wenn er zur Arbeit ins Viertel am Bahnhof aufbrach.

Es war reichlich eng in unserem Versteck, wo ein verrostetes Fahrrad lehnte und ein Besen mit stinkenden Borsten, und wir mußten uns vorsehen, nichts umzuwerfen. »Aua, du zwickst mich«, prustete Lili, wenn ich mich atemlos an sie preßte, bis sich Kartenabreißer Orizio entfernte. Verlegen und mit erhitzten Gesichtern machten wir uns voneinander los – in meiner Verwirrung trat ich gegen den Besen, der scheppernd zu Boden krachte, oder zerrte verzweifelt am schrottreifen Fahrrad, in dem sich mein Mantel verhakt hatte – und bezogen unsere vertrauten Posten zwischen Sicherungskasten, Marienschrein und Fangeisen.

Normalerweise hatten wir keine Lust mehr zu plaudern und schwiegen uns an. Zappelnd hing ich am Holzknauf der Treppe und sammelte angestrengt Speichel im Mund, um einen Kloß zu verschlucken, der mir im Hals steckte, und Lili, die mit einem angewinkelten Bein an der Wand lehnte, machte sich in der Strickjacke kleiner und kleiner. »Ist dir nicht kalt?« fragte Lili mit bibbernden Lippen. Nein, kalt war mir nicht. Beunruhigt, das war ich, und niedergeschlagen. Und um meinen Kummer zu verbergen, kramte ich den am Geldschein befestigten Einkaufszettel aus meiner Hose und las: »Thunfischkonserve, ein halbes Kilo Tomaten und zwei Artischocken. Es ist sieben, ich muß mich beeilen!« Ehe Lili mich aufhalten konnte, »was hast du, sie schließen erst gegen acht!«, war ich beim Eingang und zog an der Klinke.

Trotz der Verwirrung, die mich befiel, wenn Orizio grummelnd das Haus verließ und wir unser Versteck verlassen mußten, trotz dieses Kummers, der sich mit Scham und Beklommenheit mischte und an mir nagte, verpaßte ich keine unserer Begegnungen. Bald kam mir ein Tag, an dem sie mich nicht erwartete – sei es am Wochenende, sei es, weil sie eine Klassenarbeit vorbereitete –, sinnlos und leer vor. Und bei unseren Treffen nahm meine Zerstreutheit zu. Achtlos lauschte ich, als sie mir kichernd verriet, was Sassolino beabsichtigte, »er will einen Tempel in Terracina ausrauben, und weißt du, mit wem? Stell dich nicht dumm! Du hast keinen Schimmer, mit wem? Zusammen mit deinem Vater!«, und es bestand keine Notwendigkeit, mich versprechen zu lassen, hoch und heilig versprechen zu lassen, sie nicht zu verpetzen. Inzwischen konnte mir Lili mitteilen, was sie wollte, es interessierte mich nicht und ich vergaß es im Nu.

Ich horchte ins Treppenhaus oder zur Gasse, begierig auf Schritte und Stimmen, die es erforderlich machten, sich neben dem Kellereingang zu verbergen. Ich war Kartenabreißer Orizio dankbar, der sich vorm Briefkasten seines Erzfeindes aufbaute, schafutternd und spuckend. Wir huschten in unsere Ecke, wo es erlaubt war, sich eng aneinanderzupressen, vergrub mein Gesicht in der Halsbeuge Lilis, schloß meine Augen, sog den Geruch von frischem Kaffee, Mandarinen und Seife ein und wagte nicht, mich zu bewegen. Ob ich vor Anstrengung zitterte – ich war ja einen halben Kopf kleiner als sie und mußte mich auf meine Zehenspitzen stellen – oder eher vor Erregung, das kann ich nicht sagen.

Am Anfang war Lili nicht forscher als ich und verharrte in regloser Anspannung. Erst mit der Zeit fing sie an, mich beharrlich und neugierig abzutasten, und an einem Januartag, als sie verstohlen mein Hemd aus der Hose zog und mich mit eiskalten Fingern zu streicheln begann, verlor ich mein ohnehin kippeliges Gleichgewicht. Klirrend fiel meine Brille zu Boden, und Kartenabreißer Orizio heulte auf: »Fick-dich-im-Arsch! Willst du mich etwa von hinten erdrosseln, verdammter Bastard? Oder mit einem Messer erstechen, he? Ich werde dir nie meine Wohnung abtreten, du Schwanz aus Scheiße, kapiert?« Vermutlich war er zu faul, sich in Bewegung zu setzen und festzustellen, wer sich beim Kellereingang versteckte. »Te lo faccio pagà', te lo faccio pagà'«, polterte er und zog Leine.

»Mach das nie wieder!« schimpfte ich, als wir allein waren, hob meine Brille auf, die Gott sei Dank nicht zerbrochen war, und schob sie mir wild ins Gesicht. »Bist du etwa beleidigt?« Ich nickte, ohne zu wissen, warum, ich war es ja nicht. Und falls meine Absicht gewesen war, sie zu bestrafen, kannte ich Lili schlecht. Belustigt faßte sie sich ins Haar, krauste Nase und Stirn und versetzte boshaft: »Und du willst ein Vertreter der freien Liebe sein?« Ja, sie blitzte mich an vor Verachtung, was ich seit Monaten nicht mehr erlebt hatte, und ließ mich im muffigen Hausflur stehen.

Wenn wir uns am anderen Tag nicht zerstritten, verdankten wir das meiner Mutter. Mit klopfendem Herzen kam ich bei Lili an, die fauchte: »Komm mir nicht zu nah!«, als ich sie am Arm ins Versteck ziehen wollte. »Pssst!« machte ich, »meine Mutter«, und zeigte zur Treppe hoch. »Es ist meine Mutter, verstehst du nicht? Sie will mich ausspionieren und wird uns, ich meine, sie wird uns erwischen!«

Schlagartig wechselte Lilis Laune. Ohne sich von meiner Panik anstecken zu lassen – sie wirkte eher begeistert von einer Bedrohung, die sie zur Entscheidung zwang –, packte sie meine Hand und zog mich zum Keller, vor dem ein erbrochenes Schloß hing, das sie flink in der Strickjackentasche verstaute, bugsierte mich vollkommen sicher im Finstern um Kisten und vorspringende Mauersteine, warnte mich vor Sassolinos Motorrad und einer zersplitterten Deckenlampe, bis wir einen Bretterverschlag erreichten, in dem sie mich gegen ein Bett schubste. »Es ist leider zu klein, um sich ordentlich auszustrecken«, verriet sie mir atemlos und warf sich neben mich, »du mußt deine Knie anziehen!« – »Ist das dein Kinderbett?« wollte ich wissen und ahnte, wie Lili im Dunkeln nickte.

Von diesem Tag an trafen wir uns im Bretterverschlag, und Mutter war es bald leid, mich umsonst zu verfolgen. Im Keller vermutete sie mich nicht, und ehe ich wieder zur Wohnung hochsprang, klopfte ich meine Klamotten ab, wusch mich mit Spucke und zuppelte klebrige Spinnweben aus meinem Haar. Um mich im Finstern zurechtzufinden, klaute ich Vaters Taschenlampe, die er monatelang nicht vermißte – erst im Juli, als er mit unserem Wohnungsvermittler zur Ausgrabung in Pitigliano aufbrach, fing er an, sie verbissen zu suchen –, entdeckte vorm hl. Lorenzo im Abfallberg – der im Nu wieder anschwoll, als Rosalinapaulinas Pappschild verwittert war – eine von Motten zerfressene Decke, die wir in Frau Beatrices amerikanische Waschtrommel schmuggelten, und mit dem stinkenden Flurbesen hielten wir unsern Verschlag halbwegs sauber. Wir lauschten dem Poltern in Wasser- und Abflußrohren, die neben dem Bett verliefen, und kuschelten uns aneinander. »Er hat ekelhaft kurze Daumen, ist dir das nicht aufgefallen?« tuschelte ich, und Lili, die mich mit der Nase anstupste, maulte: »Findest du es nicht langweilig, dauernd von Menzing zu quatschen?« – »Ja, es ist langweilig«, stimmte ich zu, »eklige Daumen hat er trotzdem.« – »Meinetwegen«, entgegnete Lili biestig, »und außerdem schielt er, hat Pockennarben und einen schwabbligen Bauch!« – »Du nimmst mich nicht ernst«, protestierte ich, und Lili erwiderte mit einem Schnauben: »Du hast es erraten«, drehte mich flink zu sich um und knabberte an meinen Ohren.

Bei einer Gelegenheit, als sie mit beiden Beinen mein Knie fest umklammerte und einen gurgelnden Seufzer ausstieß, packte mich heillose Angst. Siedendheiß fiel mir Großvater Emil ein, der bei unserem letzten Spaziergang am Main einen epileptischen Anfall erlitten hatte und gurgelnd, mit weißem Schaum in den Mundwinkeln, vor mir am Boden gezuckt und gezappelt hatte, und ich war absolut sicher, dieser Krampf habe Lili befallen. Ich sprang vor Entsetzen vom Bett, schnappte mir Vaters Taschenlampe am Fußende und wollte ins Treppenhaus rennen, um Hilfe zu holen, als sie mich am Hemdzipfel festhielt: »Was soll das, Sebastian? Was machst du?« Zitternd, mit wachsweichen Knien, ließ ich mich neben sie fallen und japste: »Hattest du keinen Krampf? War das kein epileptischer Anfall?« – »Du bist ein Dummkopf«, bemerkte sie trocken, und ich schluckte vor Scham und Erleichterung.

Es waren verwirrende Wochen, die ich mit Lili im Keller verbrachte. Ich verlor mich in einem Wirbel aus Lust und Verletztheit, Entdeckerfreude und Furcht, sprang mit klopfendem Herzen zum Bretterverschlag, schmiegte mich an sie und konnte im Handumdrehen Haß und Verachtung empfinden. Ich bekam einen Schluckauf vor Aufregung, als sie Pullover und Hemd auszog und meine Finger zum zierlichen Busen schob, und mußte erst in unsere Wohnung laufen, um mich mit trockenem Brot zu versorgen.

»Streichel mich!« flehte sie an einem anderen Tag und zerrte an meinen Fingern, die sie in der Strumpfhose zwischen den Schenkeln versenkte, wo es beunruhigend feucht war. »Laß meine Hand los! Das will ich nicht!« schimpfte ich – und leckte verstohlen an meinen Fingern, die salzig und eine Spur bitter schmeckten. Wenn ich mich strikt weigerte, mehr als mein Hemd auszuziehen, begann sie an meinem Hals zu schluchzen, was mich gleichzeitig abstieß und wurmte. Oder sie machte freche Bemerkungen, mit mir habe es keinen Zweck, ich sei zu klein und vertrottelt und das mit der freien Liebe sei Angeberei gewesen, bis ich sie boxte und trat und sie mich zerkratzte und in meinen Hals biß. Atemlos rollten wir auseinander, und ich schlief meistens ein, rettete mich aus meinem Kummer in einen bewußtlosen Schlaf, den sie schweigsam bewachte. Nein, Lili schlief nie, sie vermummte mich in der von Motten zerfressenen Decke und hockte im Schneidersitz neben mir, bis ich meine Augen aufschlug.

An dem Abend, als Luca Lubrano alias Mazotti an unserer Wohnung klopfte, sich an Mutters Hals warf und flehte: »Du mußt mir helfen. Sie wollen mich verhaften und einsperren«, und stammelnd beteuerte, schuldlos zu sein, er habe absolut nichts mit den Attentaten von Mailand und Rom zu schaffen und werde zu Unrecht bezichtigt, und sich in der Speisekammer verkroch, um Mutter Gelegenheit zu bieten, Vater, der von einem Stadtbummel heimkehrte, seine Gegenwart schonend beizubringen, kam ich von einem erbitterten Kampf im Versteck, hatte schmerzende Bissen im Nacken und ein heillos zerkratztes Gesicht. Sonst rannte Mutter ins Bad, um sich mit Watte und Alkohol zu versorgen, tupfte vorsichtig meine Verletzungen ab und versuchte mich nebenbei auszuhorchen – erfolglos, mir konnte man nichts entlocken. Heute beachtete sie meine Schrammen nicht, scharwenzelte dauernd um Vater, der beim Heimkommen an seinen Schreibtisch marschiert war und in seine Sonettkladde kritzelte. »Elinor, Feelein, ich bitte dich«, meinte er abwehrend, »willst du verantwortlich sein, wenn ich meinen Einfall vergesse?«

Es verstrich eine Stunde, bis er seine Kladde zuschlug, eine Stunde, in der sie vergaß zu kochen, und ich hatte furchtbaren Hunger. Auf Zehenspitzen schlich ich zur Speisekammer, um mir Brot und Salami zu holen, zog sie auf – und starrte in Lucas Gesicht. Der faßte sich schneller als ich, machte »pssst« und hob einen Finger vor seine Lippen. Ich nickte, im Glauben, er spiele mit Lisa Verstecken, und verschloß unsere Kammer wieder, als mich mein grummelnder Magen erinnerte. Erneut trat ich ein und zwinkerte dem am Fußboden kauernden Luca zu, der zum Zeitvertreib am Zigarettendrehen war und bestimmt seinen sechzigsten Glimmstengel klebte, schnappte mir eine Salami vom Haken und aus dem Brotkorb zwei Scheiben Brot.

In der Zwischenzeit schwoll Vaters Stimme im Wohnzimmer an. »Elinor, ist das dein Ernst? Du willst einem Terroristen helfen?«, und Mutter erwiderte heftig: »Verstehst du nicht, er wird zu Unrecht beschuldigt. Es war ein faschistisches Attentat, und um zu verschleiern, was wirklich im Busch ist, legt man es den Anarchisten zur Last.« – »Und mein Feelein, das weiß, was im Busch ist!« stichelte Vater, »mein Feelein, das kennt sich aus!« – »Und ob ich mich auskenne!« keifte Mutter, »anders als du verschwende ich nicht meine Zeit an Ruinen und decke ich mich nicht mit antikem Ramsch ein, mein Lieber. Wer sich nicht in der Vergangenheit verkriecht, seine Augen und Ohren aufsperrt und Zeitungen liest, kann sich auskennen, oh ja.« – »Wer Zeitungen liest?« sagte Vater giftig, »das soll eine Zeitung sein? Ein Parteiblatt ist das, mit Latrinenparolen bedrucktes Klosettpapier!« – »Nenne mich nie mehr dein Feelein«, schrie Mutter, »ich verbiete es dir!« Erst meine Schwester, die kreischend ins Wohnzimmer rannte und: »Nicht, Vati, nicht!« heulte, machte dem Aufruhr ein Ende. Aus der Speisekammer kam ein verzagtes Klopfen. »He, was ist los, Sebastiano? Was ist passiert?« Und ich meldete bebend: »Sie sind am Zanken, sie haben sich total verkracht.«

In der kommenden halben Stunde horchte ich an der Schwelle zum Wohnzimmer, wo sie mit erstickten Stimmen verhandelten, anscheinend bestrebt, meine Schwester nicht aufzuwecken, die schnaufend an Mutters Hals hing, und stahl mich wieder zur Kammer, um Luca mitzuteilen, was sich im Wohnzimmer abspielte. »Feelein, komm zur Vernunft«, keuchte Vater, »du wirst mich mit deinen Hirngespinsten nicht umstimmen. Und erst recht nicht mit alberner Propaganda, die ein kommunistischer Schmierfink betreibt. Falls du diese Geschichte nicht von deinem Luca Lubrano, Verzeihung, Mazotti hast. Tut mir leid, Feelein, wer seinen wahren Namen verschleiert und sich einen falschen zulegt, den betrachte ich als terroristisches Element. Außerdem ist er ein Messerstecher, der fast einen Menschen ermordet hat. Und du willst mir weismachen, er habe keinen Hang zur Gewalt und sei absolut harmlos«, Vater breitete beide Arme aus, »du bist zu vertrauensselig, Feelein.« – »Nenn mich nicht Feelein«, erwiderte Mutter scharf, »ich habe es dir verboten! Und wie kannst du, der sich nie mit politischen Dingen befaßt hat, ja der sie verabscheut und meidet, behaupten, es handele sich um ein Hirngespinst? Du hast dir nie eine Meinung erlaubt, Gott bewahre! Wer sich eine Meinung erlaubt, der muß sie am Ende verteidigen. Und wer bei der Wehrmacht war, blindlings Befehle befolgte und jetzt verbeamteter Lehrer im Staatsdienst ist, der hat keine Meinung, na klar. Deine Bequemlichkeit ist dir am wichtigsten, um keinen Preis willst du auf sie verzichten! Ich bin nicht zu Ende«, zischte sie Vater an, der etwas entgegnen wollte, und mußte zuerst meine Schwester beruhigen, die halb erwacht war und wimmerte. »Nicht weinen, mein Liebes, ich bin ja bei dir!«

Vater sank auf den Spinetthocker und starrte mit pendelndem Kopf zu Boden. Ich bemerkte, wie krumm seine Schultern waren, die nicht zu einem Riesen von Vater paßten, zu dem starken Menschen, der er bis heute in meinen Augen gewesen war. Ich hielt zu Mutter, und trotzdem hatte ich Mitleid mit Vater, der schief auf dem Schemel hing, als sei er zu schwach, um sich aufrecht zu halten.

»Verstehst du nicht, er ist ein Mensch, dem man helfen muß! Er hat zu schlimme Dinge erlebt mit diesem Aufsteigervater, der keine Skrupel und Hemmungen kannte, um sich aus seinem Elend zu beißen, und der seine Mutter erniedrigt hat. Luca hat seinen Ausweis verbrannt, und warum? Um nicht Gefahr zu laufen, bei einer Kontrolle nach Hause verfrachtet zu werden. Er hatte niemanden, als er am Tiber ankam, er war ohne Schutz, und dieser Saverio Coccoli war nichts als ein schmieriger Kerl, der sich an einsamen Jungen vergreift. Heuchelt, sein Vater zu sein, von anderem Kaliber als der, den er endlich los ist, und verbirgt seine wirklichen Absichten. Sollte er sich vergewaltigen lassen?« schleuderte sie gegen Vater, der seine Schuhe betrachtete und nichts erwiderte. »Dieses Erwachen muß schmerzhaft gewesen sein. Er hat seinen Verstand verloren, na und? Ich kann es verstehen, dieser Schmerz, der zu Raserei wird!« Mutter streichelte Lisa beschwichtigend, die im Halbschlaf zu weinen begann. »Wenn du es wissen willst, er tut mir leid, und ich habe Achtung vor seinem Verhalten.«

»Feelein«, entgegnete Vater und fiel sich ins Wort, »Entschuldigung, Elinor, erstens ist es belanglos, ob ich eine Meinung habe, ich habe keine, was soll ich mit einer politischen Meinung? Politik, das ist nichts als ein stinkender Sumpf, und ich will nicht in einem stinkenden Sumpf versinken. Außerdem bist du emotional und nicht logisch!« – »Emotional und nicht logisch«, echote Mutter ironisch, und Vater erwiderte: »Ja, du mußt einen klaren Kopf behalten!« – »Deine Betulichkeit macht mich rasend. Kannst du endlich zum Punkt kommen?« keifte sie. »Ich komme zum Punkt«, sagte Vater ernst, »wir machen uns logischerweise strafbar, wenn wir einen Terroristen verstecken. Ich weiß, ich weiß«, winkte er ab, »einen Terroristen, der keiner ist, meinetwegen, was uns nichts nutzt, er wird als Terrorist verfolgt. Und was passiert, falls er bei uns entdeckt wird? Wir haben zwei Kinder, hast du das vergessen? Ist dir nicht wichtig, was aus deinen Kindern wird, wenn sie uns als Helfershelfer von Terroristen verhaften und einsperren?« Vater ruderte mit seinen Armen.

Mir ist entfallen, was Mutter erwiderte. Oder ich schlich mich in dieser Minute zur Speisekammer, die furchtbar verqualmt war. Luca hatte nicht widerstanden angesichts des neben sich sorgsam errichteten Haufens von Zigaretten. Mit zitternden Fingern vor Anspannung, sei es aus Furcht, von Vater vertrieben zu werden, oder um zu vermeiden, seinen Glimmstengelstapel zum Einsturz zu bringen, klaubte er sich Zigarette um Zigarette vom Haufen und steckte sie an. Und als Vater zum Klo lief, nicht ohne mit mir an der Wohnzimmerschwelle zusammenzustoßen und mich fluchend am Ohr zu ziehen: »Warum bist du nicht im Bett?«, war er vom Rauch alarmiert, der aus Ritzen und Spalten drang, und fing zu kreischen an: »Feelein, es brennt in der Speisekammer!«

Vater bekam einen Tobsuchtsanfall, als er den zwischen Zwiebeln, Kartoffeln und staubigen Korbflaschen kauernden Luca entdeckte, der totenbleich und stocksteif aus der Kammer kroch, zertrat voller Wut seinen Glimmstengelstapel, scheuchte den stummen und mutlosen Ex-Portier in unseren Wohnungsflur und heulte: »Du hast mich belogen, Feelein. Du hast mein Vertrauen mißbraucht! Von wegen, du bittest um meine Erlaubnis. Versprichst, nicht zu handeln und nichts zu entscheiden ohne mein Wissen, und hast deinen Terroristen bereits versteckt!« Er zog Luca am flammenden Halstuch ins Treppenhaus und rechnete nicht mit Mutter, die sich in seinen Hosengurt krallte. Beide zerrten sie an unserem Ex-Portier, der zum Hausflur und wieder zum Korridor taumelte, bis Vater klein beigab und atemlos auf den Garderobenstuhl neben dem Schuhboy fiel. »Eine Nacht«, japste er, »eine Nacht darf er bleiben. Und das merke dir: Wenn er am Mittag nicht aus dem Haus ist, marschiere ich zur Polizei und werde melden, wo er sich verkrochen hat!«

In der Nacht hatte Mutter eine Idee. Und am anderen Morgen sprach sie mit Frau Beatrice, die ohne zu zaudern bereit war, Luca ins leerstehende Haus zu bringen, sie konnte ja Mutter nichts abschlagen. »Falls er nicht irrsinnig wird, besteht keine Gefahr«, meinte Frau Beatrice trocken, »es ist duster und muffig im Haus, zu schweigen von den sich ewig erneuernden Blutflecken. Ich schrubbe und scheure wie eine Bekloppte und es hilft nichts, alle vier Wochen tauchen sie wieder im Schlafzimmer auf. Sie sagten, er sei Anarchist?« Mutter nickte. »Bestens«, erwiderte Frau Beatrice, »wer Anarchist ist, der wird sich vorm Blut einer Baronin bestimmt nicht ins Hemd machen!« – »Nicht anzunehmen«, entgegnete Mutter heiter und dankte Frau Beatrice mit einem knallenden Wangenkuß. »Er darf sich nicht zeigen, versteht sich, keine brennenden Lampen, und um frische Luft zu schnappen, soll er nachts zur Terrasse steigen, ausschließlich nachts, ich empfehle mich. Sonst bekomme ich Schwierigkeiten mit dem Besitzer«, versetzte sie heiser und wischte sich scheu Mutters Kuß von der Backe. »Und der betritt niemals sein Haus?« wollte Mutter mit einem Anflug von Zweifeln wissen. »Nein, er hat keinen Mut«, sagte Frau Beatrice, »normalerweise besucht er mich im April und Oktober, um abzurechnen, trinkt einen Grappa mit meinem Mann und erkundigt sich, was mit den Blutflecken ist. Vermutlich hat er beschlossen, sein Elternhaus erst zu betreten, wenn die nicht mehr auftauchen.«

Es sollten vier Wochen vergehen, bis sich Frau Beatrices Vermutung als Irrtum erwies. Vier Wochen, die Luca im leerstehenden Haus auf der anderen Straßenseite verbrachte, ohne von Vater bemerkt zu werden, der seinerseits selig war, nicht mehr verpflichtet zu sein, seine Androhung wahrzumachen.

In diesen vier Wochen ließ Vater nichts unversucht, sich wieder mit Mutter zu vertragen, schwenkte zwei Kinokarten, die er auf dem Heimweg erstanden hatte, er, der sich aus Filmen nichts machte. Bei seiner ersten – und letzten – mit Mutter besuchten Vorstellung vor einer Ewigkeit hatte er sich vom Schlaf mitreißen lassen, nicht ohne sie mit seiner peinlichen Schnarcherei zur Verzweiflung zu bringen. Ein Ingrid-Bergmann-Film war es gewesen, den er seinem Feelein verdorben hatte, und ein Ingrid-Bergmann-Film war es, zu dem er sie einladen wollte: umsonst. Mutter blieb stur, sagte nein und zerriß beide Kinokarten in kleine Fetzen.

Es war Frau Beatrice, die Luca in diesen vier Wochen mit Essen versorgte. Nachts schleppte sie heiße Polenta mit Fleischsoße, dampfende Nudeln mit Kalbsdarm und Miesmuscheln, Broccoli- und Auberginengerichte, Brot und Tomaten, Salami und Obst, Grappa und Rotwein, die sie von Verwandtenbesuchen aus Gubbio mitbrachte, ins Haus auf der anderen Straßenseite. Was er an Lesestoff brauchte, beschaffte Mutter, die sich am Vormittag, wenn sie vom Markt heimkam und annehmen durfte, keine Zeugen zu haben, mit einem vereinbarten Klopfzeichen meldete und in seinen Schlupfwinkel huschte. Vater, der vormittags Unterricht hatte, meine mit Schlangenhaut und Goldfischen spielende Schwester bekamen nichts mit, und mir hatte Mutter strengstes Stillschweigen auferlegt. »Es handelt sich um eine todernste Sache«, belehrte sie mich, »und du bist ja kein Kind mehr und kannst Ernst und Spiel auseinanderhalten. Oder irre ich mich?« Ich verneinte beleidigt und stahl mich zum Bretterverschlag im Keller, wo ich mein Versprechen im Handumdrehen brach.

»Wer hat einen Terroristen versteckt?« Lili, die an meinem Bauchnabel leckte – ja, sie schleckte und schleckerte an meinem Nabel, bis sich mein Stengel zu regen und recken begann – hob fragend den Kopf. »Meine Mutter«, antwortete ich und rieb flink meinen klatschnassen Bauchnabel trocken, »und von deiner wird er bekocht.« Sie lehnte sich an mich und lauschte reglos, als ich vom Streit meiner Eltern berichtete, von Lilis Mutter, die Luca am anderen Morgen ins leerstehende Haus geschleust hatte, und von meiner Mutter, die unseren Ex-Portier mit Zigaretten und Lesestoff eindeckte. »Und weißt du, was Vater andauernd murmelt? Ich erkenne mein Feelein nicht wieder, das sagt er pausenlos«, weihte ich Lili ein.

Die blieb stumm, und ich fragte ins Dunkel: »Lili?« – »Ja« – »Was meinst du? Ob er ein Terrorist ist, der Bomben bastelt und wehrlose Menschen umbringt?« – »Mhm«, erwiderte sie und setzte sich neben mir auf, »kann sein. Kann nicht sein.

Eins steht fest: Deine Mutter und er sind ein Liebespaar.« – »Das ist nicht wahr«, widersprach ich heftig. »Wollen wir wetten?« entgegnete Lili rauh, »wenn ein Mann seine Frau nicht mehr wiedererkennt, ist sie in einen anderen verliebt.«

Ich schwieg, und Lili, die neben mir hockte, mit nackten Schultern und nacktem Busen, den sie mit beiden Armen bedeckte, bibberte: »Puh, ist das kalt.« Sie schmiegte sich an mich und raunte mir mit einem kehligen Lachen ins Ohr: »Soll ich dir ein Geheimnis verraten? Mein Vater ist in eine Schnepfe verknallt.« – »In eine Schwedin?« – »Nein, in eine Schnepfe, du Dummkopf, eine von diesen falschen Blondinen mit unechten Wimpern und einem Gesicht, das mit zwei Kilo Schminke beschmiert ist. Wenn er Dienstschluß hat, holt er sie ab und die beiden brettern zusammen bis Tivoli oder ans Meer, wo mein Vater sie ausgiebig fegen kann. Hat ja ausreichend Platz, um sie flachzulegen, in seinem Botschafterschlitten.« – »Dein Vater hat eine Geliebte«, stammelte ich, »und wie hast du das bemerkt?« – »Oh«, erwiderte Lili, »das war nicht schwer. Bei der strahlenden Laune, die er verbreitet, und dauernd betrachtet er seine Finger, ob sie nicht schmutzig sind, oder ich soll seinen Scheitel berurteilen, ›sitzt er, mein Liebes?‹, es ist nicht zum Aushalten, sage ich dir. Ein Pfau ist bescheiden verglichen mit meinem Vater! Und außerdem stinkt er nach Frauenparfum, und sein Aschenbecher im Botschaftermercedes ist voller Kippen mit Lippenstiftresten. Zu schweigen vom glitschigen Gummi, das ich auf der Fußbodenmatte entdeckt habe.« – »Und deine Mutter?« – »Hat keinen Schimmer!« antwortete Lili verdrossen, »die denkt ja an nichts als Contessa Clara und was sie im Haushalt erledigen muß. Und an den Hungerleider«, sagte sie nach einer Pause mit weicherer Stimme, »der Vater war, als er in Gubbio strandete und eine Ewigkeit um sie warb. Sie war mit einem anderen verlobt, einem beim Griechenlandfeldzug verschollenen Soldaten, und erst mit seiner Todesnachricht war sie vom Verlobungsversprechen befreit. Und die traf nicht ein, keine Todesnachricht, kein Lebenszeichen, und trotzdem ließ Vater sich nicht entmutigen!« – »Und du, bist du nicht verliebt?« wollte ich wissen. »Lenk mich nicht ab«, sagte Lili und knabberte vorsichtig an meinem kleinen Finger, »weißt du, was meine Mutter blind macht? Sie lebt mit einem Menschen im Herzen, der hungrig war, lebens- und liebeshungrig, und nicht mit meinem Vater, dem Kontoinhaber.« – »Und hast du einen Menschen im Herzen?« beharrte ich. »Mehr als einen«, entgegnete Lili spitz und wollte mir nicht verraten, um wen es sich handelte.

2

Am ersten April schoß ein staubbepuderter Millecento in unsere Gasse, der die vorm Heiligen knienden Zwillingsschwestern um Haaresbreite verfehlte und mit kreischenden Bremsen vorm Hauseingang hielt! Ein schlanker, fast drahtiger Mann, der Anfang Sechzig sein mochte, stieg aus dem verbeulten Wagen, zupfte vor einem bizarr zum Himmel verbogenen Seitenspiegel Krawatte und Hemd zurecht und brachte rasch seine Haare in Ordnung. Im Treppenhaus stieß er auf Mutter – die beiden waren sich bis zu diesem Apriltag niemals begegnet –, und das hatte Folgen. Er streckte blitzschnell seine Hand aus, die Mutter verdattert ergriff, und verbeugte sich: »Darf ich mich vorstellen? Frangipane. Alte Adelsfamilie. Leider ein Zweig, den das Schicksal bestraft hat und der verdorrt ist.« Und als er bei Sassolinos im Wohnzimmer saß, wollte er absolut nichts von Frau Beatrices Abrechnungen wissen, die er sonst messerscharf kontrollierte. Nein, er quetschte Paolo und Beatrice ausschließlich nach unserer Mutter aus, trank einen

Grappa und einen zweiten, und als er den dritten Schnaps intus hatte, stand er entschlossen vom Sessel auf: »Wir werden Nachbarn! Ich bleibe.«

»Sie wollen ins Elternhaus ziehen?« Frau Beatrice erblaßte, »und was ist mit den sich von Woche zu Woche erneuernden Blutflecken? Und es werden von Woche zu Woche mehr«, beeilte sie sich zu versichern, »am Vorhang, im Bettzeug, an Decke und Fußboden Blut, und es sind keine trockenen Spritzer und Flecke, es ist schauderhaft nasses und warmes Blut, das ich vom Fußboden wische.«

Frangipane war nicht im geringsten beeindruckt. Mit der zitternden Frau Beatrice im Schlepptau, die fassungslos um einen Einfall rang, mit dem er sich von seinem Vorhaben abbringen ließe, marschierte er pfeifend zum Millecento, dem er ein paar Tritte verpaßte, bis seine Heckklappe aufsprang. Drei Koffer knallten aufs Kopfsteinpflaster, und mit einem Stoßseufzer: »Heute ist euer Tag!«, packte er sie. »Nie habe ich meine Koffer vergessen«, verriet er der taumelnden Frau Beatrice, »ja, wenn ich zum Bezahlen kam, nahm ich sie mit und schwor mir, ins Elternhaus einzuziehen. Und am Ende verließ mich der Mut. Dauernd verließ mich der Mut«, meinte er zerknirscht. Das ermunterte Frau Beatrice, vorm kopflosen Geist der Baronin zu warnen, der nachts von Stockwerk zu Stockwerk rumore und rumpele, zu schweigen vom Heulen, das er anstimme, »bei dem mir das Blut gefriert«, schnatterte sie vor der Schwelle, »und sich Paolos Haare aufstellen, als seien sie elektrifiziert.« – »Schließen Sie auf!« schimpfte Frangipane, dem der Schweiß ausbrach, ob vom Gewicht seiner Koffer oder vor Angst, das war Frau Beatrice nicht klar, als im Haus etwas umfiel und beide erstarrten. »Ich denke, wir sollten den kopflosen Geist der Baronin nicht reizen«, tuschelte Frau Beatrice und glaubte sich beinahe am Ziel.

Leider sollte es nicht bei der Stehlampe bleiben, die Luca

versehentlich umwarf, als er Stimmen vernahm und beunruhigt vom Bett sprang. Er bekam außerdem einen Niesanfall. Ein niesender Geist, das sei etwas Besonderes, den wolle er gerne von nahem betrachten, erheiterte sich Frangipane, und Frau Beatrice, die puterrot anlief und am liebsten im Erdreich versinken wollte, holte tief Luft, um zu beichten. Sie bekannte, um unserer Mutter zu helfen, zu keinem anderen Zweck als der deutschen Nachbarin beizustehen, sei sie bereit gewesen, im leerstehenden Haus einen Mann zu verstecken, der Anarchist sei, ja leider, und polizeilich gesucht werde wegen der Attentate von Mailand und Rom, und Frau Beatrice, die nichts mehr verheimlichen wollte, gab zu, diesen Menschen, mit dem sie Mitleid empfinde, bekocht zu haben, und quatschte und quasselte, bis Frangipane sie mit einem herzlichen Schulterklopfen, »ist gut, meine Liebe!« zum Schweigen brachte, »Gesellschaft zu haben, das schadet ja nicht!«

Ab diesem Apriltag war er es, der sich Lucas Rettung zur Aufgabe machte. Er war ein begnadeter Koch, und wenn er um sieben vom Amt heimkam, begann er mit Pfannen und Deckeln zu klappern und schleppte ab neun seine dampfenden Platten mit Leckereien zur Terrasse hoch, wo sie im Schutz einer Pergola aßen, die von mondbeschienenem Weinlaub bewachsen war. »Mit leerem Magen denkt es sich schlecht«, sagte Frangipane, »und eine dem Mangel entspringende Erkenntnis bleibt mangelhaft.« – »Das ist nicht wahr«, wandte Luca ein, »ein Denken, das nicht aus dem Mangel kommt, hat keine Notwendigkeit und ist Zeitvertreib, reiner Zeitvertreib aus Langeweile.« – »Unsinn«, erregte sich Frangipane, »wer Hunger hat, halluziniert und kann keine klaren Erkenntnisse haben. Und eins will ich dir sagen, mein Lieber: Beim Essen kann ich auf deinen lausigen Materialismus verzichten. Komm mir ja nicht mit Materialismus als Weltanschauung, das ist eine Hundelehre, mit der man Dackel und

Pekinesen zu Philosophieprofessoren ernennen kann. Dem wahren Materialisten reicht es, zu schmecken, zu kauen und zu schlucken!« Und wenn unser Ex-Portier Widerspruch einlegen wollte, schrie Frangipane erbost: »Schmecken und kauen und schlucken, verstanden?«

Erst, wenn er sein Essen verzehrt hatte, war er bereit, sich mit Luca zu streiten. Sie lieferten sich erbitterte Auseinandersetzungen um Politik und Geschichte, die bis zum Morgengrauen dauerten und die er ausnahmslos zu seinen Gunsten entschied. Anders als Luca, der sich gegen drei oder vier seine Augen zu reiben begann, ins Brabbeln verfiel und am Ende einschlief, blieb Frangipane hellwach. Verdrossen betrachtete er seinen Gast, der in Gefahr war, vom Stuhl zu rutschen, und seine Schlußfolgerungen verpaßt hatte, Schlußfolgerungen, die absolut stichhaltig waren und nicht widerlegt werden konnten! »Fangen wir morgen halt wieder bei Adam und Eva an«, meinte er vorwurfsvoll und lud sich den schnorchelnden Luca auf. Ja, vor seinem weichen Gesicht, das ein Anflug von Stoppeln bedeckte, verflog Frangipanes Verdruß, und vorsichtig brachte er Luca zu Bett.

Frangipane stieg in seinen Millecento, den er erst an eine Mauer setzte, ehe er aus unserer Gasse brauste – er war ein grimmiger Technikfeind und fand, ein Auto habe nichts Besseres verdient als mißhandelt zu werden –, und bretterte zum Lungotevere hoch, wo sich das Kriegswaisenamt befand, in dem er einen leitenden Posten bekleidete. Den verdankte er einem hohen Tier in der Stadtverwaltung, mit dem er verwandt war.

Dieser Onkel stand im Ruf, keine Mittel zu scheuen, von Schmiergeldzahlungen bis zur Erpressung, um seine Macht zu verteidigen. Seine politischen Vorgesetzten wechselten bei Wahlen und Skandalen – er bekam nie einen Kratzer ab. Sein Scharfsinn war eisig, außer zwei flinken, listigen Augen regte sich nichts im Reptiliengesicht, das verschlafen und grau wirkte. Es hatte Frangipanes Verwandten zum Spitznamen »Krokodil« verholfen, der gleichzeitig Furcht und Verehrung verriet.

Eine Seilschaft aus Stadtverwaltungsbeamten, mit dem »Krokodil« an der Spitze, und Abgeordneten von der Regierungspartei hatte bis heute eine Schließung des Kriegswaisenamtes verhindert. Millionen verschlang es und diente keinem anderen Zweck – wenn nicht einem dunkleren, den niemand kannte und kennen wollte –, als seinen zweihundert Mitarbeitern, die siebenhundert Kriegswaisenrenten verwalteten, Stellung und Einkommen zu sichern. Besucher verirrten sich nie ins Amt, und zweihundert Angestellte spießten im protzigen Marmorbau am Lungotevere Fliegen auf, kniffen Papiere zu Schiffen, telefonierten mit amerikanischen Vettern und schliefen sich aus – was Frangipane erlaubte, nachts wach zu bleiben.

Wenn ich nicht irre, erfuhren wir das an dem Tag, als er wieder ins Elternhaus zog und Frau Beatrice zu Mutter rannte. Atemlos teilte sie mit, was passiert war, ließ sich mit einem Aufschrei ins Sofa fallen und japste: »Ich sterbe! Mein Herz!« Ich weiß nicht, ob das eine Finte war, um sich mit Mutter allein zu beraten. Die schickte mich zur Apotheke, wo ich ein Medikament gegen Herz- und Kreislaufbeschwerden besorgen sollte, und als ich außer Puste ins Wohnzimmer taumelte, in der Faust eine bauchige braune Flasche, hatte sich Frau Beatrice erholt und brauchte mein Mittel nicht mehr. Im Haus auf der anderen Straßenseite konnte man Frangipane erkennen, der Fensterladen um Fensterladen aufstieß, um frische Luft einzulassen. Er befreite Kommoden und Sessel von weißen Bettlaken und eine Reihe Spiegel von dem sie bedeckenden schwarzen Stoff. Im Zimmer zur Linken entdeckte ich eine riesige Bibliothek, die bis zur Holzdecke reichte und sich um drei Mauern zog – und am anderen Morgen, als wir zur

Bushaltestelle liefen, Vater und ich, hoben wir schnuppernd unsere Nasen zum Haus, aus dem uns der staubige Duft von Leder und altem Papier anwehte.

Im Zimmer zur Rechten, das Wandfresken zierten – aus allen vier Ecken schossen pummelige Putten mit dicken Hinterbacken und rosigen Schenkeln Liebespfeile auf eine Schlafende ab – befand sich ein riesiges Baldachinbett, und schaudernd berichtete Frau Beatrice, in diesem Bett habe sich Frangipanes von innerer Schwindsucht zerfressene Mutter – irrsinnig sei sie gewesen, was in Adelsfamilien ja nichts Besonderes sei! – von einem armen apulischen Schlucker, der sich sein Essen normalerweise als Stricher erarbeitet habe, gegen zwei Monatsverdienste, die er nicht ausschlagen konnte, enthaupten lassen.

»Enthaupten lassen? Um Gottes willen!« meinte Mutter entsetzt, »und warum?« – »Das sagte ich ja, sie war irrsinnig«, entgegnete Frau Beatrice, »und außerdem soll sie es niemals verschmerzt haben, mit einem Halunken verehelicht zu sein, dem Sohn eines kleinen Gerichtsschreibers, der keine adligen Vorfahren hat.« – »Und wie kam es zur Ehe mit einem Halunken?« – »Oh, er gab vor, mit D'Annunzio befreundet zu sein, und konnte zahlreiche Briefe vorweisen, die er vom Dichter erhalten hatte, aus Paris oder St.-Dominique al Moulleau. Mit seinen D'Annunzio-Briefen soll er sich Zutritt zum Haus der Familie verschafft und Giulietta den Kopf verdreht haben. Erst als sie verheiratet waren und dem Dichter, der sich zwei Tage am Tiber aufhielt, aus Zufall begegneten, platzte sein Schwindel. Er hatte D'Annunzios Handschrift kopiert, seine Briefe waren ausnahmslos falsch.« – »Ausnahmslos falsch«, wiederholte Mutter, die nicht hundertprozentig aufmerksam war und zum Bibliothekszimmer starrte, wo Luca verlegen im Schaukelstuhl hockte und Frangipane um einen alten, in Holzspangen steckenden Globus marschierte. »Ja, als er aufflog, sein

Schwindel, erkrankte sie«, berichtete Frau Beatrice, »und Frangipanes Vater sollte es nie mehr zu einer Stellung bringen, die Ansehen und Einfluß versprach, trotz bester Beziehungen, die er seinem Aufstieg in adlige Kreise verdankte, und des Geldes, das er aufbot, um sich einen dreifachen Doktortitel zuzulegen, ich meine, in Rechtswissenschaften und Architektur, der dritte ist mir entfallen, ohne je eine Sekunde studiert zu haben. Mit Anfang Dreißig soll er an einer zerfressenen Leber verendet sein, andere behaupten, infolge einer Vergiftung, und Gift anzuwenden«, tuschelte unsere Nachbarin, »das ist ja beim Adel beliebt. Naja, ein Schlawiner und Frauenverehrer, der in Theatergarderoben verkehrte und sein Geld im Kasino ließ, muß er gewesen sein. Und ehe er seine Familie bitterarm machen konnte, starb er an einer Vergiftung. Wenn das kein Zufall ist!« schmunzelte Frau Beatrice.

Von einem Strauß roter Rosen verborgen, trat er am Sonntag in unseren Flur. Ja, Frangipane besuchte uns nie, ohne in seiner Faust einen Blumenstrauß zu schwenken, den er Mutter mit Handkuß verehrte. Wir konnten uns vor seinen Blumen nicht retten! Bald verstopften sie Zimmer und Korridor, und Mutter, die sich aus Blumen nichts machte, ließ sie in fauligem Wasser verwelken. Erst wenn sie struppig aussahen und zu stinken begannen, faßte sich Vater ein Herz und versenkte sie murrend im Abfalleimer.

Anfangs, das heißt bis zu Lucas Verhaftung, dehnte er seine Besuche nie aus. Wenn ich mich richtig erinnere, hockte er dreißig Minuten im Sofa und hielt einen flammenden Vortrag, den er ausschließlich an Vater richtete, und war sein Vortrag beendet, verließ er uns. »Sie verstehen uns nicht, wir Italiener sind nie Patrioten gewesen! Unser Land ist uns vollkommen schnuppe. Oh, wir verachten Regierung und Staat, die uns begaunern und ausnehmen, und wo wir eine Gelegenheit finden, fackeln wir nicht und bemogeln sie unsererseits.

Zeigen Sie mir einen Italiener, der seinen Landsleuten traut. Eher vertrauen wir einem Deutschen, einem Amerikaner oder Franzosen, als einem, der unsere Erziehung erlebt hat. Zeit unseres Lebens mißtrauisch und schlau zu sein saugen wir ja mit der Muttermilch ein, und das macht unseren Alltag verdrießlich. Es kann nicht behaglich sein, nichts als erbitterte Feinde um sich zu vermuten. Anstrengend ist es, verheerend, ich weiß Bescheid. Niemand kann sich ein ehrliches Leben leisten, es sei denn ein Dummkopf, der nicht bemerkt, roh und herzlos beschissen zu werden. Nein, Redlichkeit zahlt sich nicht aus in einer Welt ohne Regeln, verstehen Sie? Wir teilen Tritte aus, boxen uns zu unserem Ziel, wenn wir eines vor Augen haben, sind dickfellig, ruppig, aufdringlich und prahlerisch. Nein, wir sind keine Patrioten. Nicht aus Abscheu gegen ein Vaterland, das seine Fahne nicht wert ist. Wir sind es schlicht satt, Italiener zu sein!«

Mutter konnte sich nicht mehr zu Luca schleichen, den Frangipane im Haus einschloß, wenn er morgens zum Fliegenaufspießen und Papierschiffebasteln ins Kriegswaisenamt preschte. Außerdem hatte Vater inzwischen erfahren, wo Lubrano alias Mazotti sich aufhielt, und zwar von unserem adligen Nachbarn, der sich absichtlich dumm stellte, nehme ich an.

»Sie hatten recht, diesem armen Menschen zu helfen. Von Polizisten mißhandelt zu werden und in einem Knast zu landen, das hat der Junge nicht verdient, trotz seiner verqueren Ideen. Naja, wer aus dem armen Lukanien kommt, der muß es sich ja in den Kopf setzen, ein Brigant zu werden und an den Reichen Rache zu nehmen, nicht wahr? Sie in einem finsteren Wald oder einer Schlucht zu ermorden und auszurauben und seine Beute ans hungernde Volk zu verteilen. Ja, das ist sein romantischer Traum, ein Liebling der Armen zu sein, ein besungener Volksheld, einer von diesen Briganten Lukaniens aus dem vergangenen Jahrhundert. Machen Sie sich keine Sorgen um Luca. Bei mir ist er sicher, das kann ich versprechen, und wird nebenbei etwas lernen.« Vater schluckte und schwieg. Ja, er vergrub sich ins Schweigen, als wir allein waren, und stellte Elinor nicht zur Rede.

In den kommenden Tagen erwischte ich Vater gelegentlich, wenn ich nicht einschlafen konnte und mich ins Wohnzimmer stahl, am Fenster. Er schaute zur Dachterrasse, auf der sich zwei schwarze Gestalten bewegten, und lauschte der wetternden Stimme Frangipanes: »Du mit deinem Kapitalismus! Wirtschaft ist nichts als ein Ausdruck der menschlichen Not und steht nie am Beginn der Verzweiflung. Lies lieber Pascal oder Leopardi, wo du erfahren kannst, was der Mensch ist: ein Abgrund, mein Lieber, ein schrecklicher Abgrund!« Vater bemerkte mich nie und zuckte zusammen, wenn ich an seinem Hemd zupfte.

Luca hatte inzwischen von Frangipane ertrotzt, nicht mehr im Haus eingeschlossen zu werden, er komme sich vor wie im Knast, und Frangipane, der zeterte: »Du kommst dir vor wie im Knast? Du hast keinen Schimmer, mein Lieber, was du in Regina Coeli erleben wirst, falls sie dich schnappen«, ließ sich am Ende erweichen.

Luca bewegte sich zusehends sorgloser in diesen Wochen vor seiner Verhaftung. Er stattete Mutter Besuche ab, lief bis zum Largo Corrado Ricci, um Zeitungen und Zigaretten zu holen, und fiel in Schuster Fabrizios Arien ein. »Disperato morirò, verzweifelt werde ich sterben!« schmetterten beide zum tiefblauen Himmel. Fabrizio, der verdutzt seinen Kopf aus der Werkstatt streckte und beide Arme ausbreitete, sei es, um seiner Stimme Gewicht zu verleihen, sei es, um eine verwandte Seele ans Herz zu pressen, bemerkte zum Schluß: »Mensch, das war nicht schlecht. Man wird dir keine Baritonstelle an der Komischen Oper Berlins anbieten, versteht sich.

Ansonsten kann man nicht meckern, mein Junge.« Und er lud Luca in seinen Keller ein.

In kurzer Zeit waren sie dicke Freunde, trotz total gegenteiliger Auffassungen über Stalins Verdienste oder Verbrechen, Togliattis Verrat oder seine weisen Entscheidungen als Justizminister, und konnten sich heftig am Zeug flicken. Das hinderte Schuster Fabrizio nicht, eine innige Zuneigung zu diesem Jungen zu entwickeln, der aus Verzweiflung an einer Partei, die keinen Mumm hatte loszuschlagen – eine Verzweiflung, die er ja teilte –, vom rechten Pfad abgekommen war. »Das soll heißen, ich bin nicht auf Linie«, spottete Luca, »der vom Zentralkomitee zynisch beschlossenen Linie, nicht wahr?« – »Nein«, sagte Schuster Fabrizio, »ich spreche von einem verschlungenen, beschwerlichen Pfad, der einem mehr abverlangt als Leidenschaft und blinden Eifer.« – »Blinden Gehorsam«, versetzte Luca, »sei ehrlich! Was haben sie dir abverlangt? Blinden Gehorsam, sonst nichts.«

Schuster Fabrizio war nicht beleidigt. »Du bist ein aufrechter Mensch«, sagte er, »das erkenne ich an deinen Schuhsohlen. Du bist nicht der Hitzkopf, der in seiner Jugend von Revolution schwafelt und als Erwachsener beim Feind landet.« Und er vertraute sich Luca an. »Du kannst dir meinen Kummer nicht vorstellen, als Stalin starb. Ja, es war mehr als Kummer, ein tiefer Schmerz, der sich in meiner Brust verkrallte, in den sich Entsetzen und Panik mischten. Ich liebte Stalin. Er war ein, ich meine, ein strahlender Stern in der Finsternis«, stammelte Schuster Fabrizio. »Im Mai '44 erwischte mich eine faschistische Bande, und ein Kavallerieleutnant, der Italiener mit ungarisch klingendem Namen war, drosch mit grausamer Lust auf mich ein. Er wollte Adressen und Namen erfahren. ›Spuck sie aus‹, schrie er dauernd, ›sonst knallen wir dich ab!‹ Ich hatte schreckliche Angst, nicht ausreichend stark zu sein und einen Namen preiszugeben, einen meiner Genossen ans

Messer zu liefern. Ich zwang mich, an Stalin zu denken, an niemanden sonst, und als dieser Leutnant, der sich in den Pausen Eier und Speck bringen ließ, die er mit behaglichem Schmatzen vertilgte, sich wieder auf mich warf, mir ins Gesicht hieb und kreischte: ›Adressen und Namen, du Schwein!‹, keuchte ich: ›Stalin. Sein Name ist Joseph W. Stalin, wohnhaft im Kreml, am Roten Platz. Und sein Spitzname lautet: Baffone.‹ Dieser Bastard von Kavallerieleutnant knirschte vor Wut mit seinem Gebiß, was ich bis heute im Ohr habe, ja ich glaube, er hatte vor Wut keine Kraft mehr. Man schaffte mich in ein verdrecktes Klosett, wo ich zwei Tage verbrachte, bis sie mich in einen Kohlenkeller einsperrten und mir laufend androhten, mich zu erschießen. Am sechsten Tag stieß mich ein pickliger Kerl, der mein Bewacher war, aus dem Keller in ein beschlagnahmtes Taxi. Er liefere mich an die Deutschen aus, versprach er mit boshaftem Grinsen. Seine zittrigen Finger beim Rauchen beruhigten mich, er log und hatte nichts anderes im Sinn, als mich schleunigst loszuwerden. Vom Stadtrand kam dumpfer Kanonendonner, und am Tiber begegneten uns Kolonnen deutscher Panzer, die Richtung Norden rollten. Er brachte mich in eine Haftanstalt, aus der ich am anderen Tag wieder freikam. Und ich dankte Baffone, verstehst du, er war es, der mich vorm Schlimmsten bewahrt hatte.«

Ich lauschte auf einer der Treppenstufen vorm Kellergeschoß und vergaß Mutters Auftrag, auszurichten, Vater sei nicht daheim, ob Luca nicht hochkommen wolle. »Du weißt ja, was los war, in dieser wirren Zeit«, fuhr Schuster Fabrizio fort, »unsere Landreform kam nicht vom Fleck, bezahlte Banditen erschossen elf Bauern am 1. Mai in Portella della Ginestra, De Gasperi warf uns aus der Regierung, und als ich im Januar '48 als Schuster in diesem Keller begann, befestigte ich als erstes an der Wand eine Fotografie von Stalin. Er schaute mir bei meiner Arbeit zu, und es verging kein Tag, an dem ich mich nicht bei Baffone erkundigte, wann er uns seine Rote Armee schickt. ›Laß dir nichts vormachen‹, seufzte ich, ›von diesen feigen Briten und Amerikanern. Wenn du uns zu Hilfe kommst, werden wir unsere Waffen ausgraben und losschlagen. Wir werfen sie binnen dreier Tage ins Meer. Papst Pius wird an seinen Kreuzzugsparolen gegen uns Kommunisten ersticken, und du wirst vom Konklave zum neuen Papst ernannt. Wollen wir wetten, Baffone, sie werden dir anbieten, im Vatikan zu wohnen!‹ Und Stalin antwortete mir.« Luca verzog seine Mundwinkel. »Das findest du komisch, ich kann es mir denken, und du hast ja recht, ich habe es nicht besser verdient, als verspottet zu werden, meine Liebe zu Stalin war kindisch und dumm.«

Hustend stand Luca vom Schemel beim Schuhregal auf. Er griff zur Gitarre, die in einer Ecke lehnte, legte sie sich auf das rechte Bein und schlug einen Akkord an. »Himmel, ist die verstimmt«, sagte er und schaute Fabrizio an, der mit krummen Schultern vor seiner Schleifscheibe hockte. »Na, und? Stalins Antwort?« Verbissen drehte Luca an den Gitarrenwirbeln, die knarrten und knackten und sich nicht bewegen wollten.

»Ich habe sie leider nicht verstanden«, bekannte Schuster Fabrizio, »er sprach ja Russisch.« – »Klar, er sprach Russisch«, wieder schlug Luca einen Akkord an und seufzte. »Trotzdem lauschte ich seiner Stimme ergriffen, sie machte mir Mut. Und als er tot war, schloß ich meine Werkstatt ab und verbrachte Stunden um Stunden bei brennenden Kerzen vor seiner Fotografie. Ich schluchzte, verstehst du, ich flehte, ›Baffone! Laß uns nicht im Stich. Was soll ohne dich aus uns werden?‹, und er blieb stumm. Er war verstummt, und wir hatten verloren.« Luca legte behutsam seine Gitarre zu Boden, marschierte zur Schleifscheibe und umarmte den knochigen, kleinen Mann.

Ich verließ meinen Posten vorm Schusterladen und prallte gegen den spionierenden Frangipane am Treppenabsatz. Seine

Gegenwart hatte ich nicht bemerkt, und Frangipane war es peinlich, beim Horchen von mir ertappt zu werden. Mißmutig rieb er an seinem Hemd, das er beim Kochen bekleckert hatte, und wandte sich ruckartig um. Er hatte sein Haus noch nicht betreten, als Fabrizio und Luca mit Inbrunst im Keller zu schmettern begannen: »Avanti popolo alla riscossa, bandiera rossa! Bandiera rossa!« Und Frangipane, der in diesen Wochen marinierte Sardellen, Lachsnudeln und Scampireis, venezianische Leber und Kalbsschnitzel in Marsalawein oder Zitronensoße, Erdbeeren und zerstoßenes Eis mit Kaffee alleine verzehrte, schafutterte in seiner Pergola: »Es ist deine Schuld, wenn sie dich schnappen!«

Am Tag vor Lucas Verhaftung kamen Vater und Botschaftschauffeur Sassolino von der Ausgrabung in Pitigliano heim und polterten prustend ins Wohnzimmer, in das Mutter und ich unsere Nasen steckten. Vater zog seinen Kopf aus dem prallvollen Sack, in dem er mit seligem Glucksen bis zu den Schultern verschwunden war, und Sassolino machte verlegen: »Pst, pst«. Ansonsten konnte er seine Augen von Mutters durchsichtigem Nachthemd nicht losreißen. Die irrten erst ab, als sie eine Stola vom Sessel nahm und sich bedeckte. Sassolino bekam einen hochroten Kopf und kippte ein randvolles Grappaglas in seinen Rachen.

»Und was soll dieser Krach?« fragte Mutter scharf. Vater betrachtete sie verdutzt und brach schließlich in schallendes Lachen aus. »Feelein, ich bin in Feierlaune! Du weißt ja nicht, was wir erlebt haben.« Wieder verschwand er mit seinem Kopf im prallvollen Sack, der beim Sessel lehnte, und brachte eine komische Scheibe mit Beulen und einem Dreieck zum Vorschein. »Das ist das Modell einer Schafsleber«, sagte er und reichte es Mutter, »aus der ein haruspex, ein etruskischer Priester, Weissagungen traf. Auf der Innenseite kannst du verschiedene Felder erkennen, in die die Namen von Gottheiten eingraviert sind. Verstehst du, es war eine richtige Wissenschaft. Ein Priester, der blutige Tiereingeweide beschaute, mußte exakt bestimmen, wo welcher Gott seinen Platz hatte. Sonst ging seine Voraussage schief. Ich zeige dir etwas, paß auf, Feelein!« rief er erregt und beugte sich tief in den Sack, aus dem eine halbe Minute sein Murmeln kam, »wo bist du? Wo bist du?«, ehe er einen Gegenstand hochhielt, der mir vertraut war. »Das ist ein Spiegel, ein Bronzespiegel«, plapperte ich, und Vater strahlte mich an: »Und zwar ein besonderer Bronzespiegel mit dem mythischen Wahrsager Kalchas, der in einer Tierleber kramt.« Stolz zeigte er mir den Wahrsager Kalchas mit seinen Schwingen und seinem Bart vor einem Tisch voller Tiereingeweide. »Ist das nicht eine herrliche Ritzzeichnung?« Er prostete Sassolino zu und setzte das Grappaglas an seine Lippen.

Im Laufe der letzten beiden Wochen hatten sie sich mit dem Ausgrabungsleiter in Pitigliano befreundet. Der legte sein Mißtrauen rasch ab und winkte, wenn sie aus dem Opel Kadett stiegen, den Sassolino sich leihweise bei einem befreundeten Neapoletaner und Kopf einer Bande von Autodieben beschafft hatte und an den er ein Frankfurter Nummernschild schraubte.

Grabungsleiter Bianchini zweifelte nicht an der Ehrlichkeit eines deutschen Hobbyarchäologen, der seine Urlaubszeit nutzte, um sich auf Grabungen umzusehen. Vater gab sich als Gamben- und Geigenbauer aus Eschersheim aus, und Sassolino, der sich Maurizio Pancaldo nannte, schaffte als Hilfskraft in seinem Drei-Mann-Betrieb und war selig, nicht mehr bei Opel am Band zu stehen. Außerdem durfte er seinen Chef auf Reisen begleiten, die in seine Heimat gingen – und das gegen Bezahlung.

Um keinen Verdacht zu erregen, zeigte sich Sassolino an Urnen, Keramiken, Sporen und Waffendekorationen, Armreifen und Spiegeln, die Grabungsleiter Bianchini und seine Leute aus den etruskischen Grabkammern holten, nicht im geringsten interessiert. Wenn er seinem vermeintlichen Chef nicht behilflich sein mußte, der bald von Bianchini erlaubt bekam, sich an der Ausgrabung zu beteiligen, ließ er sich zweihundert Meter entfernt bei einem krummen Olivenbaum nieder, blinzelte faul in den Himmel und nickte ein. Ansonsten sprach er ein schreckliches Kauderwelsch aus Italienisch und deutschen Brocken, zwang seinen Chef, einen Hut aufzusetzen, ausreichend zu trinken und am Mittag, punkt eins, seine Medikamente einzunehmen. Das war Sassolinos Idee gewesen, Vater als herzkranken Mann auszugeben. Ein Mann, der sich eigentlich schonen mußte und aus Idealismus verausgabte, taugte nicht zu einem Dieb.

Sassolinos Aufgabe war es, sich mit dem Wachmann bekannt zu machen, der bis Mitternacht Dienst schob, einem Pensionisten aus Pitigliano. Der tauchte normalerweise um sechs am Grabungsplatz auf, den Bianchini und seine Leute bei Sonnenuntergang verließen, und setzte sich zu Sassolino ins Gras, um eine Runde zu plaudern. Und zu verraten, warum er als Wachmann seine bescheidene Rente aufbesserte.

Sein Sohn, der in einem Turiner Kaufhaus arbeitete, hatte verschiedentlich Geld aus der Kasse entwendet, um sich mit seinem angeblich hohen Einkommen einen besseren Ruf zu verschaffen. Seine Nachbarn im Außenstadtviertel, das er bewohnte, betrachteten es als Sport, den Sonderling schlecht zu behandeln. Das reichte von Frechheiten, Spott und Verachtung bis zum Verdacht, eine Frau vergewaltigt zu haben, und den bezahlte er fast mit dem Leben. Er verbrachte vier Wochen im Krankenhaus, und trotz der inzwischen erfolgten Verhaftung des Vergewaltigers konnte er den Verdacht, ein Perverser zu sein, niemals abstreifen. Erst, als er Geld hatte, Barrunden schmiß oder Schulden von Nachbarn beglich, stieg sein Ansehen.

Leider sollte er bald vom Verkaufsleiter, dem er seine Stelle verdankte, beim Diebstahl erwischt werden. Der gab sich mitleidig und versprach, falls das Geld in drei Wochen erstattet sei, auf eine Anzeige zu verzichten und den Direktor nicht einzuweihen. Es handelte sich um eine beachtliche Summe und es war aussichtlos, sie ohne Hilfe des Vaters zusammenzubringen. Und als sie beide mit Hilfe verschiedener Darlehen aus dem Familienkreis, der letzten Ersparnisse und dem Verkauf eines Ackers die Summe zusammenbekommen hatten, die sein Sohn zum Verkaufsleiter brachte, forderte dieser Halunke ein Schweigegeld, das bis Ende Juli bezahlt werden mußte.

Es fiel Sassolino nicht schwer, den verzweifelten Mann zum Komplizen zu machen. Er zeigte dem Rentner zwei dicke Pakete mit Banknoten – das Dreifache seiner sechs Monate Lohn als Wachmann –, ob er sich die nicht verdienen wolle? Und legte dem Mann, der sein schmerzendes Raucherbein rieb und Zigarette um Zigarette paffte, haarklein seinen Plan auseinander, einen Plan, der nicht fehlschlagen konnte.

Und er behielt recht. Als Bianchini und seine Leute zum Essen aufbrachen, das sie im zwei Kilometer entfernten Pitigliano einnahmen, versteckten sich Vater und Sassolino bei einem Steinhaus zwischen etruskischem Friedhof und dem benachbarten Ort Poggio Buco, das nicht mehr bewohnt und verfallen war. Vater kamen Bedenken, er wollte das Abenteuer lieber verschieben, was Sassolino barsch ablehnte. Er holte eine im Kofferraum vorsorglich verstaute Grappaflasche und befahl, Vater solle sich Mut antrinken. Und als es stockdunkel war, brausten sie wieder zum Grabungsplatz, wo sie der Wachmann mit seiner aufblinkenden Lampe benachrichtigte: Es konnte losgehen, er war allein. Um seine Beteiligung zu vertuschen, setzte Botschaftschauffeur Sassolino den Rentner mit einem Kinnhaken außer Gefecht, band seine Hand- und Fußgelenke mit Stricken zusammen und stopfte einen stinkenden

Lappen in seinen Mund. »Laß man, sie werden dich nicht in Verdacht haben bei deiner verschwollenen Backe!« raunte er dem am Boden winselnden Alten zu, »denke an deinen Sohn, und du wirst es verschmerzen!«

Leichtfertigerweise bewahrte Bianchini seine Funde in einem der Zelte auf, die sich am Nordrand des Ausgrabungsplatzes befanden. Ein albernes Sicherheitsschloß hing vorm Einstieg, das man mit einer Kneifzange knacken konnte, und in Nullkommanichts packte Vater ein, was er in seine Finger bekam.

Inzwischen richtete Sassolino in den anderen Zelten ein schreckliches Chaos an – um Verwirrung zu stiften, man sollte annehmen, es seien Gelegenheitsdiebe am Werk gewesen, die sich nicht auskannten –, und als sie wieder im Opel saßen und Richtung Rom preschten, nuckelte Vater, der bebte und naß geschwitzt war, an der Grappaflasche. »Ich bin ein lausiger Krimineller«, wimmerte er, »ich habe mich strafbar gemacht, und sie werden mich einlochen.« – »Menschenskind, was ist los? Kotz mir nicht meinen Wagen voll!« Fluchend hielt Sassolino an, zerrte den kreideweißen Vater ins Freie, bis zu einem flachen Bach, wo er seinen Nacken umklammert hielt und sein Gesicht in das eiskalte Wasser tunkte.

Wer weiß, wann ich diese Geschichte erfuhr. Mag sein, erst als Vater im Wohnwagen hauste und bei meinen Besuchen vergangene Zeiten beschwor, und es zu gleicher Zeit peinlich vermied, auf Mutter zu sprechen zu kommen.

In dieser Julinacht sollte er vor uns behaupten, er habe seine Etruskerfunde spottbillig von einem Freund Sassolinos erworben. Beim dritten Grappa hatte er Schlagseite. Und als er Mutter mit einem Kuß beschwichtigen wollte, entzog sie sich kalt seinen nassen und schmatzenden Lippen. Ob sie je Wind bekam von seinem Diebstahl in Pitigliano – und den anderen, die folgen sollten –, bezweifle ich. Und ich wette, sie forschte nicht weiter nach. Sie war zu verwirrt, zu erschrocken über Lucas Verhaftung am anderen Tag.

Ausgerechnet Vater sollte es sein, der sie als erstes bemerkte: Sechs schwerbewaffnete Polizisten, die am Fuß der zur Gasse hochsteigenden Treppe aus einem vergitterten Kleinbus sprangen. Sechs andere gingen beim Heiligen in seiner Nische in Stellung, polterten in einen Hauseingang, warfen sich platt zu Boden und zielten mit den Gewehren auf Schuster Fabrizios Werkstatt. Ich glaube, es war etwa zwanzig Uhr. Die am westlichen Himmel versinkende Sonne tauchte Frangipanes von wildem Wein bewachsene Pergola auf der Terrasse in glitzernde Helligkeit. Im Nordosten hing eine Gewitterfront. Erfrischende Böen kamen von den Bergen, wo sich die knisternde Luft entlud. Vater, der am Tag unsere Zimmer verdunkelte, klappte Laden um Laden auf, und um sie am Eisenstift einzuhaken, beugte er sich aus dem Fenster.

Er erlitt einen Schock, als der Polizeibus an der Treppe zur Via Baccina hielt. Er bezog den bewaffneten Aufmarsch auf sich, seinen Diebstahl in Pitigliano, und war der Meinung, verhaftet zu werden. »Feelein!« stammelte er, »Feelein, bitte! Pack meine Sachen, sie sperren mich ein.« Alarmiert rannten Mutter und ich ans Fenster, und Mutter, die ja keinen Schimmer von seinem Vergehen hatte und Vater nicht zutraute, gegen Gesetze verstoßen zu haben, starrte fassungslos in sein Gesicht.

Inzwischen war das Radio beim Polsterer verstummt und Antonio Orizios Frau – oder Schwester –, die sich vorm Hauseingang Waden und Schenkel rasiert hatte, spurlos verschwunden. Ein beklemmendes Schweigen zog sich um Schuster Fabrizios Werkstatt zusammen, aus der zwei ergriffene Stimmen drangen, die von Mauer zu Mauer widerhallten. Absolut sorglos schmetterten sie einen Verdi-Chor, Luca und Schuster Fabrizio.

Niemand im Wohnzimmer wagte zu sprechen. Mit verknoteten Fingern und stoßweise atmend lehnte Mutter am Fensterbrett, ohne zu einer Bewegung imstande zu sein. Und Vater, der seinen Irrtum begriffen hatte, fiel seufzend ins Sofa. Er verbarg seine Augen mit einer Hand, sei es, um erst seinen Schock zu verdauen, sei es aus Scham oder Sorge um Mutter. Ja, bisweilen verbreiterte er seine Finger, um sie im stillen zu betrachten. Und ich, ich irrte mit meinen Blicken vom Vater zur Mutter und wieder zum Schuhmacherladen mit seiner verschmierten Vitrine, der Inschrift beim Kellereingang: »Calzolaio«, dem verlassenen Schemel vorm Treppenabstieg: In diesen Minuten, endlosen Minuten, erwies sich Fabrizios nach Leder und Schuhwichse riechende Werkstatt als Falle. Und ich konnte Luca nicht helfen. Keiner von uns konnte Luca helfen. Mir war schwindlig vor Ohnmacht und Angst.

Als eine Kippe in hohem Bogen aus Schuster Fabrizios Werkstatt flog – seine brennenden Zigarettenstummel zur Gasse zu schleudern war Lucas Gewohnheit –, kam es zur wilden Schießerei. Eine fliegende Kippe reichte aus, um ein wahres Inferno zu entfachen – und beim Prozeß sollten sechs Polizisten behaupten, seine Kippe sei eine Granate gewesen, die nicht explodiert sei. Schuster Fabrizios Schaufensterscheibe zerbarst, und massenhaft bohrten sich Kugeln in Mauer und Inschrift beim Eingang, zischten um Ausputzmaschine und Sohlenpresse, zerfetzten Fabrizios Zeitungsausschnitte mit Gramsci, Togliatti und A. S. Rom, zersiebten seine vom Schuhregal baumelnde rote Fahne und blieben im Holz stecken, spritzten zur Decke und Kalk staubte weiß auf Fabrizio und Luca, die sich im hintersten Winkel der Werkstatt verkrochen hatten.

Beim ersten Schuß hopste Vater vom Sofa und riß uns zu Boden, Mutter und mich. Und mir fiel Picciottis Beretta ein, die ich in einem der Umzugskartons mit meiner Modellbahn versteckt hatte. Um sie aus der Kiste zu holen und Luca zu bringen, mußte ich meinen Vater beiseite schieben, der schwer atmend auf Mutter und mir lag. Vereint kratzten und boxten wir den uns begrabenden Vater, der keinen Millimeter beiseite wich.

Es war wieder still, oder besser, man schoß nicht mehr. Ins Wohnzimmer drangen vereinzelte Schreie. Schwer zu sagen, ob sie aus der Werkstatt oder benachbarten Wohnungen kamen. »Steh auf!« fauchte Mutter, »du tust mir weh!« – »Und wenn sie wieder zu schießen beginnen und dich ein Querschläger trifft?« Er stemmte sein ganzes Gewicht gegen mich, als er Mutter am Handgelenk packen mußte, die seine Gurgel umklammerte. Ich heulte auf, und er rollte sich endlich zur Seite, hustete, rieb seine Kehle. Hart hielt er mich an der Schulter fest. »Du bleibst am Boden, Sebastian. Wenn sich deine Mutter in Lebensgefahr bringen will, kann ich es nicht verhindern. Bei dir ist das was anderes, verstanden?« Ich konnte ja Vater nicht sagen, warum ich dringend mein Zimmer erreichen und er mich loslassen mußte, und gegen seinen entschlossenen Griff ließ sich leider nichts ausrichten.

Ich bekam es nicht mit, als drei Polizisten in Schuster Fabrizios Werkstatt einbrachen; den mit Scherben gespickten und kalkbepuderten Luca an seinen Haaren zum Eingang schleiften und ruppig zur Treppe stießen; als sie seine blutbefleckte Hose und sein zerrissenes Hemd abtasteten; als der vergitterte Kleinbus vorfuhr, sich ein Gewehrkolben in seine Brust bohrte und man Luca ins Innere bugsierte.

Es dauerte eine Ewigkeit, bis Vater sich erhob und mich nicht mehr festhielt, und ich schaute zusammen mit Mutter auf eine im Dunkeln versinkende Gasse. Sie war menschenleer, bis auf Schuster Fabrizio, der aus seiner zerschossenen Werkstatt kroch, jammernd und auf allen vieren. Und auf seiner Terrasse, im Schutz der von Weinlaub bewachsenen Pergola, klapperte Frangipane mit Messer und Gabel. »Ich bin nicht verantwortlich«, kreischte er, »wer meinen Rat nicht befolgt und sich nicht einschließen lassen will, muß halt bezahlen!« Ob er sich vor Mutter rechtfertigte oder dem pechschwarzen Himmel, der Mond und Sterne verschluckt hatte, kann ich nicht sagen.

3

Mit Lucas Verhaftung versank Frangipane in Schwermut. Er klapperte nicht mehr mit Pfannen und Topfdeckeln, wenn er vom Fliegenaufspießen am Lungotevere heimkam, und verbrachte Stunden um Stunden in unserem Wohnzimmer, angeblich, um Mutter beizustehen, die andauernd zur Polizei rannte, wo sie den Beamten inzwischen bekannt war, freundlichen Spott oder Mißtrauen erntete, freche Bemerkungen einstecken mußte und nicht erfuhr, wo sich Luca befand. Ewig hing sie am Telefon, ließ sich von Amt zu Amt verbinden und fand sich im Dickicht der Nummern und Namen, die sie auf Quittungen, Zettel und Zeitungen kritzelte, nicht mehr zurecht. Nein, Frangipane hatte keine Ideen, wie Luca zu helfen sei, oder er war nicht imstande, sie zu verraten. Mit leeren Augen stierte er Mutter an, die um keinen Preis aufgeben wollte.

Schlimm stand es um Schuster Fabrizio, der sein Schaufenster in der Verhaftungsnacht mit Pappe vernagelt hatte und seine Werkstatt verbarrikadierte. Eine Woche verkroch er sich in seiner Wohnung am Largo Corrado Ricci, und als er wieder zum Vorschein kam, war er ein Schatten mit grauem Bart und tiefen Ringen unter den Augen. Er schlurfte in seine Kellerwerkstatt, scherte sich nicht um am Boden kullernde Farbdosen, knirschende Scherben oder seine mit Kalkstaub bepuderte

Ausputzmaschine, nahm zwei Paar Schuhe, die zu reparieren waren, und setzte sich vor seinen Keller. Mit einem Nagel – und einem zweiten und einem dritten – versiegelte er seine Lippen. Er blieb absolut stumm und war dankbar, als Mutter sich an seine Seite setzte und schwieg.

Am anderen Tag brachte er an der Treppe zwei Pappschilder an mit der Mitteilung, er habe entschieden, seine Schuhmacherwerkstatt am Ende des Monats zu schließen. Reparierte Schuhe seien bis zum 30. Juli abzuholen. Es war zwecklos, Fabrizio auszuquetschen, warum er dichtmache und eine Goldgrube aufgebe, ob er von Sinnen sei oder im kalten Berlin seine Baritonstelle antrete, niemand erhielt eine Antwort. Stumm verschenkte Fabrizio seine Ausputzmaschine an einen Schuster aus der Via Cavour, mit dem er verwandt war. Sein restliches Werkzeug, von automatischer Sohlenpresse bis zur Schuhmacherraspel, von Revolverlochzange bis Eisenfuß, nahm Sassolino in Kommission. Quasselnd setzte er sich an seine knallgelbe Plastikschreibmaschine von Olivetti, spannte ein Blatt und zwei Durchschlagpapiere ein und setzte einen Vertrag auf, den Fabrizio zerstreut unterzeichnete, ehe er seine von Kugeln zersiebte Fahne einwickelte und sich mit einem Nicken verabschiedete.

Sassolino vereinbarte mit den Priestern von S. Catarina da Siena und S. Giovanni Battisti dei Cavalieri, berechtigt zu sein, Fabrizios Kellergeschoß zu vermieten, und setzte Vater den Floh ins Ohr, sich diese Gelegenheit ja nicht entgehen zu lassen. »Deine Sammlung wird wachsen, mein Lieber, du brauchst dringend Platz, und ein praktischeres Versteck wird sich dir bestimmt nicht mehr bieten. Du kannst es bequem im Auge behalten, von deiner Wohnung aus, Tag und Nacht!« Vater war Feuer und Flamme.

In der kommenden Nacht brachte er seinen Anteil an den erbeuteten Grabbeigaben aus Pitigliano zur Werkstatt, die bald sein zweites Zuhause werden sollte. Er wich seinem kopflosen Feelein aus und Frangipane, den er nicht mochte. Bis um zwei oder drei Uhr nachts blieb er im Keller, zimmerte kleine Podeste, schnitt Bretter zurecht, die er pfeifend strich und lackierte und zu Regalen zusammenbaute, reinigte seine Finger mit Terpentin, ließ sich auf Fabrizios Schemel nieder und legte ein Inventar seiner Funde an. Er versah sie mit Nummern, kritzelte kurze Beschreibungen in seine Kladde, vermerkte den Fundort – falls er den kannte – und konnte teuflisch ins Schwitzen kommen, wenn er sie am Ende datieren mußte. Manche Datierung beanspruchte Tage, bis sie Vater pausibel erschien. Er zermarterte sich das Hirn, war nicht ansprechbar und im Begriff, Terpentin zu trinken, als ich schrie: »Achtung, Papa, das ist nicht dein Bier!« Verwirrt schaute er aufs Etikett seiner Flasche und stellte sie schnaubend zu Boden. Andere Datierungen, die sich als falsch erwiesen, konnten Vater den Tag vermiesen. Er beschimpfte sich zischend als Esel und Mondkalb, Rhinozeros und dumme Nuß.

Und Sassolinos Vermutung traf zu, von Monat zu Monat erweiterte sich seine Sammlung um Funde aus Vulci, Tarquinia, Cerveteri, Marsiliana d'Albenga und Blera: eine orientalische Silberschale mit Friesen bewaffneter Krieger; eine Schatulle aus Bronzeblech mit Deckelgriff, der einen Schwan nachahmte und ein nacktes, den Schwanenhals umschlingendes Kind; einen Dreifuß mit kleinen Silenen, die sich auf einem Ring seiner Bronzeverstrebungen ausruhten; Kelche, tyrrhenische, schwarz und rot bemalte Amphoren und goldene Armreifen; und eine Elfenbeinschreibtafel mit dem von rechts nach links ins Elfenbein eingravierten griechischen Alphabet. Es handelte sich um Hehlerware, aus schlecht bewachten Museen entwendete, bei wilden Grabungen oder aus purem Zufall im Erdreich entdeckte Funde. Zulieferer waren Denkmalpfleger, die sich ein Zubrot verdienen wollten, Bauern, die in einer Ackerfurche auf goldene Ohrringe stießen, und Banden, die klauten, was nicht niet- und nagelfest war.

Vater machte sich mit einer Reihe von Schiebern und Hehlern bekannt. Hatten die neue Angebote, riefen sie in seinem Keller an, wo er sich, extra zu diesem Zweck, ein Telefon hatte anschließen lassen.

Ja, er verstrickte sich mehr und mehr, verschuldete sich und mußte Kredite aufnehmen – was er vor Mutter verheimlichte. Einer Bank konnte er sich schlecht anvertrauen, und Sassolino, der sich mit seiner Liebschaft komplett ruinieren sollte, schied bald aus dem Kreis der Kreditgeber aus. An Geldverleihern, die nicht zu wissen verlangten, warum er frische Lire brauchte – und um so strengere Bedingungen stellten, saftige Zinsen berechneten, die sich verdoppelten oder verdreifachten, wenn man eine vereinbarte Frist nicht einhielt – herrschte am Tiber kein Mangel.

Vater wandte sich an einen Automechaniker, der seine Werkstatt und eine Garage im Viertel beim Bahnhof betrieb. Von diesem finsteren Menschen hieß es, er lasse notfalls Gewalt anwenden, Wohnungen auseinandernehmen, PKWs abfackeln, ja gelegentlich Kinder kidnappen, um wieder an seine Penunzen plus Zinsen zu kommen. Knurrend scheuchte er Vater ins Kabuff seiner dusteren Tiefgarage, verschloß den Eingang, riß eine Schublade auf, in der ein Paar Handschellen blinkte, und klatschte einen von Gummis umspannten Plastiksack vor Vaters Bauch. »In neunzig Tagen«, er schaute zur Uhr, »um achtzehn Uhr siebenundvierzig. Eine Minute Verzug und ich bekomme den doppelten Zinssatz, verstanden?«

Zwei Kredite, die Vater beim Automechaniker aufnahm, konnte er mehrere Tage vor Ablauf der Frist erstatten. In Schwierigkeiten geriet er erst mit dem dritten Kredit, einer hohen Summe, die er verwendete, um seine orientalische Silberschale aus dem 7. Jahrhundert vor Christus zu kaufen. Er schaffte es nicht, das entliehene Geld rechtzeitig zusammenzukratzen. Sein Konto war leer, Sassolino pleite, und seine Idee, einen Lehrerkollegen um Beistand zu bitten, verwarf er wieder. Er verbrachte eine furchtbare Nacht und schleppte sich am anderen Tag mit brennenden Augen zur Schule.

Ein Zufall kam Vater zur Hilfe. Als er sich an diesem dunstigen Januarabend zum Bahnhof aufmachte, schwor er im stillen, sich nie wieder Geld zu leihen, mußte sich alle paar Meter an einen Laternenpfahl lehnen, um Luft zu holen und sein verschwitztes Gesicht abzuwischen. Er hatte keine andere Wahl, als beim Automechaniker um einen Aufschub von dreißig Tagen zu betteln. Vater beschleunigte seine Schritte, bog beim Largo di Villa Peretti ein und wollte sich todesmutig in den schwarzen Garagenschlund werfen, als er vor ein verschlossenes Eisentor prallte.

Er brauchte Minuten, um sich zu besinnen. Am Eisentor klebte ein Zettel mit rotem Siegel und zwei Polizeistempeln, der in krakliger Handschrift verfaßt war und aus einer Auflistung von Paragraphen bestand, die Vater nichts sagten. »Wegen Verstoßes ...«, las er, » ... im Verlauf der Ermittlungen ...«, und: »Zutritt bleibt strengstens verboten.« Was in der vorvergangenen Nacht am Largo di Villa Paretti passiert war, sollte er erst aus der Zeitung erfahren. Bei einer Razzia in Werkstatt und Tiefgarage hatte man etliche Kisten mit Handfeuerwaffen und Sprengstoff entdeckt neben Hinweisen auf eine Reihe anderer illegaler Machenschaften: Bestechung von Staatsdienern, Schutzgelderpressung, Anstiftung zur Prostitution. Pfeifend marschierte Vater, der schlagartig Schulden und Sorgen los war, in sein Kellergeschoß, nahm die orientalische Silberschale und schmatzte sie ab.

In Zukunft benahm er sich schlauer und hielt sich gleichzeitig an mehrere Geldverleiher. Konnte er seinen Kredit beim »Volturno«-Besitzer nicht fristgerecht abbezahlen, nahm er im

Billardsaal, der sich beim Fleischmarkt befand, einen anderen auf. Oder er trennte sich schweren Herzens von einem Fund seiner Sammlung. Und um sie rasch wieder aufzustocken, grub er mit Sassolino beim Scherbenberg, einen Steinwurf entfernt vom antiken Hafen, wo man Schiffe aus Konstantinopel, Milet, Alexandria und Tomi entladen hatte, und stieß ab und zu auf antikes Glas und winzige Tonflaschen, die er in seinem Keller sachkundig zusammenleimte.

Mehr Erfolg hatten beide in Terracina. Im gemieteten Kleinlaster schraubten sie sich in einer pechschwarzen Neumondnacht zum verlassenen Tempelberg hoch, packten Lampen, Spaten und Spitzhacke in eine Schubkarre und legten los. Bis zum Morgengrauen hatten sie einen von Gras und drei Zentimeter Erde bedeckten Mosaikfußboden erbeutet – und das mit der Hilfe zweier Carabinieri, die sie beim Buddeln ertappt hatten. »Steckt eure Schießeisen weg«, schnauzte Sassolino, »von wegen, wir stehlen! Lui è un professore tedesco di archeologia«, er zeigte auf Vater, »con una fama mondiale. È lui che salva i nostri beni! Perché noi siamo stronzi, capito! Schaut euch das an, ist das nicht eine Schande? Ein herrlicher Mosaikfußboden, um den sich kein Schwein bei euch schert! Erst muß ein Professor aus Deutschland kommen und sich Schwielen an seine Finger schaffen, um euch Beine zu machen! Na, wird's bald?« Er winkte mit seiner Hacke, »wir wechseln uns ab!«

Vater und Sassolino verließen Terracina bei Sonnenaufgang im vollbeladenen Laster. »Du hast sie vollkommen verunsichert«, wieherte Vater und klatschte sich auf seine Schenkel, »als du dem einen meinen Spaten zugeworfen hast, fiel dem vor Schreck die Knarre aus der Hand!« Sassolino lutschte mit breitem Grinsen am kalten Zigarrenstumpen. »Und dieser Wisch«, wollte Vater wissen, »den du dem Dicken, der mißtrauisch blieb, als unsere Genehmigung verkauft hast, was war das?« – »Zum Teufel, das war mein Entlassungsschreiben«, prustete Sassolino und trommelte mit seinen Fingern aufs Steuerrad, »keinen Schimmer, warum ich es bei mir hatte, es steckte halt in meiner Hose. Und mit dem Briefkopf der Deutschen Botschaft habe ich diesen Volltrottel schwer beeindruckt.«

Fabrizios fluchtartig verlassene Werkstatt mietete Vater am 1. August 1970 an. Und es muß in diesen Tagen gewesen sein, als Sassolino auf Zehenspitzen unser Versteck betrat und mich zu Tode erschreckte.

Im Bretterverschlag war es nicht mehr kalt. Es gab keinen besseren Platz, um Hitze und stechender Sonne zu entkommen. Normalerweise trafen wir uns am Mittag, wenn Frau Beatrice ein Nickerchen hielt – zusammen mit meiner Schwester, die sich fast ausschließlich bei Sassolinos aufhielt –, und von meinen Eltern ging ohnehin keine Gefahr aus. Die waren zu zerstreut, um mich zu vermissen. Ein wilder Geruch nach Erde und uraltem Staub lag zwischen den feuchten Mauern. In der Umgebung der Kellertreppe stank es bestialisch nach einem verwesenden Tier, einem Rattenkadaver vermutlich, den Bauschutt, kaputte Klosettschalen und ein vergammelndes Sofa verbargen. An einer Wand lehnten Autoreifen, an einer anderen zerschlissene, von schwarzgrauem Schimmel bedeckte Matratzen. Sonnenstrahlen, die vereinzelt in unser Versteck fielen, schwebten um glitzernde, sich von den Abwasserrohren zur Ziegelwand spannende Spinnweben, um einen kupferrot lodernden Bettrost und warfen goldgelbe Flecken auf Lilis Haut.

Die dehnte sich faul an meiner Seite. »Was willst du werden, Sebastian, wenn du erwachsen bist?« raunte sie mir ins Ohr. Ich schob meine Hand zwischen Lilis Locken, um sie im Nacken zu streicheln, der von einer Weichheit war, die mich erschauern ließ. »Ich will dich heiraten«, sagte ich. »Du willst mich heiraten«, brauste sie auf und stieß meine Hand weg, »Ehemann ist kein Beruf, und das sage ich dir, du Vertreter der freien Liebe, ich werde mich niemals in meinem Leben mit einem Menschen zusammenketten lassen, verstanden? Ich will frei sein, absolut frei.« Ich starrte zur Decke, nagte an meinen Lippen, entgegnete nichts. Und als sie sich wieder beruhigt und meine widerstrebende Hand zu ihrem Nacken bugsiert hatte, sagte sie heiter: »Weißt du, wann du mich heiraten darfst? Wenn du als Matrose anheuerst.«

»Als Matrose?« Ich schaute sie mißtrauisch an. »Ja, im Juli besteigst du dein Schiff in Neapel und schipperst bis Feuerland, und von Feuerland dampfst du zum Indischen Ozean, und am Horn von Afrika kommst du in Seenot und rettest dich in einem Beiboot zum Strand.« – »Bin ich verletzt?« – »Nein, du hast nichts als Hunger und Durst und mußt dir eine Schlange braten, was Besseres findest du nicht. Und es vergehen sechzehn Tage, bis dir im glutheißen Buschland ein Taxi begegnet. Das hat vier Beine und schwarzweiße Streifen.« – »Ein Zebra«, vermutete ich. »Ja, ein Zebra, bei dem du aufsteigen darfst und das dich in Boosaasa am Hafen abliefert. Und aus Boosaasa schickst du eine Flaschenpost ab: ›Liebste Lili, ich brenne vor Heimweh, will deine Kehle abschlecken und an deinen Zehen nuckeln, und finde verdammt keinen Kahn, der mich mitnehmen will. Vor Ende Mai werde ich nicht zu Hause sein.‹« – »Und meine Flaschenpost, wirst du die finden?« wollte ich atemlos wissen. »Und ob!« sagte Lili, »hast sie ja an mich adressiert. Die braucht sieben Tage bis Ostia. Und kein Postbote kann sie verlieren oder stehlen. Naja«, Lili stieß einen Seufzer aus, »ich werde beim Lesen zu weinen anfangen.« – »Du wirst zu weinen anfangen? Warum?«

Ruckartig richtete Lili sich neben mir auf. »Mensch, Sebastiano, du kommst erst im Mai wieder heim und ich bleibe elf Monate Strohwitwe. In der Zwischenzeit werde ich grauhaarig. Und vollkommen eintrocknen, das ist ja klar, ohne Ehemann, der meine Kehle befeuchtet und in meinen Bauchnabel spuckt. Vor Gram werden mir Warzen und Barthaare sprießen, und wenn du endlich zu Hause bist, wirst du von einem Scheusal empfangen. Uffa, ein Scheusal mit Damenbart!« Ich betrachtete Lili verwirrt, die sich kichernd drei schwarze Locken ums Kinn legte. »Das mit dem Matrosen war deine Idee«, verteidigte ich mich energisch, »nicht meine!« – »Non fare lo stupido!« sagte sie ruppig, »wenn du als Matrose auf Reisen bist, wird uns unsere Liebe zerreißen. Ja, sie wird riesig sein und bis zum Mond reichen. Und ich werde mich nie mit dir langweilen. Oder mich ekeln vor deinen stinkenden Socken, einem verwachsenen Zehennagel und deinem strengen Geruch« – ich schnupperte heimlich an meiner Armbeuge – »und du wirst mich nicht zwingen, deine Schuhe zu binden oder dir deinen Schmalz aus den Ohren zu kratzen, wie das mein Vater verlangt. Weißt du, was er Mutter vor kurzem befohlen hat? Sie mußte Benzin trinken, ja, Benzin! Er kam mit dem Botschaftsmercedes heim und tobte, von einem Tankwart im Viertel Pigneto habe er billig verschnittenen Fusel bekommen, kein echtes Benzin, und von diesem Teufelszeug werde sein Motor zerfressen. Und um Mitternacht wachte er schreiend auf und rannte mit Mutter zur Gasse, wo sie probieren mußte, was er im Tank hat.«

»Ich werde dir niemals befehlen, Benzin zu trinken«, sagte ich nach einer Pause, und Lili kraulte mir meinen Bauch. »Das weiß ich, du nicht, mein Matrose nicht. Du wirst ja nie mehr als vier Wochen bei mir sein. Und die verbringen wir in einem Bett, mit dem man vom Garten zum Meer rollen kann. Du wirst stark sein und muskelbepackt und behaart, ja ein richtiges Fell wird das sein«, Lili nickte begeistert, »ein Fell, in dem Seepferdchen kleben, Korallen und schimmerndes Plankton. Und von deinen Weltreisen wirst du mir Tiere mitbringen, die mir meine Strohwitwenzeit vertreiben, zwei quasselnde Papageien, ein Stachelschwein, das mit seinen Stacheln den Fußboden fegt, und ein Tischfußball spielendes Lama. Und ich brauche ein Krokodil, mit dem ich im Tiber flußauf und flußab reiten kann.« – »Und was machst du sonst mit dem Krokodil?« – »Nichts, es planscht in meiner Wanne.«

Zu diesem Zeitpunkt war ich nicht mehr der scheue, bebrillte Knirps mit Segelohren, den Lili nicht ernst nehmen konnte. Ich litt an Stimmbruch, der mich zur Weißglut brachte, und hatte mich in den vergangenen Monaten heftig gestreckt. Alle in meiner Klasse waren kleiner als ich – und langweilten mich zu Tode –, und Lilis Vorsprung mochte auf ein oder zwei Zentimeter geschrumpft sein. In meiner Achselgrube krausten sich blonde Haare, und blonde Haare lockten sich um mein Geschlecht. Ich war meinen Kinderspeck los, ziemlich knochig und eckig, hatte ein schmales Gesicht, aus dem sich ein Kinn reckte, das ich zu spitz fand, an dem ich permanent kratzte und schabte, um es wieder platt zu bekommen.

Nein, ich wehrte mich nicht mehr, wenn Lili mich bat, sie zu streicheln, und meine Finger verspielt um Busen und Nabel zum Schoß lenkte. Aus zaghaften, kreisenden, beinahe verschlafenen Bewegungen erwachte sie zu einem Taumel, verkrallte sich mit einer Hand in der Decke, stemmte den Hinterkopf gegen das Bettgestell, zuckte und zappelte an meinen reibenden Fingern und klemmte sie zwischen den Schenkeln ein, um sie mit einem Schrei wieder loszulassen. Ein letzter Schauder erfaßte Lili. »Sebastian, lieber Sebastian!« hauchte sie und schob meine Finger beiseite. Lilis von Locken verhangenes Gesicht war erhitzt, ja fiebrig, wenn sie in behagliches Schnaufen verfiel und sich an mich schmiegte. Sie war weicher als sonst, umschlang und liebkoste mich mit einer Dankbarkeit, die mich verwirrte.

Und es verwirrte mich Lilis Erfahrung. Wann sie mir verriet, sie sei in einen Onkel namens Michele verliebt gewesen – den Bruder von Frau Beatrice –, das weiß ich nicht mehr. »In deinen Onkel?« erkundigte ich mich entsetzt, und Lili entgegnete frech: »Ist das etwa verboten? Außerdem ist er erst achtzehn.« Das war bestimmt keine Auskunft, die mich beruhigen konnte, im Gegenteil.

Ich starrte zur Ziegelsteindecke, an der sich zottelige Flusen im Luftzug bewegten, und schwieg verbissen, als Lili fortfuhr: »Stell dir vor, meine Großmutter war sechsundvierzig, als sie Michele zur Welt brachte. Einen Sohn – sie hatte ja nie einen Sohn bekommen – und das in diesem Alter! Endlich durfte mein Großvater eine blaue Schleife im Hauseingang anbringen. Er himmelte seinen Michele an, und bei meinen Tanten und meiner Mutter war das nicht anders, sie konnten dem Bruder nichts abschlagen. Er bekam, was er wollte, und wenn er sich schlecht benahm, etwas anstellte, fiel niemals ein hartes Wort, von einer Bestrafung zu schweigen. Als ich klein war, klaute er mir meine Puppen und verbuddelte sie in der Erde, und wenn ich mich schluchzend an Mutter wandte, ergriff sie Micheles Partei. Schuld sei ich, ich ginge mit meinem Spielzeug zu schludrig um. Ich fand meine Puppen nie wieder, die in der Erde verrotteten«, seufzte sie.

»Sagtest du nicht, du seiest in deinen Onkel verliebt gewesen?« bemerkte ich grollend, als sie eine Pause einlegte. »Zu dieser Zeit nicht, zu dieser Zeit haßte ich meinen Onkel aus tiefstem Herzen. Er folterte eine junge Katze, die ich in den Garten gelockt hatte und die bald zutraulich war. Weißt du, sie streunte bereits um den Mispelbaum, wenn ich zwischen sieben und acht eine Schale mit Milch brachte, Huhninnereien oder Fischreste, kletterte auf meine Schulter und spielte mit einem Wollfaden an meiner Strickjacke. Und was macht Michele? Beobachtet uns, kommt mir eines Tages um eine

Handvoll Minuten zuvor und schleicht sich mit einem Leckerbissen zur Mispel. Als ich beim Baum ankam, konnte ich sie nicht mehr retten. Sie zappelte kreischend auf einem Holzbrett, an das er sie mit einer Pfote genagelt hatte! Und keiner aus Mutters Familie, nicht meine Tanten, nicht meine Großeltern, wollten Michele zur Rechenschaft ziehen. Bei einem Jungen sei es normal, grob zu Tieren zu sein, meinte Mutter, er habe halt angeben wollen vor mir.«

Nachdenklich kratzte sich Lili am Ohr. »Ich habe sie niemals vergessen, diese Geschichte, trotzdem schaffte er es, mir den Kopf zu verdrehen. Bei unseren Aufenthalten in Gubbio, in den Monaten vor meinem letzten Geburtstag, benahm er sich freundlich und aufmerksam. Wir preschten auf seiner Lambretta zur Stadt, wo wir Eis leckten, Tischfußball spielten und flipperten, und als er von meinem Heißhunger auf Himbeeren erfuhr, verschwand er im Wald und kam mit einem Glas voller Himbeeren nach Hause. Außerdem war er inzwischen recht ansehnlich. Na, und in den Tagen vor meinem Geburtstag, als wir auf seinem Bock bis Perugia rasten oder zum Baden ans Meer, machten wir Rast in einem verfallenen Haus in den Feldern, einem verlassenen Werkzeugschuppen und Maultierstall. Das hatte kein Dach mehr, war feucht und verdreckt, bis auf eine Ecke, die leidlich sauber war und in der ein verschlissenes Sofa stand, was mich komischerweise nicht mißtrauisch machte. Klar«, sagte Lili und zog beide Knie an, »ich war zu verliebt und zu neugierig, um mich nicht von Michele umarmen und aufs Sofa bugsieren zu lassen. Er faßte mich an, bis mir schwindlig war. Und mit dem Versprechen, er wolle mir etwas Besonderes zeigen, wand er sich aus seiner Hose. Er zog eine Schnute, war schwer beleidigt«, prustete Lili, »als ich erwiderte, was an seinem Stecken Besonderes sei, seit Jahren hebe unser Priester von S. Giovanni Battisti dei Cavalieri im Beichtstuhl seine Soutane, um mich mit seinem

Specht zu beeindrucken. Und in meiner Kindheit sei ich der Meinung gewesen, ausschließlich Geistliche bis hoch zum Papst seien im Besitz eines dicken pulsierenden Schwanzes. Ob ich bei meinem Priester erlernt habe, was man mit einem Stengel anstellen kann, grunzte Michele verdrossen und vergaß seinen Mißmut, als ich verneinte und er es mir beibringen konnte.«

Lili musterte mich verstohlen. »Ich sagte dir ja, ich war in meinen Onkel verliebt und bildete mir dummerweise ein, er habe sich seinerseits in mich verschossen. Und je giftiger meine Tanten zischten und zischelten, ich sei ein Scheusal, das seine Aufmerksamkeit nicht verdient habe, um so lieber brauste ich mit meinem Onkel zum Steinschuppen in den Feldern. Bald wollte er mich allerdings nicht mehr anfassen. Bestimmte Dinge seien zwischen Verwandten verboten, das war seine Ausrede! Ja, wenn ich mich fest an Michele preßte und meine Beine mit seinen verknotete, machte er sich von mir los und fauchte, ob ich etwa schwanger werden und ein Monstrum zur Welt bringen wolle. Er behandelte mich von Tag zu Tag schlechter, war launisch und roh, befahl mir, vorm Sofa zu knien und mit seinem Specht zu wedeln, und als ich mich weigerte, zerrte er mich mit Gewalt an den Haaren zu Boden. Onkel Michele sei in mich verliebt, das konnte ich mir nicht mehr einreden, und ich floh aus dem Schuppen ins Freie. Verschiedene Lastwagen hielten an, um mich mitzunehmen, ich winkte ab, wollte mit meinem Kummer allein sein. Erst in der Nacht war ich wieder in Gubbio. Und statt besorgt zu sein, keifte Mutter, die mich im Hausflur empfing, mich zur Tochter zu haben, das sei eine Schande, sie kenne kein falscheres Ding als mich, und ich solle mich schleunigst im Bett verkriechen, sonst vergesse sie sich. Ja, meinen Geburtstag am anderen Tag beging ich alleine im Dachzimmer, das sie zur Strafe verschlossen hatte. Ich weiß nicht, was Onkel Michele sich hatte einfallen lassen, um mich in den Schmutz zu ziehen, ich habe es niemals erfahren. Es hatte ja keinen Zweck, sich gegen seine Geschichte zu wehren, man glaubte mit Sicherheit eher Michele als mir, und außerdem fand ich es besser, meine Erlebnisse zu verschweigen. Zur Erleichterung meiner Tanten«, kicherte Lili, »schneidet er mich bis heute, wenn wir in Gubbio auftauchen, Mutter und ich.«

Es war nicht allein Lilis Geschichte, die mich verunsicherte – es waren Lilis schnippische Antworten, wenn ich sie aushorchte: »Und deine Freundinnen wissen von uns? Warum sagst du es nicht deinen Freundinnen?«, und sie halb belustigt, halb bockig erwiderte: »Und warum sollen sie von uns erfahren? Um auf dem Schulhof zu klatschen? Meine Freundinnen werde ich einweihen, wenn ich richtig verliebt bin, zum Sterben verliebt!« Und wenn ich mein Gesicht an der Mauer verbarg, streichelte sie meine Schulter und meinte: »Was hast du? Was ist mit dir los? Habe ich dich verletzt? Du bist ein Kindskopf, Sebastian, du nimmst zu ernst, was ich sage. Ich wette, ich werde mich niemals richtig verlieben, das ist zu peinlich und dumm.« Ich schluchzte ins Kissen: »Und deine pummelige Freundin, die du beauftragt hast, den Zettel zu Menzing ans Schultor zu bringen?« Schnaubend sprang Lili vom Bett: »Was willst du von mir? Das sind Dinge, die dich nichts angehen. Ich bin dir nichts schuldig, mein Lieber«, und ließ mich im Keller allein.

Ich mied unseren Bretterverschlag sechs Tage. Hatte sie recht, war ich kindisch und dumm? Oder verwirrte sie mich absichtlich? Nachts rieb ich kummervoll an meinem Specht, bis er bemitleidenswert blau anschwoll und meine Finger erlahmten. Am Tag lehnte ich mich aufs Fensterbrett und schaute den Zwillingen zu, die zum Gassenknick tippelten, das vom Regen verwaschene Schild abrissen und ein neues anbrachten, das mindestens doppelten Umfang besaß und aus festerer

Pappe war: »Gott kann es keinem vergeben, wenn er seine Heiligen beschmutzt und beleidigt! Pregatevi!« Ich bemerkte ein fiebriges Ziehen im Herzen, war wechselweise dem Weinen nah oder verschloß mich in Ohnmacht und Trotz gegen Lili, die aus dem Botschafterschlitten stieg, ohne den Kopf zu heben und mir vom Hauseingang zuzuwinken. Nein, sie klopfte nicht bei uns an, um zu erfahren, was mit mir los sei. Sie steckte meiner bei Sassolinos mit Schlangenhaut und Goldfischen spielenden Schwester keine heimliche Nachricht zu, mit der sie mich flehentlich bat, sie im Keller zu treffen. »Solltest du mir nichts mitbringen?« fuhr ich meine Schwester an, die Lilis Zettel verschlampt haben mochte. Es half leider nichts, sie zu knuffen, am Zopf zu ziehen, von einer Seite zur andern zu schleudern. Ich bekam nichts zur Antwort als ohrenzerreißendes Flennen.

Ich hielt es nicht aus ohne Lili. Und mit klopfendem Herzen – es klopfte mir bis zum Hals – stahl ich mich am Mittag zum Bretterverschlag, wo ich sie beim Lesen antraf. Hustend hockte ich mich auf den Bettrand, und sie schaute vom Buch hoch, das sie im Schoß hielt, musterte mich eine halbe Minute, streng oder verdrossen, ich kann es nicht sagen, ich schaute verlegen zu Boden. »Ich hatte beschlossen, nie mehr in unser Versteck zu kommen, falls du heute nicht auftauchst, Sebastian«, sagte sie. »Um so besser, wenn du dich berappelt hast.« Sie klatschte das Buch zu, packte mich an meinen Schultern und zog mich aufs Kissen.

4

»Was hast du zwischen den Beinen, Sebastian?« Im Schneidersitz hockte Lili am Fußende unseres Bettes und beugte sich vor, um an meinen Zehen zu saugen. Es zwickte und rieselte in meinem Bauch, es kitzelte an meinen Fingern und Fußsohlen, und ich keuchte vor Wonne ins Kissen. Oh, das war besser als Eis oder Himbeeren essen, mit meinem Fahrrad bergab sausen oder beim Warmduschen heimlich ins Duschbecken pinkeln! Ich schloß meine Augen, stemmte mich gegen den brennenden Reiz in den Eingeweiden. Inzwischen leckte sich Lili von meinen Zehen zum Schienbein, vom Schienbein zum Schenkel hoch, versenkte sich in meiner Pofalte, bis sie klatschnaß war, und spielte mit meinen Hoden, schob sich mit Nase und Lippen zum Specht, der feuerrot aufragte und gegen Lilis Gesicht wippte, gierig vor Lust. Ich verkrallte mich fieberhaft in der Matratze, als sie endlich den Specht mit den Lippen verschlang, an dem sie lutschte und leckte, zerrte und zog, bis etwas in meinem Innern zerplatzte und ich mich zuckend in Lili entlud.

»Was hast du zwischen den Beinen, Sebastian?« kicherte Lili erneut und wischte sich Lippen und Kinn mit zwei Fingern ab. Benommen und selig hob ich den Kopf vom Kissen und schaute sie ratlos an. »Einen verschrumpelten Wurstzipfel«, prustete sie, »und wenn sich dein Wurstzipfel aufpumpt, wird er zu einem wetterschiefen Turm mit blauem Ballon. Und ich«, Lili stupste mich auffordend an, »was habe ich zwischen den Beinen?« Ehe ich mich vor Lilis Geschlecht knien und antworten konnte, entdeckte ich an der von Sonne beschienenen Ziegelsteindecke vorm Bretterverschlag einen Schatten.

In den vergangenen Wochen hatten Lili und ich unsere Vorsicht vergessen. Wir waren zu vertieft gewesen, um auf Sassolinos ausgiebiges Hupen zu achten, das unser Signal war, sich schleunigst zu trennen. Ansonsten verließen wir unser Versteck, bevor sich an der einen Bogen beschreibenden Kellerdecke ein Sonnenstrahl zeigte, der um die Spinnweben strich. Meistens war ich es, der aufpaßte. Ich beugte mich zu meiner Armbanduhr, die sich, zusammen mit meiner Brille und Lilis silberner Halskette, an der ein Kruzifix baumelte, auf einem Dash-Karton neben dem Bett befand. Es belustigte sie, wenn ich meine kurzsichtigen Augen zusammenkniff, um zu melden, es sei vierundzwanzig Minuten vor vier oder, mit alarmierter Stimme, sechzehn Minuten vor sechs. Mich ins Ohr kneifend, kicherte sie: »Und wie viele Sekunden, mein liebster Deutscher?« Erst in der letzten Zeit hatte ich meine an Panik grenzende Aufmerksamkeit verloren, schenkte ich Uhrzeit und Sonnenstand keine Beachtung mehr.

Es war Sassolinos Schatten, der auf uns zuflog. Aus einem Plastiksack, den er im Arm hielt, blinzelte ein Batteriekasten, den er im Kellerabteil hatte abstellen wollen. Kalkweiß im Gesicht stierte er uns an. Seine rechte Hand schloß sich im Zeitlupentempo zu einer dicken, behaarten Faust.

Als er den Plastiksack krachend zu Boden fallen ließ, der den Dash-Karton mit meiner Brille um ein oder zwei Zentimeter verfehlte, bis zum Scheitel blau anlief, mit bebender Kinnlade stammelte: »Hure! Du Hure!«, erwachte ich aus meiner Starre. Ich hopste vom Bett, um Reißaus zu nehmen – und sprang in seine steinharte Faust. Sie knallte mit einer Wucht gegen meine Brust, die mich wieder ans Fußende schleuderte, wo ich benebelt zusammensackte und sich mein Magen entleerte. Ich spie eine gelbbraune Suppe aufs Bett, in der Kartoffelmus, faserige Fleischreste und halbverdaute Karotten schwammen.

Anzunehmen, ich wirkte bemitleidenswert in meiner zitternden Nacktheit. Oder es war dieser widerlich saure Geruch, der von meinem Erbrochenen aufstieg und Botschaftschauffeur Sassolino bremste. Ich weiß nicht, ob eine Minute verging, eine halbe, in der er zu keinem Entschluß kam, seine Chauffeurskappe abnahm und sie wieder aufsetzte und in der nachtblauen Uniform kramte, bis er ein Taschentuch fand. Ohnehin neigte er zu starkem Speichelfluß, den seine Tollwut erst recht anregte. Er fand keine Gelegenheit, sich seine schaumigen Lippen zu trocknen. »Du bist ein Faschist«, zischte seine Tochter, »ein sich an Kindern vergehendes Faschistenschwein!« Das konnte sich Sassolino nicht bieten lassen. »Und du?« heulte er, sich mit Wut aufpumpend, »ich bringe dich um, maledetta puttana!« Er holte zu einem zweiten Schlag aus und bekam es nicht rechtzeitig mit, als seine Tochter sich blitzschnell zur Wand rollte.

Sassolino verlor seinen Halt. Er knallte ans eiserne Bettgestell mit seinem kaputten Knie – das er vor Vater als Kriegsverletzung vom Afrikafeldzug ausgab und in Wahrheit seiner besessenen Fußballerei verdankte, der er inzwischen, zwangsweise, entsagt hatte –, stieß einen Schmerzensschrei aus und plumpste aufs Kissen.

»Schachmatt!« kommentierte Lili bissig, die nackt und verfroren an der Mauer lehnte. Ich zeigte auf Sassolino, der keine Anstalten machte, sich zu bewegen, und stotterte: »Ist er, ich meine, tot?« Sie schaute mich mißmutig an. »Leider nicht! Und du solltest dich anziehen und abhauen. Ich schaukle das mit meinem Alten, was in deiner Gegenwart schwieriger ist, verstehst du? Zieh dich an und hau ab!« fauchte sie, als ich zauderte. Vorsichtig umrundete ich Sassolinos Beine und seinen dicken Hintern, schnappte mir Brille und Armbanduhr, meine verstreuten Klamotten und rettete mich in den dusteren Kellergang.

»Aufwachen«, polterte sie, als ich außer Gefahr war, und zerrte an Vater Paolos Chauffeurskappe, die mit dem Schirm zwischen Kissen und seinem vergrabenen Gesicht klemmte. Er kam wieder zu sich, hob anfangs nicht mehr als den Kopf und starrte zur Tochter, die sich in der filzigen Decke verkrochen hatte. »Ich bringe dich um«, drohte er mit erstickter Stimme, »ich breche dir alle Rippen, bis du blutiger Brei bist, verdresche ich dich!« – »Von wegen«, entgegnete Lili, »das wirst du bleiben lassen, und weißt du, warum?«

Mir stockte der Atem bei Lilis Frechheit. Seelenruhig hockte sie an der Mauer und machte sich lustig, als Vater Paolo einen ersten vergeblichen Anlauf nahm, auf seine Beine zu kommen. »Du Schlampe, du schamlose Fotze«, brabbelte Sassolino, der wieder aufs Bett sank. Sein zweiter Versuch war erfolgreicher. Schleppend schob er sich von der Matratze hoch, nicht ohne seine Chauffeurskappe an sich zu ziehen, und kniete aschgrau auf dem Boden. »Du wirst mich nicht anfassen! Und nichts verraten! Wehe, du bringst mir den winzigsten blauen Fleck bei oder verpfeifst Sebastian an seine Eltern, verstanden?« – »Dir wird dein Schnattern vergehen, und zwar bald!«

Wimmernd kroch Sassolino zu einem der Bettpfeiler, an dem er sich hochziehen wollte. »Bleib, wo du bist«, keifte seine Tochter, »sonst weihe ich Mutter in deine Geschichte ein.« Er stutzte. »In meine Geschichte, was soll das heißen?« – »Du weißt, was das heißt. Sie wird von deiner Schnepfe erfahren, die du sonntags im Pinienwald Ostias fegst. Der du massenhaft Geld in den wackelnden Entenarsch steckst, Geld, das du Mutter verweigerst. Das sind Neuigkeiten, die sie erfreuen werden!«

Atemlos hatte ich mich beeilt, in meine Sachen zu kommen, was mir beinahe mißlang – ich zitterte mit meinen Fingern zu stark, um mein Hemd zu schließen, verstrickte mich in einen endlosen Kampf mit den Hosenbeinen und wußte vor Aufregung nicht mehr, was linke, was rechte Sandale war. Endlich konnte ich Luft holen, war fluchtbereit, falls es erforderlich werden sollte, und lauschte am Bretterverschlag, beobachtete Sassolinos verwischte Gestalt durch den Spalt zweier Latten. Im Dunkel, das schrittweise Abwasserrohre und staubige Korbflaschen, Auto- und Motorradreifen, verschimmelnde Zeitschriftenstapel, verschiedene Beutel mit Kleidern und Spielzeug verschluckte, war von seiner Tochter nicht mehr zu erkennen als ein grauer, verschwimmender Schatten.

Um so fester, entschiedener klang Lilis Stimme. »Wenn ich Mutter das stecke, bist du erledigt. Und falls du mich anfassen solltest, wird sie es erfahren, das verspreche ich dir.« – »Was soll das, du Nutte?« schrie Sassolino, »das ist ja nichts als verdammter Unsinn!« – »Deine falsche Blondine ist eine Nutte, nicht ich«, entgegnete Lili kalt, »und was deinen Unsinn angeht: Der nennt sich Silvia, ist einundzwanzig, kommt aus Salerno, lispelt zum Steinerweichen und arbeitet aushilfsweise bei der Botschaft als Telefonistin. Vom Beinespreizen in deinem Mercedes verspricht sie sich sicher, ein fester Bestandteil der Botschaft zu werden«, spottete Lili, »na ja, als lispelnde Telefonistin darf man bei der Wahl seiner Mittel nicht zimperlich sein.« – »Silvia ... Silvia, kenne ich nicht«, erwiderte Vater Paolo, zu zaghaft und mutlos, um glaubhaft zu wirken. »Du beschenkst sie mit Schuhen und Minikleidern, Biber- und Fuchspelzen, Halsketten, Ringen, und willst mir weismachen, sie nicht zu kennen?« – »Sie hat nie einen Pelzmantel von mir bekommen«, versetzte er aufbrausend und sank auf den Bettrand, als er begriff, sich verraten zu haben.

Von Sassolinos Verteidigungsrede, die seine Tochter benutzte, um aus der Decke zu krabbeln, im Finstern mit Hilfe der Taschenlampe Slip und BH, Kleid und Schuhe vom Boden zu sammeln, habe ich nicht viel behalten. Wenn ein Mann seines Alters Erfolg haben wolle, brauche er Feuer und Leidenschaft, und das, was man Risiko nenne. »Er muß sich entscheiden, ein Raubtier zu sein und keine Gefahren zu scheuen, oder er wird zum Gespenst und kann sich bei Lebzeiten einsargen lassen.« Anzunehmen, ich verließ den Keller, ehe er mit seinem Redeschwall fertig war. Und es sollte mein letzter Besuch im Versteck bleiben, trotz Sassolinos Verzicht darauf, seine drekkige Hure von Tochter zu blutigem Brei zu hauen.

Meinen Eltern verriet Sassolino nichts. Um so strenger behielt er uns beide im Auge, kam zu den ungewohntesten Zeiten nach Hause und stapfte zum Bretterverschlag, ausgiebig fluchend, wenn er seine Tochter nicht in der Wohnung antraf. »Bewachen, du mußt sie bewachen«, herrschte er Frau Beatrice an, die nicht beantworten konnte, wo Lili sich aufhielt, »sie hat Flausen im Kopf, ist dir das entgangen?« Verdattert entgegnete Frau Beatrice: »Flausen im Kopf? Sie wird sechzehn, ich bitte dich. Bei einer, die sechzehn wird, ist das normal.« – »Du bist blind«, kreischte Botschaftschauffeur Sassolino und polterte wutentbrannt aus seiner Wohnung. Wenn wir uns begegneten, sei es im Treppenhaus, sei es in Schuster Fabrizios Werkstatt, wo er Vater beim Ausmisten oder Regalbauen half, warf er mir erbitterte Blicke zu, eisige Blicke, die mir ins Mark gingen.

Ich ließ mich klein machen von meiner Furcht. Um den einsamen Platz am Gianicolo aufzusuchen, den sie mit einem Kreuz auf dem Stadtplan versehen hatte – Uhrzeit und Buslinie waren am Rand vermerkt –, hatte ich keinen Mut. Am Nachmittag, als sie im kniehohen Gras unsere mottenzerfressene Decke ausbreitete, sich erst ausstreckte, Grashalme abriß und kaute, Hunger bekam und zwei Weißbrote aufaß, sich wieder zu Boden warf, summte und einschlief, hockte ich in meinem Zimmer daheim, starr vor Verzweiflung und Reue.

Eine furchtbare Woche verging, in der Lili mich mied und bei einer Zufallsbegegnung im Hauseingang voller Verachtung schnaubte: »Du bist ein schrecklicher Feigling, Sebastian.« Aufgeben wollte sie allerdings nicht. Und Lili war einfallsreich.

Mitte August sollte sie eine sturmfreie Bude besorgen. Es handelte sich um das Zimmer der pummeligen Freundin, die mit der Familie ans Meer fuhr und Lili erlaubt hatte, es zu benutzen. »Wir haben drei Tage«, ermahnte sie mich, »am Dienstag will Mutter nach Gubbio reisen, und er hat mir verboten, zu Hause zu bleiben.« Er – das war Botschaftschauffeur Sassolino, der mir mit seinem Schatten, den ich an der Ziegelsteindecke im Keller entdeckt hatte, riesenhaft, schwarz und bedrohlich vor Augen stand. »Du wirst kommen, Sebastian, nicht wahr?« wollte sie von mir wissen, und als ich verlegen von einem Fuß auf den andern trat, warnte sie mich: »Wehe, wenn du mich wieder versetzt!«

Als sie im September aus Gubbio nach Hause kam, beachtete sie mich nicht mehr. Sie behandelte mich, als sei ich aus Luft oder einer von diesen pickeligen Schulkameraden, die man nicht ernst nehmen kann und leider in Kauf nehmen muß. Wie in der ersten Zeit, als sie mich kalt hatte abblitzen lassen, scharwenzelte Lili im Pausenhof wieder ums Eisentor, wo Konrad Menzing inzwischen allein lehnte – eine Bande zu haben war Kinderkram, er hatte beschlossen, ein einsamer Wolf zu werden –, sich in Comics vertiefte und rauchte.

Um so verstockter verhielt ich mich und machte sie schlecht, wo ich konnte, nannte sie ein verdorbenes Aas, eine schamlose Hure und streute Bemerkungen ein, die meine Erfahrung belegten. Im Schulzimmer war ich ein Aufschneider, der grimmig Erlebnisse andeutete, die meine Altersgenossen beeindruckt und neugierig aufschnappten, und erst wenn ich allein zur Bushaltestelle trottete, war mir schwindlig vor Kummer und Scham.

Zu Hause wich ich meiner Mutter aus, die ein Streichholz anriß und den Gasofen ansteckte, um mir mein am Vortag verweigertes Essen warm zu machen, und warf mich aufs Bett. »Ich esse nichts«, schrie ich aus meinem verschlossenen

Zimmer, als Mutter beharrlich klopfte, und erstickte mein Schluchzen im Kissen.

Ein heiterer, warmer September verstrich mit flammenden Wolken am Himmel nach Sonnenuntergang, im Fledermauszickzack einbrechender Dunkelheit und Frangipanes frisch glitzernder, traubenbehangener Pergola auf der Terrasse bei Tagesanbruch. Und ich verbockte mich in meiner Finsternis.

In einer Nacht schlich ich heulend zum Umzugskarton, in dem Giulio Picciottis Beretta versteckt war. Ich betrachtete seine Pistole von allen Seiten und preßte sie gegen mein Ohr. Nein, ins Ohr schießen wollte ich mir lieber nicht. Bei dem Knall mußte mir ja das Trommelfell platzen, und ums Trommelfell tat es mir leid. Abwechselnd hielt ich Picciottis Beretta an meine Stirn, bohrte sie in mein Kinn, wo sie mich kitzelte oder zu kalt war, und als ich sie in meinen Rachen schob, schreckte mich der seinen Keller verlassende, summend zum Hauseingang schlendernde Vater auf. Mit Vater im Nacken, der sich nebenan zum Sonettdichten an seinen Schreibtisch setzte, hatte ich keine Ruhe, um mich zu erschießen. Flink kroch ich ins Bett und schlief auf der vom Kissen verborgenen Weltkriegspistole ein.

Ein Zufall, ein dummer Zufall war es, der unserem Botschaftschauffeur einen Schlag versetzte, von dem er sich nicht mehr erholte. Eines Staatsbesuchs wegen war Sassolino in diesen Tagen besonders stark eingespannt, und Frau Beatrice, die Telefon-, Wasser- und Gasrechnung zu begleichen und kein Bargeld im Haus hatte, lief kurz entschlossen zur Bank. Sie schwenkte den Ausweis, verlangte Geld und nannte dem Schalterbeamten eine der Kontonummern, die Sassolino aus Angeberei in unserem Wohnzimmer ausposaunt hatte. Und wie sich zeigte, hatte ich keine Ziffer verwechselt oder vergessen, als ich sie Frau Beatrice verriet.

Zwar existiere ein Konto der Nummer, und sein Besitzer sei

zweifelsfrei Sassolino, meinte der Schalterbeamte, kramte in seinen Papieren, begutachtete Beatrices Ausweis und hielt sein Gesicht in den Luftstrom des Ventilators, der auf der Platte aus rotbraunem Marmor stand. »Ja, und?« wollte Frau Beatrice wissen. »Sie sind leider nicht zeichnungsberechtigt. Ohne Vollmacht der beiden Personen, die zeichnungsberechtigt sind, darf ich nichts an Sie auszahlen. Und das mit der Vollmacht ist ein kompliziertes Verfahren.« Langatmig setzte er Frau Beatrice das »komplizierte Verfahren« auseinander, bis sie vollkommen verwirrt war, den Ausweis einsteckte und sich zerfahren verabschiedete.

Siedendheiß fiel es unserer Nachbarin ein. Atemlos machte sie kehrt und keilte blindlings den Kunden beiseite, den der Schalterbeamte inzwischen bediente. »Und wer, sagten Sie, wer ist zeichnungsberechtigt?« Sie scherte sich nicht um den schimpfenden, mit einem Packen aus Geldscheinen wedelnden Mann, als der Schalterbeamte erwiderte: »Sassolino und seine Cousine. Silvia ...«, er schaute in seine Papiere, um sicherzugehen, »ja, Silvia Cusano.« – »Sassolino hat keine Cousine, die Silvia Cusano heißt«, wetterte Beatrice. »Es mag sich um eine entfernte Verwandte handeln, die Sie nicht kennen«, schlug der Schalterbeamte verlegen vor. »Nie und nimmer!« donnerte Frau Beatrice und verpaßte dem Kunden, der tobte, dies sei eine Bank und kein Amt zur Ermittlung vermißter Verwandter, einen Fußtritt. Dem Mann fiel das Geldscheinpaket aus der Hand, und er warf sich zu Boden, um seine Banknoten wieder zusammenzuklauben. Das war eine widrige Aufgabe. Zwischen den brausenden Ventilatoren der Halle stoben sie in alle Richtungen. »Was soll ich machen, verraten Sie mir, was ich machen soll, wenn sich zwei Kunden vor mir als Cousine und Onkel anreden«, verteidigte sich der Beamte schreiend, beim Trubel, der angesichts flatternder, schwebender, kreiselnder Scheine im Schalterraum ausbrach, »hinsichtlich unserer Kontobedingungen bin ich nicht verpflichtet, zu kontrollieren, ob sie miteinander verwandt sind.« Mit einem Geldschein im Blusenausschnitt, den sie nicht bemerkte, stolperte Frau Beatrice benommen nach Hause.

In den folgenden Wochen kam es bei Sassolinos zu handfesten Streitereien, wie sie uns sonst aus der Erdgeschoßwohnung bekannt waren. Es war allerdings Botschaftschauffeur Sassolino, der sich um Mitternacht oder zu anderen Tageszeiten vor Frau Beatrice in Sicherheit brachte und panisch zur Gasse floh, wenn sie mit Eiern und Fleischmessern warf, heißen Kaffee oder kochendes Wasser in sein Gesicht kippen wollte. Seine Flucht war ein Schauspiel, das Erzfeind Antonio Orizio sich nicht entgehen ließ. Ja, er legte sich lieber ins Wohnzimmerfenster, um den fliehenden Botschaftschauffeur zu verspotten, als Schwester und Frau zu verhauen.

Wir hatten Frau Beatrice niemals als zankhaften Menschen erlebt. Sie konnte rauh oder fuchsig werden, sich Unmut und Groll von der Seele reden, bis sie verflogen, das ja. Nie war sie anhaltend aufgebracht oder verbittert. Besonders duldsam verhielt sie sich gegen Ehemann Sassolino, verzieh seine Launen, beschwerte sich nicht, knapp bei Kasse gehalten zu werden, und war ab halb sieben Uhr morgens im Einsatz. Sie legte sein Hemd zurecht, seine Krawatte, half Sassolino, der zu bequem war, sich zum Sockenanziehen zu verbiegen, beim Ankleiden und rasierte den Botschaftschauffeur, wenn er Kaffee trank, an einer Zigarre saugte und sich seiner Sportzeitung widmete.

Sassolinos Betrug machte Frau Beatrice zur Furie. Er hatte sie mit einer Liebschaft verraten. Das war schlimm. Schwerer wog es, sie mit seiner Freundin als Kontoinhaberin erniedrigt zu haben. Nichts stimmte mehr in der Welt, die sie kannte oder zu kennen geglaubt hatte, und Frau Beatrice verlor den Halt. Sie wehrte sich gegen den Taumel, von dem sie erfaßt worden war, mit Rachsucht und Raserei. »Ich lebe im Finstern«, seufzte sie Mutter vor, »ich weiß nicht, warum, vor allem, was ich anfasse, ekelt es mich.« Sie aß nicht und magerte ab, wirkte bald gespenstisch im fleckigen Arbeitskittel, den sie aus Gewohnheit beim Aufstehen umwarf. Nein, sie war nicht mehr imstande zu arbeiten, hockte verbittert und kraftlos Stunden um Stunden beim Herd, ohne sich zu bewegen.

Entsprechend sah Botschaftschauffeur Sassolino aus, der seinerseits mehrere Pfunde verlor. Er hatte verknitterte Hemden an, war miserabel rasiert und seine Schuhsenkel schlenkerten lose in alle Richtungen. Seine Krawatten hingen schief, waren plump verknotet, oder er band sich versehentlich einen von Frau Beatrice aus Rachsucht zerschnittenen Schlips um den Hals, mit dem er verschlafen und dusslig – er mußte ja ohne Kaffee aus dem Haus – seinen Dienst antrat.

Es handelte sich, dummerweise, um einen seiner drei schwarz-rot-goldenen Schlipse, der dem Botschaftschauffeur bis zum Brustbein reichte und an einen Stummelschwanz denken ließ. In der Botschaft erregte er Aufsehen mit seiner zerschnibbelten deutschen Krawatte. Er mußte zum Protokollchef, dem er versicherte, hoch und heilig versicherte, nein, er habe mit seinem Aufzug keine politische Absicht verfolgt und bestimmt Deutschlands Ansehen nicht schaden wollen. Ein Happening sei es bestimmt nicht gewesen, er wisse ja nicht, was ein Happening sei. Mit einer scharfen Verwarnung – und einer neuen Krawatte, die er sich im Hof von einem befreundeten Wachmann umbinden ließ – durfte er aus dem Amtszimmer schleichen.

»Ich habe mein Leben vergeudet, an einen Nichtsnutz vergeudet«, schluchzte Frau Beatrice und stocherte lustlos im Nudelgericht, das Mutter gekocht hatte, um sie zum Essen zu zwingen. »Und wenn ich an meine Aussteuer denke! Viel war es ja nicht, was ich hatte, wir waren sechs Schwestern und Vater kein reicher Mann, und trotzdem, ich brachte sie in unsere Ehe ein, zwei Stapel kostbarer, bestickter Leinen. Und den Teil, den wir aufsparten und nicht mehr brauchten, als es uns besser ging, hat er verscherbelt, ohne mich um Erlaubnis zu bitten. Er hat sie heimlich verkauft, und wer weiß, ob er das Geld nicht benutzt hat, um seine Schlampe ...«, sie sprach nicht zu Ende. Dicke Tropfen kullerten aus Beatrices Augen aufs Nudelgericht.

An einem anderen Tag winkte sie uns erregt von der Treppe ans Radio, das auf dem Eisschrank Radau machte. »Unsere Familie ist in Gefahr«, schrie eine bebende Stimme, »unsere Familie, Wiege der Heiligkeit, Hort der Gesundheit und Herd unserer besten Ideen und tiefsten Empfindungen! Ich sage euch, wenn es zum Scheidungsrecht kommt, bricht der Damm, und bald werden in unserem Vaterland homoerotische Ehen erlaubt sein. In unserem Land! In Italien! Stellt euch vor, eure Ehefrau bricht von zu Hause aus, um mit einem halberwachsenen Flittchen abzuhauen. Sollen wir das zulassen? Niemals!« kreischte es vielstimmig aus dem schwarzen Kasten. Aufgebracht packte Frau Beatrice das Radio. Sie brach seine Antenne ab, wollte es in eine Ecke schleudern, was Mutter verhinderte. »Bitte, beruhigen Sie sich, meine Liebe!« – »Ich mich beruhigen?« Im schlotternden Kittel, mit wirren Haaren und aufstampfend stand sie vor Mutter, die inzwischen das Radio erobert hatte und blind am Antennenstumpf spielte. »Ich darf mich von einem Lumpen nicht scheiden lassen, und werde mit Dreck beworfen, bezichtigt, auf andere Frauen zu fliegen, auf Backfische scharf zu sein, und ich soll mich beruhigen?«

Wann beide begannen, Frau Beatrices Trennung von Ehemann Paolo in allen Einzelheiten zu planen und vorzubereiten, das kann ich nicht sagen. Rasch fanden sie eine erschwingliche Wohnung im elften Stock eines Neubaus in Garbatella, drei luftige Zimmer mit einer nach Osten gelegenen Terrasse. Schwieriger war es, Frau Beatrice zu einem

Arbeitsplatz zu verhelfen. Sie war nicht mehr jung, ohne Ausbildung und hatte keine Beziehungen vorzuweisen. Frau Beatrices Bekannte mit Einfluß waren ausnahmslos Freunde von Botschaftschauffeur Sassolino, und die konnte man leider nicht einspannen. Mutter beriet sich mit Frangipane, der nie seine tiefe Verachtung gegen unseren Wohnungsvermittler verhehlt hatte. »Nichts als Geld im Kopf hat dieser windige Kerl! Den fechten Anstand und Regeln nicht an. Nein, er pfeift auf sie, findet sie hinderlich. Ein lausiger Aufsteiger, der seine Wurzeln vergessen hat, ohne Kultur oder Bildung. Was hat er neulich behauptet, als er mir eine Votivbronze mit zwei Stieren und einem Bauern andrehen wollte? Quasselt von unserer Herkunft, vom mythischen Rom, von Romulus und Remus, und sagt dauernd: Remulus. Der heißt Remus, verbessere ich, und er wird fuchsteufelswild, ja beginnt zu kreischen, Remulus hieße der, ich sei im Irrtum. Und am anderen Vormittag folgt er mir hupend und aufblinkend mit seinem Botschaftsmercedes bis vors Kriegswaisenamt, und warum?, um mich zu belehren, der Bruder von Romulus nenne sich Remus, er habe recht und nicht ich! Und was mit der Votivbronze werden solle, er halte sein Angebot aufrecht. Dieser, ach«, Frangipane verbiß sich ein Schimpfwort, »er ist ein Serienmensch, ja, Leute vom Schlag Sassolinos verfertigt man heute in Massen. Er ist nicht aus Holz – wer aus Holz ist, der hat einen Ursprung, Geschichte, Charakter. Er ist nicht aus Lehm, erdverbundenem, ehrlichem Lehm, dem es zwar an Bewußtsein mangelt, der allerdings Demut und Ehrfurcht kennt. Und aus was ist er? Aus knalligem Plastik, ein industrielles Produkt!«

Botschaftschauffeur Sassolino zu schaden war eine Sache, die Frangipane reizte. Zwar konnte er sich nicht enthalten, gegen Beziehungswesen und Vetternwirtschaft zu wettern und seine Anklagen in einen druckreifen Vortrag zu gießen, und erst Mutters Bemerkung, er habe ja keinen Verwandten, dem er seine Stelle verdanke, bremste unseren adligen Nachbarn. Er bekannte zerknirscht, er sei schwach, oh ja, vollkommen verdorben von einem Land mit rohen, verheerenden Sitten. Und brauchte keine zwei Tage, um Frau Beatrice zu einer Anstellung zu verhelfen. Ab 1. November stand sie in einer Reinigungsanstalt an der Mangel, die einer von Frangipanes Mitarbeitern im Kriegswaisenamt nebenbei betrieb.

Ja, Frangipane schoß bares Geld vor, mit dem sie sich in der neuen Wohnung an der Piazza Pantera einrichten konnte. Und was Frau Beatrice aus Haushalt und Kleiderschrank mitnahm, das paßte in zweieinhalb Koffer, die sich ohne Gefahr außer Haus schmuggeln ließen. Lilis Klamotten und Schulsachen, Schallplatten, Schallplattenspieler, Cassettenrecorder, zerfledderte Puppen und Buchkartons wanderten an einem Vormittag, Ende Oktober, in den vorm Hauseingang parkenden Millecento und waren binnen zwanzig Minuten schleuderfest, platzsparend verpackt und verstaut.

Sassolino blieb ahnungslos bis zum Schluß. Ja, im Kellergeschoß, das er ewig betrat, um an der vergifteten Wohnungsluft nicht zu ersticken, behauptete er, seine Frau habe sich leidlich beruhigt und werde bald wieder normal sein. In der Zwischenzeit knotete eine Cousine – eine echte –, von der er sich außerdem mittags bekochen ließ, Schlingen in seine Krawatten, die er sicherheitshalber, aus Angst vor einem Gegenschlag Frau Beatrices, mit Vaters Erlaubnis in seiner Werkstatt verwahrte. »Umlegen, zuziehen, ausgehfertig!« Er schaffte sich Hemden aus Kunststoff an, die nicht knitterten, und bald Papierhemden, die man nicht waschen und trocknen mußte, und war von seiner Schlauheit ergriffen.

Etwas stimmte nicht in seiner Wohnung, als er am 1. November nach Hause kam und sich aus seiner Chauffeurskluft pellte. Er schaute sich um, Beatrices Nachttisch war leer, Stickdecke und Wecker fehlten, vom Brillenetui keine Spur. In der

Kleiderschrankseite, die sie belegte, ließ sich kein Fitzelchen Stoff entdecken. Er marschierte zur winzigen Kammer im Korridor, die Putzzeug und Schuhe enthielt. Wo sich Frau Beatrices Pantoffeln, Stiefel und Sandaletten befunden hatten, drehte sich eine Staubmaus im Kreis. »Denkst du, ich komme nicht ohne dich aus?« keuchte Botschaftschauffeur Sassolino. »Denkst du, ich weine um dich, deinen faltigen Truthahnhals und deine Sauermilchschenkel, deine grauenhaft stinkende Fott?« heulte er aus seinem Wohnzimmerfenster.

Barfuß sprang Sassolino zur Gasse und rannte in rutschender Diensthose, die er vorm Nabel zusammenraffen mußte, von einem Ende zum anderen, als wolle er Frau Beatrice aus einem Versteck zerren, um sie zu blutigem Brei zu hauen. Antonio Orizio hing feixend im Fenster. »Laß deine Hose fallen! Ja, laß sie fallen und zeig deinen freudlosen Arsch!« Stumm beugte sich Frangipane von seiner Terrasse, und als es zu nieseln begann, spannte er ohne Hast seinen Regenschirm auf. Brabbelnd, mit letzter Kraft, schleppte sich Sassolino zum Botschaftsmercedes vorm Eingang, kletterte auf seine Motorhaube, zog beide Knie zur Brust und schlief im warmen Novemberregen ein.

Am anderen Tag war er bester Laune. Ja, strotzend vor Zuversicht kam er vom Dienst, stapfte ins Kellergeschoß, eine Sektflasche schwenkend, die er zu Vaters Verdruß, der um Vitrinen und Funde besorgt war, knallend entkorkte, und den von der Decke abprallenden Korken fing er mit der Hand. »Ist Schaden entstanden? Nein«, frotzelte er, »nimm einen Schluck, mir zuliebe, ich bitte dich.«

»Vergiß deinen Sohn nicht«, ermahnte er Vater, der einen zaghaften Schluck aus der Flasche nahm. »Was soll man sagen. Am gestrigen Tag von einer meckrigen Ziege mit Bart und ledernem Fleisch verlassen und ab morgen kommt mir eine feurige Kuh ins Haus, die ich von vorne und hinten bespringen kann. Zwei Titten, ich sage dir, und einen Hintern«, er zeichnete Kurven ins Werkstattdunkel, ließ sich von mir seine Sektflasche reichen und prostete Vater zu: »Machst du dir etwa Sorgen um deinen Sohn, ich meine, wenn ich bestimmte Dinge ...? Mensch, Ludovico! Dem ist kein Schaden entstanden, das kann ich versichern. Der ist erfahrener als wir beide!«

Er verrechnete sich, und zwar kolossal. Seine Freundin zog nie in den ersten Stock ein. In diesen Tagen hatte man sie bei der Botschaft als Telefonistin entlassen, und eine andere Stelle war nicht zu vergeben. Sassolinos Einfluß war zu gering und hatte sich außerdem mit seinem aufsehenerregenden Aufzug vor Wochen verringert. Was er an verschwiegenen Stellen im Pinienwald Ostias großspurig versprochen hatte, konnte er nicht im geringsten halten. Und seine Freundin hielt nichts von der Aussicht, sich in einem knarrenden Ehebett von allen Seiten bespringen zu lassen, zu schweigen von Kloputzen, Kochen und Schuhsenkelbinden. »Weißt du, was sie behauptet hat«, grummelte Sassolino vor Vater, »sie wolle mit keinem anderen Mann außer mir mehr schlafen, und ich Volltrottel habe sie beim Wort genommen.«

Sein wahrer Zusammenbruch erfolgte im Januar, als er beschloß, seine falsche Cousine von der Kontoinhaberschaft auszuschließen, und vom Schalterbeamten erfahren mußte, er sei blank, seine Konten seien leer. Ende Dezember hatte sich seine Ex-Freundin mit einer Reisetasche zur Bank begeben und bis zur letzten Banknote auszahlen lassen. Sie wohnte nicht mehr in dem Zimmer bei der verwitweten Tante in San Giovanni. Die war taub und verwirrt – oder stellte sich taub und verwirrt – und gab vor, keinen Schimmer zu haben, wo sich seine Verflossene aufhalte. Es war nichts zu machen, er hatte sein sauer verdientes Geld an eine Hure verloren und sein Leben von Anfang bis Ende verpfuscht.

An diesem glitzernden Januartag heulte Sassolino am Steuerrad seines Botschafterschlittens Rotz und Wasser. Vor seinen verschleierten Augen verschwammen Ampeln, Passanten, Motorradfahrer, Mauern und Zebrastreifen zu blinzelnden Punkten und wirbelnden Flecken. Besinnungslos trat er aufs Gaspedal und preschte mit zweihundert Sachen zur Innenstadt. Am Largo Susanna verfehlte er knapp einen Priester, der sich mit seinen vier Buchstaben in einen Kehrwagen setzte.

Normalerweise erfreute sich Sassolino besonderer Rechte. Man hielt seinen Botschafterschlitten nie an, ob er rote Ampeln mißachtete oder sich aus Prinzip nicht um Vorfahrtszeichen und Begrenzungen bei der Geschwindigkeit scherte. Kein Polizist hatte Lust, sich von einem Diplomaten beschimpfen zu lassen, der dringend ins Außenamt einbestellt war. Das mochte heikle Folgen haben, die man sich lieber ersparte.

Leider konnte man vor diesem Irren am Steuer seine Augen nicht einfach verschließen! Bald verfolgten zwei heulende Streifenwagen seinen Botschafterschlitten, und Sassolino, der das niemals erlebt hatte, platzte vor Wut. Er verlangsamte nicht – er beschleunigte, als er zur Aurelianischen Stadtmauer hochschoß. Mag sein, er versicherte sich zu ausgiebig im Spiegel, ob er seinen Verfolgern entwischt war, mag sein, er verrechnete sich mit dem Tor in der Stadtmauer – rechter Hand prallte sein Botschaftsmercedes an Steine und drehte sich, als er den Bogen passiert hatte, um seine Achse.

Vier Wochen verbarrikadierte sich unser Nachbar in seiner einsamen Wohnung. Ohne Chauffeursposten, ohne Geld und mit zwei Gipsarmen, die steif in zwei Halsschlaufen hingen, wollte er keinem Menschen begegnen. Nicht Mutter, die er im Verdacht hatte, seinen Niedergang planvoll betrieben zu haben, zusammen mit diesem verschlagenen Adligen, und bestimmt nicht Antonio Orizio. Ab und zu tauchte sein Stoppelgesicht im Treppenhaus auf, und er bat mich, beim Anbrennen einer Zigarre behilflich zu sein oder eine der schweren Korbflaschen Wein an seine Lippen zu setzen. Er steckte in einem bekleckerten Bademantel und stank zum Himmel.

Essen bekam Sassolino von Rosalinapaulina, den Zwillingsschwestern. Nicht umsonst, versteht sich. Sie verlangten aufrichtige Reue, und wenn er hungrig vorm Topf hockte, mußte er erst in Rosalinapaulinas Gebete mit einstimmen – »und ich verspreche, den hl. Lorenzo nie mehr mit meinem Dreck zu beleidigen und zu entweihen!« – Inbrunst zeigen und »Amen« seufzen, ehe sich von beiden Seiten zwei dampfende Gabeln vor seinen Mund schoben, den er sperrangelweit aufriß. Sei es beim Beten, sei es beim Essen, hielt er seine Augen fest verschlossen, was Rosalinapaulina als Beweis seiner ehrlichen Andacht betrachteten. Und Vater verriet er: »Ach, Ludovico, ich bring es nicht fertig, sie anzuschauen, es sind zu scheußliche Hexen. Und dieser Geruch, den sie absondern, nach ranzigen, sauren Altweiberfotzen. Und ich kann mir verdammt meine Nase nicht zuhalten! Oh come sono ridotto. Du kannst mir glauben, ein Hund hat es besser als ich.«

Aus Mitleid besorgte Vater zwei Grappaflaschen am Tag und Sassolino schmetterte schluchzend, mit roten Augen: »Vor der Kaserne / vor dem großen Tor«, als ob er den Vollmond anheule. Nachts drang ein Rumpeln vom ersten Stock hoch, wenn Sassolino zu blau war, um in sein Bett zu finden, und auf einen Teppich fiel, in den er sich einrollte, um zu schlafen.

Er kam wieder zu sich, versteht sich. Ein Sassolino ließ sich nicht kleinkriegen. Das von Staatsanwalt, Botschaft und einer Versicherungsgesellschaft angestrengte Verfahren endete – beinahe – mit Freispruch. Man hielt Sassolino zugute, sich in einem verzweifelten Zustand befunden zu haben. Ein herzlos verlassener Ehemann, von einer vertrauten Freundin komplett um sein Erspartes betrogen, ein Mann, der vierzehn Jahre bei seinem Arbeitgeber, der Deutschen Botschaft, als pflichtbewußter, verantwortlicher Chauffeur bekannt gewesen sei, was der Herr Botschaftsvertreter nicht abstreite, habe schlicht seine Nerven verloren. »Man darf einen Mann nicht bestrafen«, schloß sein Verteidiger, »der unser Mitleid verdient hat.« Richter und Beisitzer nickten verstohlen.

Von der beantragten Haftstrafe war keine Rede mehr. Und außer dem vom Gericht um drei Viertel verringerten Schadensanspruch der Botschaft, umgerechnet rund dreitausend Mark, kam kein anderer Anspruch zur Geltung. Vor Vater schwieg Sassolino sich vielsagend aus, ob er das maßvolle Urteil am Ende mit seinen Beziehungen beeinflußt habe. Es war unserem Wohnungsvermittler ja recht, wenn man annahm, er habe Bekannte in hohen Positionen, die sein Schicksal beileibe nicht kalt lasse.

Gelegentlich hatte er Frauenbesuch, den er weiß Gott nicht verheimlichte! Erst brachte er seine Besucherinnen ins Kellergeschoß, um sie Vater zu zeigen, und wenn das erledigt war, schulterte er seine kichernde Beute, schleppte sie singend zum ersten Stock hoch und warf sie aufs Bett. Besonders stolz war er auf eine Schwedin, der eine Menge weißblondes Haar bis zum Hintern reichte und die vom Scheitel bis zur Sohle mit Sommersprossen besprenkelt war. »Ich bin verschossen in diese Haare, und sie hat Schenkel, ich sage dir, als seien sie aus Butter und Schlagsahne. Kannst du das der Kleinen nicht auf Englisch verklickern?«

Vater waren diese Besuche verhaßt. Bei Sassolinos hitzigem Redeschwall schwitzte er um seine Grabbeigaben. Verschiedentlich scheuchte er seinen Freund aus dem Kellergeschoß, und der kreischte, ins Freie stolpernd und sich seine Begleiterin aufladend: »Menschenskind, Ludovico, du bist nicht neidisch, nicht wahr? Und solltest du neidisch sein, bitte, ich bin ja bereit zu teilen!«

Lili bekam ich nicht mehr zu Gesicht. Frau Beatrice, die zu

bescheiden verdiente und das von der Deutschen Schule verlangte Schulgeld nicht aufbringen konnte, schickte sie auf ein staatliches Gymnasium, das von der Wohnung in Garbatella außerdem besser erreichbar war.

Es begann eine trostlose Zeit. Im Pausenhof langweilte ich mich zu Tode, und lustlos beklimperte ich zu Hause unser verstimmtes Spinett. »Willst du nicht lieber mit Lisa spielen?« forderte Mutter mich auf. Sie konnte ja meine kleine Schwester nicht mehr bei der Nachbarin abliefern, und Sassolinos Hauptpreis beim Scheibenschießen in Ostias Lunapark, seine drei Goldfische, waren im Trubel erbitterter Streitereien und fliegender Messer an Herzversagen gestorben – zumindest behauptete das unser Nachbar. Manchmal stapfte ich heimlich zum Bretterverschlag im Keller, den Sassolino vor Monaten mit einer Kette verschlossen hatte, und starrte schluckend in unser Versteck.

5

Es muß Anfang Oktober gewesen sein, als Frangipane versprach, sich an seinen entfernten Verwandten zu wenden, um in Erfahrung zu bringen, wo man Luca Lubrano verwahrte. Und er hielt Wort. Binnen einer Woche konnte er Mutter mit Neuigkeiten dienen. »Meinem Onkel sagte der Name nichts. Er hat sich von einem befreundeten Staatsanwalt stecken lassen, wer Luca ist und was er angeblich verbrochen hat.« Und ausgiebig berichtete Frangipane, zu Anfang sei Luca in Mailand gewesen, um von einem Richter befragt zu werden, der im Bombenanschlag vom vergangenen Dezember an der Piazza Fontana ermittele, habe wieder zwei Wochen in einem Kittchen Perugias verbracht, ah, warum, wisse keiner, und befinde sich heute im Knast am Gianicolo, einem Backsteinbau namens Regina Coeli. Und ob er in dieser Haftanstalt bleibe oder in eine andere verschoben werde, das sei bei den Rangeleien im Justizwesen zwischen karrierebesessenen Ermittlungsbeamten verschiedener Gerichtsbezirke, der staatlichen Einmischung, die von Verfahrensbehinderung bis zu Vertuschung reiche, ja bis zur Vereitelung von Prozessen, sei es mit fintenreichen Gesetzen, die man in letzter Minute verabschiede, oder heimlicher Richterbestechung, in der sein Onkel besonders beschlagen sei – Frangipane konnte nicht an sich halten und reicherte seinen Vortrag um wirksame Schliche und Schlauheiten seines Verwandten an, der menschliche Richter nicht anerkenne, die schwache und irrende Wesen seien, was er mit seinen Schmiergelderfolgen belege, und sich vor keinem anderen Richter verantworten wolle als Gott!, »und sein Wahlspruch ist«, flocht Frangipane ein, »laß dich von der vergehenden Zeit verteidigen, die ist am duldsamsten, wird dir vergeben und kostet nichts, und sie mag deine Feinde verschlingen, beharrliche Richter und widrige Zeugen«, bis er atemlos wieder zum Anfang fand – ja, ob Luca nicht bald seine Zelle verlasse, um in ein anderes Kittchen verfrachtet zu werden, sei dem Staatsanwalt nicht zu entlocken gewesen. »Beinahe nehme ich an, es ist nichts entschieden, wann oder wo sein Prozess beginnt«, meinte er abschließend, »und das ist logisch. Ich wette, sie haben nichts vorzuweisen, was seine Verhaftung rechtfertigt, und ringen um Anklagepunkte, die stichhaltig klingen.«

Unser adliger Nachbar verstummte. Seine schwammige Hand, die dem energischen Kinn widersprach, der kantigen hohen Stirn und der drahtigen, klaren Erscheinung im allgemeinen, stahl sich auf Mutters Knie, das nackt aus dem Sommerkleid ragte. Es war etwas Schlaffes und Mutloses um Frangipane, als sei er erloschen. Sein kluges, zerfurchtes, von einem ergrauenden Bart halb verdecktes Gesicht wirkte schlagartig gelb und verrunzelt wie eine Kartoffel.

Verschiedentlich war mir das aufgefallen. In einem abrupten Wechsel aus Aufmerksamkeit und Verweigerung konnten sich seine Augen, die außerordentlich wach waren, im Handumdrehen vollkommen verschleiern. Sie paßten zu einem Menschen, der von Zeit zu Zeit seine Kraft anspannte – insbesondere in Gegenwart Mutters –, um seine Niedergeschlagenheit abzuwerfen, von der er ansonsten beherrscht war. »Und ich hatte Luca ermahnt, sich ruhig zu verhalten und bei mir im Haus zu bleiben, sonst lande er bald in Regina Coeli«, bemerkte er dumpf und blinzelte zu seiner Hand, die Mutters Knie umfaßte, als handele es sich um ein fremdes und seinem Willen entzogenes Wesen.

Mutter hockte verdreht im mit Cordstoff bezogenen Wohnzimmersofa und starrte ins Leere. Sie hatte sich in eine innere Erregung verkrochen, die steinern und stumm blieb. Ich konnte den Aufruhr, der Mutter erfaßt hatte, an der sich vertiefenden Stirnfalte ablesen, einer Wildheit verratenden scharfen Kerbe. Und Frangipane, der zu empfindlich war, um zu verkennen, was Mutter bewegte, nahm seine Hand wieder zu sich, mit der er sich erst seine Haare glattstrich, im Bart kraulte und eine Fluse vom Hemd wischte, bis er sie in seinem Anzug verstaute, als wolle er auf Nummer Sicher gehen.

»Und was machen wir?« brauste Mutter auf, »wollen wir abwarten, bis er im Kittchen verschimmelt? Er braucht unsere Hilfe und Zuwendung«, sie beugte sich zur Zigarettenschachtel, und Frangipane riß schleunigst ein Streichholz an, um sie mit Feuer zu versorgen, »aufmunternde Briefe – und Lesestoff, er ist ein besessener Leser, das weiß ich. Und wenn er den nicht von uns bekommt, von wem sonst?«, sie stieß eine Qualmwolke aus, »außer uns hat er ja niemanden!«

Asche fiel in Mutters Schoß, auf das luftige Sommerkleid

mit seinen blauen Punkten, in dem sie besonders zierlich und jung aussah – es steht mir bis heute vor Augen. An Mutter verwirrte das Knabenhafte, ja Burschikose, das sich an der Verletzlichkeit rieb, die sie furchtsam umschloß. Sie hatte sinnliche Lippen, ein weiches Gesicht, einen vollen Busen und bewegte sich andererseits sprunghaft und eckig. Dieser Eindruck des Knabenhaft-Burschikosen steigerte sich, wenn sie Hosen anzog und eine Kappe aufsetzte, die den Schwall blonder Haare verbarg. In Erinnerung an Gasthofcousinen und -tanten aus Reichenbach redete Großvater Emil seine Tochter bisweilen mit »Lausbub« an, und sie erwiderte: »Vater, du irrst dich«, mit einer Ernsthaftigkeit, die Großvater Emil verdutzte, »ich bin eine Frau.«

An diesem warmen Oktobertag lief sie erregt vom Musikschrank zur Bibliothek, von der Bibliothek zur Antikenvitrine und baute sich vor unserem adligen Nachbarn auf. »Kann man nicht seine Entlassung erreichen? Man hat einen schuldlosen Menschen verhaftet, aus Dummheit, aus Schlamperei, um einen Erfolg vorzuzeigen, der keiner ist. Es handelt sich um einen Riesenirrtum!«

»Ein Irrtum?« entgegnete Frangipane und krauste vor Spott seine buschigen Brauen, »wissen Sie, was mein Onkel mir riet? Verwickle dich nicht in Dinge, die zu viele Schlingen und Fallstricke haben.« – »Was soll das heißen!« erwiderte Mutter scharf, »ich kann keine Schlinge erkennen außer einer. Und wem hat man sie umgelegt? Einem Jungen, der seine Ideale nicht aufgeben will!« – »Wir verstehen uns, wenn Sie mich ausreden lassen«, warf Frangipane belehrend ein, »in diesem politischen Spiel, ja, es ist ein politisches Spiel!, herrschen Regeln, die wir nicht kennen. Wir wissen nicht, wer sich am Spiel beteiligt, wir haben keine Idee, wer am Zug ist. Unser Freund ist in diesem politischen Spiel bestimmt keine Hauptfigur, erst im Zusammenhang der Regeln und des Spielverlaufs hat er Gewicht. Sie haben Mitleid mit einem Jungen, einem idealistischen Jungen, einem halben Kind, das als Hausbesetzer am Schlachthof Personen kannte, die heute Strommasten sprengen, von Revolution schwafeln und sich bewaffnen. Und was fangen wir mit unserem Mitleid an?« Als habe sie sonst nichts verstanden, murmelte Mutter nicht mehr als: »Das ist er, ein halbes Kind.«

Frangipane betrachtete sie erstaunt. Er schluckte, ein heiseres »mhm« kam von seinen Lippen, ein zweites, entschiedeneres »mhm«, dem nichts folgte als Atmen und Schweigen. Endlich wagte er es, seinen Kopf zu heben. Strahlend schaute er Mutter an. Ja, ein seliger Glanz war in seinen Augen, der nicht im geringsten zum Hochmut paßte, zur belehrenden Gereiztheit und Bitterkeit, die er vor einer Minute bewiesen hatte.

Ratlos beugte sich Mutter zum Aschenbecher, bediente den Druckknopf, versenkte den qualmenden Filter auf der rotierenden Metallscheibe in seinem Inneren und richtete sich wieder auf, als Frangipane mit heiterer Stimme meinte: »Wir werden das Kind nicht im Stich lassen!« Er zwinkerte Mutter beruhigend zu. »Was ich als erstes von meinem Onkel besorge, ist eine Besuchserlaubnis. Das verspreche ich. Kommende Woche bringe ich Sie zur Haftanstalt am Gianicolo.«

Am Donnerstagnachmittag machte er blau und hielt hupend vorm Haus, um uns abzuholen. »Sie konnten sich ohne Entschuldigung freinehmen?« erkundigte Mutter sich dankbar. Sie hielt ein Paket vor der Brust, das Frangipane behinderte, als er sie an sich ziehen wollte. »Im Kriegswaisenamt braucht man keine Entschuldigung«, er schob uns zu seiner verbeulten Kiste, »wissen Sie, was bei uns los ist? Absolut nichts! Man liest seine Zeitung, was etwa drei Stunden beansprucht, wenn man Impressum, Anzeigen und Kurstabellen mit einrechnet – drei Stunden von insgesamt acht! Mein Nachbar zur Linken bekritzelt zum Beispiel Aktendeckel mit schmutzigen Witzen und schickt unseren Amtsdiener los mit dem Auftrag, er solle sie sich von Abteilung I Alpha bis Abteilung X Zeta abzeichnen lassen. Das ist eine willkommene Abwechslung, wenn der seinen quietschenden Handwagen mit frischen Zoten von Zimmer zu Zimmer schiebt! Und was macht mein Nachbar zur Rechten? Krempelt das Hosenbein hoch, um seine Waden und Knie zu bestempeln. Aus Verzweiflung, aus purer Verzweiflung! Neuerdings nimmt er sein Pinselchen – Sie wissen, ich meine, ich meine«, er fuchtelte mit beiden Armen, »sein Pinselchen halt, preßt es aufs Farbkissen, anschließend auf unser Amtspapier und verehrt seinen Stempel den Vorzimmerdamen und dem weiblichen Teil der Kantinenbelegschaft. Erfinderisch ist er, das kann man nicht leugnen. Und bei den Frauen soll er mit seinem Pinselabdruck einen Riesenerfolg haben! Nein, wer im Kriegswaisenamt bei Verstand bleiben will, hat keine Wahl, als sich andauernd freizunehmen!« Er setzte sein Auto vors Eckhaus der Zwillinge – und als seine Stoßstange scheppernd zu Boden fiel, meinte er trocken: »Na, endlich, was war ich sie leid« – und brauste mit uns aus der Gasse.

»Was mechanisch und industriell ist, das ist mir zutiefst zuwider!« bekannte er gutgelaunt, »sind Sie im Besitz einer Uhr, liebe Elinor?« Mutter hatte nichts anderes im Sinn als den Besuchertermin um halb vier, mißverstand seine Frage und meldete panisch: »Mein Gott, es ist zwanzig nach drei.« – »Mein Gott, es ist zwanzig nach drei«, erfreut ahmte er Mutters flatternde Stimme nach, »einen besseren Beweis konnten Sie mir nicht liefern! Wer im Besitz einer Uhr ist, hat niemals Zeit, ringt verzweifelt um jede Minute, als ob sich sein Schicksal in dieser Minute entscheidet! Ist das nicht albern, entsetzlich albern? Ich habe nie eine Uhr besessen. Innerer Zeitablauf, zunehmender abnehmender Mond, Sonnenauf- oder -untergang sollten ein Leben einteilen, und keine Zeiger, die sinnlose

Strecken abmessen. Sie glauben, ich sei ein Romantiker? Sie sagen es!« rief er, als Mutter verneinte, »und ich will dir verraten« – er wechselte wieder ins Du vor ergriffener Redseligkeit »was ich nie einem Menschen verraten habe, ich arbeite an einer Abhandlung, oder sagen wir besser, an einer Betrachtung: Warum erfahren wir in der sich wandelnden, stummen Natur eine Menschlichkeit, die wir in unserer Gesellschaft nicht antreffen? Was wir vor einer Landschaft empfinden, Beruhigung, ewigen Frieden, vor Meer und Gebirge, Erschaudern und Sehnsucht, das wissen wir. Und was empfinden wir vor einer Ziegelfabrik, einer Industrieansiedlung, die Menschen erbaut haben? Sehnsucht, Beruhigung? Ha!«

Er schielte zu Mutter, die stumm das von braunem Papier umwickelte Buch im Schoß hielt, das sie unserem Ex-Portier mitbringen wollte, und am Bindfaden rupfend den Tiber betrachtete, der in diesen Sturmtagen schlackig und gelb war, schaltete in einen falschen Gang, und sein Wagen blieb ruckartig stehen. »Willst du anspringen?« fluchte er, als aus dem Motor nicht mehr als ein bockiges Stottern kam. Verstohlen schaute Mutter zur Armbanduhr und begann auf den Lippen zu kauen, bis vom Lippenstift nichts mehr vorhanden war. Frangipane bemerkte es nicht. Schnaufend hopste er aus seinem Millecento, den er zwischen donnernden Omnibussen, aufheulenden Vespas, die haarscharf dem Hindernis auswichen, schreienden Taxifahrern: »Coglione! Bastardo! Mi rompi le palle!« zum Bordstein schob, wo er eine eiserne Stange zur Hand nahm und beharrlich den Motor beklopfte.

Mutter beugte sich halb aus dem Wagen: »Ob ich nicht schneller zu Fuß bin, was meinen Sie?« – »Nie und nimmer«, entgegnete Frangipane, »mein Motor ist zimperlich und verzogen, der braucht das, verlassen Sie sich auf mich!« Und Mutter verschanzte sich lieber im Auto, als ein Taxi scharf neben uns bremste und ein Kerlchen mit goldenen Kettchen ums Handgelenk und dem spitzen Gebiß eines Frettchens hechelte: »Willst du nicht umsteigen, bambola? Ich bringe dich kostenlos an dein Ziel, und du mich inzwischen an meines!« Der von der hochstehenden Motorhaube verborgene Frangipane hob seine eiserne Stange und ließ sie aufs Taxidach krachen.

Punkt halb vier hielten wir vor der Haftanstalt. Mutter bediente den Klingelknopf neben dem Eisentor, bis eine Pforte aufsprang und sie ein Mann mit Maschinengewehr in Empfang nahm. Ich blieb mit unserem Nachbarn im Auto hocken – was mich verlegen machte, nie war ich mit Frangipane allein gewesen –, starrte zur Mauer hoch, die mit im Sonnenschein funkelnden Scherben gespickt war und in blaugrau verwickelten Stacheldraht auslief. Im Wachturm zur Rechten entdeckte ich einen Mann, der mich mit seinem Feldstecher anstarrte. Ich bemerkte ein Prickeln und Brennen im Nacken und preßte mich tiefer in meinen Sitz. »Was empfinden wir vor einer Haftanstalt?« sagte Frangipane und klopfte aufs Steuerrad. Ob er das von mir wissen wollte? Verunsichert bohrte ich meinen Finger in einen Schlitz seiner Kunstledersitze und schaute wieder zum Wachmann im Turm, der sich mit dem Lauf der Maschinenpistole faul und behaglich am Kinn kratzte, ohne uns aus den Augen zu lassen.

Als sie um vier aus der Haftanstalt kam, mit dem Buch im zerrissenen Packpapier, das sie an sich preßte, aschgrau im Gesicht, und »bitte, bringen Sie mich ... bitte, ich kann nicht mehr« schluchzte, ließ Frangipane den Motor an, ohne ein Wort zu verlieren. Er betrachtete Mutter besorgt von der Seite und lenkte sein Auto mit einer Behutsamkeit heim, als habe er seine Gewohnheiten vollkommen vergessen.

Zu Hause stand Mutter benommen vorm Herd, ließ eine Gasflamme aufschießen und stierte reglos ins flackernde Blau. Ruckartig wandte sie sich zu mir um. »Sebastian, wo ist unser Kaffeepulver?« Sie drehte am Wasserhahn und ließ das Wasser, aufs neue versteinert, ins Becken sprudeln, bis sich unser Nachbar vom Fensterbrett abstieß. »Ich mache das, Elinor, ruhen Sie sich aus!«

»Er hat es ausgiebig begutachtet«, sie nickte zum Buch auf dem Brotkorb, »ich meine, ein Wachmann. Man wisse ja nie, ob ein Buch keine heimliche Botschaft enthalte, Bemerkungen am Rand, scharfe Feilen und Messer und Schußwaffen, das habe er in seiner Dienstzeit bereits erlebt. Erst zum Schluß schaute er auf Verfasser und Titel und belehrte mich grob, ein Hafttagebuch sei das letzte, was einen Gefangenen aufrichte, das erzeuge nichts als Depressionen und Groll. Und als ich wage zu widersprechen, schnauzt er mich an: ›Ein kommunistisches Machwerk erlaube ich nicht, und wenn Sie den Besuch lieber abbrechen wollen, werde ich Sie nicht aufhalten.‹ Mit einer Quittung hat er mich verabschiedet.« Mutter nahm einen Schluck aus der dampfenden Tasse. »Und ich mußte mich ausziehen vor einer Beamtin, die mich in ein Zimmer bugsierte und anherrschte, bis auf Slip und BH solle ich meine Sachen ablegen. Minutenlang kramte sie in meinen Sachen, und das reichte nicht, sie mußte mich außerdem eklig befingern.«

Mutter eilte ans Fenster, vor dem sich der Hof mit seinen von Wellblech bedeckten Waschstellen, die nichts als Abfall enthielten, vergessenen Ziegelsteinhaufen und Kohlenbecken und einer braunen Kastanie in seiner Mitte zwischen efeubewachsenen Mauern erstreckte. »Und was das Schlimmste war«, stieß Mutter aus, »er war nicht mehr wiederzuerkennen, scheu und schreckhaft, ein anderer Mensch. Bis zum Ende hat er es vermieden, mich anzuschauen. Und diese grauenhafte Aufsichtsperson, die mich dauernd ermahnt hat, ich sei nicht befugt zu erfahren, was mit seinem Prozess sei und ob er wieder verlegt werde, das bespreche er mit seinem Pflichtanwalt und nicht mit mir, und wenn eine Minute verstrichen war, schnarrte: ›Kurz fassen, wir sind bald am Ende!‹ Und er redete schleppend, entsetzlich schleppend, als ob er mit Medikamenten behandelt werde. Das hat er bestritten, was nichts besagt. Mußte er es nicht bestreiten mit dieser lauernden Spinne im Nacken? Und beim Abschied, als ich seine Hand nahm, seine in Handschellen steckende Hand, begann er zu zittern und murmelte: ›Wann kommst du wieder‹. Er wollte sich nicht von mir trennen. Wehrte sich, als diese giftige Viper an seinem Arm zerrte, ja er bespuckte sie. Erst mußten zwei Wachleute kommen und Luca gewaltsam zum Korridor schleifen. Und er fing an zu schreien: ›Laß mich nicht allein‹, in diesem hallenden Korridor schrie er: ›Laß mich nicht allein, Eleonora!‹«

Frangipane erwirkte bei seinem Onkel einen zweiten Besuchstermin und einen dritten, und die liefen anders ab als der erste. Niemand nahm Anstoß am kleinen Paket, das Mutter im Anstaltshof an sich preßte, als sie dem Wachmann begegnete, der das Hafttagebuch von Antonio Gramsci beim ersten Besuch einbehalten hatte. Er erkannte Mutter und hob eine Hand knapp zum Schirm seiner graublauen Kappe. Sie mußte sich nicht mehr entkleiden und durfte bald mit dem Gefangenen allein bleiben. Ein betagter Beamter, der sie bewachte, fiel auf dem Stuhl beim vergitterten Fenster in Tiefschlaf und schnarchte zum Steinerweichen. Oder verzog sich von Anfang an mit einem Nicken ins Nachbarzimmer, aus dem sein Grunzen und Schnorcheln kam.

Ja, Frangipane verschaffte Mutter im Laufe der kommenden Wochen und Monate fast freien Zugang zur Haftanstalt, in die sie Zeitungen und Zigaretten, Lebensmittel, ein Radio, Stifte, Papier und zum Schluß eine Schreibmaschine schleuste, ohne jemals behindert zu werden. An einem sturmblauen Tag im Dezember, als wir zum Gianicolo aufbrachen, beschrieb Frangipane uns seinen entfernten Verwandten. »Er hat einen eckigen Kopf mit zwei Fledermausohren, der zwischen verwachsenen Schultern klemmt, und was man nicht vergißt, das sind seine Augen, zwei kalte, in Wasser schwimmende Augen, die einen aufspießen, sage ich dir. Ja, und sein knochig erhobener Zeigefinger«, erhitzte sich Frangipane, »das ist der Finger, mit dem der Tod bei uns anklopft!« Mit seiner Schilderung heizte er Mutters Mißtrauen an, was er nicht bedacht hatte. »Ich verstehe nicht, was deinen Onkel und seinen Freund von der Staatsanwaltschaft veranlaßt, mich mit dieser Zuvorkommenheit zu behandeln.« Frangipane erwiderte ausweichend: »Weiß nicht. Familiengeschichte. Ja, eine verschlungene Familiengeschichte. Mir will er helfen, nicht dir. Und mit seinem Freund war er in seiner Jugend im ›Opus dei‹ militant, die sind schwer miteinander verbandelt, und keiner verweigert dem anderen einen Gefallen.« Seine Antwort war schwer zu verstehen. Regen trommelte tosend aufs Autodach, und Frangipane verfluchte den Scheibenwischer, der sich zu bummelig bewegte, um seine Sicht zu verbessern. Und Mutter, die Kopfschmerzen hatte, kauerte blaß auf dem Beifahrersitz und ließ es bei seiner Auskunft bewenden.

Die war nicht ehrlich. Sein Onkel um sechs oder sieben Ecken leistete seine Vermittlung nicht ohne Bedingung. Und die lautete: Mutter solle auf den Gefangen einwirken, mit seinem Freund aus der Staatsanwaltschaft zusammenzuarbeiten. Wenn er eine Handvoll Bekannte aus Hausbesetzerzeiten am Schlachthof belaste und sie mit seinen Aussagen in Verbindung zum Bombenanschlag in der Landwirtschaftsbank von Mailand und den zwei Bomben von Rom bringe, werde er sich eine Menge an Kummer ersparen. Ja, falls dieser Lubrano bereit sei zu plaudern, seien eine baldige Freilassung und eine kleine Belohnung nicht auszuschließen.

Vor Mutter verschwieg Frangipane sein Abkommen mit dem entfernten Verwandten. Sei es aus Furcht vorm Gesichtsverlust, dem er sich aussetzte, wenn er sie einweihte, sei es aus

Einsicht. Er zweifelte nicht an Mutters Weigerung, sich von Onkel und Staatsanwalt einspannen zu lassen. Sie hatte inzwischen Vertrauen zu Frangipane, ja sie mochte diesen Menschen, der klug und befremdlich war, hilfsbereit, wetterwendisch bei seinen Ansichten und seinen Urteilen, von dem man nie wußte, ob er seine Herkunft verachtete oder in Ehren hielt, ein Umstand, der Mutter besonders belustigte.

Keine zehn Fußminuten von unserem Zuhause entfernt verlief eine Gasse, die »Vicolo dei Frangipane« hieß – Mutter mußte sie an seiner Seite besichtigen. Und am anderen Tag konnte er schimpfen: »Ach was, meine Vorfahren waren billige Propagandisten. Um sich beim Volk beliebt zu machen, nannten sie sich Frangipane, Brotverteiler!« er schnaubte, »ich wette, die haben nie einen schimmligen Kanten verschenkt!« Er trennte sich niemals vom Stofftaschentuch, das mit seinen Initialen C.E.F. bestickt war – Cencio Eugenio Frangipane –, und wetterte gegen den Adel, der bis heute besessen am Reichtum klebe, an besonderen Rechten und Vorteilen, die ausschließlich ererbt seien und nicht verdient.

Und an einem Wochenende brachte er uns zum Familienschloß in den Bergen – ich habe den Namen der Ortschaft vergessen –, das hohe Mauern mit Zinnen und Schießscharten und einen klotzigen Wehrturm besaß, und stapfte mit ausgebreiteten Armen, »heda! Es kommt Frangipane!« schmetternd, zum Torbogen und bis vors Kassenhaus, einen Schuppen aus Holz, aus dem eine verhutzelte Frau und ein faltiges Kerlchen traten, das seine Kappe vom Kopf riß und sich verbeugte. Ja, dankbar ergriffen sie seine Hand, die er ausstreckte, brabbelten, »ach unser Herr! Unser Herr ist zu Hause!« und schmatzten sie ab. »Muß ja nicht sein«, brummte Frangipane und wandte sich mit einem Seufzer um. »Das ist Treue«, bemerkte er, »echte Treue. Zwei Menschen aus erdverbundenem Lehm.«

Ja, er kam wieder und wieder auf Demut und Ehrfurcht zu

sprechen, die heute vergessen seien, und ließ sich von Mutters ablehnendem Schnaufen nicht im geringsten beeindrucken, schubste uns um Zisterne und Kardinalshaus, zum Soldatensaal und in den feuchten Kerker mit seinen verwitterten Inschriften. »Lies das!« forderte mich unser Nachbar auf: »Si ingiustamente ti han' carcerato/ricordati di qualche altro peccato« und donnerte: »Ha! Das ist Gottesfurcht, wenn sich ein zu Unrecht Gefangener in seiner Verzweiflung an andere Vergehen erinnert, die seine Leiden rechtfertigen. Und in unseren Zeiten, wo findet man diese Demut? Man findet sie nicht, sie ist ausgestorben!« – »Gott sei Dank!« widersprach Mutter kalt. »Gott sei Dank? Nein, es ist eine Schande. Wir strotzen vor Hochmut und wissen nicht mehr, wer wir sind: schwache, elende Kreaturen, die auf einem mit Schimmel bezogenen Planeten im freien Fall von eisiger Ewigkeit zu eisiger Ewigkeit sausen!« – »Mit deinem vermeintlichen Tiefsinn willst du einen Justizirrtum kleinreden!« wetterte Mutter.

Beide zankten sich wild auf der Wendeltreppe, die wir zum Schlafgemach hochstiegen, das sich im Wehrturm befand, und erst vor dem Baldachinbett seiner Vorfahren verfiel Frangipane abrupt ins Schweigen. Blaß ließ er sich auf eine Holzbank sinken. »Es war nicht meine Absicht, dich zu verletzen. Entschuldige, Elinor«, stammelte er, »ein schwerer Fehler, das mit dem Gefangenen, ein schrecklicher Schnitzer, ich weiß nicht, wie mir das passieren konnte. Ich dachte ja nicht an Regina Coeli!« Und er kaute Minuten an seinem Bekenntnis, ein in Himmelsbetrachtungen versenktes Kamel zu sein, ein Schussel, ein herzloser Grobian, bis Mutter sich vor seine Holzbank kniete. »Ist ja gut, ist ja gut«, meinte sie. Und es versetzte mir einen Stich, als sie seinen Kopf nahm und gegen die Brust preßte, als sei er ein Kind, dem man Trost spenden muß. Meiner Schwester erging es nicht anders. Sie hopste zur Holzbank und zerrte an Mutter, »wann kommen wir zu den Kanonen?« Mutter richtete sich wieder auf, und Frangipane stieß ein verlegenes »mhm ja« aus, »meine Kanonen, meine Kanonen.« Er zog seine Krawatte zurecht und stapfte zum Wehrgang, »ich will sie dir zeigen.«

Ich hockte mich vor eine blinzelnde Schießscharte, um den bewaldeten Berg zu betrachten, der im Schein der versinkenden Sonne rot aufflammte. Ich erinnere mich an ein blitzendes Land, Scherenschnitte von Pinien und Zypressen, blaue Schatten, die sich bis zum Meer erstreckten, das aus dieser Entfernung erstarrt wirkte, als sei es aus glitzerndem Eis. Ich erinnere mich an den Geruch von Holzkohlenfeuern und trockener, warmer Erde. An meine Schwester, die singend auf einer Kanone ritt und von Frangipane erfahren wollte, ob er der Schloßherr sei. Er nickte zerstreut, und als Lisa quakte: »In einem Schloß leben keusche Jungfrauen, nicht wahr? Ich bin eine keusche Jungfrau!«, umarmte Mutter sie und gluckste: »Es ist nicht mehr sein Schloß, er hat es dem Staat vermacht. Und heute wird es von haarigen Spinnen und pfeifenden Ratten bewohnt. Willst du zwischen Ratten und Spinnen leben?«

Und ich erinnere mich an Frangipanes Scham, als sein bescheidener Schwindel aufflog und uns ein schielendes Kerlchen beim Parkplatz abfing, das »unser Herr, unser Herr ist zu Hause!« winselte und sich mit bebenden Lippen zu Boden warf. Es mißlang Frangipane, uns rechtzeitig in seine Kiste zu scheuchen und Leine zu ziehen. »Und warum bekomme ich nichts?« fing das Kerlchen zu toben an, »warum bekomme ich nichts? Meine Schwester und meinen Schwager haben Sie bezahlt, wenn sie sich verneigen und ›unser Herr! unser Herr ist zu Hause!‹ sagen.« Er schielte entsetzlich ins Auto, und vor seiner platten Nase am Fenster verkroch meine Schwester sich tiefer und tiefer im Sitz. Endlich heulte der Motor auf, schossen wir los, und der fluchende, fuchtelnde Mann versank in einer Staubwolke und in der Ferne.

Ja, Mutter mochte den kauzigen Nachbarn, der sie beharrlich beim deutschen Namen nannte, nie Elinor in Eleonora umbog. Was auf dem Parkplatz passiert war, das nahm sie nicht krumm. Sie fand seinen Schwindel verzeihlich. Seine Verehrung und Zuneigung, ja seine Liebe zu Mutter waren zu ehrlich, gingen zu tief, um sie nicht zu bestechen. Frangipanes verzweifelte Anstrengungen, Verehrung und Zuneigung zu verbergen, launischer, knurriger, schroffer zu sein, als er wollte, bestachen sie um so mehr. Und seine Verheimlichungsanstrengungen steigerten sich, je vertrauter sie waren. Er wagte es nicht mehr, sie anzufassen und vor Wiedersehensfreude fest an sich zu pressen. Inzwischen war er es, der sich erschrak und verlegen war, wenn sie im Scherz seine Haare verstrubbelte, um seinen Nacken strich.

In diesen Monaten steckten sie dauernd zusammen. Besuchten Frau Beatrice in Garbatella, die wieder zunahm, Lebenslust zeigte und sich vom ersten Gehalt ein Aquarium zugelegt hatte, um den Verlust der drei Goldfische zu verschmerzen – und ich, ich verneinte schluckend, wenn Mutter sich bei mir erkundigte: »Willst du nicht mitkommen?« Frangipane lud sie zu Orchester- und Kammerkonzerten in Santa Cecilia ein, ins Opernhaus, wo sie »Nabucco« und »Tosca« lauschten, und bei Verdis Gefangenenchor oder Puccinis »Verzweifelt werde ich sterben« klammerte Mutter sich an seinen Arm.

In Gegenwart Mutters war Frangipane beredsam und heiter, und um so auffallender war seine Schweigsamkeit bei unseren Fahrten zur Haftanstalt. In den letzten drei Februarwochen hockte er blaß und verkrampft am Steuer und zuckte zusammen, wenn Mutter zu wissen verlangte: »Was hast du? Was ist mit dir los?« Er murmelte etwas von Schlaflosigkeit, seiner Abhandlung, die nicht vom Fleck komme. Mutter, die annahm, er leide an Eifersucht, bemerkte verstimmt, er solle sie nicht einer Neigung bezichtigen, die reine Einbildung sei. »Du solltest dir lieber Gedanken machen, ob du nicht einen findigen Anwalt kennst, der beim Prozeß Lucas Freispruch erreichen kann.« Von den Besuchen in Regina Coeli erfuhren wir beinahe nichts mehr. Um Frangipanes vermeintliche Eifersucht nicht zu reizen, blieb Mutter wortkarg, wenn sie aus der Haftanstalt kam. Nein, seine Verzweiflung nahm zu, und zum letzten Besuchstermin, an einem heiteren Februartag, mußte Mutter allein aufbrechen – in der vorangegangenen Nacht war Frangipane mit einer Nierenkolik auf seiner Terrasse zusammengebrochen.

An diesem Tag ließ man sie nicht zum Gefangenen. Sie erhielt eine Quittung auf Radio und Schreibmaschine, Kaffee, Zigarettenstangen und eine Handbibliothek, die man in der Zelle Lubranos beschlagnahmt hatte. Diese Sachen seien innerhalb einer Woche in Trakt Nummer 1, 1. Stock, Zimmer Siebzehn, gegen Quittung und Reisepaß abzuholen, beschied man sie knapp, und als Mutter drohte, sie werde sich nicht vom Fleck bewegen, bis sie erfahren habe, was passiert sei, bekam sie zur Antwort, man sei vom Gesetz nicht zur Auskunft verpflichtet, und zwei Wachleute schubsten sie ruppig zum Tor.

Frangipane empfing uns am Wochenende, gelb und verknittert, im Krankenbett einer Privatklinik in Parioli. Er zeigte uns seine zwei Nierensteine, die in einem Glas auf dem Nachttisch im Sonnenschein funkelten, nannte mich »Signorino« und schaute beklommen zu Elinor hoch. Ich weiß nicht, was Mutter im Kopf bewegte, anmerken ließ sie sich nichts. Nein, sie sprach nicht vom letzten Besuch in Regina Coeli, sie lauschte der Schilderung seines Zusammenbruchs, der viehischen Schmerzen und wie er in halber Bewußtlosigkeit sein Telefon im zweiten Stockwerk erreicht hatte, um einen Arzt zu benachrichtigen. Erst beim Abschied bemerkte sie trocken, in der Haftanstalt habe es Schwierigkeiten gegeben, und wenn er sich wieder erholt habe und zu Hause sei, rechne sie mit seiner Hilfe.

Nein, an Hilfe ließ Frangipane es nicht vermissen, als er aus der Klinik kam. Aus seiner Tasche bezahlte er einen Anwalt, der seiner Redegewandtheit wegen als »Cato« bekannt war und nie ein Verfahren verloren hatte. »In meine Brieftasche wird er ein Loch reißen«, meinte er heiter und warf sich ins Wohnzimmersofa, »na und? Was am wertvollsten ist, ist zum niedrigsten Preis zu erstehen. Brauche ich etwa Geld, um das Meer zu betrachten oder den sternenbesprenkelten Himmel? Oder wird Eintritt erhoben, wenn Sternschnuppen fallen? Lerchenstimmen und Feldblumen kosten uns nichts, und ich sage dir, Elinor, klares Wasser ist besser als teurer Champagner.« Mutter schnitt ein Gesicht, als ob sie von Lerchenstimmen und Feldblumen nichts wissen wolle. »Und was sagt er zum Fall? Ist er zuversichtlich, dein Anwalt?« versetzte sie streng. »Was er sagt? Cato ist dieser Fall vollkommen schnuppe«, erwiderte Frangipane, »er hat einen Strauß mit dem Staatsanwalt auszufechten, an den er sein Flittchen verloren hat. Ein Fernsehsternchen, ein eitles Ding, das er sich vor einer Ewigkeit vom Freund meines Onkels hat ausspannen lassen. In seiner maßlosen Eitelkeit hat Cato das niemals verkraftet. Er war Feuer und Flamme, als er begriff, wer sein Gegner in diesem Prozeß ist. Du kannst mir glauben, uns konnte nichts Besseres passieren als seine Feindschaft zum Staatsanwalt.«

Mit seiner Annahme traf er ins Schwarze. Vom ersten Prozeßtag an legte sich Cato ins Zeug, und als eine Woche verstrichen war, hatte er Luca zum Freispruch verholfen. Was der Staatsanwalt an Theorien, Indizien und Zeugenaussagen zu bieten hatte, hielt dem beißenden Spott des Verteidigers nicht stand. Lucas angebliche Handgranate, die nicht als Beweismittel vorlag – eines unseligen Irrtums wegen, hieß es im Polizeiprotokoll –, schrumpfte im Handumdrehen wieder zur Kippe zusammen, die das Feuer auf Schuster Fabrizios Werkstatt nicht im geringsten rechtfertigte. Aus den anderen Anklagepunkten des Staatsanwalts, beruhend auf sich widersprechenden Angaben und Bewertungen zweier Geheimdienstspitzel – die nicht enttarnt werden durften und nicht als Zeugen vernommen werden konnten –, Mitgliedschaft in einer Terrorgruppe, Beteiligung an Planung und technischer Vorbereitung der Attentate von Rom am 12. Dezember '69, die nichts als krause Vermutungen blieben, ließ sich keine Verurteilung stricken.

Catos Sieg nutzte unserem Nachbarn nichts. Mutter, die sich im Verlauf des Prozesses verliebte, vergaß seine Hilfe. Aus dem Gerichtssaal kamen zwei Verlierer: der von der Presse verrissene Staatsanwalt – und der sich vernichtet ins Elternhaus schleichende Cencio Eugenio Frangipane!

6

Wenn ich nicht irre, endete Lucas Prozeß Ende Juni '71, und in den folgenden Tagen, wenn Frangipane in unseren Korridor trat, ließ Mutter sich von mir verleugnen. »Sie ist nicht zu Hause«, mußte ich sagen, und ich weiß nicht, wer von uns beiden verlegener war, ich, der unseren Nachbarn belog, oder Frangipane, der nicht mehr willkommen war. »Und wann wird deine Mutter zu Hause sein?« verlangte er anfangs zu wissen, »sollst du mir etwas bestellen?« Ich starrte betreten zu Boden. »Signorino, das macht ja nichts«, meinte er schluckend und streichelte meine Wange, als wolle er mir meinen Schwindel verzeihen. Es dauerte mehrere Tage, bis er es aufgab, von Mutter empfangen zu werden, und am letzten Tag meinte er niedergeschlagen: »Ich verstehe, sie wird nicht mehr kommen.«

»Er tut mir leid«, sagte Mutter, wenn sie das Schlafzimmer wieder verließ, in dem sie sich vor Frangipane versteckt hatte. Das war bestimmt keine leere Behauptung, und trotzdem konnte sie nicht verbergen, erleichtert zu sein, eine Begegnung mit unserem Nachbarn vermieden zu haben. Mag sein, sie verschloß sich absichtlich vor der Verpflichtung zu Mitleid und Dankbarkeit.

Ich erlebte Mutter nie schwereloser als in dieser kurzen Zeit zwischen Lucas Freispruch und unserer Anzio-Reise. Vormittags quetschten wir uns zu dritt in einen der stinkenden Omnibusse, der zur Piazza del Popolo rumpelte. Am Corso und in der Via Condotti deckte sich Mutter mit Kleidern und Schuhen ein. Uns spendierte sie Eiswaffeln und Limonade und meiner ewig quengelnden Schwester zehn Karussellfahrten am Monte Pincio. Oder wir schipperten mit einem Ausflugsdampfer bis Ostia, wo wir im Lunapark in eine Schiffsschaukel kletterten und Mutter mir widerstrebend erlaubte, am Schießstand auf Tauben zu zielen, die sich an einer Schiene bewegten. Daheim setzte sie sich an Lisas Bett, um eine Geschichte vorzulesen, und ich durfte vorm Fernseher hocken bleiben, den Mutter vor Monaten angeschleppt hatte, Vaters striktes Verbot mißachtend – und der hatte andere Dinge im Kopf, als gegen den Fernseher Sturm zu laufen, der mit steiler Antenne, weiß, eckig und flimmernd auf seinem Spinettdeckel stand –, bis sie um zehn unsere Wohnung verließ, im hautengen Kleid, mit blauschimmernden Augendeckeln und diesen knallroten Lippen, die ich an Mutter nicht ausstehen konnte.

Ich bezweifle, ob Vater von sich aus bemerkte, sein Feelein verloren zu haben. Er war zu verwirrt, versank tiefer und tiefer im Sumpf aus Erpreßbarkeit, Sammlerwahn, wahrem und falschem Gerede um seine Person, an dem sein Predappio-Ausflug schuld war, um mitzubekommen, was Mutter bewegte. Und was er verschwommen an Mutter wahrnahm, bezog er vermutlich ausschließlich auf sich, seine fehlende Zuwendung, sein Versagen. Und als sein schlimmstes Versagen betrachtete er, dem Pensionsbesitzer Giulio Picciotti nicht widerstanden zu haben.

Ja, Picciotti war wieder aufgekreuzt. In einer Februarnacht weckte mich das rasselnde Telefon auf Vaters Schreibtisch, und ich tappte verschlafen ins Wohnzimmer. Ich erkannte Picciottis Stimme auf Anhieb. »Wir werden uns Mitte April in Predappio am Grab Mussolinis versammeln. Bist du bereit, Kamerad?«, und als ich stumm blieb vor Schreck, flehte Giulio Picciotti: »Laß mich nicht im Stich! Ich habe es meinen Kameraden versprochen, und die sind begierig, dich endlich kennenzulernen. Und wenn du dich wieder weigern solltest, wird man annehmen, ich sei ein Aufschneider, und ich werde es niemals zum Kassenwart bringen. Es handelt sich um meine Ehre!«

»Mein Vater ist nicht zu Hause«, stammelte ich, und Giulio Picciotti seufzte. »Ahh, ich spreche mit seinem Sohn, dem Sohn eines tapferen deutschen Soldaten!« Ich wußte nicht, was ich erwidern sollte. Und um mir Picciotti vom Hals zu schaffen, der seine Stimme verstellte und listig Erkundigungen einziehen wollte, plauderte ich Vaters Nummer im Sammlernest aus.

Bald bekam er Besuch vom Pensionsbesitzer und einem Begleiter, der etwa sechzig war und ein zerschossenes Gesicht hatte. Rechts, wo ein Teil seines Stirnbein- und Wangenknochens fehlte, wirkte es schaurig zerquetscht, und an dieser eingefallenen Stelle spannte sich ledrig verknitterte Haut. Sein schattiges, tieferliegendes Auge starrte mich unfreundlich an.

Ich war in der Werkstatt, um Vater beim Anbringen eines einbruchssicheren Gitters zu helfen – in den verrosteten Blechrolladen Fabrizios hatte er kein Vertrauen –, als Picciotti vorm Eingang auftauchte. »Kamerad!« kreischte er, »du wohnst ja keine zehn Gehminuten von meiner Pension entfernt und hattest nie Zeit, dich bei mir zu zeigen? Laß dich umarmen, du Schuft.« Ich weiß nicht, ob Vater bewußt seine heulende Bohrmaschine vorm Bauch umklammerte, um sich Picciotti vom Leib zu halten.

Der schaute sich neugierig in Vaters Keller um. »Hhm«, machte er, »das ist eine wertvolle Sammlung, weißt du«, er nahm Vaters Elfenbeinschreibtafel in seine breite Hand und betrachtete sie von allen Seiten, »ja, eine wertvolle Sammlung. Einen Batzen Geld muß das verschlungen haben. Diese goldenen Ringe und Armreifen. Teuer! Teuer! Giorgio, was sagst du zu diesem Schatz?« Sein Begleiter stieß nichts als ein Gurgeln aus. »Er ist stumm«, meinte Giulio Picciotti, »eine der vielen Verletzungen aus Abessinien. Bis heute hat er zwei englische Kugeln im Leib, die er nicht entfernen lassen kann, ohne sein Leben aufs Spiel zu setzen. Und dein Glasauge wollen wir nicht vergessen. Zeig uns dein Glasauge, Giorgio!« wandte er sich an den Mann, der bereitwillig, mit einer flinken Bewegung, das Glasauge in seine Hand plumpsen ließ, es bespuckte und an seiner fleckigen Jacke abrieb.

»Und, bedauerst du es?« heulte Giulio Picciotti, »in Abessinien gewesen zu sein, um unser Vaterland zu verteidigen?« Sein Begleiter verneinte mit wildem Gesicht. »Und wer ist schuld, wenn dein Opfer umsonst war?« Giorgio fletschte sein gelbes Gebiß. »Ja, ich weiß, ich weiß, es war nicht umsonst«, beruhigte Picciotti seinen Begleiter und drehte sich zwinkernd zu Vater um. »Du hast nichts bereut, Kamerad, nicht wahr?« bellte Picciotti zur Kellerdecke, und Giorgio, der wieder sein Glasauge einsetzte, nickte. »Nein, er hat unseren Traum nie verraten, anders als dieses Pack, diese Feiglinge, die erst glutvolle Mussolini-Verehrer waren, ja sich vor Ergriffenheit naßmachten, wenn er seine Ansprachen hielt, und als uns der Krieg Willen und Mut abverlangte, eisernen Willen und eisernen Mut, sich in ein Mauseloch verkrochen und totstellten. Und warum?« tobte Giulio Picciotti und wedelte mit Vaters Elfenbeinschreibtafel, als wolle er sie auf den Steinboden schmeißen, »um das mickrige Leben zu retten! Ein Leben, das zur Vernichtung bestimmt ist, nicht besser als das eines Wurms oder das einer Schabe, wenn es keine Aufgabe hat. Zu schweigen von diesen Ganoven, die sich Partisanen nannten, ha! Partisanen, und vom Kreml bezahlte Agenten waren. Erst haben sie unseren Glauben und unseren Willen mit Miesmacherei zersetzt und zum Schluß unsere Heimat verschachert. Und Giorgio, der als zerschossenes Wrack nach Hause kam, mußte sich von seiner Familie beschimpfen lassen, stimmt es nicht, Giorgio?, sie haben dich verspottet, du seist ein Trottel gewesen, dich nicht feige verpißt zu haben, das nannten sie stumpfsinnig und verbohrt! Stimmt es nicht, Giorgio, haben sie dich nicht verachtet, verachten sie dich nicht bis heute?«

Picciottis Begleiter brach in ein Wutgeheul aus, bei dem seine Halsadern anschwollen, fuchtelte mit beiden Armen und konnte sich nicht mehr im Gleichgewicht halten. Er klammerte sich an ein Wandregal, das die orientalische Silberschale und den Dreifuß mit kleinen Silenen enthielt, und drohte es mit sich zu reißen. In Windeseile war Vater an Ort und Stelle. Er hielt Picciottis Begleiter, der vor Schreck wieder zu sich kam, mit seinem Bohrer in Schach. »Es reicht. Schert euch aus meinem Keller!« – »Ich bitte dich, lieber Freund, auf einen Kameraden legt man nicht an. Und sei es mit einer Bohrmaschine!« meldete sich Picciotti und schnickte seelenruhig zwei Zigaretten aus seiner Papierpackung mit Nazionali. »Rauchst du? Du rauchst nicht, das war ja klar. Ein deutscher Soldat darf nicht rauchen. Hitler waren Zigaretten verhaßt, nicht wahr? Ah, ich beneide dich um deine Sammlung«, er pustete seinen Qualm gegen den Bronzespiegel aus Pitigliano, »eine etruskische Grabbeigabe mit dem mythischen Wahrsager Kalchas, richtig? Oh ja, ich kenne mich aus, mein Freund, ich bin mit der Antike vertraut. Und ich finde es eine Schande, ja eine Schande, wenn unsere Tempel verfallen und unsere Museen nicht richtig bewacht werden. Wir verscherbeln unseren kulturellen Reichtum an Amerikaner und Deutsche gegen ein Butterbrot, habe ich recht, Giorgio? Oder wir lassen uns schlicht bestehlen. Nein, wir sind leider keine Deutschen, die klare Prinzipien haben. In diesem verluderten Staat, der auf Bestechung und kleinlicher Vorteilsnahme beruht, kann man mit Strenge nicht rechnen. Oh ja, man sollte sie hart bestrafen, diese Diebe und Hehler, man sollte Ordnung schaffen, und zwar mit eiserner Faust, findest du nicht, Kamerad?«, er trat seinen Zigarettenstummel am Boden aus, »Banditen muß man zerquetschen.«

Inzwischen stapfte Picciottis Begleiter zu Vater, der blaß am Regal lehnte, befeuchtete Zeige- und Mittelfinger und tippte mit beiden an Vaters Brust. Vater zuckte zusammen. »Was soll das heißen?« – »Er meint, dich zu kennen, dir begegnet zu sein«, erwiderte Giulio Picciotti. »Das kann nicht sein«, sagte Vater scharf, »wir sind uns bestimmt nicht begegnet.« Picciottis Begleiter fuchtelte mit seinen Fingern. »Ende '43, behauptet er, in seinem Heimatort Practica, wo sich bis heute ein Flugplatz befindet, Practica di Mare, sagt dir das nichts? Unsere Freundschaft stammt aus dieser Zeit, mußt du wissen, als er sich, trotz seiner schweren Verletzungen, einer von meinem Bruder befehligten Schwarzen Brigade anschloß. Mein armer ermordeter Bruder Cesare«, schweifte Picciotti verbittert ab, »den eine Bande roter Agenten in Mailand standrechtlich erschossen hat. Und um das Verbrechen zu vertuschen, haben sie seine sterblichen Reste versteckt. Nie haben wir erfahren, meine Eltern und ich, wo man seinen Leichnam verscharrt hat. In hohem Alter ist meine Mutter in Mailand von Amt zu Amt marschiert, hat gebettelt, sie wolle ja nichts als den Sohn begraben, und mußte sich anschnauzen lassen, sie solle sich an einen Leichenbestatter wenden, beim Partisanenverein, ja, beim Partisanenverein! oder der Fundsachenstelle, der Fundsachenstelle! erkundigen, und einer beleidigte sie als Faschistenhure. Sie war ein zerbrochener Mensch, als sie heimkehrte, und starb in der folgenden Nacht. Und was waren Mutters letzte Worte? ›Kein Mitleid, kein Mitleid!‹ seufzte sie, und letzte Worte verpflichten. Nein, ich werde kein Mitleid haben, kein Mitleid mit unseren Feinden!«

»Wo sind wir gewesen?« besann sich Picciotti, »ach ja, Ende '43 in Practica will dir mein Freund Giorgio begegnet sein.« Vater blieb eine Antwort schuldig. Ruhelos wanderten seine Pupillen von einer Ecke der Werkstatt zur anderen. »Was soll's«, winkte Giulio Picciotti ab, »er ist sich nicht hundertprozentig sicher. Und außerdem will er dir seine Hochachtung aussprechen vor der brillanten Aktion am Gran Sasso.« Giorgio ergriff Vaters schlaffe Hand mit seinen Pranken und knetete sie. »Er betrachtet dich als einen Helden.«

Vater kaute auf seinen Lippen, als Picciotti von einem Medusenhaupt sprach, das Giorgio im Alter von vierzehn beim Tauchen am Meeresboden entdeckt habe. »Er will es dir schenken, verstehst du, er will es dem tapferen deutschen Soldaten schenken, der Mussolini befreit hat.« – »Er will es mir schenken?« stammelte Vater. »Ja, und er bittet dich in sein Haus, zum Mittagessen am kommenden Sonntag, zusammen mit mir und anderen Freunden, wo du sein Medusenhaupt abholen kannst.« Heftig nickend packte Giorgio erneut Vaters Hand und gurgelte freudig. »In Practica di Mare?« erkundigte Vater sich mißtrauisch, und Giulio Picciotti erwiderte: »Ja. Das ist keine Entfernung. Und ich kann dich im Auto mitnehmen.« Und anerkennend »Made in Deutschland!« schnaufend, was »made in Germany« heißen sollte, und nach einem herzlichen Schulterklopfen verabschiedete er sich von Vater.

Ob der am Wochenende mit Giulio Picciotti ans Meer fuhr, das weiß ich nicht mehr. Erinnern kann ich mich an das Medusenhaupt aus dem vierten Jahrhundert vor Christus, das er an einer Werkstattwand anbrachte. Und als er wieder in Geldschwierigkeiten steckte, wußte er keinen anderen Ausweg, als sich beim Pensionsbesitzer eine beachtliche Summe zu leihen. Zappelnd hing er an Giulio Picciottis Haken und konnte sich einem Besuch in Predappio, am Grab Mussolinis, nicht mehr entziehen, wo er sich mit dem Pensionsbesitzer und seinen Parteigenossen versammelte, um mit steifem, zum Gruß erhobenem Arm, bellender Stimme und beide Hacken zusammenschlagend den Duce zu ehren.

In einer Handvoll, meist kleinerer, Zeitungen war Vater am folgenden Tag zu besichtigen. Eine Reihe von Anzeigern aus der Umgebung Bolognas titelte schlicht: »Deutscher Befreier des Duce besuchte Predappio.« »Held vom Gran Sasso feiert mit Kameraden Mussolinis Geburtstag«, hieß es im Faschistenorgan. Und im Parteiblatt der Kommunisten, das meldete »Ewiggestriger Deutscher pilgert zum Ducegrab« und behauptete, Vater sei bei der SS gewesen und halte sich frecherweise am Tiber auf, prangte neben dem Schnappschuß sein voller Name. Bald war unser Kasten im Hausflur mit Post verstopft – ich erinnere mich an einen Brief, der Schrotkugeln enthielt, und ein kleines Paket mit einem zur Schlinge verknoteten Strick –, und unser Telefon rasselte Tag und Nacht. Es verstummte erst wieder, als Vater mit seinen Beschwerden im Postamt Erfolg hatte und wir endlich zu einer Geheimnummer kamen.

Mutter verkapselte sich in Verachtung und Ekel vor Vater, der zugab, ja, es sei wahr, er habe sich breitschlagen lassen von Giulio Picciotti und sei in Predappio gewesen. »Es war ein Versehen«, sagte Vater schluckend, »ein dummes Versehen. Er verfolgt mich seit Monaten, ja, Picciotti verfolgt mich seit Monaten. Und am Ende, ich meine, ich konnte nicht nein sagen. Ich wußte ja nichts von der Presse, ich dachte, es handelt sich um ein Familientreffen. Ein Familientreffen, naja«, lenkte Vater ein, als er Mutters sich zwischen den Brauen vertiefende Falte bemerkte, »du weißt, was ich sagen will, eine Sache, die niemand mehr ernst nimmt. Ich habe nicht das geringste zu schaffen mit diesen Leuten, das mußt du mir glauben.«

Zu einem Streit kam es nicht, und Vater wirkte von Woche zu Woche gespenstischer, halb kindlich verloren, halb versteinert vor Trotz – »warum hetzt man mich?« keuchte er wieder und wieder, »wie konnte mir das passieren?« –, und ließ sich wegen Krankheit vom Schuldienst beurlauben. Anderthalb Monate blieb er dem Unterricht fern, schlief auf einer quietschenden Klappliege in seiner Werkstatt, bewacht vom Medusenhaupt und seinem Wahrsager Kalchas, Kentauren, Silenen, Elefanten, Delphinen und Sklaven beim Weinstampfen. Ich mußte sein Essen zur Werkstatt bringen, von dem er nie mehr als drei Happen aß, und er benutzte das Bad, wenn sich Mutter mit unserem adligen Nachbarn verabredet hatte, Besorgungen machte und außer Haus war.

Lisa stahl sich mit Mimi zur Speisekammer, die sie von innen verriegelte, und verriet der zerrissenen Puppe mit hohler Stimme: »Er ist ein Schwerbrecher, mein Papi, und muß sich im Keller einsperren. Er darf nicht mehr mit uns zusammenwohnen.« Hilfloses Weinen drang aus dem Versteck, und Mutters Bitten, »was meinst du, mein Schatz, wir machen zusammen eine Kutschfahrt vom Pincio zum Pantheon mit deinem Freund, dem Herrn Clerici. Willst du nicht aufmachen?« blieben vergeblich.

Um sie zu beruhigen, gab Mutter sich einen Ruck und besuchte den in seinem Keller vergrabenen Vater. Sie hatte das Sammlernest nie betreten, und was sie empfand, als sie Vater entdeckte, der zwischen dreihundert Grabbeigaben, die seinen

Keller verstopften, auf einer Klappliege schlief, das habe ich nie erfahren. Abscheu vor seiner Gier, seiner Sammlerbesessenheit oder Mitleid? – ich kann es nicht sagen. Ob sie nichts anderes als Fremdheit in sich bemerkte, kaltes Erstaunen vor diesem Menschen, den sie nicht wiedererkannte? Ob sie in seiner Notbehausung, die Vergangenheitsgeister bewohnten, verstand, was er war: Hoch verschuldet und innerlich ruiniert, ja, beinahe am Ende? Oder starrte sie fassungslos auf diesen kindischen Mann, in den sie verliebt gewesen war, vor einer Ewigkeit, in einem anderen Leben?

Vater verließ seine Klappliege und machte es sich auf dem Wohnzimmersofa bequem, mit Schlafmitteln, Pillen gegen Herzbeschwerden und einem Antidepressivum in Reichweite, den vom Doktor verschriebenen Medikamenten. Wieder bei uns zu wohnen vertrieb seinen Kummer nicht. Und trotz aller verbissenen Anstrengungen, sich zu beherrschen, merkte man Mutter den Widerwillen an, der sie in seiner Gegenwart packte. Bei der ersten Gelegenheit, die sich im Juni, mit den beginnenden Ferien bot, floh er ans adriatische Meer. Es erreichten uns heitere Ansichtskarten aus Ravenna, Venedig und Rimini, und Mutter erhielt einen dicken, zehnseitigen Brief mit dem Stempel von Bari, wo ein findiger Dieb unserem Vater Brieftasche, Reisepass, Ehering und Armbanduhr klaute.

In den verbleibenden Juliwochen brachte er seine Papiere in Ordnung. Ließ sich einen Ehering anfertigen – der exakt dem vermißten entsprechen mußte –, und von seinem Ausflug mit Sassolino, der eine Handvoll schlecht bewachter Museen in den Bergen abklappern wollte, kam er mit dem Vorortzug heim. Er hatte sich mit seinem Freund zerstritten.

Wann und warum unsere Eltern beschlossen, vor der Hitze an den Strand von Anzio zu fliehen und zwei Zimmer in Tante Sophias Pension zu mieten, das kann ich bis heute nicht sagen. Es war ein verheerender Entschluß, und unsere zahllosen

Koffer und Taschen, die wir zum Hauptbahnhof Termini schleppten und die der Entscheidung Gewicht verleihen sollten, konnten das bittere Ende nicht abwenden. Etwas flatterhaft Blindes war um meinen Vater, der sich zu blendender Laune zwang und am Tag vor der Abreise losrannte, um Besorgungen am Corso zu machen. Bei Anbruch der Dunkelheit kehrte er heim – in einem vollbeladenen Taxi. Aus seinen Kisten und Einkaufsbeuteln kramte er Taucherbrillen und Schwimmflossen, einen orangenen Wasserball, verschiedene Karten- und Brettspiele und ein Schlauchboot mit Paddeln und Blasebalg, das er im Wohnzimmer aufpumpte. Zuletzt packte er zwei Bikinis aus, einen winzigen blauen, den sich meine Schwester schnappte, und einen knallgelben, den Mutter mit widerstrebendem Stirnrunzeln an sich nahm. Als sie endlich bereit war, sein Mitbringsel anzuprobieren, und sich ins Bad einschloß, rannte Vater im Korridor auf und ab und wollte andauernd wissen: »Paßt er dir, Feelein? Ich denke, er paßt dir, nicht wahr?«

7

»Forza! Coraggio!« kreischte es von der Veranda, wo Sassolinos Verwandte, sich mit einem Palmenblatt Luft zuwedelnd, breitbeinig im Korbsessel hockte. Kichernd stieß Lisa mich an. »Sie hat eine verpinkelte Unterhose«, prustete sie mir ins Ohr. Ich stierte auf Tante Sophias schwabblige Schenkel und den flekkigen Slip, den eine Fliege bekrabbelte. »Heiterkeit!« bellte Sassolinos Verwandte mit scheppernder Stimme, und »Heiterkeit!« stimmte Vater mit ein, als ob es sich um einen Schlachtruf handele, entledigte sich seiner Koffer und Taschen und schnappte sich Tante Sophias Hand, um sie aus dem knisternden Korbstuhl zu ziehen, was sie allein nicht mehr schaffte. Sie war zu beleibt – und zu faul. »Ja, man muß heiter sein!« sagte sie, »und wenn man zu nichts mehr taugt als zur Wurmspeise und sich von der Sonne verabschiedet hat!« – »Sie wollen sich verabschieden, Tante Sophia? Sie sind lebendiger als ich!« scherzte Vater, was Sassolinos Verwandter ein Murren entlockte. »Mach dich nicht lustig, du Backfisch!«

Wir kannten Tante Sophia nicht anders als in schmuddeligen schwarzen Witwenkleidern. Ein Haifischschwarm hatte den Ehemann, der ein armer Fischer gewesen war, in seinem Ruderboot angegriffen und zerfleischt, als er aus seiner Barke ins Meer kippte. »Wir waren erst einen Monat verheiratet«, schnaufte sie, »und in seiner Todesstunde hackte ein Rabe ans Schlafzimmerfenster. Das ist wahr, das ist wahr«, wiederholte Sophia, »mit seinem Schnabel ans Fenster, bis ich erwachte!« Am anderen Tag hatte man seine zerschmetterte Nußschale auf den Klippen entdeckt, und in der Umgebung fand Tante Sophia außer dem silbernen Amulett, das sie wiedererkannte, ein Fingerglied, eine zerbissene Ohrmuschel und einen Handwurzelknochen. Die bewahrte sie bis heute in einem Reliquienschrein aus Rosenholz auf.

Sie musterte uns mit kurzsichtigen Augen. »Oh, dio mio!, du bist ja ein Mann, Sebastiano!« kreischte sie außer sich und packte mein Kinn, um mich abzuschmatzen. »Und wo ist mein drolliges Lamm, mein Zicklein?« Halb scheu, halb verlegen schmiegte sich Lisa an Mutter, und die umsonst beide Arme ausstreckende Tante Sophia schnappte: »Versteckst du dich vor einer alten Frau? Glaubst du, ich sei eine Hexe? Naja, wir beriechen uns bei einer anderen Gelegenheit. Und dich will ich von nahem beschauen«, brummte sie und watschelte um unsere Koffer auf Mutter zu.

»Sie wollen nicht altern, Signora, wie?« ließ sie sich schnarrend vernehmen, als sie Mutter ausgiebig betrachtet hatte,

»eine Pfirsichhaut, runzel- und faltenlos, frisch und saftig, es ist nicht zu fassen. Und trotzdem, der Tag wird kommen, ich warne Sie.« Tante Sophia hob den fleischigen Zeigefinger, mit dem sie auf Mutters Brustbein klopfte und zischte, indem sie ins Duzen verfiel: »Du bist nicht mit dir im Reinen, das wittere ich. Du willst deine Haut abwerfen, und deine Seele soll fliegen lernen, nicht wahr? Fliegen zu lernen, das lernt sie im Tod, verstehst du, erst, wenn wir bereit sind! Man braucht einen Mann, um nicht krank zu werden. Ja, mit einem Mann zu schlafen, das ist Medizin, und du hast deinen Mann. Und was willst du außerdem? Liebe und Leidenschaft? Ich bitte dich, Dummchen, du bist keine siebzehn mehr und solltest wissen, was Liebe ist: nichts als eine zirpende Grille im Kopf und ein brennendes Eisen im Herzen. Man braucht einen Mann, um nicht krank zu werden«, wiederholte sie grummelnd, »und wird nicht krank wegen eines Mannes, verstanden?«

»Heiterkeit!« polterte Tante Sophia und drehte sich schwankend zu Vater um, der schweigend zum stahlblauen Himmel schaute, »hast du uns etwa belauscht, Ludovico? Das sind Frauensachen, die dich nichts angehen.« – »Ich euch belauscht?« quakte Vater beleidigt, »ich habe fest meine Ohren versperrt.« – »Maria!« trompetete Tante Sophia, ohne Vaters Beteuerung zu kommentieren, »zeige unseren Herrschaften, wo sie wohnen. He, he, willst du dir keinen Koffer aufladen?« warf sie der Frau an den Kopf, die Sophia an Umfang und Alter nicht nachstand. Wir folgten Marias ausladendem Hinterteil und dem Schweißgeruch, der sie umwehte, zum ersten Stock, wo sie zwei Zimmer aufschloß und sich mit einem finsteren Willkommensgruß verzog. »Ach«, sagte Vater mit einem Schnalzen, »endlich kann unser Urlaub beginnen!«, und steckte es ohne ein Mundwinkelzucken weg, als Mutter uns Zimmer und Betten zuteilte. Sie schlief mit meiner Schwester im Doppelbett, Vater und ich kamen ins Strandzimmer. Ja, er sperrte sich in seine Lustigkeit ein, als sei er entschlossen, sich aus diesem inneren Paradies nicht vertreiben zu lassen. Oder wollte er Mutters verzehrende Sehnsucht, in der sie erstarrte und sich von uns abwandte, mit seiner Lebhaftigkeit verscheuchen?

Bis zum Schluß blieb er quirlig und aufgekratzt. Er mietete uns eine Badekabine – bei unserem ersten Besuch in Anzio hatte er das als pure Verschwendung bezeichnet – und einen Strandplatz, den sonst zwei Familien beanspruchten, nahe der Brandung. Mutter streckte sich in einer Holzliege aus und vertiefte sich in den Roman, den sie eingepackt hatte. »Du liest ja nicht richtig«, beschwerte sich Lisa – und hatte recht, Mutter verbarg sich eher zwischen den Seiten, als sie zu lesen – »wollen wir nicht Wasserball spielen?« Vater sprang auf, um den Ball zu holen, und tobte mit Lisa ins Meer.

In diesen Tagen verschnaufte er keine Minute. Wenn wir nicht Wasserball spielten und schwammen, brachte er meiner Schwester das Tauchen bei oder tauchte mit mir zu den Kellerruinen der verfallenen Neronischen Villa. Er blies unser Schlauchboot auf, um uns zu dritt in den Wellen von Mole zu Mole zu paddeln, setzte sich Lisa auf seine Schultern und war ein schnaubendes Pferd, das in glutheißer Sonne am Strand auf- und abgaloppiert. Er verhandelte mit einem Fischer am Hafen, bis der uns auf seinen Kutter ließ, und wir krabbelten atemlos in den Schiffsbauch, ein stinkendes Loch, das verrostete Tonnen, Eisenkugeln und Netze enthielt. Meine Schwester, die einen vergessenen Krebs entdeckte, der trotz seiner Kraxelanstrengungen nicht aus der Holzkiste kam, in der er gefangen war, war erst beruhigt, als Vater das Tier mit an Deck nahm und wieder ins Wasser warf. Wir stiegen ins Steuerhaus, wo uns der Fischer in Kompaß und nautische Karten einweihte und ich mich ans Steuerrad stellen durfte. Ja, er erlaubte mir, zwei kleine Flaggen an der Signalleine hochzuziehen, und kniff belustigt in meine Backe, als er meine zappelnde Freude bemerkte bei seinem Angebot, Vater und mich zu einer Nachtausfahrt mitzunehmen.

Aus diesem Abenteuer sollte nichts werden. Unseren Ausflug verhinderten Frangipane – und Mutters vorzeitige Abreise. Wenn sie kein Sonnenbad nahm oder las, schlenderte sie zu den blauen, von Muscheln verkrusteten Klippen, kletterte auf einen Felsen und starrte in Wellen und Gischt. Oder sie behauptete, Kopfweh zu haben, das sie in Sonne und Hitze nicht loswerde, und wollte das Bett nicht verlassen. Mehr als einen Vormittag hielt sie es nie im Pensionszimmer aus, teils, weil sie zu ruhelos war, teils Sassolinos Verwandter wegen, die einen Schwatz halten wollte und sich zu diesem Zweck aus dem Korbsessel stemmte. Sie stieg, oder besser, sie krauchte mit hundert Verschnaufpausen hoch bis zum ersten Stock – eine Strapaze, die sie sich von Mutter belohnen ließ. »Willst du dich auffressen, Dummchen?« kreischte Sophia, die auf einen Sessel im Zimmer sank und sich in den speckigen Arm biß, »ja, wir fressen uns alle alleine auf, und du machst Fortschritte, sage ich dir! Bei mir ist das was anderes, mit meinen Fettpolstern dauert es, bis ich mich ernsthaft verletzen kann«, und »Heiterkeit!« schmetternd, brach sie in schepperndes Lachen aus.

An einem Mittag entdeckte ich Mutter, die vorm eisernen Tor mit den Drehkreuzen stand. Sie schaute in unsere Richtung, ohne Vater und mich zu erkennen, als wir winkten. Anscheinend konnte sie sich nicht entschließen, uns zu erreichen, und torkelte willenlos im Strom der zum Essen aufbrechenden Strandbadbesucher von einem Drehkreuz zum anderen. Als sie sich ruckartig abwandte und mit eiligen Schritten entfernte, schluckte ich gegen den Kummer an, der meine Kehle austrocknete. Wollte sie telefonieren? Sie erbat sich ja dauernd Gettoni von Tante Sophia, und wenn wir auf der sich ins Wasser erstreckenden Bretterterrasse am Hafen zur Nacht aßen, schob sie den Vorspeisenteller beiseite und lief zur beleuchteten Zelle am Kai.

Sie mache sich Sorgen um Großvater Emil, der an einer fiebrigen Grippe erkrankt sei, die sich in seinen Bronchien verkrallt habe, und bei seinen knapp achtzig, bemerkte sie heiser, sei eine Grippe kein Pappenstiel! Und als meine Schwester mit Großvater sprechen und Mutter zur Zelle begleiten wollte, wehrte sie ab, »nein, du bleibst, wo du bist. Er ist zu schwach, um mit dir zu plaudern.« Beschwingt kam sie wieder und meldete, letzte Nacht sei er fieberfrei gewesen, bloß diese pfeifenden Bronchien seien grauenhaft. Sie belebte sich mit diesen Telefonaten, wollte kauend von Lisa erfahren, ob sie inzwischen das Tauchen erlernt und was sie auf dem Kutter am meisten beeindruckt habe.

Mutters Heiterkeit hielt eine Stunde an, und wenn wir in Tante Sophias Pension eintrafen, verbiß sie sich wieder ins Schweigen. Zu einem Brett- oder Kartenspiel, einer Einschlafgeschichte, um die meine Schwester bat, ließ sie sich nicht mehr bewegen. Besonders schlimm stand es um Mutter am Wochenende, als sie vergeblich zur Zelle lief und niemand am anderen Ende abnahm. Verschiedentlich schlich sie in dieser Nacht aus der Pension, um im Hafen zu telefonieren, und im Morgengrauen, als Mutters Schritte mich weckten, verfolgte ich sie bis zum Kai.

Es war keine Neugier – am Ziel, das sie hatte, bestand ja kein Zweifel –, nein, ich hatte Angst um sie. Abwesend, fahl im Gesicht, wie vernichtet, taumelte sie aus der Zelle und sank neben dem Landesteg auf eine Taurolle. »Spionierst du mich aus?« fauchte Mutter, als ich sie umarmen wollte, »was soll das?« Sie starrte mich an aus verquollenen Augen, voller Wildheit und Abneigung, die sich sonst gegen Vater richteten, nie gegen uns, und es erleichterte mich, ja es erleichterte mich, als sie auf mich einschlug – in Mutters Augen zu schauen war schrecklicher. Ich wich Mutters Hieben nicht aus, und ich glaube, das brachte sie rasch zur Besinnung. Sie preßte mich an sich, verzweifelt schluchzend, »verzeih mir Sebastian, verzeih mir!«

In Mutters Hilflosigkeit platzte Frangipane, der am Sonntagmittag ins Strandbad kam und von Sonnenschirm zu Sonnenschirm irrte. Seiner blinkenden Stadtschuhe und schwarzen Socken hatte er sich entledigt, in der rechten Hand schwenkte er einen Brief. Wenn er vom Lattenrost stolperte und seinen Fuß in den kochenden Sand setzte, hob er sein Bein und pustete aus einem Meter Entfernung auf seine Zehen. Er wirkte hochkomisch in seiner Steifheit und im teuren Anzug plus Seidenkrawatte, die der Meereswind in sein Gesicht klatschte.

Was Vater von unserem Nachbarn trennte, das war nicht zuletzt Frangipanes an seine Garderobe verwendete Aufmerksamkeit. In staubigen Schuhen hielt er es nicht aus, eine flekkige Hose verdarb seinen Tag. Freitags ließ er sich von einer Vorzimmerdame im Kriegswaisenamt seinen Vollbart stutzen, und wenn die in Urlaub war, brach eine Krise aus. Als er auf seinen Hemdkragen Schuppen entdeckte, marschierte er panisch von Arzt zu Arzt und konnte uns bald einen druckreifen Vortrag zu Kopfhaut- und Haarkuren halten. Nie verließ er sein Haus, ohne sich einen Schlips umzubinden, und wenn er vor Hitze verging und keine Luft mehr bekam! »Wollen wir wetten, der steigt mit Krawatte ins Bett«, machte Vater sich lustig. Seinerseits grauste es Frangipane vor Vaters verschlissenem Cordjackett mit den Lederflicken an beiden Ellenbogen und seinen zertretenen, schlammbraunen Schuhen.

Frangipane war ein erbitterter Feind der Antikenverhimmelung unseres Vaters, teils aus Erfahrung, »ja, aus Erfahrung mit diesem Großmaul von Mussolini, der dauernd mit der Antike prahlte, als habe er sie erfunden, Antike! Antike!«, zeterte unser Nachbar, »wissen Sie, was ich vorm Hadriantempel oder dem Friedensaltar empfinde? Man wolle mich wieder im Arsch ficken!«; teils aus grimmigem Hohn gegen das von Vater beschworene Geschichtsbewußtsein. »Geschichtsbewußtsein!, ich fasse es nicht, wenn Sie sich mit leblosem Zeug eindecken! Mit totem Kram, ob er aus afrikanischem Marmor ist oder aus Alabaster, ja, meinetwegen aus Gold! Und was wissen Sie von der Geschichte, wenn Sie im Kellergeschoß zwischen blinden und stummen Zeugen vergangener Welten hocken? Absolut nichts«, schimpfte Frangipane, »kein Bewußtsein erfaßt, was Geschichte ist! Nein, keiner von uns kann sich ausdenken, keiner, was sich in der Geschichte ereignet hat. Und ein Bewußtsein, das sich dieser Aufgabe stellt, muß vor Grauen und Schmerz zerspringen. Verstehen Sie das?« Vater verneinte. »Ein Leichenberg, der bis zum Himmel reicht, das ist Geschichte, wir atmen Verwesung und waten in Blut, ohne es zu bemerken. Es schwappt uns zur Brust, ach was sage ich, bis zum Hals!«

Frangipanes Verachtung verdankte sich zweifellos nicht seinem Widerwillen gegen verschlissenes Cordjackett oder Antikenverehrung – und Nachbar Wielands Predappio-Ausflug ans Mussolinigrab konnte sie schlimmstenfalls steigern. Was unser Nachbar an Vater verurteilte, war seine laue Beziehung zu Mutter. Er konnte kein Mann sein, er hatte kein Blut in den Adern, war stumpf oder vollkommen blind, wenn er seine Frau – eine Frau, um die dieser Hohlkopf weiß Gott zu beneiden war – nicht verehrte und besser beaufsichtigte.

An diesem heißen, windigen Sonntag in Anzio hatte keiner von beiden besondere Lust, sich mit dem anderen anzulegen. Ja, es war Vater, der Frangipane auf unseren Platz in der ersten Reihe flatternder Sonnenschirme aufmerksam machte. Er winkte und hopste am Ufer, »he, Cencio!«, bis sich unser Nachbar am Kopf kratzte und seinen Brief schwenkend zu uns eilte.

»Nackte Leute sind schwer auseinanderzuhalten«, japste Frangipane, »am Strand kann man wieder erkennen, was der Mensch ist: ein haarloser Affe!« und nickte dankbar, als Vater zuvorkommend auf seine Holzliege wies. »Sinnig, sinnig, man kann es nicht anders sagen«, foppte er Vater und nickte gleichzeitig beschwichtigend, »Urlaub in Anzio zu machen, wo Briten und Amerikaner landeten, um euch aus der Ewigen Stadt zu vertreiben.« Aus seinem Stofftaschentuch wickelte er einen schwitzenden, knallroten Lutscher, den sich meine Schwester im Handumdrehen schnappte, und mir reichte er ein Geduldsspiel mit einer winzigen, silbernen Kugel, die man um eine Reihe von Stegen zum Loch lenken mußte.

»Ich will ja nicht aufdringlich sein«, wandte er sich zu Mutter um, die seinen Gruß nicht erwiderte und ein abweisend hartes Gesicht machte, »es war dieser Brief, ich meine, es war dieser Brief, den ich abliefern wollte, und der an uns beide adressiert ist, an dich, Verzeihung, an Sie und an mich«, er verlor seinen Faden, schneuzte sich heftig ins klebrige Taschentuch, und als er wieder zum Vorschein kam, waren Nase und Kinn rot verschmiert. »Ich komme als Postbote«, stammelte er, um sich einen witzigen Anstrich zu geben, und fiel in den knackenden Liegestuhl.

Was er sich von dieser Begegnung versprochen hatte, wer weiß, bestimmt nicht Mutters kalte, ja eisige Feindseligkeit. Er brach vor unseren Augen zusammen, sein Kopf sank zur Brust, seine Finger streiften am Boden, und es war dem nachgiebigen Stoff zu verdanken, der sich fest um sein Hinterteil spannte, wenn er nicht schwer aus der Holzliege kippte! Vater kniete sich vor den bewußtlosen Mann und bespritzte sein weißes Gesicht mit Wasser. »Sie haben einen Kollaps erlitten, mein Lieber«, schwatzte er los, als unser Nachbar sich wieder zu regen begann, »ts, ts, bei dieser Sonne im Anzug und ohne Kopfschutz, das darf man nicht machen!« – »Ich komme als

Postbote«, brabbelte Frangipane, »ich hatte nicht vor, mich in Anzio aufzuhalten«, und musterte Vater mit glasigen Augen. »Verstehe, verstehe«, erwiderte der, »erst trinken Sie einen Schluck« – er hielt seine Flasche an Frangipanes Lippen – »und anschließend bringe ich Sie zur Pension. Sie brauchen ein schattiges Zimmer und Ruhe.« – »Es handelt sich um diesen Brief, diesen Brief«, fing Frangipane von neuem an, und Vater hob nickend den sandigen Umschlag vom Boden. »Von Luca Lubrano aus Oppido, na«, meinte Vater mit Blick auf den Absender, »Feelein, was sagst du, ein Brief aus Lukanien.«

Mutter ließ endlich den dicken Roman sinken, hinter dem sie sich wieder verkrochen hatte, als Frangipane aus seiner Ohnmacht erwacht war, und faltete flink Lucas Brief auseinander. »Danke« brummte sie in seine Richtung, und unser Nachbar hakte sich taumelnd bei Vater ein, der seine Schuhe und Socken ergriff, um zu Tante Sophias Pension aufzubrechen.

»Ich vertrage mich leidlich mit meinem Vater, und meine arme Mutter ist vollkommen außer sich, mich wieder bei sich zu haben. Sie ist schrecklich gealtert, hat aschgraues Haar und ein faltiges, spitzes Gesicht bekommen, ich denke, sie hat meine Flucht nicht verkraftet. Mit der vergehenden Zeit nahm sie an, sie werde mich nie mehr im Arm halten, und als sie von meiner Verhaftung erfuhr, war sie beinahe erleichtert, das war ja ein Lebenszeichen. Sie hat meinen Vater bekniet, an den Tiber zu reisen und mich in der Haft zu besuchen. In den ersten Tagen wagte er sich nicht zu mir und stand stundenlang am Gianicolo, um auf Regina Coeli zu schauen, innerlich Frieden mit mir zu schließen und im Geist um Vergebung zu bitten. Als er zu mir kam, brachte er eine vom Staatsanwalt vorbereitete Zeugenaussage mit, die meine Mitangeklagten belastete, flehte mich an, sie zu unterzeichnen und im Gerichtssaal zu wiederholen. Verrat, Heuchelei – er hat ja in seinem Leben nichts anderes betrieben und konnte meine Weigerung nicht verstehen. Und trotzdem: Er war verzweifelt und wollte mir helfen, den Kopf aus der Schlinge zu ziehen. Darf man einen Vater verurteilen, der seinen Sohn retten will, oder muß man verzeihen lernen? ... Was aus mir werden soll, ob ich in Oppido bleibe, ich kann es nicht sagen. Ins Verwalterhaus wollte ich nicht mehr einziehen. Ich wohne bei meiner inzwischen erblindeten Tante Olimpia, einer bescheidenen Seele, die meistens am Webstuhl hockt, und wenn sie beim Arbeiten summt, wird mir warm ums Herz. Ich bin kindisch, nicht wahr? Ja, ich bin es. Ich habe eine Nadeldose verfertigt, als sei ich ein junger Bauer, der seiner Braut ein Geschenk machen will, und in einer Kastanie am Fluß bei der Waschstelle, zu der ich mit Großmutter lief, als ich klein war, eine Schaukel befestigt und bilde mir ein, es rieche bis heute nach der gekochten Asche, die sie zum Bleichen verwendete. Und was mache ich auf meiner Schaukel? Ich schnitze Dinge aus der Erinnerung, Großmutters Holzkelle beispielsweise, mit der sie den Rahm von der Molke nahm, verziert mit den beiden treuen Begleitern des Lebens, wie Großmutter meinte, Hund und christlicher Religion, in der Kelle befand sich ein Kruzifix und am Stiel lief sie in einen Hundekopf aus. Ich benehme mich kindisch, oh ja ...« Ich konnte den Brief nicht zu Ende lesen. Mutter schwamm wieder ans Ufer, und ich verstaute den Umschlag im dicken Roman, um mich rasch auf mein Handtuch zu werfen.

In dieser Nacht aßen wir ohne Mutter auf der Bretterterrasse am Hafen. Sie sei nicht hungrig, beteuerte sie, wolle lieber zu Bett gehen und lesen. Vater versuchte sie umzustimmen, eher halbherzig, ohne besonderen Schwung, als ob es sich um eine leidige Pflicht handle. Mutter winkte uns aus dem Pensionszimmer zu, als wir, zusammen mit Frangipane, zu unserem Stammlokal schlenderten. Unser adliger Nachbar, der schweigsam gewesen war und sich anfangs nichts hatte bestellen wollen, taute bald auf und ließ sich vom Kellner eine Familienfischplatte bringen, die er bis aufs Salatblatt verzehrte.

»Und diese sich ewig erneuernden Blutflecken«, erkundigte Vater sich neugierig, »tauchen bis heute auf?« – »Ich bitte Sie«, polterte Frangipane, »die hat Sassolino erfunden.« – »Sassolino? Ach nein«, meinte Vater. »Oh ja«, erheiterte sich unser Nachbar, »um den Preis hochzutreiben, verstehen Sie? Als seine Frau dauernd Blutflecken wegschrubben mußte, konnte er mir mehr Geld abverlangen. Und er forderte einen beachtlichen Aufschlag!« – »Und Sie wagten sich niemals ins Haus, um sich zu vergewissern, ob das mit den Blutflecken stimmt?« – »Klar habe ich das«, sagte Frangipane, der an einem Fischskelett nagte, »dieser Ganove von Sassolino hatte sich frisches Blut beim Metzger besorgt und im Schlafzimmer meiner Mutter Teppiche, Boden und Wand versaut. Es sah schauderhaft echt aus, das muß ich sagen, als sei erst vor Stunden ein viehischer Mord passiert.« – »Und Frau Beatrice?« – »Ach, Frau Beatrice. Die hat nie etwas von seinem Schwindel erfahren.« – »Und ehe sie putzen ging«, wollte ich atemlos wissen, »hat er wieder Blut besorgt und ...« – »Gott bewahre«, erwiderte Frangipane und betrachtete grunzend sein Fischskelett, an dem sich kein Fitzelchen Fleisch mehr befand, »das war nicht erforderlich, Signorino. Mehr als zwei Monate wird er das nicht wiederholt haben. Zwei Monate kippte er Schweineblut auf meinen Teppich, bis Frau Beatrice kein Blut mehr brauchte, um daran zu glauben. Und ich wollte mein Haus ohnehin nicht betreten.« – »Und warum haben Sie bezahlt?« meinte Vater erregt, »warum haben Sie das mit sich machen lassen?« Und Frangipane, der seine zehn Finger ableckte, erwiderte schmunzelnd: »Es war leider aussichtslos, vollkommen aussichtslos, eine andere Person aufzutreiben, die mir mein

Haus versorgt, bei dem Gerede um die sich erneuernden Blutflecken! Und außerdem, tja, wir haben ein Sprichwort, das lautet: Ich halte nichts von Gespenstern und Aberglauben – und das bringt mir Unheil.«

Um Mitternacht kamen sie torkelnd vom Hafenlokal, Vater und Frangipane, mit zwei Rotweinflaschen im Arm, die sie auf der kniehohen Mauer zum Strandbad entkorkten. »Und du willst mich freikaufen bei diesem Sack von Picciotti, du willst meine Schulden begleichen?« vergewisserte Vater sich lallend. Frangipane nickte, und Vater stammelte: »Das ist wahre Freundschaft, ach, du bist ein wahrer Freund.« Er preßte seine Lippen gegen den Bart unseres Nachbarn, der gluckste: »Wir haben ja beide nichts mehr zu verlieren.« – »Wir haben ja beide nichts mehr zu verlieren«, wiederholte Vater mit schleppender Stimme, sank auf der Mauer zusammen und nickte ein. Flink beugte sich Frangipane vor, um seine Rotweinflasche zu retten, die Vater vom Schoß rollen wollte. Der erwachte aus seinem Sekundenschlaf, als er aufstoßen mußte, und starrte den Nachbarn an. »Cencio«, brabbelte er, »warum sagst du das: Wir haben nichts mehr zu verlieren?« – »Ja, ist dir das nicht klar, Menschenskind?« grollte Frangipane, »wir haben sie bereits verloren. Wir sind aus dem Rennen, mein Lieber.« Ich weiß nicht, ob Vater verstand, was er meinte. Ruckartig hob er den Kopf zum Himmel, und ich warf mich flach auf den warmen Balkonboden, um nicht beim Lauschen ertappt zu werden.

Am anderen Morgen blieb Vater bis Mittag im Bett, und es war Frangipane, der uns, gegen Mutters Willen, zum Strandbad begleitete. »Ich habe dir etwas zu sagen«, meinte er kratzig, als meine Schwester ins Wasser hopste und ich mich im Liegestuhl schlafend stellte. Sein Haar war verwirrt und sein Hemd rot bekleckert, von der Krawatte zu schweigen, die vollkommen verdreht und verknittert herunterhing. »Wenn du mir etwas zu sagen hast, bitte beeil dich«, erwiderte Mutter gereizt, »und laß uns endlich allein. Oder willst du dich zwischen uns breitmachen?« – »Nein, nein, nicht im Traum«, versicherte Frangipane, »ich mußte es loswerden, Elinor, um nicht zu ersticken, und Lucas Brief war ein willkommener Anlaß, verstehst du?« Ich lauschte dem Rauschen der Brandung, spitz schreienden Kindern und fernen Musikfetzen, die aus der Strandlokal-Jukebox zum Meer wehten, und unserem Nachbarn, der stoßweise atmete. »Ich bin es gewesen«, schluchzte er schließlich, »ich bin es gewesen, der Luca verraten hat.«

Aus Mutters Holzliege drang kein Mucks, ja es kam mir vor, als habe sie sich in der Zwischenzeit heimlich entfernt. Ich blinzelte schwach und schaute in Mutters vor Ekel verzogenes Gesicht. Cencio Eugenio Frangipane schleppte sich auf seinen Knien zum Liegestuhl und ergriff Mutters Hand, die im Sand grub. »Ja, ich habe Lucas Verhaftung betrieben«, winselte er, »ich benachrichtigte meinen Onkel und der seinen befreundeten Staatsanwalt. Und wir vereinbarten, zwei Polizisten schnappen sich Luca bei Schuster Fabrizio. Ich stellte Bedingungen, Elinor: Keine Verhaftung in eurer Wohnung, und keine Ermittlungen wegen, ich meine, wegen Verschleierung und Beihilfe. Und er hielt sich an meine Bedingungen, außer, ja, außer dem Einsatzkommando aus einem doppelten Dutzend bewaffneter Kerle. Ich hatte versichert, es reichen zwei Leute, mit Gegenwehr ist nicht zu rechnen. Elinor«, schluchzte er, »Elinor!« Er knetete Mutters Hand, und Mutter war zu versteinert, um sie dem Mann zu entziehen, der krumm vor der Holzliege kniete. »Willst du nicht wissen, warum?« flehte er, »warum ich Luca verraten habe?« – »Nein«, murmelte Mutter, »ich will es nicht wissen.« – »Aus Liebe«, entgegnete Frangipane, als Mutter sich losmachte und aus dem Liegestuhl sprang, »aus besessener Liebe!« Mutter eilte ans Ufer und tauchte ins Wasser ein. Und unser Nachbar, der seinerseits aufstand und sich seinen nassen Bart mit der Krawatte abtrocknete, kreischte das Meer an: »Aus Liebe, verstehst du nicht, Elinor? Starrsinniger, schamloser Liebe!«

Er wandte sich an einen Strandbadbesucher, der seine Zeitung beiseite gelegt hatte und Frangipane befremdet betrachtete. »Du hast nie einen Menschen verraten, nicht wahr? Gott bewahre, du bist eine ehrliche Haut, und wenn du einen Menschen ans Messer lieferst, wirst du das niemandem mitteilen. Weißt du was, du bist widerlich mit deiner saudummen Fresse, ich werde sie dir polieren, bis sie etwas verwegener ausschaut.« Er fand keine Gelegenheit, sich auf den Strandbadbesucher zu werfen. Im Handumdrehen war er umringt von muskelbepackten und sonnenverbrannten Kerlen, die unsern Nachbarn an Armen und Beinen packten und schleunigst zum Drehkreuz bugsierten, wo er mit einem Abschiedstritt im Rhododendronbusch landete.

Ich bezweifle, ob er mit seinem Besuch nichts anderes bezweckte, als sich zu erniedrigen. Ich denke, es war ein Entschluß dieser Nacht, die er auf der Veranda verbracht hatte. Er sei leider sternhagelvoll gewesen und nicht mehr imstande, sein Zimmer zu finden, rechtfertigte er sich am anderen Morgen vor Sassolinos Verwandter, die »Heiterkeit!« schmetternd ins Freie klabasterte und Frangipane vom Korbsessel scheuchte. »Trotzdem muß es bezahlt werden, Herr Baron«, sagte sie mit verkniffenen Lippen.

Ich beobachtete Frangipane, der vom Rhododendronbusch auf allen vieren zur Treppe kroch, wo er sich aufrichtete, als sei er ein plumpes Insekt, und verschnaufte. Er rieb seine Beulen und blauen Flecken. Und als er zum Uferweg hochstieg und mir sein Gesicht zuwandte, das voller Falten und Furchen war und in der Sonne aufblitzte, wirkte es anmaßend rein.

Wir verlebten drei ruhige Strandtage, und Mutter war auffallend ausgeglichen. Sie hetzte nicht mehr von der Hafenterrasse zur beleuchteten Zelle am Kai. Großvater sei wieder munter, bemerkte sie wortkarg, und werkele in seinem Garten. Sie spielte mit uns vor dem Schlafengehen Halma und Domino, Tricktrack und Schwarzer Peter, ließ sich, in unserem Beisein, von Tante Sophia den Rosenholzkasten zeigen, der ein paar gelbliche Knochen enthielt, und verbiß sich ein Lachen, als Sassolinos Verwandte seufzte: »Tja, das war mein Mann!« und mit einem »Forza! Coraggio!« den Schrein wieder zuklappte.

Mutters Erleichterung verdankte sich nicht Frangipanes Abreise oder dem Brief, den sie von Luca erhalten hatte. Sie hatte beschlossen, uns vorzeitig zu verlassen, und das brachte sie wieder ins Lot. In der letzten Nacht blieb sie mit Vater auf dem Balkon, als ich mich ins Bett legte und von einer Seite zur anderen warf, es war zu heiß und ich konnte nicht einschlafen. Ich starrte zur Zimmerdecke hoch, an der sich zwei Schatten bewegten. Es waren verzerrte Schatten, Schatten mit hackenden Lippen und spitzen Nasen, Krallenfingern und buckligen Nacken. Wild stießen sie gegeneinander oder vereinten sich zu einer wogenden Schwinge, die Lampe, Kommode und Waschtisch verschluckte und mit finsterer Gier um mein Bett rauschte. Was sie miteinander besprachen, war nicht zu verstehen. Nicht mehr als ein Zischeln drang an mein Ohr, in das sich bisweilen ersticktes Husten, scharrende Stuhlbeine und Vaters schlurfende Hausschlappen auf den Balkonfliesen mischten, und am Ende ein schriller Ausruf Mutters, der mich zusammenzucken ließ: »Ich halte es nicht mit dir aus, das ist es!«

Am anderen Morgen begleiteten wir sie zum Bahnhof, und meine Schwester war erst beruhigt, als Mutter sich nicht mehr weigerte, Mimi zu Großvater Emil zu bringen. Das war Mutters Ausrede, Großvater ginge es schlechter, als er habe zugeben wollen, und er brauche sie dringend in Sachsenhausen. »Und du wirst deine Puppe bestimmt nicht vermissen?« vergewisserte Mutter sich pausenlos. »Nein!« sagte Lisa und stampfte auf. Und als Mutter sich ruckelnd und zuckelnd entfernte und im rußigen Lokomotivendampf nichts als ein Klecks war, drehte sich Vater um und schmetterte: »Forza! Coraggio! Zum Strandbad!«

Vater verdoppelte seine Lustigkeitsanstrengungen, als wir im Strandbad ankamen und uns um Mutters verlassene Holzliege scharten. Abwechselnd spielte er Federball mit meiner Schwester und mit mir vor dem Strandlokal Tischtennis, machte im Wasser den See-Elefanten und am Ufer den Hund, der an Sonnenschirmen und Holzliegen anderer Strandbadbesucher sein Bein hebt. Ja, er ließ sich von Lisa am Ufer verbuddeln. Das war bei anbrechender Dunkelheit, als mir der Meereswind Schauder verursachte. Gegen acht hatten beide begonnen, eine Grube zu schaufeln, die ausreichend tief war und in der er sich ausstrecken konnte. Mit im Mundwinkel klebender Zungenspitze, die bei meiner Schwester besonderen Eifer verriet, bedeckte sie Vater mit lockerem Sand. Eimer um Eimer klatschender Erde kippte sie auf seinen Bauch, seine Beine, trampelte sie mit den Fußsohlen fest und rollte keuchend zwei blaugraue Steine an, um sein Entkommen zu verhindern. Und Vater, der bis zum Kinn in der Erde steckte, kreischte »Aua!« und »Oh!« und machte Faxen, um sie zum Lachen zu bringen.

Johlend und klatschend sprang meine Schwester um den zuckenden Kopf, der im Dunkel verschwamm. »Und wenn ich dich nicht mehr befreie, Vati?« jauchzte sie, »wenn ich dich umbringe?« Ich weiß nicht, was Vater erwidern wollte, er war nicht imstande zu antworten. Eine hohe Welle brach sich am Strand und verschlang seinen zappelnden Kopf. Erde und knisternder Schaum hingen in seinen Haaren, als er wieder auftauchte. Er hustete, spuckte und war zu erschrocken von dem, was passierte, um seine Kraft anzuspannen und sich aus der

Grube zu stemmen. Erneut klatschten Wellen in sein Gesicht. »Hilf mir, Sebastian!« schrie er endlich und drehte sich halb zu mir um. Bummelnd erhob ich mich von meiner Liege und werde sie niemals vergessen: seine rollenden, flatternden, angstvollen Augen, die mich im Dunkel nicht fanden.

8

Unser letztes Jahr am Tiber brach an. Ein Jahr, in dem Frangipane zu nachtschlafender Zeit sein Grammophon anstellte und Schuberts »Ave Maria« von der Terrasse erklang, herz- und ohrenzerreißend. Es hagelte Schimpfworte von allen Seiten, vergeblich. Frangipane, der Radiokonzerte und Schallplattenaufnahmen verabscheut hatte, die er als mechanische Wiedergabe ohne Leben und Seele betrachtete, was bei Musik schlimmer Frevel sei, dudelte pausenlos seine verkratzte Achtundsiebzigerschallplatte ab. Und als in einer lauen Novembernacht zwei Polizisten vorm Haus auftauchten, um den Radau zu beenden, bepinkelte er sie vom Dach und schmetterte: »Ave Maria!« Ansonsten verschloß er sich in seiner Wohnung und einem schweigsamen, mutlosen Wesen. Man bekam Frangipane nicht zu Gesicht, außer um Mitternacht auf der Terrasse zu seiner Ave-Maria-Messe – und wenn er auf Mottenjagd ging. Es krachte und rumpelte in seinem Haus, als sei er von Tobsucht befallen und zerschmettere Baldachinbetten und Lehnsessel. »Frangipane, was machen Sie?« schrie Sassolino. Schwitzend und dampfend, mit hochrotem Kopf und in der Faust einen Teppichklopfer, beugte sich unser Nachbar ins Freie und meldete: »Motten totschlagen, sonst nichts!«

Ein Jahr verging, in dem unsere Zwillingsschwestern, Rosalinapaulina, Bekanntheit erlangten und Sassolino zu haushohen Einnahmen verhalfen. Monatelang hatten sie einen krebskranken Nachbarn versorgt, der sich halsstarrig weigerte, in einer Klinik behandelt zu werden. Der hatte bestimmt seine Achtzig erreicht, sich ins Schicksal ergeben und wollte daheim sterben. Er ließ niemanden ein, scheuchte Kinder und Enkel, Freunde, mitleidige Hausbewohner, die anklopften, keifend von seiner Schwelle, ohne aufzusperren und sich zu zeigen. Bald sollte es heißen, er sei zu entstellt und zerfressen vom Krebs und wolle nichts als seine Mitmenschen schonen, und was anfangs ein halber Verdacht, eine Annahme, eine Behauptung gewesen war, verbreitete sich als Gewißheit. Ausschließlich Rosalinapaulina hatten Zutritt zum todkranken Nachbarn, den sie wuschen, bekochten, mit Bibelstellen wachhielten und in der Nacht nicht allein ließen. Bis zum Morgengrauen hockten sie abwechselnd betend am Bett oder reichten den Nachttopf. Als drei Monate um waren, bat er um Schnaps, rauchte verzagt eine Zigarette, und im vierten verschlang er sein Essen mit Heißhunger. Endlich, an einem frischen, besonnten Novembertag, als sie von Lazarus vorlasen, hopste er kerngesund aus seinen Kissen und schleuderte Rosalinapaulinas zerfledderte Bibel zur Gasse.

Als das Sassolino zu Ohren kam, witterte er einen Riesenreibach. Er rannte zu seinen Bekannten, den Priestern von S. Catarina da Siena und S. Giovanni Battisti dei Cavalieri, und begeisterte beide mit seiner Idee, sich an den Zwillingen zu bereichern, und wenn das mit kirchlichem Segen zu machen sein sollte, war das besser – und lohnender – als ohne. Was man brauchte, das war eine Papstaudienz, und beide Priester versprachen zu helfen.

Ein vom Krebstod erretteter Mann – das erregte nichts anderes als Mißtrauen im Vatikan. Man sorgte sich eh um das kirchliche Ansehen, das mit der Freilegung eines Geheimgangs, der ein von Nonnen betriebenes Kloster mit dem franziskanischer Fratres verband, beim U-Bahn-Bau Schaden erlitten hatte. Und es kam schlimmer: Man hatte im Tunnel Skelette entdeckt, die zu winzig waren, um von Erwachsenen zu stammen. In diesem Gang hatten schwangere Nonnen Totgeburten erlebt, Kinder abgetrieben, Neugeborene eiskalt ermordet. Zugeben durfte man nichts! Vatikansdiplomaten beeilten sich, Pressevertreter zu schmieren, die verstiegene Komplotttheorien aufstellten, und verlangten den Vorsitz in der ermittelnden Kommission. Man mußte Verwirrung stiften und Zeit schinden – einen zweiten Skandal konnte man sich nicht leisten. Und wenn diese Geschichte vom krebskranken Mann, den zwei einfache Betschwestern wieder zum Leben erweckt hatten, kein Schwindel war, wollte man in der obersten Kirchenverwaltung einen Besen mit Borsten und Stiel fressen!

Entmutigen ließ Sassolino sich nicht. Drei Tage verbrachte er an seinem Telefon, sprach in Redaktionen vor, quatschte mit Zeitungs- und Fernsehreportern und ließ sich nicht abwimmeln. Eine bescheidene Meldung, die im »Messagero« erschien, reichte aus. Vorm niedrigen Eckhaus am Treppenabsatz mit seinen feuchten und schimmligen Mauern bildete sich eine Menschenschlange, die sich von den Zwillingen Heilung versprach. Halbtote, die man auf Bahren anschleppte, mischten sich mit an Zipperlein leidenden Leuten, von Pusteln und Ausschlag befallene Hausfrauen mit verzweifelten Seelen und Liebeskranken, asthmatische Kinder mit schielenden Backfischen, Schlaf- mit Appetitlosen, Blinde mit Tauben. Rosalinapaulinas verwelkte Gesichter, abstoßende Nasen und Ziegenbarthaare, armselige Stimmchen und reine Augen wirkten vertrauenerweckend. In der mit Krimskrams verstopften Wohnung, die stank wie ein Raubtierhaus, sei es der Zwillinge wegen, um die ein Geruch von Vergorenem wehte, oder der zwanzig Katzen, die sich zwischen Ofen und Gasherd balgten,

Sessel zerkratzten, mit Stoffresten spielten und in Kommodenschubladen schliefen, nein, zwischen diesen von Flecken besprenkelten Mauern und rußigen Zimmerdecken mußten zwei ehrliche Wesen leben! Und Rosalinapaulina, die arglos und aufrichtig meinten, Gott habe sie in seiner Gnade zum Helfen und Heilen bestimmt – eine Einsicht, die sie Sassolino verdankten, der im Korridor hockte und abkassierte, sich in Geldscheine schneuzte, Klienten aufzog, Katzen piesackte und sich beim Wechselgeld und seiner Einnahmenaufstellung absichtlich verrechnete – empfingen von mittags ab elf Uhr bis Mitternacht, ohne sich auszuruhen oder zu essen.

Ein Jahr verging, das aus Antonio Orizio, dem Kartenabreißer mit Kappe und Uniform, die bessere Zeiten erlebt hatte und sich in einem verwaschenen Grau oder Blau beklemmend eng um seinen Bauch spannte, und der mit seiner Entlassung zu rechnen hatte, eine Respektsperson machen sollte. Man schrieb tiefrote Zahlen im Varieté. Mit Ketten zerreißenden Muskelprotzen und einem verschwiemelten Conférencier, der sich von Zote zu Zote rettete, Gassenhauern aus Großvaters Zeiten, die eine verschminkte und aus dem Seidenkleid platzende Kriegsdiva schmetterte, Feuerschluckern und Magiern und einem beinehochreißenden Damenballett ließen sich keine Besucher mehr locken. Was aus dem schuldenbelasteten Haus werden sollte, war dem neuen »Volturno«-Besitzer von Anfang an klar: Er plante ein Striptease-Theater. Umzubauen, das war nicht erforderlich. Man mußte modernere Lampen anbringen, eine wattstarke Lautsprecheranlage einbauen und dem Saal einen frischeren Anstrich verpassen. Schließungszeit: ein Monat, mehr nicht. Und Werbung, die konnte man sich ersparen. Wer nacktes Fleisch zeigte, durfte sich auf Mund-zu-Mund-Propaganda verlassen – und einen Kirchenvertreter, der Sturm lief.

Stumpf hockte Orizio in seiner Wohnung und vermochte

sich nicht aus dem Sessel zu stemmen, um Frau – oder Schwester – zu schlagen. Wenn er Kappe und Uniform anschaute, die an der Garderobe im Flur hingen, schluchzte er auf und verbarg sein Gesicht in den Fingern. Erst als drei Wochen verstrichen waren, erfuhr er vom neuen »Volturno«-Besitzer, er werde ab 1. November zur Probe als Wachhund und Rausschmeißer eingestellt. Antonio Orizio sprang aus dem Sessel und warf sich als erstes auf Schwester und Frau, um sich mit Maulschellen, Tritten und Hieben auf seine Aufgabe vorzubereiten.

Ein Jahr verging, in dem das »Volturno« kochte und brodelte, stampfte und dampfte, und sich Orizio zum plusternden Hahn im Korb seiner vierzehn Kolleginnen mauserte. Die verrenkten und spreizten sich splitternackt vor einem atemlos glotzenden Publikum. Wenn sie sich von Plunder und Flitter befreit hatten, hautengen Fetzchen, BHs, Slips und Strapsen, und sich rosig im Scheinwerferkegel wiegten, machte es »Ah!« in den Zuschauerreihen. Und wenn sie sich umdrehten und einen schneeweißen Po in das Publikum streckten oder sich breitbeinig in einen Sessel fallen ließen und an den rasierten Hautlappen zwischen den Schenkeln spielten, machte es: »Oh!« Und wenn sie zwei Kerzen ansteckten, um sie sich hinten und vorne ins Loch zu schieben und von den brennenden Dochten bescheinen zu lassen, seufzte es im verdunkelten Saal: »Madonna!«

Sich an einer Stripperin zu vergreifen, das war im »Volturno« verboten, polizeilicher Auflagen wegen, die man beachten mußte, wollte man Bußgeldzahlungen und eine befristete Schließung vermeiden. Orizios Aufgabe war es, keinen kleinsten Verstoß gegen dieses Verbot zu erlauben. Mit Kinnhaken wehrte er Kerle ab, die aus den Stuhlreihen stolperten und mit verzerrten Gesichtern zur Rampe rannten. Blindlings vor Lust streckten sie einen Arm aus, wollten ein Bein, einen Schenkel begrapschen, einen Finger ins lockende Hinterteil stecken, und bemerkten Orizio nicht, der sie packte und mit einem Faustschlag schachmatt setzte. Um Mitternacht ließ er sich in der Garderobe von seinen Kolleginnen abschmatzen, die er vor Zudringlichkeiten bewahrt hatte, ohne sich – oder andere – zu schonen, befummelte grunzend ein Knie, einen Busen, gab Klapse auf Wangen und nackte Popos und kam absolut friedfertig heim. Frau und Schwester erkannten Orizio nicht wieder. Er vergaß, sie mit Maulschellen einzudecken, geizte mit Hieben und Fußtritten, und beide waren ernsthaft um seine Gesundheit besorgt.

Ein Jahr verging, in dem Vater sich seinen vergessenen Gewohnheiten zuwandte. Er hockte am Schreibtisch, verfaßte Sonette und verausgabte sich am Spinett. Begann wieder auf seinen Gamben zu kratzen, die er mit neuen Saiten bespannt hatte. Las aufmerksam Klassenarbeiten, studierte sein kleines Notizbuch mit roten und schwarzen Zensuren, traf Unterrichtsvorbereitungen, was er in den vergangenen Monaten zerfahren und schlampig erledigt hatte. Vaters Werkstatt blieb meistens verschlossen, und seine dreihundert Grabbeigaben, Elfenbeinschreibtafel, Bronzeschatulle und orientalische Silberschale, Armreifen und Alabasterurnen, ein griechischer Hermes, kopiert in der Kaiserzeit – seine teuerste Anschaffung –, setzten bald Staub an. Bis zum Hals steckte Vater im Sumpf seiner Schulden, und um sie rechtzeitig abzubezahlen, mußte er andere Anleihen aufnehmen. Bei Sassolino, der wieder bei Kasse war, wollte sich Vater kein Geld borgen. Und als zu peinlich empfand er es, unseren adligen Nachbarn um Hilfe zu bitten.

Dem mußte er ohnehin dankbar sein. Frangipane war, als er aus Anzio kam, schnurstracks zur Pension »Duca d'Alba« marschiert und hatte Picciotti zusammengestaucht. Als Sproß einer Adelsfamilie besitze er beste Verbindungen, um eine lausige Ratte zu Mus zu zerquetschen. »Du wirst deinen Arsch nicht mehr hochbekommen, mein Lieber, wenn ich dich verleumden lasse als Spitzel in amerikanischen Diensten. Wem wird man trauen, was meinst du, dir, einer schmierigen Null, einem stinkenden Kothaufen, oder meinen Bekannten vom schwarzen Adel, die deine Partei mit Penunzen versorgen? Man wird dich fallenlassen, und wenn du Pech hast, murksen dich deine sauberen Leutchen ab, ist ja nicht schlecht, eine Leiche zu haben, die man den Roten zur Last legen kann. Und am Ende wird in den Parteiannalen aus einem Schisser ein richtiger Held! Oh, ich verschaffe dir diese Ehre! Eine Anspielung, und du bist platt!« Schweißperlen bedeckten Picciottis Stirn, als er schwor, Ludwig Wieland nie mehr zu besuchen und nicht zu verbreiten, der sei am Gran Sasso gewesen.

»Den bist du los!« sagte Frangipane, als wir mit Koffern und Schlauchboot und Taucherbrillen, die wir aus Platzmangel aufgesetzt hatten, aus einem winzigen Taxi krochen, »und sein Geld zu verlangen, das wird er nicht wagen«, und ließ den vor Seligkeit stammelnden Vater auf der Gasse stehen, um sich im Haus einzuschließen.

Vater entsprach es nicht, sich in ein Meer aus Verzweiflung zu werfen und stumm zu versinken! Beide wichen sich aus, Vater und Frangipane, der eine, um sich an der maßlosen Schwermut seines Anzio-Freundes nicht anzustecken, der andere, um mit seinem Kummer allein zu sein. Vater strampelte gegen den Strudel aus Mutlosigkeit und Verbitterung an, indem er beschloß, sein Leben in Ordnung zu bringen.

Mit diesem Haufen von Schulden, das wußte er, ließ sich sein Leben nicht einrenken. Er mußte sie loswerden, und zwar bald. Das war hart, eine saure Erfahrung. Frisches Geld aufzutreiben fiel Vater nicht schwer. Schlimm war es, mit dieser Summe nichts anderes als eine Schuld zur vereinbarten Frist zu begleichen, es in ein Faß ohne Boden zu stopfen und wieder mit Zinsen belastet zu sein. Gelegentlich, wenn er mit leerem Gesicht am Spinett eine Gigue spielte, sprang er vom Schemel, um Ziffern ins Ausgabenbuch zu kritzeln, endlose Berechnungen vorzunehmen. Zu einem Ergebnis, das seine Laune verbesserte, kam Vater nie.

Aufrecht hielt er sich mit einem anderen Vorhaben, das er klammheimlich betrieb: Wieder an Lichtenbergs Schule versetzt zu werden. Das war keine einfache Aufgabe. Erstens war seine Stelle besetzt – und zwar mit einer Lehrerin, die knappe dreißig war – und Pensionskandidaten waren keine in Sicht. Außerdem hatte man Vater in Lichtenberg niemals verziehen, sich erfolgreich an Roms Deutscher Schule beworben zu haben. In seinem Schreiben ans hessische Schulamt berief er sich auf seine kleine Tochter, die am Tiber an Asthma erkrankt sei – eine Bescheinigung zu verweigern, konnte sich sein deutscher Arzt nicht leisten: sein stinkfauler Sohn saß in Vaters Klasse –, ein Asthma, das sich in der sauberen Odenwaldluft ohne Zweifel bald legen werde, und um seiner Bitte Gewicht zu verleihen, schilderte er sein Erlebnis mit der kommunistischen Presse Italiens, die seinen Zufallsbesuch in Predappio am Grab Mussolinis benutzt habe, um mit der nachweislich falschen Behauptung, er sei SS-Mann gewesen, deutschfeindliche Stimmung zu machen. Was seine Familie im Anschluß an Anfeindungen, Beschimpfungen und Drohungen erlitten habe, rechtfertige seines Erachtens besondere Behutsamkeit bei der Entscheidungsfindung. In der vertrauten Umgebung von Lichtenberg werde sich seine Familie von diesem Schock besser erholen als an einem fremden Ort. Er legte den Zeitungsartikel bei, freilich ohne den heiklen Schnappschuß, auf dem er zwischen Picciotti und Giorgio klemmend den Arm zum faschistischen Gruß hob.

Trotz der ausweichenden Antwort vom hessischen Schulamt, die binnen zweier Wochen im Briefkasten landete, blieb Vater stur. Er telefonierte in alle Himmelsrichtungen, bis er den richtigen Tip bekam. Im Kulturministerium saß ein Mann, den er aus vergangenen Zeiten kannte, vom Kurzkurs zur Lehrerausbildung. Der hatte Bel-Ami nicht vergessen, nicht seine Flugabenteuer, nicht seine Rilke- und Stefan-George-Beschlagenheit. Eine Viertelstunde tauschten sie sentimentale Erinnerungen aus, ehe Vater sein Anliegen vorbrachte – und nebenbei eine Schulamtskontrolle am Gymnasium Lichtenbergs anregte. Sein Bekannter versprach, sich ins Zeug zu legen, und Ende April erhielt Vater Nachricht, seine Stelle an Lichtenbergs Schule sei frei, wo man seinen Kollegen in Englisch und Deutsch wegen schwerwiegender Alkoholprobleme bis auf weiteres vom Dienst suspendiert habe.

Neuerdings war es Vater, der uns bekochte. Er hielt einen Speiseplan ein, der sich von Woche zu Woche wiederholte und von dem er kein Fitzelchen abwich. Er war ein lausiger Koch, und mit einem Speiseplan ließ sich der Aufwand gering halten, sei es beim Einkaufen, sei es am Herd. Und es entsprach Vaters Absicht zu sparen. Ansonsten verstrich kein Tag, an dem meine Schwester und er sich nicht stritten. Er packte sie am Schlafittchen, wenn sie mit Nudeln und Pfannkuchen um sich warf oder mutwillig Zucker am Boden verstreute, und schloß sie im Schlafzimmer ein. Krumm hockte Vater vor seinem Teller, in seinen Augen bemerkte ich Ohnmacht und Scham.

Seine mit meinen Wimpeln besprenkelte Karte im Wohnzimmer rollte er ein und verstaute sie tief in der Teakholzkommode. Und erst Anfang Januar stapfte er wieder zur Werkstatt. In Stiefeln – und mit einem Taschentuch vor der Nase – besichtigte er den Schaden, den ein geborstenes Abflußrohr in seinem Keller verursacht hatte. Grimmige Heiterkeit packte Vater, als er in knietiefem, schlammigen Wasser um seine von

Klopapierfetzen und Kot besudelten Grabbeigaben watete. Vernichtet, nein, das war er nicht. Er verbrachte zwei Wochen im Keller, um den Dreck zu beseitigen und seine Sammlung zu putzen. Ich glaube, es war dieser Vorfall, den er als verdiente Strafe betrachtete, der seinen Entschluß beschleunigte, sich von seinen dreihundert Funden zu trennen.

Ein Jahr verstrich, in dem ich es nicht zu Hause aushielt und mit meinen Freunden, dem stinkfaulen Arztsohn aus Vaters Klasse und einem Pickelgesicht namens Fliege, Schabernack anstellte, Streiche beging. Fliege, der aus einer strengen, stocksteifen Familie kam – sein Vater war Botschafter beim Vatikan –, wirkte bieder und brav mit seinem schnurgeraden Mittelscheitel, seinem pomadisierten Haar und seinen ewigen Fliegen anstelle von Schlipsen vorm hopsenden Kehlkopf. Insgeheim war er eine Kanone im saugroben Fluchen und hemmungslos frech. Je finsterer eine Idee war, desto sicherer kam sie von Fliege.

Wenn ich mich richtig erinnere, ertappte ich beide im Schulklo in einer Toilettenkabine beim Wettwichsen. Wer sein Sperma zur Wand spritzte, sollte den Zuschlag bekommen: Ein Pornoheft, das sie in einem Abfallkorb nahe der Schule entdeckt hatten. Und um von mir nicht verpetzt zu werden, dem Sohn eines Paukers, nahmen sie mich als dritten im Bunde in Kauf.

Wir trafen uns meistens im Villa-Borghese-Park, versteckten uns bei einer Lorbeerhecke und lauerten Liebespaaren auf, die sich im Winter bereits mit anbrechender Dunkelheit zu Hunderten an verborgenen und meinen Freunden bekannten Stellen in winzigen Fiats verrenkten. Wir konnten Pech haben, und es passierte nichts – oder besonderen Dusel, und unser Liebespaar kam ohne Vorspiel zur Sache. Aus der stickigen Schachtel, die stoßweise ruckelte, drangen verhaltene Schreie. Feixend preßten wir unsere Nasen an klebrig verschmierte

Scheiben und schauten dem Liebespaar zu, das sich ineinander verkrallt hatte und unsere Gegenwart nicht bemerkte. Es erwachte erst aus seinem Taumel, wenn wir unsere Schreckschußpistole abfeuerten – die einer der beiden, ich weiß nicht mehr, wer, bei seiner Mutter entwendet hatte – und zerfiel in zwei strampelnde Menschen, die sich blindlings mit Kleidern bedeckten und schleunigst Reißaus nahmen. »Das hat etwas ekelhaft Tierisches«, sagte Fliege, als wir zum Brunnen beim Pincio schlenderten, um unsere heißen Gesichter zu waschen, »diese schwachen Instinkte, die keine Gefahr mehr erkennen. Seelenruhig kann man sie abschlachten. Die sind vor Lust zu benebelt, um sich zu wehren.« – »Du langweilst mich mit deiner Philosophiererei«, erwiderte Martin, »laß dir lieber was Besseres einfallen!«

Wir schlichen uns zum Zoologischen Garten, um den Huren zuzuschauen, die sich rauchend um Kohlenbecken scharten, und wenn sie ein Scheinwerfer anstrahlte, flink eine Brust aus dem Ausschnitt rissen und melkten, als wollten sie Milch spenden.

Bald konnten wir sie auseinanderhalten. Es waren etwa zwanzig Frauen, die sich den Bordstein beim Zooeingang teilten. Im Feuerschein blinzelten dicke, verschminkte und hagere, spitze Gesichter, zeigten sich fleischige Schenkel und staksige Beine, fette Schultern und knochige Arme. Es erhitzte uns, sie zu beobachten. Aus einem uns nicht erfindlichen Anlaß begannen sich zwei miteinander zu streiten, und rasch folgte der Schimpfkanonade ein Ringkampf, bei dem sie sich heillos zerkratzten, zerbissen und keuchend am Erdboden rollten. Andere kamen hinkend und heulend aus dem Villa-Borghese-Park, von einem Freier mißhandelt, der sich mit den Tageseinnahmen verpißt hatte.

Wir stapften ins silbrig glimmernde Gras zwischen Pinien und Palmen zum Tempel im See, wo wir uns an einem in zackigen Lanzen auslaufenden Eisenzaun hochziehen mußten, der den Verbindungssteg absperrte, und flegelten uns auf drei Bretterkisten, die sich neben Lumpen, verschissenen Zeitungen und glitzernden Spritzen im Tempel befanden. Es schauderte mir in der feuchtwarmen Luft, vor dem strengen Geruch, der im Dustern herrschte. Ja, etwas haltlos Verwildertes packte mich in dieser Zeit, eine zwanghafte Lust zu verletzen, und mag sein, es war meine, nicht Flieges Idee, eine Hure im Park abzufangen und auszurauben, ein Plan, den wir grimmig betrieben. Sechs Tage verfolgten wir eine der hageren Frauen, die uns ausreichend schreckhaft und scheu vorkam, und in einer Neumondnacht, als sie sich von einem Kunden verabschiedet hatte, vor einen Pinienstamm hockte und seufzend ins Gras strullte, bedrohten wir sie mit der Schreckschußpistole. Im Finstern war nicht zu erkennen, ob wir Halbstarke oder Erwachsene waren, und unsere Pistole wirkte anscheinend beklemmend echt. »Keine Faxen! Sonst murks ich dich ab!« befahl Fliege mit seiner tiefsten und knarrendsten Stimme. Sie war zu erstarrt, um sich zu widersetzen, und wir zogen beschwingt mit der Handtasche ab.

Ums Geld ging es uns nicht, das verjuxten wir an einer Jukebox, beim Flippern, legten es in Zigaretten und heiße Maronen an. Aus drei Handtaschen, die wir erbeutet hatten, kramten wir Schminksachen, Ausweise, Arztdokumente und billigen Schmuck. Wir schmierten uns mit Vaseline ein oder bliesen Pariser auf, bis sie zerplatzten. Wir balgten uns um einen fleckigen Slip, den Fliege beim Streichholzziehen an sich brachte, gierig beschnuppern und ablecken durfte, und berauschten uns an unserer Rohheit. »Heiliger Stuhlgang!« stieß Fliege aus, als ich es mir nicht mehr verkneifen konnte, mit meiner Beretta zu prahlen, »die macht uns zu echten Verbrechern!« Und bei dieser Aussicht begannen wir begeistert, um unsere Kisten zu hopsen.

Meine Waffe kam nicht mehr zum Einsatz – in dieser Nacht faßte man Fliege, als er alleine zur Spanischen Treppe trottete, mit dem fleckigen Slip in der Arschtasche und der Schreckschußpistole im Hosengurt. Außerdem trug er zwei Paßbilder bei sich, die aus der dritten erbeuteten Handtasche stammten. Ob er von Anfang an rotzfrech bekannte, ein Mitglied der Handtaschenbande gewesen zu sein, oder vor seinen Eltern zusammenbrach, die man benachrichtigt hatte, das kann ich nicht sagen. Uns verpfiff Fliege nicht. Stur behauptete er, seine Kameraden seien zwei italienische Bengel aus Torpignattara gewesen, und Adressen, Familiennamen, die kenne er nicht. Er flog von der Schule und kam vor ein Jugendgericht, das von einer Strafe absah – und zog mit seinen Eltern, wenn ich nicht irre, in eine karibische Hauptstadt um. Martin und ich gingen uns aus dem Weg, zum einen, um keinen Verdacht zu erregen, zum anderen aus Lustlosigkeit.

In den kommenden Monaten blieb ich allein, schlenderte ziellos von Gasse zu Gasse, lungerte an einem Brunnenrand oder strolchte um staubige Parks und schaute den Rentnern beim Bocciaspielen zu. Nachmittags setzte ich mich in ein Kino, wo ich Popcorn aß, rauchte und einschlief, bis mich ein Saaldiener von meinem Platz scheuchte.

In einem Billardsaal, den ich beim Bahnhof entdeckt hatte, war ich inzwischen Stammgast, trotz meines Alters, das mir keinen Zutritt erlaubte. Niemand foppte mich mehr, was am Anfang passiert war, ich sei als Gegner nicht ernst zu nehmen. Wenn man bereit war zu zahlen, war es nicht schwer, einen Partner zu finden, und in diesen Monaten hatte ich Geld. Das bekam ich von Mutter, die ein zu schlechtes Gewissen hatte und sich nie weigerte, mir eine Banknote zuzustecken – heimlich im Korridor oder im Schlafzimmer, Vater sollte es nicht bemerken –, und dieses verschworene Geldscheinezuschieben blieb unsere letzte Vertraulichkeit. Ich verschaffte mir Freunde im Billardsaal mit meiner prallvollen Hosentasche, aus der ich zerfledderte Scheine und Kleingeld zog, die mir zeigten, wie man einen Billardstock handhabt, was ein Effetstoß und Kontereffetstoß ist. Ich machte Fortschritte, konnte mich bald mit einer Reihe von Spielern messen, die man nicht zu den Schlechtesten rechnete, und verbrachte Stunden um Stunden im Bahnhofsviertel.

An einem Tag, Ende Februar, fing mich Konrad Menzing vorm Billardsaal ab. Ja, Konrad Menzing, der mich nie beachtet hatte, wenn er in speckiger Lederjacke, zerfransten Jeans und mit fettigen, aschblonden Haaren am Pausentor lehnte und in einem Comicheft las. Niemals hatte er meinen verlegenen Gruß erwidert, nie vor meine Schuhe gerotzt oder mir einen Auftrag erteilt, was er sich bei anderen Schulkameraden erlaubte. Er schickte sie zum Zigarettenholen oder ließ sich mit Weißbrotschnitten, sizilianischen Kuchen und Kaffee versorgen, und zum Dank bekamen sie sein Comicheft oder durften das Wechselgeld behalten und sonnten sich in seiner Aufmerksamkeit. Seine Zuwendung mochte verletzend und schroff sein. Andererseits verschaffte sie dem, der sie auf sich zog, Achtung und Anerkennung. Und wenn es mich meistens erleichtert hatte, von Menzing, der bei seinen Lehrern als fauler Hund und verrohter Charakter verschrien war, nicht bemerkt zu werden, wurmte es mich, in seinen Augen ein Niemand zu sein.

Ich mußte annehmen, es handle sich um einen Zufall, als ich beinahe mit Menzing zusammenstieß, der neben seinem von Aufklebern wimmelnden Motorroller an einer Hausmauer flegelte und mich kaugummikauend betrachtete. »'tschuldigung« stammelnd, beschleunigte ich meine Schritte, bis mich sein vom Schulhof vertrauter, herrischer Pfiff zum Stehenbleiben zwang. Schwer zu sagen, warum ich gehorchte und mich auf seinen Lambrettasitz schwang.

Von Menzing beachtet zu werden, das schmeichelte mir. Und außerdem wollte ich wissen, mit was ich mir seine Beachtung verdient hatte. Meine Besuche im Billardsaal hatte er ausspioniert, das ließ sich aus seinen Bemerkungen schließen. Sie klangen halb anerkennend, halb wegwerfend, und das verunsicherte mich um so mehr. Nahm er mich ernst? War ich einer, mit dem er sich messen wollte? Oder entsprang seine Aufmersamkeit einer nichtssagenden Laune?

In einer Woge aus brausendem Wind preschten wir auf seinem Motorroller am glitzernden Meer bis Nettuno und kamen in einen zur Mittagszeit ausgestorbenen Ort, der aus engen und holprigen Gassen bestand, die sich in der Sonnenglut aufgeheizt hatten, drehten zwei Runden auf einem verschlafenen Platz, der zur Meerseite abfiel und an dem ein verschlossenes Kirchlein stand, das bessere Tage erlebt haben mußte – vom Mauerwerk, das tiefe Risse zerfurchten, platzte der gelbe Verputz – und knatterten in einen Innenhof mit teils bemoostem, teils blank poliertem, im Sonnenschein blendendem Pflaster. Konrad zog mich zur mittleren Außentreppe, die seitlich zur Wohnung hochstieg, einer zu Ferien- und Wochenendzwecken von seinen Eltern benutzten Behausung.

Man hatte sie anscheinend frisch gestrichen. Scharfer Lackgeruch, Eimer und eine bekleckerte Leiter empfingen uns im Korridor, von dem drei Zimmer abgingen, eines zum Hof und zwei andere auf Hafen und Meer. Im dritten Zimmer stapelten sich seine Comichefte in zwei Meter hohen, von einer Folie bedeckten Haufen. Rechts und links an der Wand standen leere Regale, die mit beschrifteten Zetteln beklebt waren. »Jacula« las ich, »Ciputti« und »Diabolik«, »Rankxerox« und »Teddy Bob«, »Sturmtruppen« und »Tiramolla.«

Das war seine aus zigtausend Comics bestehende Bibliothek, von der man im Pausenhof raunte! Ja, was man im Schulhof an Menzing verehrte – außer Frechheit und Furchtlosigkeit –, das war sie! Es hieß, seine Sammlung sei beinahe komplett, und angeblichen Kennern zufolge enthielt sie neben schwer zu beschaffenden Kostbarkeiten eine Reihe verbotener Hefte. Mit zehn hatte er sie zu sammeln begonnen und verlieh seine Hefte an Nachbarschaftskinder und halbstarke Badeurlauber, die bald auf der Hoftreppe anstanden, gegen Bezahlung. Was er einnahm, das steckte er wieder in Comics oder in seine andere Leidenschaft: Zigaretten. Am Anfang – er war ja erst elf und rauchte am Tag seine zwei oder zweieinhalb Packungen – hatte er im Tabakwarenladen behauptet, von seinen Eltern beauftragt zu sein, Zigaretten zu holen, und keiner mißtraute dem Knirps, der sein Geld auf den Holztresen schmiß und, ohne zu stottern, zwei Stangen verlangte! Heute konnte er sich diese Ausrede sparen, und seine Leihbibliothek, die er Sommer um Sommer mit Eifer betrieben hatte, bereitete Konrad inzwischen Verdruß.

Wann ich Menzings Geschichte erfuhr, ob an diesem Nachmittag oder an einem der folgenden, die wir in der Ferienwohnung verbrachten, wo ich seine Heftstapel in den Regalen verstaute und er mir, im Lehnsessel schaukelnd, Anweisungen erteilte, das weiß ich nicht mehr. »Die kommen ins zweite Fach«, meinte er ruppig, »das erkenne ich ja aus drei Metern Entfernung! ›Geppo‹ zur anderen Seite, bitte. Kennst du ›Geppo‹?« Verlegen verneinte ich und kam mir absolut dumm vor. »Kann ich empfehlen, paßt zu deinem Alter und entspricht deinem Charakter. Dieser ›Geppo‹ ist herzensgut, mußt du wissen, ein Teufelchen, das bequem im Inferno lebt und es nicht leiden kann, wenn es von Satan zur Erde entsandt wird, wo es sich endlich beweisen und Schrecken verbreiten soll. Das geht ausnahmslos schief, und aus ›Geppo‹, der einfach zu lieb ist, wird niemals ein richtiger Teufel!«

Bis zum Schluß blieb mir schleierhaft, warum er sich mit mir abgab und was er sich von mir versprach: Mein »Bibliothekarsdienst« war nichts als ein Vorwand, das war mir bald klar. Den entlohnte er mit Zigaretten – und seiner Gegenwart, die in der Regel halb lauernd, halb mißmutig war. »Plapper nicht«, warnte er mich, »ich kann Quasselstrippen nicht ausstehen«, als ich bemerkte: »Deine Eltern sollen fortschrittlich sein.« – »Meine Eltern und fortschrittlich«, knurrte Menzing und starrte zwischen zwei Fensterladenlamellen aufs Meer, das mit Schaumkronen betupft war, »die sind beide verfault und sonst nichts.«

Zwei Erlebnisse habe ich nicht vergessen: An einem Nachmittag trafen wir in seinem Zimmer auf einen verhuschten Jungen, ein blasses Kerlchen mit Akne und Ziegenbart, der sich bei seinen Comics bedienen wollte. Konrad bekam einen Tobsuchtsanfall. Er packte den Besen im Wassereimer, an dem eine triefende Rolle befestigt war, die er dem Kleinen ins Gesicht klatschte. Als der sich zum Innenhof rettete und auf der verwitterten Treppe ins Straucheln kam, kreischte Menzing: »Ich schlage dich tot, du Rindvieh. Wenn du mir wieder begegnen solltest, mache ich dich zu Mus, das verspreche ich dir. Richte das Mutter aus, richte es aus!« – »Du hast einen Bruder?« erkundigte ich mich verwirrt. Menzing drohte mit seiner kleckernden Besenstielrolle: »Einen Bruder? Du spinnst ja. Das war Mutters Liebhaber, ein Student.«

In der letzten Nacht machten wir einen Spaziergang zum Hafen, und vor der Jacht seines Vaters, die im petroleumschwarzen und schwappenden Wasser vor Anker lag, spuckte er aus. »Wollen wir abhauen mit seiner Kiste, was meinst du?« Er packte mich an meiner Schulter. »Abhauen?« stammelte ich, »richtig abhauen?« – »Ja, was denn sonst, du Idiot!« – »Kennst du dich mit seiner Motorjacht aus? Ich meine, kannst du sie bedienen?« Sein Vorschlag beunruhigte mich. War das eine Mutprobe, die ich bestehen mußte? Verlangte er einen Beweis meiner Freundschaft? Wollte er wissen, ob mit mir zu rechnen war? Oder meinte er ernst, was er sagte? Bei dieser Vorstellung schwindelte mir. Ich sollte Menzing begleiten, vom Golf von Neapel zum Ionischen Meer schippern, von der Hellenischen See bis zum Bosporus, ich? Ich schielte beklommen zu Konrad, der kein besonders entschlossenes Gesicht machte, und das erleichterte mich. Ja, eine winzige Zeitspanne wirkte er schwankend, als ob er mit einer Entscheidung ringe. Er schluckte, er zerrte am Adamsapfel und blinzelte in meine Richtung, als wolle er mir etwas anvertrauen.

Schweigend stapften wir nebeneinander zur Mole, vor der sich Wasser und Dunkelheit zu einer dunstigen Mauer vereinten, und um seine Zweifel an mir zu zerstreuen – und mir sein Vertrauen zu verdienen –, schwatzte ich von meiner Weltkriegspistole. »Eine Beretta?« versetzte er rauh, »du bist im Besitz einer echten Knarre? Soll ich sie dir abkaufen, oder was?« Mit meiner Pistolenangeberei hatte sich seine Stimmung verschlechtert, und diese Wendung erwischte mich kalt. »Abkaufen?« stotterte ich, »sie mir abkaufen?« Meine Verwirrung belustigte Konrad. »Bring sie mit, und ich mache dir einen Preis«, entgegnete er und schob mich zu seiner Lambretta, die an einem Laternenpfahl am Ufer lehnte. »Und was willst du mit meiner Pistole anstellen?« – »Meinen Vater erschießen, zum Beispiel«, antwortete Menzing und warf seinen Motorroller an.

Schlagartig war sein Interesse an mir erloschen. Er brachte mich nicht mehr zur Ferienwohnung, er fertigte mich ohne Umschweife ab, wenn ich mich ans Pausentor wagte, und ließ sich von meiner Beretta im Ranzen nicht umstimmen. In Erfahrung zu bringen, was er mir hatte mitteilen wollen, erwies sich als aussichtslos, und bald nahmen mich andere Ereignisse in Beschlag.

Ein Jahr verging, in dem unsere Mutter an Wochentagen um sieben zur Deutsch-Italienischen Handelsgesellschaft aufbrach, einem Glaspalast im EUR-Viertel, wo sie Korrespondenzen erledigte, italienische Briefe ins Deutsche brachte und bei internen Besprechungen dolmetschte. Anfangs merkte man Mutter Verunsicherung an, ob sie diese Aufgabe meistern werde. Sie stapelte Akten im Schlafzimmer – das Vater nicht mehr zu betreten wagte – und studierte sie, bis sie bei Lampenschein einnickte. Ohnehin sahen wir Mutter fast nie. Sie aß in der Handelsgesellschaftskantine zu Mittag und setzte sich nie an den Abendbrottisch, falls sie heimkam und nicht in der Stadt blieb, um mit dem Mann, den sie liebte, Theater- und Kinopremieren zu besuchen, Gartenfeste und Stehpartys oder den Presseball.

Ausreden mußte sich Mutter nicht einfallen lassen, Rechtfertigungen konnte sie sich ersparen, Vater stellte sie niemals zur Rede. Er wollte nichts wissen von Mutters Verliebtheit und nichts von dem Menschen, mit dem sie zusammen war. Mag sein, er beruhigte sich mit der Idee, es handele sich um ein Strohfeuer, eine Vernunftlosigkeit, mit dem Rausch zu vergleichen, den er mit seinen Funden erlebt hatte. Vater zeigte nicht, ob er verletzt war, verhielt sich, als sei diese Liebe nicht ernst zu nehmen, nichts als eine Flause von Elinor, und als habe er sich strikt verboten, an einer harmlosen Laune zu leiden.

Seinen Schulbescheid hatte er endlich erhalten – und zauderte, Elinor in seine Neuigkeit einzuweihen –, telefonierte mit zwei Immobilienmaklern, um uns zum 1. August eine Wohnung in Lichtenberg oder Umgebung zu sichern, und nahm Kontakte zu Schiebern und Hehlern auf, um seine Sammlung komplett zu verkaufen.

Er biß auf Granit, komplett wollte sie keiner. Zwar bekam er Besuch von verschiedenen Hehlern, die seine dreihundert Funde besichtigten und Vaters Elfenbeinschreibtafel lobten, um orientalische Silberschale, griechischen Hermes und Bronzeschatulle feilschten und ausspuckten, als Vater stur blieb.

Seine Ware sei einfach zu heiß, schimpften sie, und es dauere Monate, bis man sie losschlage. »Aus einem Etruskergrab in Pitigliano, nicht wahr?« grunzte einer der Schieber und wedelte mit seinem Bronzemodell einer Schafsleber, »die kann ich zum Beispiel nicht kaufen. Was aus Pitigliano kommt, steht auf der schwarzen Liste, und bei einer Razzia bin ich im Arsch. Außerdem habe ich Informationen, Informationen aus erster Hand, man werde den Dieben bald Handschellen anlegen. Nein, das ist mir zu heikel, mein Lieber.« Bei dieser Aussicht verdreifachte Vater seine Anstrengungen und verscherbelte, was sich verscherbeln ließ, zu Preisen, die seine Schulden nicht deckten. Sicherheitshalber verbrannte er sein Inventarbuch. Und seine Etruskerfunde aus Pitigliano verstaute er in einem Pappkarton, den er schweren Herzens zur Via Cavour schleppte und auf einen Abfallberg warf.

Was in Mutter vorging, war schwer zu erkennen. Sie verschloß sich vor uns, meiner Schwester und mir, sei es aus schlechtem Gewissen, sei es, um unseren Kummer nicht zu verschlimmern. Wenn sie Zeit hatte, kitzelte sie meine Schwester ins Bett oder winkte mich lebhaft ins Schlafzimmer, um meine Schulnoten zu erfahren, sich zu erkundigen, wer meine Freunde seien. Ich antwortete einsilbig, trotzig, verstockt, und bald ließ sie es bleiben, mich auszuquetschen. Was sie bei der Handelsgesellschaft verdiente und nicht in teure Klamotten steckte, in Nobellokalen, im Opernhaus ließ, das floß in Spielsachen, die meine Schwester bekam, oder in meine Tasche. Sie war ruhelos, aufgeregt, fiebrig in sich versponnen, konnte ansteckend heiter sein und im Handumdrehen vollkommen verloren wirken, man wußte nie, was sie beherrschte. Sie verstellte sich ja, zwang sich krampfhaft, diesen Wirbel aus Stimmungen vor uns zu verbergen, was um so verwirrender war. »Du bist komisch«, beschwerte sich meine Schwester, »willst du heute komisch sein oder normal?«

Anfang Mai kam sie gegen halb sechs nach Hause und hielt sich schwankend am Holzpodest fest. Großvater Heinrichs Apollonkopf wackelte, und mit einem Aufschrei: »Um Gottes willen, nicht!« sprang Vater von seinem Spinetthocker. »Ich werde ausziehen«, mehr sagte sie nicht. Vater starrte vom Gipskopf, den er im Arm hielt, zu Mutter und stammelte: »Feelein!« Ja, er stammelte »Feelein«, als Mutter zur Kammer im Korridor lief, um zwei Koffer zu holen, und schrie, es sei zwecklos, sie umstimmen zu wollen. Bis zur Schlafzimmerschwelle verfolgte er sie, »Feelein« stammelnd, nichts anderes als »Feelein!« Hilflos schaute er zu, wie sie Blusen und Hosen, Pullover und Jacken im Koffer verstaute und in den anderen Schuhe und Schminkzeug schmiß, Schmuck kippte, Kleinkram und Briefe warf. »Feelein«, stammelte er, als sie uns umarmte, hastig, mit flehenden Augen, und »Feelein«, als Mutters Schritte im Hausflur verhallt waren.

An diesem Tag klopfte ich bei Frangipane an, der mich am Arm nahm und in seinen Flur zerrte. »Es ist etwas passiert, Signorino, nicht wahr?«, er scheuchte mich in einen Schaukelstuhl, »na, laß mich raten. Es handelt sich um deine Mutter. Sie hat euch verlassen.« – »Ja,« sagte ich schluckend, »um bei diesem Mann einzuziehen.« – »Und du denkst, sie ist grausam?« Ich nickte. »Oh ja, du erkennst sie nicht wieder, dieses Gesicht, das du kanntest und liebtest, erkennst du nicht wieder, und das bringt dich um den Verstand. Warum zeigst du mir nicht dein vertrautes Gesicht, warum mußte es zu einer Fratze werden?, murmelt es in deinem Kopf.« Er verkrallte sich in meiner Schulter. »Paß auf, Signorino. Sie will euch nichts antun, nicht herzlos und kalt sein, verstehst du? Und du mußt sie fest in dein Herz schließen. Wenn du sie aufrichtig liebst, wird sie dir nicht mehr fremd oder grausam vorkommen. Ich sage dir:«, zischte er, »du! mußt! sie! lieben!«

Schnaufend ließ er mich los, um sich vor seinen Globus zu

stellen, den er mit einem Finger in Schwung setzte. Wir starrten zusammen auf Weltmeere und Kontinente, auf Inseln und Dschungel, Gebirge und Staatsgrenzen, Breitengradlinien und Schiffsrouten, die vor unseren Augen verwirbelten und zwischen den bebenden Spangen aus Holz Karussell fuhren, bis Frangipane den Erdball zum Stillstand brachte. »Ich habe nie einen Fleck entdeckt«, seufzte er, »keinen Urwald und kein gottverdammtes Gebirgstal, keine Felsenbehausung, kein Erdloch, nichts, wo man sich vor seiner Verzweiflung verkriechen kann. Tausende von Kilometern Land, und diese vermaledeite Erde bietet kein kleinstes Versteck vor meinem Kummer, er wird mich verfolgen und einholen. Er hat etwas von einem Hund, Signorino, der seinen Herrn nie verlassen wird und im entlegensten Weltwinkel findet.« Frangipane marschierte um seinen Globus. »Er bleibt dein treuer Begleiter bis in den Tod. Und wird sich auf deinem Grabstein zusammenrollen, winselnd und scharrend, wenn du nicht mehr bist. Und warum, Signorino, warum diese Treue? Na, bei dir wird er fett, nicht bei einem dieser Menschlein, die sich am Leben berauschen. Er zerfleischt deine Eingeweide, dein Herz und saugt dir das Mark aus den Knochen. Oh, dein Kummer weiß, wo er sich sattfressen kann.« Er stellte sich vor mich, ins Leere starrend, mit baumelnden Armen und pendelndem Kopf. »Sollte ich einen Fleck auf dem Globus entdecken, wo wir von dieser Bestie verschont bleiben, darfst du mit mir mitkommen, Signorino.«

Eine halbe Nacht blieb sie beim Liebhaber, der es ablehnte, sie bei sich aufzunehmen, und Mutter im Morgengrauen heimschickte. Nein, heimkehren konnte sie nicht, das war eine zu bittere Niederlage. Sie verbrachte drei Tage im Freien, und erst am vierten, als sie nicht mehr aus und ein wußte, stand sie in unserem Korridor, im verkrumpelten Sommerkleid, das dreckbespritzt und an einer Seite zerrissen war, lose um Haut und verschmutzten BH lappte, frierend, mit bebenden blauen Lippen, Kratzern an Armen und Beinen, und ohne Koffer, die sie verloren hatte. Wir wagten es nicht, sie zu streicheln, wir waren zu entsetzt, und sie war uns zu fremd. Sie sank vor unseren Augen zu Boden, und Vater, der sie ins Schlafzimmer schleppte, entkleidete, mit einem Waschlappen abrieb und in einen Schlafanzug steckte, stammelte pausenlos: »Um Gottes willen, Feelein, mein Feelein!«

Er benachrichtigte seinen deutschen Arzt, kramte im Medikamentenschrank, in dem er nichts Brauchbares finden konnte, setzte Teewasser auf, rannte wieder ins Schlafzimmer und knetete Elinors eisige Hand. Es war dunkel, als Vaters Bekannter eintraf, ein hochgewachsener Mann mit federndem Gang und in sportlicher Kleidung, dem man sein eitles Selbstvertrauen ansah. Beruhigend sprach er auf Vater ein, als rede er mit einem Kind, steckte sich sein Stethoskop ins Ohr, zerrte am Schlafanzug, bis Mutter sich mit einem Seufzer bewegte, und horchte sie ab. Es war etwas Rohes und Ruppiges an diesem Mann, und vor Mutters zerbrechlicher Nacktheit kam mir sein Auftreten schamlos, brutal vor. Ich hielt es nicht aus, rannte schluchzend ins Bad und lauschte der klangvollen Stimme im Wohnungsflur, die Vater empfahl, Mutter in eine Klinik zu bringen. Zum Waschbecken tretend, um sich seine Finger zu waschen, meinte er: »Sicherheitshalber, Wieland, wir wollen kein Risiko eingehen«, und drehte sich wieder zum Korridor um, ohne mich auf dem Wannenrand bemerkt zu haben.

Ich marschierte nicht mehr in den Billardsaal oder ins Kino. Am Nachmittag warfen wir uns zu dritt in einen klapprigen Ford Cortina, den Vater sich bei Sassolino entleihen durfte, und rasten zur Klinik am Castro Pretorio, wo man Mutter inzwischen am Krankenbett festband. Wir erfuhren, es handle sich um eine Vorsichtsmaßnahme, es fehle an Schwestern, um sie zu bewachen. Und bei Patienten mit Mutters Erkrankung seien Dummheiten leider nicht auszuschließen. Ein energischer Doktor, der Vater zur Brust reichte und etwas von einem Brummkreisel an sich hatte, wollte im »Beisein der Kinder, Sie werden verstehen«, nicht verraten, was er mit Dummheiten meine, und eierte aus dem Zimmer.

Es war schauerlich, an Mutters Bett zu sitzen, an das sie mit Gurten gefesselt war. »Das kannst du nicht zulassen«, wimmerte sie, »Ludwig, das kannst du nicht zulassen!«, und zerrte vor Wut an den Lederriemen. Bald waren Mutters Arme mit feurigen Striemen bedeckt, und sie fiel kraftlos ins Kissen. Vater, der schnatternd ums Bettgestell zappelte, beschwor sie, Vernunft anzunehmen. Und wenn sie erst wieder zu Hause sei, werde sie staunen, und warum, das sei Staatsgeheimnis. »Das verraten wir nicht«, kreischte meine Schwester, die vollkommen versteinert gewesen war und Mutter mit riesigen Augen betrachtet hatte und jetzt aus dem Sessel beim Waschbecken sprang, »nein, das verraten wir nicht.« Sie warf sich aufs Bett und umhalste Mutter. »Warum machst du Dummheiten, Mami? Hast du eine Krankenschwester verhauen, richtig schrecklich verhauen?«, und mit einem erstickten, halb schluchzenden Glucksen erwiderte Mutter: »Ja, ja.«

Wenn wir vom Krankenhaus kamen, besichtigte Vater ergriffen sein Staatsgeheimnis, seinen unsere Gasse verstopfenden Wohnwagen, den er sich mit einem Bankkredit zugelegt hatte und in dem er mit Mutter ans Ionische Meer reisen wollte. Ich seilte mich zu Frangipane ab, der mit Pfannen und Topfdeckeln Krach machte und wieder am Herd stand, um mich zu bekochen. In meinem Alter brauche man herzhafte Nahrung, und ich sei entschieden zu mager. An meiner besorgniserregenden Klapprigkeit sei dieser grauenhafte Fraß meines Vaters schuld. Ja, einen sich monatelang wiederholenden Speiseplan betrachtete er als Verbrechen. Das sei schlimmer, als Steine zu lutschen und Gras zu kauen. »Iß, Signorino, schlag dir deinen Magen voll. Je dicker du bist, um so friedfertiger ist dein Kummer. Zum Bluthund wird diese Bestie erst, wenn sie deine Auszehrung wittert.«

»Und warum haben Sie Luca verraten?« Frangipane verschluckte sich an seinem Bissen. »Ach, diese Geschichte«, versetzte er keuchend, als er wieder zu sprechen imstande war, und schob seinen halbvollen Teller beiseite, »einen vom Essen abhalten, das kannst du, he?« Heftig riß er sich seine Serviette vom Kragen, erhob sich vom Stuhl, der zu Boden fiel, und begann seine Pergola zu umkreisen. »Ich war es nicht, der Lubrano verraten hat.« – »Sie waren es nicht?« – »Nein, ich war es nicht.« – »Und warum haben Sie es behauptet?« – »Mhm ja«, meinte er kichernd, »ich neige zu Eseleien«, und ernsthafter, »außerdem war es am einfachsten. Wenn ich dieser Feigling gewesen war, der Lucas Verhaftung veranlaßt hatte, hatte ich Elinor nicht verdient. Und sie war im Recht, wenn sie mich verletzte. Seelenmathematik ist das, Signorino, aus verstiegenen Formeln und Gleichungen, die am Ende nie aufgehen, verstehst du? Nein«, winkte er ab, »das verstehst du nicht. Und außerdem machst du mich kopfscheu, mein Lieber, im Ofen verschmort unser Braten.«

Etwa acht Wochen blieb Mutter im Krankenhaus, und als sie wieder im Wohnzimmer hockte, wirkte sie stumpf und erloschen. Sie sagte nicht ja und nicht nein zu Vaters Plan einer Wohnwagenreise. Wenn er neben Mutter im Sofa Platz nahm und seinem Feelein haarklein auseinandersetzte, wie Wassertank und Chemikalienklo funktionierten, lauschte sie reglos. Er durfte Elinors Hand nehmen und streicheln, von »unseren Flitterwochen am Ionischen Meer« sprechen – sein Feelein blieb stumm. »Und was ich dir sagen wollte«, er beugte sich vor und schaute, um Zustimmung bettelnd, in Mutters Gesicht, »ich verscherbele meine Sammlung. Ja, meine dreihundert Grabbeigaben! Ich stoße sie ab, ich will uns mit diesem

Kram nicht belasten, wie findest du das?, und behalte nichts als meine Pferdetrensen und aretinischen Vasen. Und was ich nicht mehr verkaufen kann, verschenke ich an Sassolino!«

Mutter belebte sich erst, als er, Ende Juli, einen »Familienrat« einberief und uns in seine Versetzung einweihte. Ja, mit dem kommenden Schuljahr werde er wieder an Lichtenbergs Schule lehren. »Feelein, ich habe es schwarz auf weiß«, er wedelte mit seinem Schulamtsbescheid, »und wenn wir von unserer Reise heimkommen, packen wir unsere Sachen zusammen und ziehen um.« – »Nein!« sagte Mutter – und Vater erstarrte.

Mit diesem Nein, das nicht scharf oder aufbrausend war und um so entschiedener klang, kam sie wieder zu sich. Sie verließ unsere Wohnung zu kleinen Besorgungen, einem Spaziergang ans Kapitol oder bestellte ein Taxi, um sich zum Pincio kutschieren zu lassen. Vaters Wohnwagen mochte sie niemals betreten, und wenn er stockend zu wissen verlangte: »Wann willst du verreisen, was denkst du?«, sagte sie ausweichend: »Weiß ich nicht. Bald.« Sie verbrachte vier Stunden im Eckhaus am Treppenabsatz zwischen kokelnden Kerzen und dampfendem Weihrauchfaß, dem benebelnden Gasgeruch aus einer Bombola, die ein Schlauch mit dem kleinen Zwei-Flammen-Herd verband, den Rosalinapaulina benutzten, um magische Liebes- und Heilmittel zuzubereiten.

Und Anfang August, als ein schweres, zwei Tage anhaltendes Unwetter losbrach, legte sich Mutter mit Kopfweh zu Bett. Bei dem peitschenden, tosenden, gelblichen Regen schwoll der Tiber mit schlammigem Wasser an, das blasenwerfend und schaumig zum Meer eilte. In der schmutzigen Flut trieben tote Fische, drehten sich Pflanzen und Blechkanister, Matratzen, Konserven und Pappe. Zappelnde, weißrote Blitze zerrissen den Himmel, der eine gigantische Kegelbahn war und ohrenzerreißenden Krach machte. Am dritten Tag weckte uns klare

Luft. Um Kuppeln und Dachterrassen, Treppen und Treppchen und klatschnasse Mauern herrschte ein funkelndes, seidiges Blau. Und als Vater behutsam bei Mutter anklopfte, um sich zu erkundigen, ob sie nicht Lust habe, zu viert einen Wohnwagenausflug zu wagen, sollte er keine Antwort bekommen. Vorsichtig, vorsichtig steckte er seinen Kopf ins verdunkelte Schlafzimmer. »Bist du wach, Feelein, sag, bist du wach?« Auf Zehenspitzen schlich er zum Bett, das kalt und verlassen war, hob Mutters Nachthemd vom Boden auf, preßte es vor seine Augen und weinte.

Dritter Teil

I

Menzings Hochzeitseinladung konnte zu keinem besseren Zeitpunkt eintreffen. Mitte Dezember entdeckte ich seinen Brief zwischen anderen Postsachen, die ich nicht beachtete, in meinem Institutsfach. Um von einer Vortragsverpflichtung befreit zu werden – einen Tag vor dem Termin bestand mein Referat aus der Anrede, Kringeln und Kreisen –, hatte ich mich, ohne krank zu sein, drei Wochen mit Grippe entschuldigt.

In diesen Monaten brachte ich nichts zustande. Meine Habilschrift kam nicht vom Fleck, einen versprochenen Zeitschriftenaufsatz stellte ich zu zwei Dritteln fertig und ließ das Abgabedatum verstreichen, als mir meine These vollkommen abstrus vorkam, las mit Not Seminar- und Examensarbeiten, die mir mein Habilvater aufhalste, und brauchte mehr als zwei Tage, um ein bescheidenes Gutachten abzuliefern. Man merkte mir meine Zerstreutheit an, meine Lustlosigkeit, und ich mauserte mich zum beliebtesten Gegenstand des Institutsklatsches.

Als ich Mitte Dezember im Schneematsch zur Dahlemer Villa stapfte, ohne besonders erholt zu sein – ja ich dachte mit Grausen an meine Arbeit, die ich keine Sekunde vermißt hatte –, mich schleunigst im Keller verkroch und annahm, es habe mich niemand bemerkt, sollte ich bald eines Besseren belehrt werden. Verpfiffen vom Hausmeister oder von einem der Assistenten, erreichte mich binnen einer halben Minute ein Anruf aus dem Sekretariat meines Habilvaters. »Ja, ich komme«, erwiderte ich, las auf der Treppe ins Erdgeschoß Menzings Karte und klopfte bei meinem Professor an. Der war beim Diktieren und betrachtete mich eher verschworen als mißmutig.

Er zog mich vertrauensvoll am Arm in sein Zimmer. »Sie sind nicht auf dem Damm, lieber Wieland«, begann er, »außerdem mußte ich hier Dampf aus dem Kessel lassen.« Er scharrte betreten mit seinen Schuhen auf dem zerkratzten Parkett. »Sie werden verstehen, nicht wahr, wenn ich Sie vom Sizilienauftrag entbinde.«

Vor etwa zwei Monaten hatte er mich – als er vom Tod meines Vaters erfuhr – mit der Planung einer Siziliengrabung beauftragt und seinen Vorzeigeassistenten beleidigt, dem diese Aufgabe quasi versprochen gewesen war. »Sizilienauftrag?« Ich mußte mich erst besinnen, bis mir meine Schludrigkeit zu Bewußtsein kam. Kontakte aufnehmen, Vorbereitungen treffen – ich hatte es vollkommen verschwitzt.

»Sie verstehen es, nicht wahr?« wiederholte er eindringlich. Oh ja, ich verstand es und war erleichtert, mit seinem Entschluß aus dem Schneider zu sein. Und eine bessere Gelegenheit, mein Anliegen vorzubringen, ließ sich nicht finden.

»Eine Hochzeitseinladung im Januar, sagten Sie? Fahren Sie ruhig, ja, meinetwegen.« Er hielt meine Hand in der seinen und schaute mich regelrecht kummervoll an. »Und versprechen Sie mir, auf sich aufzupassen!« Ob meinem Habilvater schwante, mich nicht mehr zu Gesicht zu bekommen – ich kann es nicht sagen.

Ich schwankte in diesen Tagen zwischen Anspannung und Energielosigkeit und kam mir in meiner riesigen, halbleeren Wohnung am Landwehrkanal wie ein Fremder vor. Ich heizte sie nicht mehr, scherte mich nicht ums beharrlich im Korridor rasselnde Telefon, verbrachte Stunden um Stunden in Wollpullovern und dicken Socken im Bett und lauschte Mutters knisternder Schallplatte: »Disperato morirò! Verzweifelt werde ich sterben!« Anderthalb Wochen vor meiner Abreise packte ich in einem Anfall von Lebenslust Hemden und Hosen, T-Shirts und Schlafanzug, Rasierapparat und Zahnpasta in meinen Koffer und klappte pfeifend den Deckel zu. Anfang Januar ging ich zur Bank und hob ab, was sich auf meinem Sparbuch befand.

Es war eine beachtliche Summe. Ich hatte als Assistent mehr Geld verdient, als ich ausgeben konnte. Meine Kohlewohnung in Kreuzberg kostete eine bescheidene Miete, und meinen betagten VW, den Vater mir seinerzeit abgetreten hatte, als ich in Berlin zu studieren anfing – oder besser: als ich im vierten Semester beschloß, von Politik und Geschichte zum Studium der Archäologie zu wechseln –, bewegte ich beinahe nie. Vor allem in letzter Zeit hatte ich nichts mehr verbraucht. Ich verreiste nicht, außer zu Ausgrabungszwecken, traf mich gelegentlich mit ein paar Freunden zu einem Biergartenausflug am Wannsee oder um Billard zu spielen, Freunde, die Bibliothekare waren, an der Musikschule lehrten oder als nutzlose Philosophen im Supermarkt Ware einstellten – mit meinem Fach durften sie nichts zu tun haben!

Endlich, am Samstag, den 6. Januar, ließ ich mich von einem Taxi zum Zoo bringen, schaute acht Stunden reglos – und innerlich zappelnd – in eine verschneite Landschaft, ratterte aus der bayrischen Hauptstadt, zusammen mit zwei Starnberger Orgelspielern, die fleißig dem Rotwein zusprachen, fiebrig und ohne ein Auge zu schließen nach Rom.

Erst auf dem Bahnhofsplatz, der beinahe menschenleer war an diesem Sonntagmorgen – Pinien und Hecken, Asphalt und Servianische Stadtmauer waren vom Nachtregen naß und glitzerten in der Sonne –, entschied ich mich gegen das Zimmer im Deutschen Archäologischen Institut, das mir Menzing besorgt hatte. Als anerkannter Kunsthistoriker an der Herztiana, der er inzwischen war, und außerdem bunter Hund bei den Deutschen am Tiber, besaß er beste Verbindungen, und es hatte bestimmt nicht mehr als ein knappes Telefonat erfordert, um mich im DAI einzuquartieren.

Nein, es lockte mich nicht, absolut nicht, am Tiber in Fachsimpeleien verstrickt zu werden oder neuesten Karriereklatsch auszutauschen. Ich wollte mich lieber in Giulio Picciottis kleiner Pension einmieten, ums Zimmer bitten, das ich als Kind bewohnt hatte, und hielt vor der Bahnhofshalle Ausschau nach einem der winzigen, schwarzen Taxis – vergeblich, es gab sie nicht mehr. Roms Taxis waren inzwischen weiß und bequem, und ich sank, halb verunsichert und halb verstimmt, ins nagelneu riechende Polster. Es tat mir fast leid, als der Fahrer mechanisch sein Taxameter anstellte. Anscheinend wollte er mich nicht bescheißen, trotz meines deutschen Akzents.

Ich machte bald eine zweite Entdeckung, die mich beunruhigen sollte. Giulio Picciottis billige Absteige war nicht mehr wiederzuerkennen. Wo seine verschrammte Sperrholztheke gestanden hatte, blitzte poliertes Messing, und neben der Treppe, auf der er sich vor Antonietta und Marta in Sicherheit brachte, wenn er sie wieder befummelt hatte, erkannte ich einen modernen Lift. Das war nicht mehr Picciottis verstaubter Empfang, in dem Luca zum Schein Kakerlaken verspeist hatte: Teils himmelblau und teils weiß gestrichen, mit Gipsskulpturen vorm Treppenabsatz, falschen Amphoren und billigem Stuck, einem Fernseher, der von der Decke hing, und um Picciottis Kabuff verbreitert, das voller spukhafter Schatten gewesen war, wirkte er sauber und langweilig.

Ich ließ mir vom Taxichauffeur eine Familienpension in Trastevere empfehlen, wo mich ein verschlafenes Kerlchen empfing, das etwa siebzig sein mochte und sein Gebiß einzusetzen vergessen hatte. Nuschelnd brachte es mich in ein riesiges Zimmer, knallte zwei Aschenbecher auf ein wackliges Nachttischchen neben dem Doppelbett, trat gegen den Schrank, der verzogen war und wieder aufsprang, pustete in einen Winkel der hohen Decke, wo Spinnweben hingen, und horchte ins Telefon, das auf dem Fußboden stand. »Um keinen Preis darf es bewegt werden. Es hat einen Wackelkontakt. Und Beschwerden richten Sie an meine Frau, die um zehn aus der Messe kommt.«

Halbtot von der Reise kroch ich ins Bett, ohne mich auszuziehen oder zu waschen, und schreckte erst hoch, als es dunkel war. Gelbe Lampen beschienen den Marktplatz von S. Cosimato mit seinen gußeisernen Brunnen und sich ineinander verschachtelnden Buden. Mir war schwindlig, als ich zur Waschecke tappte, die ein muffiger Vorhang vom Zimmer abtrennte, und beugte mich gierig zum Hahn, um zu trinken. Wieder zum Bett schlurfend, fiel mir das Telefon ein, das regelrecht auf meinen Fußtritt zu warten schien.

»Himmel, wo steckst du, Sebastian? Hat dich meine Nachricht erreicht?« ließ Menzing sich am anderen Ende vernehmen, »ich habe dich nirgends zu fassen bekommen. Du warst nicht zu Hause. Ich habe das Telefon heißlaufen lassen, und niemand nahm ab. Und deine Schwester, die außerdem einsilbig war, richtig feindselig, konnte mir nicht verraten, wo ich dich finde.«

Oh ja, meine Schwester hatte mir nichts verziehen: nicht meine Rede beim Leichenschmaus, nicht meine Hartherzigkeit, mit der ich sie zwang, mich zur Stelle im Wald zu bringen, wo Vater seine Keramikflaschen und aretinischen Vasen, seinen Marmorcippus, sein Prunkschild aus Bronze, ja Großvater Heinrichs Apollonkopf mit einem Beil zerschmettert hatte, und nicht meine eilige Abreise trotz der dringenden Bitte, sie nicht allein zu lassen, am anderen Tag.

»Hast du mein Telegramm nicht erhalten?« Es rauschte und knackte im Telefon, als melde sich Menzing aus einem vergangenen Leben. Stutzig versetzte ich: »Dein Telegramm? Hast du deine Hochzeit verschoben?« Es dauerte, bis ich verstand, was passiert war. Ein Streit hatte Menzing und seine Verlobte entzweit, und von einem Hochzeitsfest war keine Rede mehr. Wer es am Ende gewesen war, der den Priester benachrichtigt, Hochzeitstorten und Tanzmusik abbestellt und einen Rundbrief verschickt hatte: Wir heiraten nicht!, das wollte mir

Menzing nicht sagen. »Du hast deine Reise umsonst unternommen«, wiederholte er pausenlos, »tut mir leid.«

Mir schwirrte der Kopf, als er aufgelegt hatte. Reglos hockte ich auf meinem Bett und starrte das schweigende Telefon an, als sei es der Geist meines Schulkameraden, ein schwarzer und boshafter Geist. Erst mein knurrender Magen – mehr als einen Tag hatte ich nichts gegessen – brachte mich zur Besinnung. Um mich zum Ausgehen fertig zu machen, sichtete ich meine Sachen im Koffer, bis ich zwischen Hemden und Schlafanzug auf etwas Kaltes, Metallisches stieß. Ich konnte mich nicht erinnern, Picciottis Pistole im Koffer verstaut zu haben. Und trotzdem kam seine Beretta zum Vorschein, die seit einem Vierteljahrhundert in meinem Besitz war. Ich betrachtete sie verwirrt, beinahe fassungslos, und es fiel mir verdammt nicht ein, wann und warum ich sie eingepackt hatte. Ich kam mir zu mutlos vor, um ein Lokal aufzusuchen, und trotz meines nagenden Hungers blieb ich in dieser Nacht im Pensionszimmer.

2

Vor ein paar Jahren auf einem Kongreß in Freiburg zum Thema: »Todesanschauungen. Merkmale eines kulturhistorischen Wandels«, zu dem ich im Auftrag meines erkrankten Habilvaters angereist war, waren wir uns wiederbegegnet, Menzing und ich. Im Zug aus Berlin hatte ich seinen Namen auf der Teilnehmerliste entdeckt, und als ich beim Eintritt ins Unifoyer meinen Schulkameraden trotz seiner Geheimratsecken, Krawatte und Anzug auf Anhieb erkannte, sollte mich eine Beklemmung beschleichen, die ein Echo aus anderen Zeiten war.

In der Mittagspause trennte er sich von einer Gruppe Bekannter, die vor der Kantinenbarriere um Suppe anstanden, und steuerte auf meinen Sitzplatz zu. »Sebastian Wieland, nicht wahr?« Meine Befangenheit bemerkte er nicht – oder weigerte sich, sie zur Kenntnis zu nehmen – und plauderte gegen mein Schweigen an, um sich beim Abschied mit mir zu verabreden. »Wenn ich Sie abholen darf. Sagen wir, gegen halb neun, im Hotelzimmer?« Ich war ratlos, als er sich entfernte, und schob meine inzwischen erkaltete Suppe beiseite. Was hatte Menzing veranlaßt, mich anzusprechen? Warum wollte er sich mit mir treffen?

Erst als ich mich von meinem Stuhl erhob, um rechtzeitig den Sitzungssaal zu erreichen, fiel mir sein Kranz in der Friedhofskapelle ein. »Ruhe in Frieden. Konrad und Erika Menzing« hatte ich auf der Schleife entziffert. Ja, Konrad und Erika Menzing waren auf Mutters Beerdigung gewesen, ich konnte mich wieder erinnern. Ich kannte ja Erika Menzings Gesicht aus der Ferne, wenn sie sich zum Direktor begeben hatte, um Konrads Versetzung zu regeln. Und in der Gegenwart seiner Mutter war Konrad ein anderer Mensch gewesen, liebevoll, kindlich, fast scheu. Sie folgten als letzte dem Leichenzug, der sich in glutheißer Sonne um graue, mit Flechten bewachsene Grabsteine schleppte und erst vor der Grube zum Stillstand kam, Mutters schattigem Platz an der Stadtmauer. Ob sie sich von uns verabschiedet oder klammheimlich den Friedhof verlassen hatten, als Erdbrocken auf Mutters Eichensarg polterten, hatte ich in meinem Schmerz nicht mehr mitbekommen.

Was mochte Konrad und Erika Menzing mit meiner Mutter verbunden haben? Ich sollte es in dieser Nacht erfahren, als mein Schulkamerad aus vergangenen Tagen um halb neun ans Hotelzimmer klopfte. Es regnete Strippen, und keiner von uns hatte Lust, ein Lokal aufzusuchen. Menzing kramte zwei Bierflaschen aus meiner Zimmerbar und ließ sich in einen der kirschrot bezogenen Sessel beim Fernseher sinken. Ohne Umschweife kam er zur Sache. »Hast du jemals erfahren, in wen deine Mutter verliebt war?« – »Nein«, erwiderte ich halb verwirrt, halb befremdet von seiner Vertraulichkeit. »Freddy Kasulke. Sagt dir dieser Name nichts? Seinerzeit war er ziemlich bekannt in Rom. Ein erfolgreicher Journalist, der verschiedene Zeitungen mit seinen Artikeln belieferte. Und ich, ich betrachtete Freddy als meinen Vater.« – »Was soll das heißen?« entfuhr es mir grimmiger, als ich beabsichtigt hatte. Seelenruhig schaute Menzing mich an. »Das soll heißen, er war nicht mein Vater. An meinen leiblichen Vater habe ich nur eine verschwommene Erinnerung.«

Konrads Mutter stammte aus einer Familie, die in der bayrischen Haupstadt seit Generationen eine Bierbrauerei betrieb. Vor Eintritt ins kunsthistorische Studium, das sie sich nicht hatte ausreden lassen wollen, hatte man sie an einen angehenden Juristen verkuppelt, der dem Familienansehen von Nutzen sein konnte. An seinem Aufstieg war nicht zu zweifeln: Sein Vater, ein Nazijurist, den man im Mai '45 kurzfristig von seinem Posten entfernt hatte, saß mittlerweile als Rechtsexperte seiner Partei und Abgeordneter mit den meisten Stimmen im bayrischen Landtag. »Es war ein Kuhhandel«, spottete Konrad, »Studium gegen Ehe. Und meine Mutter, die dem verhaßten Gersten- und Hefegestank der Bierbrauerei entfliehen und dringend studieren wollte, willigte ein.«

Im kunsthistorischen Seminar hatte sie bald eine Reihe Verehrer. Sie war anziehend heiter und liebenswert, ja besaß eine sinnliche Ausstrahlung, die das schlichte, fast grobe Gesicht schnell vergessen ließ. Mehr als zu harmlosen Biergartenliebeleien, Badeflirts und einem Knutschfleck am Hals, den sie von einem Verbindungsfest mitbrachte, ließ es Erika Menzing, inzwischen verehelichte Erika Hilbl, nie kommen. Andererseits litt sie an dieser Vorsicht, die sie sich auferlegen mußte, um einen Skandal zu vermeiden, und die sie dem Leben, dem richtigen Leben, entzog.

Erikas Ehemann, den man zum Richter ernannt hatte, machte sich rasch einen Namen als harter Vertreter von Recht und Gesetz. Sein Ansehen stieg, seine Haare fielen aus, und bald paßte er nicht mehr in seine Garderobe. Von Anfang an hatte er Erikas Kunstgeschichtsstudium als einen Schmarrn betrachtet, und angesichts seines beruflichen Aufstiegs fand er es absolut fehl am Platz, mit einer Studentin verehelicht zu sein.

Konrads Mutter war nicht bereit zu verzichten. Zeitweise rettete sie sich in Krankheiten, um seinen Forderungen auszuweichen, litt an Magenbeschwerden, periodisch auftretendem Ohrensausen, Hautallergien. Wenn ein Richterball anstand, ein Tennisturnier mit Kollegen und Ehefrauen, Segelpartien auf dem Starnberger See, eine Opernpremiere, bei der man sich unbedingt zeigen mußte, kaufte sie Schnaps und betrank sich aus Rache.

Im August '55, als Konrad vier Monate alt war, begegnete sie in der Pinakothek einem Galeristen aus Wien, in den sie sich auf Anhieb verliebte. »Er hieß Alois Schatek«, flocht Konrad ein, »und von seinen Freunden ließ er sich Loisl nennen.« Sie war beeindruckt von Schateks Auftreten, das von bestechender, witziger Frechheit war. Mit Bestimmtheit warf er alle Ansichten um, die Erikas tiefschwarzem Elternhaus heilig waren. Ein strenger Verfechter moderner Kunst und schneidend in seiner Kritik an moralischen Auffassungen, die er als weltfremd und lebensvergiftend betrachtete. Er war Ende Vierzig, das machte nichts aus, um so reifer, beschlagener wirkte er. Seine Hose war schwarz, sein Pullover, sein Hemd waren es, was sie aufregend fand. Sein vor Bosheit und Ironie triefendes Wienerisch, das sich mit Charme und Verbindlichkeit mischte, beunruhigte, fesselte sie. Und beim Abschied, als er um ein

Stelldichein bat – einen Isarspaziergang am folgenden Nachmittag – konnte sie nicht widerstehen.

Aus der Stadt an der Donau landeten dicke Briefe in einem Postfach beim Bahnhof, die sie mit zitternden Fingern aufriß, um sie an Ort und Stelle zu lesen, zwischen dampfenden Lokomotiven, pfeifenden Schaffnern, verschneiten Waggons. Es waren leidenschaftliche Briefe, die voller – verdeckter – Zitate steckten, poetisch und wieder sarkastisch klangen, hinterfotzig und liebevoll, gallig und einschmeichelnd. Verwirrt sprangen Erikas Augen von Absatz zu Absatz, mit rotem Kopf, atemlos faltete sie seine Briefe zusammen. Alle zwei Monate trafen sie sich in einem vergammelten Schwabinger Haus, in dem ein mit Schatek befreundeter Maler wohnte, der im Englischen Garten spazierenging oder sich in eine Kneipe verzog, um sie allein zu lassen.

Endlich, an einem verregneten Wintertag, stand sie mit Koffer und Konrad in Wien vorm Eingang zur Galerie Schatek. Erikas Liebhaber staunte nicht schlecht, als sie eintrat, patschnaß, mit dem Kind an der Hand, von dem nichts zu erkennen war außer der forschenden Nase, die aus der Kapuze lugte. »Seine Wiedersehensfreude hielt sich in Grenzen«, meinte Konrad und beugte sich wieder zur Zimmerbar, der er zwei Piccoloflaschen entnahm. »In der Ferne war Mutter ein reizendes Spielzeug gewesen, ein lockendes Abenteuer und eine willkommene Briefadressatin – ja, Schatek war ein besessener Briefeschreiber, um so mehr, als er dringend ein Buch schreiben wollte und nie eine Zeile zustande bekam, die seinen Anforderungen entsprach. Na, er brachte uns in seine Wohnung, einen Altbau mit knarrendem Schiffsboden, Stuckdecken, grauen, zerschlissenen Tapeten, schob uns um Schuhe und staubende Ascheimer, Bilderrahmen und Zeitschriftenstapel ins Kabinett, das nichts enthielt außer zwei Badezubern und einer nackten Matratze. Ja, er sperrte uns in seine Kammer ein, die keinen Ofen besaß und eiskalt war. Und wenn er zur Galerie aufbrach, schlichen wir uns, gegen Schateks Verbot, um seinen Krimskrams ins Erkerzimmer, das ein kobaltblauer Kachelofen beheizte. Beschweren mochte sich meine Mutter nicht. Sie war zu verliebt – und wir lebten von seinem Geld.«

»Geizig, das war Schatek nicht, und zeitweise konnte er liebenswert sein. Er spielte uns auf seinem Saxophon ›Daydream‹ und ›Cotton Tail‹ vor und tanzte mit Mutter zu seinen Billy-Holliday- oder Ray-Charles-Platten. Er las aus Karl Kraus oder Sartre vor, fesselte Mutter mit seinen Theorien und Ansichten zu Egon Schiele und Francis Bacon, und sie bemerkten es nicht, wenn ich mich inzwischen beim Ofen mit Kohlenstaub einrieb. Selig und dankbar hing Mutter an seinen Lippen, und gegen Dankbarkeit konnte sich Schatek nicht wehren, glaube ich. Ja, er besorgte zwei Schauspielhauskarten, als Sartres ›Fliegen‹ auf dem Programm standen – und schob sich im Zuschauersaal seinen Hut ins Gesicht, um nicht neben Mutter erkannt zu werden. Er versteckte sie vor seinen Freunden, und Ausstellungen in seiner Galerie mußte sie fernbleiben.«

Menzing setzte sich in seinem Sessel zurecht. »Außerdem war er ein Feigling. Vor den Einschreiben meines Erzeugers, der drohte, Polizei und Gerichte einzuschalten und Schatek ins Kittchen zu bringen, Beihilfe zum Kindesraub und was weiß ich, bekam Mutters Liebhaber Muffensausen.«

»Wir fanden ein Zimmer im Neubauviertel, und Mutter schrieb sich bei den Kunsthistorikern ein. Meldete eine vergleichende Doktorarbeit zu Schiele und Bacon an, die sie nachts verfaßte – bei Tag hatte sie keine Zeit. Um Geld zu verdienen, putzte und kellnerte sie oder ersetzte erkrankte Museumsdiener am Maria-Theresien-Platz. Und mich nahm sie mit. Mein Zuhause, das waren verrauchte Lokale, fremde und dustere Treppenflure, Theatergarderoben und Bibliotheken.

Manchmal, wenn ich nachts aufwachte, schlief sie am Schreibtisch mit dem Gesicht zwischen Stiften, Karteikarten, Fotografien und vertrockneten Teebeuteln und schreckte bei meiner quengelnden Stimme hoch. ›Psst‹, machte sie und drehte am Radioknopf, um den Sender mit Jazzmusik einzustellen, ehe sie neben mich kroch.« Menzing verstummte und starrte zu Boden.

Seine Schweigsamkeit machte mich zapplig. »Und dieser Freddy Kasulke? Wo ist deine Mutter Kasulke begegnet, in Rom?« Es regnete nicht mehr, zerrissene Wolken segelten um einen blassen Mond, und ich rieb meine schmerzenden Augen.

»Ja, in Rom, sie lernten sich erst in Rom kennen, und anfangs war Freddy ein armer Schlucker. Er kam von einer Lokalzeitung, bei der er nicht hatte versauern wollen, und hangelte sich als freier Korrespondent von Auftrag zu Auftrag. Ein auffallend großer, gutaussehender Mann, der eitel und ehrgeizig war. Mag sein, er beeindruckte Mutter mit seinem bissigem Witz, seiner eisigen Ironie. Zweifellos hatte er etwas von Schatek an sich, ohne seine Belesenheit zu teilen, seine Hemmungen und seine Feigheit. Freddy Kasulke war skrupellos, stark.«

»Wir hatten inzwischen Geld, mußt du wissen. Mein Erzeuger war endlich bereit gewesen, sich scheiden zu lassen, und Großmutter, die uns in unserer bescheidenen Wiener Behausung besuchte, hatte ein schlechtes Gewissen bekommen und versprochen, den Großvater zu beknien. Mutter bewarb sich inzwischen erfolgreich als Assistentin bei einem Isarprofessor, den man zum Herztiana-Direktor ernannt hatte und der sich an Mutter erinnern konnte, seine beste Studentin im ersten Semester, und zog mit mir an den Tiber. Kaufte uns eine Drei-Zimmer-Wohnung zwischen Corso und Spanischer Treppe, in der Via Vittoria, du wirst sie kennen.« Ich nickte. »Mutter war monatelang im Einsatz, holte Ziegel und Holzbalken aus dem

Verputz oder ersetzte den Fußboden, wo er erneuert war, mit Settecento-Fliesen.«

Vaters Bauarbeiten fielen mir ein, und meine Handlangerdienste an seiner Seite. Ich kratzte an meinen verklebten Fingern, schmeckte den Kalk, war benebelt vom Lackgeruch und sprang treppab, um beim Sicherungskasten am Porzellanknopf zu drehen. Ich stand wieder schweratmend im finsteren Flur, voller Furcht, eine schwarze Klaue werde sich um meinen Hals legen, und lauschte mit pochendem Herzen zum obersten Stockwerk hoch, Vaters Befehle erwartend.

Es war Menzings Stimme, die an mein Ohr drang. »Du bist kreideweiß, was ist los?« Besorgt hielt er ein Wasserglas in seiner Hand und setzte es an meine Lippen. »Es ist nichts«, sagte ich, »diese stickige Luft.« – »Ja«, erwiderte Menzing, »es regnet nicht mehr, wir sollten uns die Beine vertreten«, und half mir in meinen Mantel.

Es war eine klare, kalte Nacht. Ein sternenbesprenkelter Himmel spannte sich bis zum Schloßberg mit seinem dunstigen, im Mondschein blauschimmernden Winterwald. Menzing schwieg beim Aufstieg, und erst, als wir den knirschenden Waldweg betraten, faßte er mich am Arm: »Willst du mehr von Kasulke erfahren? Oder sollte ich besser mein Maul halten?« Eine Wolke aus weißem Atem verflatterte vor seinem breiten, groben Gesicht.

»Kasulke zog aus seinem Untermietszimmer beim Campo de' Fiori in unsere Wohnung – ich glaube, das war Ende '61. Zu dieser Zeit hatte er keinen Schimmer von Kunst oder Philosophie. Er kam aus einem Handwerkerhaushalt – sein Vater war Maurer, wenn ich nicht irre –, und eine Ausbildung zum Journalisten hatte er nie absolviert. Er war begierig auf Mutters Wissen, er saugte sie regelrecht aus!, ließ sich einweihen in Kunstgeschichte und Literatur, vertiefte sich in Sartres Schriften, die er von Mutter zu lesen bekam. ›Marxismus und Existenzialismus‹, das hat er verschlungen, ja, ich habe das Buch vor Augen, das meinen Ziehvater abhielt, mit mir zu spielen, und das mir logischerweise verhaßt war. Weißt du, er konnte mir stundenlang Reime aufsagen, was ich zum Umwerfen komisch fand. Oder ich gruselte mich zu Tode. Und mit seinem Menschenfressergedicht brachte er mich absichtlich zum Weinen. Es handelte von Kannibalen, die Kinder verspeisen«, belustigt kratzte sich Menzing am Kinn.

»Er hatte eine bemerkenswerte Begabung, dieser Kasulke. Wenn er ein Buch las, vergaß er es nicht. Er behielt es im Kopf, verstehst du, er konnte es seitenweise wiedergeben und wirkte beschlagener, als er war. Wenn er Mutter zu Kunsthistorikerfesten oder Essenseinladungen begleitete, machte er mit seinem Wissen Eindruck, das man von einem Laien nicht erwartete – und bestimmt nicht von einem Journalisten! Sie standen bald im Ruf, ein Traumpaar zu sein, es hieß, Mutters Ernsthaftigkeit passe blendend zu seinem ironischen Scharfsinn, und durften bei keiner Geselligkeit fehlen. Das stieg beiden zu Kopf, glaube ich, und Kasulke besonders, der bei einem Professorengeburtstag dem Chefredakteur einer namhaften Zeitung begegnete. Als sie sich verabschiedeten, duzten sie sich bereits, und keine drei Monate verstrichen, bis er den Posten als Korrespondent bekam und ein Arbeitszimmer im Eckhaus an der Piazza Colonna beziehen konnte, wo der Auslandspresseverein seinen Sitz hatte. Meistens hockte er im Kolonadencafé, vor dem ein verschlafenes Salonorchester mit im Sonnenschein blitzenden Blasinstrumenten und einem behandschuhten Dirigenten Schlager und Schmachtfetzen dudelte. Kanntest du es?« Ich verneinte. »Das war ein Treffpunkt von Parlamentariern und Senatoren, Regierungsberatern und Mauschlern, die Karrieren verhinderten oder betrieben, bestimmte Entscheidungen erkauften und Journalisten aus Eitelkeit oder Berechnung mit Informationen versorgten. Wer sich schlau anstellte, erfuhr eine Menge. Und mein Vater«, er stockte, »ich meine, Kasulke schwirrte um dieses Café wie eine Schmeißfliege um einen Scheißhaufen. Er besaß einen scharfen Instinkt und beherrschte es bald, falsche Informationen von ernstzunehmenden Neuigkeiten zu trennen. Ja, er war flinker als seine Kollegen. Bereits im September '63 berichtete er von einer bevorstehenden Regierungsbeteiligung der Sozialisten, die andere Beobachter ausschlossen oder in eine fernere Zukunft verlegten. Ich kann dir sagen, von wem er das wußte«, Menzing warf seine Kippe ins nasse Laub, das im Mondschein aschgrau war, »er hatte sich Zutritt zur amerikanischen Botschaft verschafft. Und ich wette, bis zu seinem Abschied vom Tiber, als ein Skandal seine Korrespondentenkarriere beendete und seine engen Kontakte zur Botschaft bekannt werden sollten, spielte Kasulke ein doppeltes Spiel. Er betrachtete sich als besonders pfiffig. Naja«, seufzte Menzing, »ich kann nichts beweisen. Und was in der Presse zu seinen Kontakten zur amerikanischen Botschaft zu lesen war, als es zu besagtem Skandal kam, war nicht ergiebig. Entscheidender ist, er verdiente, verdiente reichlich. Er kaufte sich mit meiner Mutter dieses Haus in Nettuno und bald seine Motorjacht, um Terracina, den Golf von Neapel oder Reggio Calabria anzusteuern.«

»Ich war normalerweise allein. In der Stadt sowieso, ich sagte dir ja, sie standen im Ruf, ein Traumpaar zu sein und eine Gesellschaft enorm zu beleben. Man reichte sie von einer Essenseinladung zur anderen, und das sollte nicht mehr auf Mutters Kunsthistorikerkreise begrenzt bleiben. Er kannte ja einen Haufen von Leuten, als einflußreicher Korrespondent, und witterte, wem er sich anbiedern mußte, um seinen Namen mit Glanz zu versehen. Er befreundete sich mit Verlegern und Schriftstellern, Filmproduzenten von Cinecittà, die ausnahmslos kritisch und fortschrittlich waren, und prahlte mit seinen besten Verbindungen zum Parteihaus Botteghe Oscure. Er ging mit der Zeit, das brachte Anerkennung. Außerdem paßte es zu seinem Doppelspiel – falls das stimmt, was ich annehme, meine ich.«

Menzing sammelte einen Batzen Schleim im Rachen, den er in hohem Bogen auf den glimmernden Waldboden spie – als ob er mit dieser Gewohnheit in mir unsere Tiberzeit wachrufen wolle. »Ja, Kasulke verliebte sich mehr und mehr in seine Rolle als kritischer Journalist, der um der Wahrheit willen aneckt. Konflikte mit seinem Chefredakteur, einem konservativen Knochen, scheute er nicht, und sie zerstritten sich vollends, als der es ablehnte, seinen Bericht abzudrucken, der ein Massaker deutscher Besatzungstruppen im piemontesischen Boves schilderte, die im September '43 Dutzende seiner Bewohner bei lebendigem Leibe verbrannt hatten. Was dem Chefredakteur besonders mißfiel, das waren drei Offiziersnamen, die er in seinem Artikel verriet. Und mein Vater«, erbost zerrte Menzing an seinem Schal, »ich kriege das nicht aus dem Kopf, verdammt, Kasulke! blieb stur und weigerte sich, diese Namen aus seinem Artikel zu streichen.«

»Es war nicht ausschließlich Schauspielerei. Nein, er strengte sich an, zu dem Menschen zu werden, der er vorgab zu sein und verpaßte sich zu diesem Zweck eine falsche Vergangenheit. Vor seinen Verleger- und Schriftstellerfreunden behauptete er, aus Abscheu vor Hitlers Verbrechen, aus Abscheu!« kicherte Menzing, »habe er Fahnenflucht begangen, im April '44 in Frankreich, um sich dem bewaffneten Widerstand anzuschließen, er, der bis Kriegsende seine Befehle empfangen und nie widersprochen hatte. Von wegen aus Einsicht, Gewissensnot, Treue zu einer Idee, einer Weltanschauung, die er nicht besaß, ein Kommando verweigern!«

»Und niemand zweifelte seine Geschichte an?« wollte ich atemlos wissen. Menzing, der seine Schritte beschleunigt hatte, wandte sich schroff zu mir um. »Er war Journalist, Menschenskind, und reimte sich keine Geschichte zusammen, ohne einen Beleg in der Hand zu haben. Er war im Besitz eines Todesurteils – Freddy Kasulke, in Abwesenheit vom Volksgerichtshof wegen Fahnenflucht zum Tode verurteilt –, das absolut echt wirkte. Vergilbtes Papier, Adler, Hakenkreuz, Unterschrift, Stempel, nichts, was einen stutzig machte. Er konnte mit seinem Wisch hochzufrieden sein, den er in Nobellokalen, auf Gartenpartys vor seinen Bekannten schwenkte, um sich als Antifaschist auszuweisen. Es war eine blendende Arbeit, erledigt von einem Fachmann, und der hatte sich seinen Lappen mit Sicherheit teuer bezahlen lassen.«

Menzing blieb schlagartig stehen. »Und er vergaß seinen Schwindel komplett, Kasulke vergaß seinen Schwindel komplett! Er wiegte sich hundertprozentig im Glauben, ein entflohener Wehrmachtssoldat zu sein, den man zum Tode verurteilt habe. Stundenlang konnte er von seiner Flucht sprechen und schilderte seine Verstecke, verlassene Bergwerke, Heuschober und einen Schloßturm, in dem er angeblich acht Wochen verbracht hatte, zwischen Taubenmist, Fledermausschatten und Kisten mit Sprengstoff, bei einem Marquis, der heimlicher Kopf einer Widerstandsgruppe gewesen sei. Stell dir vor, er war vollkommen fassungslos, als sein Kartenhaus in sich zusammenfiel.« – »Was soll das heißen. Sein Schwindel flog auf?« Menzing nickte. »Oh ja. Das war der besagte Skandal. Und er wehrte sich mit allen Mitteln, ließ sich von seinen namhaften Freunden in deutschen und italienischen Zeitungen verteidigen, reichte eine Verleumdungsklage ein. Eine schmutzige Abrechnung sei das, behauptete er, um einen kritischen Journalisten zum Schweigen zu bringen.« – »Und wann war das?« – »Ach, erst in den Achtzigern«, erwiderte Menzing belustigt, »als er beinahe pensionsreif war. Seine Enttarnung verdankte er einem vifen Kollegen, der auf seinem falschen Todesurteil, das Kasulke ja freigebig vorzeigte, einen winzigen Fehler entdeckt hatte. Etwas am Richternamen stimmte nicht, es fehlte ein Buchstabe, wenn ich nicht irre.« – »Kann das nicht vorkommen?« meinte ich und machte Anstalten, mich in Bewegung zu setzen. »Nicht bei einem Urteil vom Volksgerichtshof«, spottete Menzing, »bestimmt nicht!«

Erst im Morgengrauen sollten wir umkehren, und es war Vormittag, als wir beim Schloßberg ankamen. Eine kraftlose Februarsonne beschien dampfende Wiesen und rauchige Waldpfade, in der Ebene wand sich ein blinkender Bach, blitzten Getreidesilos und reckten sich schimmernde Kirchturmspitzen, um die sich verschlafene Ortschaften scharten.

»Hast du meine Mutter zusammen mit Kasulke erlebt?« hatte ich mich erkundigt, und Menzing, der auf einem Baumstumpf hockte, um sich seine Schuhe zuzubinden, hob seinen Kopf und erwiderte grunzend: »Laß mich ausholen, sonst kannst du es nicht verstehen. Meistens hatten sie Schlagseite, meine Eltern, wenn sie von einem Essen nach Hause kamen, einem Empfang, einer Gartenparty, und falls nicht, betranken sie sich bis zum Anschlag auf unserer Terrasse, und ich wachte auf beim Spektakel, das sie veranstalteten. Sie entwickelten sich zu richtigen Schluckspechten«, kicherte Menzing, mit seiner Schuhspitze in einem Laubhaufen stochernd, »und im Alter von neun oder zehn ertappte ich beide in einer Kabine der Motorjacht beim Kokainschnupfen. Nenn das Lebensgier oder, von mir aus, Verwahrlosung«, schnaubend erhob er sich von seinem Baumstumpf, »um mich scherten sie sich einen Dreck! Ich bekam nichts zu essen, sie speisten ja außerhalb, und unser Eisschrank blieb meistens leer, Mutter vergaß es schlicht, einzukaufen. In unserer Ferien- und Wochenendwohnung am Meer langweilte ich mich zu Tode und verkroch mich aus Abscheu vor den Besuchern – wir hatten ja dauernd Besuch von Freunden, Bekannten, Liebhabern und Liebhaberinnen – in meinem verdunkelten Zimmer, wo ich mich in meine Comics vertiefte.«

»Ja, meine Eltern umgaben sich bald mit Liebhaberinnen und Liebhabern. Kasulke gabelte seine Frauen meistens bei Abendgesellschaften auf, verheiratete Damen im mittleren Alter, die auf einen Seitensprung scharf waren, und Mutter hatte normalerweise Studenten am Wickel, blasse Milchbartgesichter, die sich aus ehrlicher Zuneigung oder Berechnung auf ein Abenteuer mit der Dozentin einließen. Sie verbargen sie nicht voreinander, oh nein, sie schleppten sie in unsere Wohnung, ins Ferienhaus, und Kasulke beschlief seine Frauen mit Vorliebe in seiner Motorjacht auf dem Meer. Ich weiß nicht, ob sie das im Laufe der Zeit als zu anstrengend oder zu schal empfanden, ich meine, ob dieses Spielchen an Reiz verlor«, sagte Konrad und hob einen Ast vom Boden, den er auf seinem Knie in zwei Teile brach, »oder ob es Verletzungen mit sich brachte, die keiner von beiden sich eingestehen wollte. Nein, das war nicht erlaubt, sich Verletzungen einzugestehen!«

»Als deine Mutter auftauchte, wohnte Kasulke bereits nicht mehr bei uns. Er hatte inzwischen eine vornehme Wohnung im Viertel Parioli bezogen, und trotz seiner verschiedenen Frauengeschichten und Mutters studentischen Freunden, die es sich in Kasulkes verlassenem Zimmer bequem machten, bis Mutter sie leid war und hochkant aus unserer Wohnung warf, blieben sie beide ein Paar. Kasulke besuchte uns laufend, kanzelte Mutters studentische Liebhaber ab, und falls die sich das nicht bieten ließen, stauchte meine Mutter sie zusammen! Die mußten es aushalten, wenn er zur Nacht blieb, andernfalls durften sie Leine ziehen.«

»Bei deiner Mutter verhielt sich das anders. Er lernte sie im Gerichtssaal kennen, meines Wissens bei einem der ersten Terroristenprozesse in Rom, an dem er als Pressebeobachter teilnahm und den er uns ausgiebig schilderte, als wir seinen Geburtstag zu dritt in einem Fischlokal in Ostia feierten. Seine Eroberung verschwieg er uns nicht und sparte nicht mit Gemeinheiten, die meine Mutter erheiterten, klar! Das war ja normal bei Kasulke, schlecht von seinen Liebhaberinnen zu sprechen. Deine Mutter nannte er ›schmachtendes Seelchen‹, ja, er sei einem ›schmachtenden Seelchen‹ begegnet, das sich als Fuffzigerjahrebackfisch in seinen Lehrer verliebt habe, einen schwulstigen Rilke-Verehrer und Gambenspieler, der dem romantischen Kinderverstand als Inbegriff eines musischen Menschen erschienen sei. Und den habe sie tragischerweise geheiratet.«

»Er benahm sich zu Anfang nicht anders als sonst«, prustete Konrad, der sich an einem von Buschwerk und Brombeeren bewachsenen Bach sein Gesicht wusch, »bei seinen Besuchen in unserer Wohnung verspottete er deinen Vater und plauderte von seinem ›schmachtenden Seelchen‹. Er betrachtete das als Sport, und mir war es absolut schnuppe, verstehst du, seine Betthasen konnten mich kreuzweise! Erst als er sich nicht mehr sein Maul zerriß, staunte ich. Ich meine, wenn Mutter erfahren wollte, was mit seiner Eroberung sei, blockte er ab, und falls sie beharrlich blieb, konnte er ausfallend werden. Seine Besuche verringerten sich entschieden, und er absolvierte sie zusehends launisch und lustlos. In einer Nacht brach er mutwillig Streit vom Zaun. ›Dein ewiges Kunstblablabla ist nicht zum Aushalten‹, kreischte er Mutter aus heiterem Himmel an, ›man vermodert ja in dieser Bildungsgruft!‹, riß einen Vorhang zu Boden und warf seine Straßenschuhe gegen den echten Schiele, der in unserem Wohnzimmer hing. Klar, er war sternhagelvoll, und ehe er weiteren Schaden anrichten konnte, boxte ich meinen Grauen ins Treppenhaus. Monatelang spielte er den Beleidigten und ließ sich nicht mehr bei uns blicken.«

»Ich kann dir nicht hundertprozentig sagen, wann er sich

wieder mit Mutter einließ, der es reichte, als er sein Verhalten bereute. Oh ja, er bereute es, sich an ein ›schmachtendes Seelchen‹ verplempert zu haben, das besessen gewesen sei von der Idee, sich mit seiner Hilfe vom Ehemann zu befreien, der sich als harmloser Holzklotz von Lehrer ausgebe und im Krieg ein Verbrechen begangen habe.«

Ich blieb ruckartig stehen: »Was soll das heißen?« Konrad zauderte mit einer Antwort. Er wirkte verlegen, zerfahren, was mir nicht entging. Andererseits war ich von dieser Nacht ohne Schlaf zu benommen, meine Glieder schmerzten, ich fror in der frostigen Februarsonne, um mißtrauisch zu werden, als er abwinkte: »Laß man! Mit Anschuldigungen geizte er nie.« – »Es wird dieses dumme Gerede gewesen sein, das meinen Vater am Tiber verfolgte, er sei an Mussolinis Befreiung beteiligt und außerdem bei der SS gewesen«, versetzte ich heiser, und Konrad nickte: »Mag sein. Und du darfst nicht vergessen, mein Ziehvater konnte sich bestens rechtfertigen, wenn er schimpfte, er habe in dieser Familiengeschichte als rettender Strohhalm gedient! Das betonte er wieder und wieder, er sei sich zu schade gewesen, als Strohhalm zu dienen. Und als er vom Tod deiner Mutter erfuhr, aus einer Zeitungsnotiz im Lokalteil, sollte er seine Beherrschung verlieren. Ich war in dieser Augustnacht am Strand – vor Mitternacht zog es mich nie ans Wasser, ich wollte allein sein und liebte das Meer, wenn es eine dunstige, pechschwarze Wand war –, als er lostobte und deinen Vater anklagte, wenn einer schuld sei, sei der es! Aus unserer Ferienwohnung am Steilhang drang seine kreischende Stimme zum Strand. Und als er mitbekam, deine Mutter werde am Tiber bestattet, bestellte er einen Kranz mit Schleife, auf der sein Name nicht auftauchte, was wir erst in der Friedhofskapelle bemerkten, und scheuchte uns zur Beerdigung. Ja, er ließ sich am Grab deiner Mutter von uns vertreten, und in der Zwischenzeit deckte er sich beim Fleischmarkt vorm Schlachthof mit Stierhoden ein, Stierhoden liebte er heiß und innig, und schwenkte begeistert sein blutiges Fleischpaket, als er uns vorm Friedhofstor abholte.«

Vollkommen zerschlagen kam ich ins Hotel. Ich war nicht mehr imstande, mich warm zu duschen, kroch mit Pullover und schmutzigen Hosen ins Bett und schlief bis zum Nachmittag. Menzings vorm Essen gehaltenen Vortrag zur »antiken Rhetorik der Sarkophagkunst« hatte ich um vier Stunden verschwitzt. In meinem Hotelfach steckte ein Briefumschlag, der eine Kopie seiner Rede enthielt und einen mit seiner Adresse bekritzelten Zettel, Via Vittoria Nr. 9, plus zwei Telefonnummern, im Institut und zu Hause. »Leider mußte ich vorzeitig abreisen. Solltest du dich am Tiber aufhalten, bitte ich dringend um Nachricht! Dein Schulkamerad a.D.«, und klein, als p.s., war am Rand vermerkt: »Und vergiß diese ollen Kamellen!«

3

Am Montagnachmittag wartete ich vergeblich vorm Eingang zum Kunsthistorischen Institut, vor dem wir verabredet waren, und starrte seine barocke Fassade an, eine steinerne Fratze mit Schnecken als Augen, einem sich zu einer knubbeligen Nase verdickenden Vorsprung und einem Portal, das etwas vom Maul eines Monsters hatte. Oh, Doktor Menzing sei leider verhindert, teilte man mir am Portiersschalter mit, und habe sein Seminar ausfallen lassen. Bei meinem Anruf bekannte er mir zerknirscht, unsere Verabredung vollkommen vergessen zu haben. Zur Zeit sei er reichlich konfus, es sei ja kein Pappenstiel, wenn eine Hochzeit platze.

Am Mittwoch verpaßten wir uns erneut, und das vereinbarte Mittagessen in einem Winkel Trasteveres nahm ich allein ein. Schweigend aß ich Ravioli in Butter und Salbei, Rindfleischstreifen mit Artischockenschnitzeln und zum Abschluß ein Viertelchen Großmuttertorte, trank eine Literkaraffe Weißwein, bestellte zwei Grappa und einen Kaffee und ließ beim Aufbruch vier blaue Zehntausender auf der Papierdecke liegen, die mir der Wirt, der winkend im Eingang erschien, zusammen mit einem kleinen Brief, wieder in meine Hemdtasche stopfte. Auf Anhieb erkannte ich Menzings Handschrift. Sie war mir ja von seinen Karten vertraut, die er mir seit unserem Zufallstreffen in Freiburg gelegentlich schickte, ob ich antwortete oder nicht – und ich war beileibe kein fleißiger Briefeschreiber! Seine postalische Treue erstaunte mich. Sentimentale Regungen paßten nicht zu meinem »Schulkameraden a.D.«. Und als er mir zum Tod meines Vaters sein Beileid aussprach mit einem Brief, den ich von der Beerdigung heimkommend vorfand, konnte ich mir nicht zusammenreimen, von wem er erfahren hatte, was meinem Vater passiert war.

Um Menzings Nachricht zu lesen, ließ ich mich auf dem Rand eines Blumenkastens nieder. Es sei eine Schande, mich wieder versetzt zu haben, und er bitte um Verzeihung. Er habe zusammen mit seiner Verlobten am Mittag ein neues Paar Ringe besorgen wollen – das alte Paar hatte sie ja, als sich beide zerstritten hatten, im Klo versenkt. »Wir haben uns wieder vertragen, bei einem Ausflug vergangene Nacht zum Braccianosee, und beschlossen, im Februar zu heiraten. Laß es dir schmecken, ich habe im Voraus bezahlt.« Von einer Verabredung zu einem anderen Zeitpunkt schrieb Menzing mir nichts, und ratlos, verstimmt steckte ich seinen Brief ein.

Ich schlenderte ziellos von Gasse zu Gasse, hockte von einer glitzernden Januarsonne beschienen zwischen Pinien und Lorbeerhecken am Monte Pincio und rauchte zerstreut. Erst als sich Schatten und Lampenflecken in der dunstigen Nachtluft gespenstisch verwoben, verließ ich meinen Platz auf der Bank. Im Pensionszimmer packte ich meinen Koffer, entschlossen, am Vormittag abzureisen und diese Stadt zu verlassen, die mir nichts anderes bieten konnte als Luftspiegelungen meiner inneren Sinne.

Beim Aufwachen warf ich mein Vorhaben um und bestieg eine Straßenbahn zur Pyramide, wo ich mit klopfendem Herzen in eine verlassene Straße einbog. Ich zog an der Strippe, die neben dem Friedhofstor hing, und zuckte zusammen bei dem warmen Klang der am Metallhaken schwingenden Glokke.

Eine Woche vor Mutters Beerdigung hatte ich Großvater Emil zum Friedhof begleitet, den er sich hatte anschauen wollen, um zu entscheiden, ob er im Streit mit Vater klein beigeben solle. Beide hatten sich heftig verzankt, Großvater, der seine Tochter in Sachsenhausen bestatten lassen wollte, wo er sie besuchen und Elinors Grab pflegen konnte, und sein Schwiegersohn, der das schroff ablehnte. Großvater half dieser Streit, um sich von seinem maßlosen Kummer abzulenken. Anders als Vater, der Kisten besorgte und seine Bibliothek verstaute, Schuldokumente und Gamben zum Wohnwagen schleppte und mit Spediteuren sprach, Angebote und Preise verglich und verschiedene Umzugstermine vereinbarte, die er wieder und wieder verschieben mußte – vor Erhalt eines Obduktionsberichts, der Fremdeinwirkung als Todesursache ausschloß, war man im Polizeirevier nicht bereit, Mutters sterbliche Reste freizugeben, und im Ferienmonat August kam es bei der Gerichtsmedizin leider laufend zu Verschleppungen und Schlamperei –, konnte Großvater seinen Schmerz nicht verleugnen. Er verbrannte sich seine Hand an der Gasflamme, als er beim Teekochen war, und mußte von Vater verbunden werden. Stolperte auf dem holprigen Kopfsteinpflaster unserer Gasse, und außer dem Bluterguß, den er sich zuzog, als er aufs

Gesicht fiel, ging seine Brille entzwei. Er brabbelte in seinen Stoppelbart, der in meinen Nacken stach, wenn er mich an sich zog und nicht mehr loslassen wollte, »mit diesem Marcuse fing es an. Ja, als Elinor diesen Marcuse bei mir bestellte ...«

Ich weiß nicht, warum er sich Vater beugte, als er den Friedhof besichtigt hatte. Mag sein, er empfand eine Tragik, um die etwas Großes, Anheimelndes war. Seine Tochter begraben zwischen dem an einem Fieber verendeten Goethesohn August, dem im Golf von La Spezia ertrunkenen Shelley, das fand Großvater Emil bewegend. Am Grab von John Keats nahm er seinen Sonnenhut ab – den von Vater entliehenen Strohhut aus Anzio –, schloß seine Augen und murmelte, »can death be sleep, ja, can death be sleep« und hob seine Arme, um aufzuseufzen, »when life is but a dream.« Er konnte sich an diese Zeile erinnern! Trotz seiner Eisenplatte im Kopf hatte er sie nicht vergessen! Großvater strahlte vor kindlicher Freude und tappte auf zittrigen Beinen zum Friedshofstor.

Das bewegte sich mit einem Quietschen. Ein blaubekittelter Friedhofsaufseher empfing mich mit einem vorwurfsvollen: »Non sono le dieci, Signore!« Er hatte recht, es war eine Minute vor zehn, und erst ab zehn waren Besichtigungen erlaubt. Ich verdarb es mir vollends mit diesem Mann, als ich auf eine Marmorbank vor der Kapelle sank und anscheinend seinen Sonnenplatz besetzte. Er raffte sein Handtuch zusammen, auf dem Brot, Mortadella und Schinken aus silbernen Folien lugten, riß seine Sportzeitung an sich und entfernte sich zu einem Holzschuppen, der zwischen Zypressen und Friedhofskapelle versteckt war.

Ich war zu verwirrt, um seinem Mißmut besondere Beachtung zu schenken. Ja, ich hatte sie wieder vor Augen, die in der Augusthitze flimmernden Grabsteine, verschwimmende Flekken aus Ginster und Moos; die mich schluchzend umarmende Frau Beatrice, die mir leider nicht mehr ins Haar fassen konnte, um mich an den Busen zu pressen – inzwischen war sie fast einen Kopf kleiner als ich; Schuster Fabrizio, der seine Lippen mit einem rostigen Nagel versiegelt hatte, stumm meine Hand nahm und seine Augen aufriß, als wolle er singen; Cencio Eugenio Frangipane, der mir ins Ohr raunte: »Signorino, du wirst es nicht glauben. Vergangene Nacht habe ich eine Stelle entdeckt, auf meinem Globus, verstehst du, wo uns unser Kummer nicht finden wird, ich bin mir absolut sicher! In ein paar Tagen werde ich aufbrechen. Und solltest du mitkommen wollen, mein Lieber, sag es mir, und ich nehme dich mit!«; ich hatte das Stimmengewirr im Ohr, das auf dem Platz vor der Friedhofskapelle entstand, als Luca sich vor Sassolino aufbaute und zischte: »Du hast mich verpfiffen, du Schwein! Du bist es gewesen, ich weiß es!« – »Ja, was soll das!« verteidigte sich unser Wohnungsvermittler, »du warst Ludovico ein Dorn im Auge! Nicht wahr, Ludovico?«, er wandte sich meinem versteinerten Vater zu, »du hast dich bitter bei mir beschwert, bitter beschwert oder nicht? Und einem Freund muß man helfen.« Vater befreite sich von Sassolinos Pranke. Und der flatterte aufgeregt um Frangipane, Schuster Fabrizio und seinen Erzfeind, den »Volturno«-Rausschmeißer Orizio, und als der seine Faust aus der Tasche zog, hakte er sich bei Großvater Emil ein. »Einen Scheißdreck ging mich dieser Bengel an, ich wollte ja bloß meinem Freund helfen. Und seine Beschwerde verstand ich als Aufforderung, mir etwas einfallen zu lassen. Ist das nicht normal? Bei uns ist das normal!«, und Großvater Emil, der eine Papierrolle, seine Beerdigungsrede, umklammert hielt, an der er zwei Tage gefeilt hatte, und kein Wort verstand, nickte ratlos.

Seinen Abschiedsgruß hatte er nicht mehr verlesen – als ich zum Grab hochlief, fiel es mir wieder ein – ja, Großvaters Stimme hatte versagt. Und um seinen drohenden Sturz auf den Sarg zu verhindern, mußten Schuster Fabrizio und ich meinen Großvater zu einer Pinie schleifen, wo es schattig war und er sich ausstrecken konnte. »Er braucht Wasser! Beeil dich!« hatte mich Lili ermahnt, die neben mir kniete und sich den schwarzen Hut mit Schleier vom Kopf riß, um Großvater Luft zuzuwedeln. Ich rannte zum Wasserhahn neben der Friedhofskapelle, ließ eine Kanne halbvoll laufen und starrte zur staubigen Straße, wo ein auffallend großer, sportlicher Mann mit fleischigen Lippen und flinken ironischen Augen an seinem Mercedes lehnte. Er starrte mich seinerseits an. Und in seinen Fingern hielt er ein Paket, das in blutverschmiertes Papier verpackt war.

»Elinor Wieland«, las ich mechanisch, »15. Mai 1933 – 3. August 1972«. Ich ließ mich zu Boden fallen, und mit meiner Stirn am Grabstein lehnend, kratzte ich Erde und Moos aus der Inschrift. »Was soll das? Was machen Sie?« herrschte der Friedhofsaufseher mich an, der mich verfolgt haben mußte und sich breitbeinig neben mich stellte. »Es war Ringelnatz-Alfred«, erwiderte ich, »Freddy Kasulke ist Ringelnatz-Alfred«, kam vom Boden hoch, klopfte mir Zweige und Dreck von der Hose und eilte zum Ausgang mit dem fuchtelnden Friedhofsaufseher im Schlepptau.

Konrad Menzing war nicht zu erreichen. Vergeblich rief ich im Institut und in der Via Vittoria an, niemand nahm ab, sein Telefon schellte ins Leere. Bei Sonnenuntergang stand ich vor seinem Haus, einem Bau aus dem siebzehnten Jahrhundert, das an einer Seite mit Efeu bewachsen war. Letzte Sonnenstrahlen spielten ums oberste Stockwerk mit einem warmen und weichen Schein. In der Pizzeria zu ebener Erde, vor einem lodernden Holzfeuer, knetete ein junger Mann, pfeifend und schwitzend, aus einem Teigfladen handliche Kugeln und warf sie aufs Marmorbrett.

Auf dem Messingschild neben dem Hauseingang stand in Maschinenschrift: »Erika Menzing«. Ich klingelte Sturm, und trotzdem verging eine Ewigkeit, bis es im Lautsprecher knackte. Am Flurende zog ich das eiserne Gitter auf und schob mich in eine mit Sperrholz und Spiegeln verkleidete Fahrstuhlkabine.

Menzing empfing mich im Bademantel, aus dem zwei magere Beine ragten, mit verwirbelten Haaren, verschlafenem Gesicht. Seine Wohnung besaß keinen Korridor, aus dem Treppenhaus trat man ins Zimmer. »Willst du dich nicht setzen?« Er zeigte zum Sofa, und als ich mich nicht bewegte, ließ er sich mit einem Schulterzucken ins Polster plumpsen und zog seine Knie an, die er mit beiden Armen umfaßte. Es war duster im Zimmer, bis auf eine Handvoll rotflammender Streifen an Decke und Wand. Menzing begann, seine Zehen zu massieren. »Es tut mir ja leid, dich andauernd versetzt zu haben«, sagte er schuldbewußt. »Das spielt keine Rolle«, erwiderte ich, »du hast mir verschwiegen, wer Freddy Kasulke ist!«

Menzing hopste vom Sofa und tappte zum Wohnzimmertisch, der mit Essensresten bedeckt war. Er steckte sich eine Olive in seinen Mund. »Hast du keinen Hunger?« versetzte er kauend. »Mein Gott, es war diese verflixte Geschichte, die ich dir ersparen wollte. Ja, um dich zu schonen, bin ich nicht ehrlich gewesen. Und was heißt das, in diesem Zusammenhang, ehrlich sein? Ich weiß nicht, ob diese Geschichte wahr ist. Mein Ziehvater kann sie erfunden oder zu seinen Gunsten verdreht haben, um bei deiner Mutter zu punkten. Das paßte zu seinem erfundenen Lebenslauf. Er mit reinem Gewissen und weißer Weste, und dein Vater, der hat ein Verbrechen begangen. Und mit dieser Geschichte im Kopf, das ist klar, konnte sie nicht mehr heimkehren zu deinem Vater. Nein, mit deinem Vater zusammensein, das ging nicht mehr.«

»Ach, ich bin diese verdammte Vergangenheit leid, die uns in einen Abgrund zieht, den wir, du und ich, nicht verschuldet haben. Sind diese Dinge vor unserer Geburt passiert oder nicht?« – »Und das sagt ein Historiker!« spottete ich. Verdutzt schaute Konrad mich an. »Historiker?« echote er, marschierte mit klatschenden Sohlen zum Fenster und stieß einen Laden auf, »was soll das heißen? Als Historiker bin ich Wissenschaftler.«

Ein glutroter Streifen erstreckte sich am Horizont, und beim Schwall frischer Luft, der ins Zimmer drang, verkroch er sich bibbernd im Bademantel. »Aha, du bist Wissenschaftler«, bemerkte ich trocken. Menzing schien sich an meiner ironischen Stimme nicht im geringsten zu stoßen. Ruhig wandte er sich zu mir um. »Kannst du mir sagen, was ich als Historiker mit der Vergangenheit am Hut habe? Die ist nichts als chaotisches Material, grauer Stoff, den wir unserem Verstand einverleiben, bis er halbwegs plausibel und logisch klingt. Und was ist an der Geschichte plausibel? Was ist an einem Lebenslauf logisch? Absolut nichts!« schnalzte Menzing. Er nickte verstohlen ins Nachbarzimmer, aus dem eine quengelnde Frauenstimme drang: »Wann kommst du wieder ins Bett, Liebling?« – »Ich, zum Beispiel, weiß hundertprozentig, es ist eine Schnapsidee, sich zu verheiraten, und trotzdem werde ich ja sagen. Und es am Ende bereuen, versteht sich«, kicherte Menzing, der wieder ins Sofa fiel und sich in eine Wolldecke wikkelte, »und dich kann ich nicht abwimmeln, nehme ich an. Du willst diese verdammte Geschichte erfahren, und wenn du es am Ende bereust!«

Ich verbrachte zwei Stunden bei Menzing. Seine Verlobte schlurfte ins Bad, kochte uns einen Kaffee, flegelte sich neben Konrad ins Sofa, der sie nicht beachtete, sprang wieder auf und ging aus dem Haus, um Zigaretten zu holen. »Mehr kann ich dir leider nicht sagen«, meinte Menzing zum Schluß und stierte in seine Tasse. »Und Ringelnatz-Alfred, ich meine, Kasulke hat eine Wohnung in Rom?« wollte ich wissen, als ich meinen Mantel anzog. »Eine am Tiber und eine im Taunus, nicht weit von dem Flugplatz entfernt, wo er sich mit deinem Vater traf. Ob er zur Zeit in Parioli ist, weiß ich nicht.« – »Schreib mir seine Adresse auf!« murmelte ich. »Nutzen wird dir das nichts«, sagte Menzing, kroch aus der Wolldecke, schnappte sich einen Notizblock vom Tisch und kritzelte auf das karierte Blatt zwei Adressen. »Ich wette, du wirst nichts erfahren. Er kennt ja nichts anderes als seine Verstellungen. Er kann nicht mehr ehrlich sein, war es ja nie. Außerdem ist er krank«, Menzing reichte mir seinen Zettel, »krank im Kopf, meine ich – falls das nicht seine neueste Verstellung ist.« – »Krank im Kopf? Und was hat er?« erkundigte ich mich zerstreut, als mich Menzing zum Aufzug begleitete. Mein Schulkamerad winkte ab. »Er leidet an einer Zwangsvorstellung, und das wird von Monat zu Monat schlimmer. Er bildet sich ein, aus Seife zu sein.« Vor Erstaunen vergaß ich, am Gitter zu ziehen. »Aus Seife?« – »Aus Seife!« erwiderte Menzing erheitert, »man merkt es inzwischen am schlechten Geruch, den er um sich verbreitet. Er darf keinen Tropfen Wasser an seine Haut kommen lassen, sonst wird er zu Schaum! Seit drei Monaten wagt er nicht mehr, sich zu waschen, und an Regentagen traut er sich nicht aus dem Haus. Und weißt du, was er behauptet: Aus Seife zu sein, das sei ein Beweis seiner Reinheit. Innerlich sei er vollkommen rein. Und wenn du das anzweifelst, kommt er mit Nietzsche. ›Wir Neuen und Namenlosen einer bis heute nicht bewiesenen Zukunft‹«, deklamierte Menzing ins hallende Treppenhaus, »›wir brauchen zu einem neuen Zwecke eine neue Gesundheit, gewitzter, verwegener und lustiger, als es alle Gesundheiten waren. Wir idealischen Argonauten‹«, schrie Menzing, als ich das Gitter zuzog und sich der Lift in Bewegung setzte, »›die mutiger waren, als klug ist, und wieder und wieder zu Schaden kamen, uns will es scheinen, als ob wir zum Lohn einen fremden Kontinent vor uns haben, den niemand sonst vor uns entdeckt hat, und unsere Neugier ist außer sich, ja, unsere Neugier ist außer sich, und nichts kann uns mehr sattmachen, Nichts!‹« kreischte Menzing, und seine Stimme verfolgte mich bis zur Gasse.

Es war eine klare Vollmondnacht. Ich ließ mich auf der Steppdecke meines Pensionsbettes nieder, lauschte den plappernden Brunnen am Marktplatz und kramte bewußtlos in meinem Mantel, bis ich Menzings Zettel ertastete. Ringelnatz-Alfred war in Parioli. Als ich seine Stimme am anderen Ende erkannte, legte ich, ohne zu antworten, auf.

Ende Oktober '43 hatten Vater und Ringelnatz-Alfred im Doppelschlepp einen Transport geflogen, der aus einem Kfz 15, sechs Mann, Munition und Verpflegung bestand. Eines zwei Tage anhaltenden Sturms wegen, der auf dem Flugplatz von Istres, einer sich 12 Kilometer ausdehnenden Ebene aus Rhônegestein und Sand, riesige Staubwolken aufwirbelte, mußten sie mehrfach den Start verschieben. Erst am Ende des zweiten Tages konnten sie aufbrechen, und als sie nach viereinhalb Stunden Flugzeit auf der Piste von Practica di Mare zur Landung ansetzten, hatten sie ein verkokeltes Hangarskelett und rauchende Bombenruinen vor Augen.

Zwei Partisanen in Wehrmachtsklamotten hatten sich, ohne bemerkt zu werden, mit einem Sprengsatz im Hangar versteckt. Der war anscheinend vorzeitig explodiert, ehe sie sich aus dem Staub machen konnten – beide lagen von Kugeln zersiebt dreißig Meter vorm Schuppen im Gras.

Das erfuhren sie von einem Soldaten, den man abkommandiert hatte, Ringelnatz-Alfred und Vater – und einen dritten Piloten, der seinen Bomber im Hangar verloren hatte – zu einer leerstehenden Villa am Meer zu bringen, die sie bis auf weiteres beherbergen sollte. In breitem bayrischen Dialekt bedauerte der seine Kameraden, die sich beim Wacheschieben von diesen zwei Bastarden hatten leimen lassen und mit saftigen Strafen zu rechnen hatten. »Du bist nirgends mehr sicher vor diesen Feiglingen, die dir aus dem Hinterhalt auflauern«, schimpfte er. Vorige Woche erst habe man einen Eismann in den Gassen von Practica verhaftet, der in seinem Speiseeiskarren am Fahrrad eine Ladung Maschinenpistolen transportiert habe. Und ehe er sie in der Villa allein ließ, ermahnte er alle drei, sich nicht ohne Knarre im Freien aufzuhalten.

Zwei sonnige, warme Oktobertage vergingen ohne besondere Vorkomnisse. Sie hatten ausreichend zu essen, waren mit Konserven und Brot versorgt, und in der verstaubten Speisekammer fanden sie Kaffee und Wein. Ringelnatz-Alfred und Harry, der Bomberpilot aus Berlin, kloppten stundenlang Karten auf der Veranda zum Meer, und Vater hockte neben der Villa im Feigenbaumschatten und las oder dichtete. In der Mittagshitze nahmen sie ein Bad, von Harry bewacht, der nicht schwimmen konnte, was er erst beichtete, als er betrunken war. Sie zogen sich splitternackt aus, liefen kreischend ins Wasser, und zum Wettschwimmen, das sie veranstalteten – und das Ringelnatz-Alfred haushoch gewann –, feuerte Schiedsrichter Harry am Strand den Startschuß aus seiner Pistole ab.

Am dritten Tag stieg eine Bande von Schwarzhemden, die in der Umgebung von Practica auf Partisanenjagd war, zur Veranda hoch. Alfred, der ins Schachspiel vertieft war, rief den im Feigenbaumschatten ein Nickerchen haltenden Vater zu Hilfe. Der konnte ein paar italienische Brocken und hielt sich im Zweifelsfall an sein Latein. »Wimmel sie ab!« sagte Alfred, »laß dir etwas einfallen, sonst machen die sich bei uns breit.«

Sechs Brigadisten flegelten dampfend und faul auf der Treppe, ein siebter, der seine Stiefel von Steinchen und Sand befreit hatte, sprang auf und riß seinen Arm zum faschistischen Gruß hoch, als Vater anschlurfte. Sie sind einem Trupp Partisanen auf der Spur, berichtete er, die benutzen eine verlassene Villa im Umkreis als Schlupfloch und Waffenversteck. Ob das eine sichere Information sei, herrschte Ringelnatz-Alfred den Bandenchef an, den Kasulkes Befehlshaberstimme beeindruckte. Er beeilte sich, in seine Stiefel zu kommen, und nahm eine strammere Haltung an. Ja, sie sei hundertprozentig sicher. »Er sagt, ein Gefangener habe das ausgespuckt, dem sie seine Hoden zerquetscht haben«, dolmetschte Vater. »Und hat er Meldung erstattet? Hat er den Ortskommandanten benachrichtigt?« verlangte Kasulke zu wissen und baute sich drohend vor dem knochigen Burschen auf, der seine Stiefel anstarrte und zugab, er handele auf eigene Faust.

Vaters Dolmetscherdienste waren nicht mehr erforderlich, als Ringelnatz-Alfred vom Stuhl sprang und loskreischte, »zum Ortskommandanten, du Hundsfott, du Hodenzerquetscher, ich werde dir Beine machen, deine Informationen geheimzuhalten, das ist ja das letzte, verpiß dich, du Wicht, und zwar dalli!« Und als sie wieder allein waren, knurrte Kasulke, »die wollten an unseren Speck und sonst nichts«, und grub eine Zigarre aus seinem Rucksack, die er in drei Teile brach.

Und in dieser warmen Oktobernacht blies Harry auf seiner Harmonika und Alfred ließ Ringelnatz-Verse vom Stapel, von kinderverspeisenden Kannibalen, die Glieder abhacken und Knochen zerknacken, und zerschmiß das Geschirr auf dem Steinboden, das sie in der Villa entdeckt hatten, und schwang das Tanzbein mit Ludwig Wieland, dem er aus Zeitungspapier einen Busen verpaßt hatte. Und als sie eine Verschnaufpause einlegten und sich in den Korbsesseln rekelten, zirpenden Grillen und lispelndem Strandhafer lauschten, richtete Harry sich schlagartig auf. »Halt dein Maul, verdammt«, zischte er, als Vater kicherte, »das war eine menschliche Stimme!« – »Eine menschliche Stimme, du spinnst ja. Brandung und Wind, sonst ist nichts«, grunzte Ringelnatz-Alfred und wollte sich aus seinem Sessel hochschieben. »Bleib, wo du bist«, schnappte

Harry, »sie knallen dich ab.« – »Unsinn!« entgegnete Alfred, »und wer bitte?«

Ja, aus der Umgebung kamen Stimmen, erstickte Stimmen, die der Landwind zur Villa trug. »Scheiße! Wenn das Partisanen sind«, tuschelte Vater, »was sollen wir machen?« – »Was wir machen? Wir schnappen sie uns«, sagte Harry, »Italiener sind Feiglinge, sage ich euch. Und wenn wir sie abliefern, haben wir uns einen Urlaub verdient«, duckte sich aus seinem Sessel und kroch auf allen vieren zur Verandamauer. Vorsichtig wagte er sich aus der Deckung. »Ich kann zwei Schatten erkennen, nicht mehr als zwei. Vor der Nachbarvilla. Sie klettern ins Haus.« – »Das ist zweihundert Meter von uns entfernt«, keuchte Ringelnatz-Alfred. »Ja, zweihundert Meter«, erwiderte Harry und faßte an seine Pistole. »Los, Leute, bewegt eure Hinterteile.«

Rasch ließen sie sich von der Mauer fallen und rannten im weichen, weißschimmernden Sand bis zur Kuppe. Es war totenstill, aus dem Haus drang kein Mucks. »Am besten wir teilen uns«, wisperte Alfred, »du kommst von vorn, von der Meerseite, Ludwig. Harry und ich schleichen uns von der anderen Seite an. Und Vorsicht, falls einer Schmiere stehen sollte.«

Vater lief etwa zweihundert Meter am Uferhang, sich dukkend und horchend, bis zu einer Holztreppe, die halb von Sandwehen verborgen zur Villa emporstieg. Die wirkte verlassen, kein Lampenschimmer drang aus den Ladenlamellen ins Freie. Atemlos pirschte er sich zur Veranda. Sie hatten ein Fenster benutzt, um ins Haus einzusteigen, das sich gleich neben dem Eingang befand, der mit mehreren Latten verrammelt war. Behutsam zog Vater am Fliegengitter, hob seine Pistole und schob sie zum Sims. Erneut konnte er eine Stimme ausmachen. Er hockte sich auf seine Zehenspitzen, und als sich im Zimmer ein Schatten bewegte und eine Waffe aufblitzte, schoß er ins Dunkel. Er schoß sein Magazin leer, preßte sich flach auf den Steinboden und verbarg seinen Kopf mit den Armen.

Regungslos blieb er liegen, bis Alfred auftauchte, der sich mit einer Taschenlampe ins Haus schwang. »Habe ich sie erwischt?« wollte Vater wissen. »Ja, du hast sie erwischt«, sagte Alfred, der wieder zum Vorschein kam, und spuckte aus, »ein Liebespaar hast du erwischt.« – »Ein Liebespaar? Waren sie nicht bewaffnet?« stammelte Vater. »Bewaffnet? Ach was!« kreischte Ringelnatz-Alfred und krallte sich in seine Schulter, »zwei halbe Kinder, verstehst du, du Held? Du gottverdammter Idiot hast zwei Kinder erschossen, die sich in der Villa verkrochen hatten, um ein bißchen allein zu sein. Zwei harmlose Kinder!« schrie Alfred.

Sie schleppten den taumelnden Vater zum Feigenbaum, an den er sich festbinden lassen mußte, als er um sich zu schlagen begann. Kippten abwechselnd Alkohol in seinen Rachen und stopften einen Knebel in seinen Mund, um von seinem Gejammer verschont zu bleiben. Und erst als eine flackernde Sonnenscheibe hochrollte, Mauern und Sandstrand und Meerwasser aufflammten, konnten sie Ludwig Wieland ins Bett schleifen.

4

Ringelnatz-Alfred war ohne zu zaudern bereit, sich mit mir zu verabreden. Er bestellte mich zu den Priscilla-Katakomben im Norden der Stadt, an der Via Salaria Nuova, und empfing mich im staubigen Kreuzgang, auf dem Rand eines trockenen Brunnens sitzend. Einen verwirrten Eindruck machte er nicht. Er betrachtete mich mit der Aufmerksamkeit und bissigen Ironie, die ich bereits auf Vaters Beerdigung an seinen Augen bemerkt hatte. Nichts an seiner Erscheinung ließ auf Verwahrlosung oder Verfall schließen. Er ergriff meine Hand und schnarrte mit einer Stimme, die zwischen Belustigung und Verachtung schwankte: »Sie wollen mit mir abrechnen, was?« und scheuchte mich zum Katakombeneingang, den eine Ordensschwester aufschloß, der er vertrauensvoll zunickte.

Menzing hatte mich nicht belogen. Ein strenger Geruch ging von Ringelnatz-Alfred aus, ja ein penetranter Gestank aus Vergorenem und saurem, erkaltetem Schweiß, der im Tuffsteingang in meine Nase stieg. »Diese Stadt ist auf Leichen erbaut«, wiederholte er, »auf einem riesigen, unterirdischen Netz aus Tod und Verwesung!«

Widerstandslos ließ ich mich zu den Grabkammern ziehen, die mit verwitternden Fresken verziert waren – sie verwirbelten vor meinen Augen. In der kleinen Kapelle, zu der er mich zerrte, lehnte ich an einem buckligen Felsen und starrte zum Abendmahl in der Apsis, das zu Schlieren und Schatten verschwamm. Nein, ich wollte nichts mehr in Erfahrung bringen und zuckte zusammen, als mich Alfred am Kinn packte. »Wolltest du nicht mit mir abrechnen? Was ist los, warum kneifst du, du Feigling? Ich bringe dich an einen passenden Ort und du ziehst deinen Schwanz ein, es ist nicht zu fassen! Du kannst mich gefahrlos beseitigen. Wir befinden uns in einer Katakombe, die sich in der Erde verzweigt, Kilometer um Kilometer, mit Dutzenden von Korridoren, die nicht erforscht sind, die niemand betreten wird. Ob du ohne mich wieder ins Freie findest, das ist allerdings zu bezweifeln.«

Was mich mehr verwirrte, sein schlechter Geruch oder seine Bestimmtheit, die etwas Bestechendes, Anziehendes hatte, das kann ich nicht sagen. Ich riß mich zusammen, befreite mich aus seinem Griff und stieß Ringelnatz-Alfred beiseite. Mit seinem Kopf stieß er an einen Felsen und sackte zusammen.

»Nicht anfassen!« fauchte er, als ich mich niederkniete, »ich komme alleine hoch! Und außerdem hast du etwas verloren.« Zwinkernd faßte er in seine Manteltasche und schwenkte Picciottis Beretta. »Konntest du nichts Moderneres finden? Die ist ja museumsreif!« kicherte er. Und als ich aus der Kapelle lief, schrie er: »Du bist nicht besser als Ludwig Wieland. Mit wem muß man sich anfreunden, um zu leben? Mit dem Tod, ja! Und das hat er niemals kapiert! Und wer am Leben bleibt, der hat recht!«

»Und wer am Leben bleibt, der hat recht«, murmelte Lili, die neben mir saß. Sie beugte sich halb aus der Hollywoodschaukel, um einen der Hunde am Ohr zu kraulen, der vom Boden hochkam und sich streckte. »Und Picciottis Pistole? Was ist mit der?« – »Ich habe sie heute im Tiber versenkt.« – »Mhm«, machte Lili und schwieg eine Weile. »Soll ich uns einen Kaffee kochen?« Schwanzwedelnd verfolgt von den Hunden, die Bonny und Clyde hießen, schlenderte Lili zum Perlenvorhang im Eingang. Ein schwaches Klirren, und ich war im Garten allein.

Sie lebte im Mandrione, einer verlassenen, einsamen Gegend beim Aquädukt. Vorm niedrigen Gartentor zog sich ein Weg aus zersprungenen Platten zum Haus, das nicht mehr als ein Stockwerk hoch war und einen rostroten Anstrich besessen hatte, der mittlerweile verblaßt war. Eine vereinzelte hohe Pinie wiegte sich neben dem Strommast im Wind.

Am Mittag war sie nicht zu Hause gewesen. Als mein Klingeln und Rufen nichts fruchtete, hatte ich es beim Hintereingang versucht, den ein Stapel aus Krimskrams und Abfall versperrte. Ein Wirrwarr aus Buschwerk zog sich bis zum Maschendrahtzaun, an das sich verstepptes Brachland anschloß, entfernt blitzten Eisenbahnschienen. Ich begab mich erneut in den vorderen Teil des Gartens mit seinen verwilderten Beeten, vertrockneten Sonnenblumen und einem schlammbraunen

Teich und machte es mir in der quietschenden Hollywoodschaukel bequem. Auf dem weißen, gußeisernen Tisch stand ein randvoller Aschenbecher, in dem der Wind mit den Kippen spielte.

Eine Stunde mochte verstrichen sein, als ein Cinquecento vors Gartentor preschte. Aus seinem aufgeklappten Verdeck schauten zwei Hunde mit fliegenden Schlappohren, hechelnder Zunge und Schirmkappen auf dem Kopf.

Lili zog sich am Karosserierahmen hoch. »Wer sind Sie? Was wollen Sie?« fragte sie mißtrauisch, sich von der Sonnenbrille befreiend und Bonny und Clyde beruhigend, die bedrohlich knurrten und Anstalten machten, aus dem Cinquecento zu hopsen.

Lilis Wiedersehensfreude legte sich rasch und machte einer Befangenheit Platz, die uns beide nicht loslassen sollte. Wir verfielen beharrlich ins Schweigen, wenn eine Geschichte zu Ende war, sei es die von Mutters verzweifelter Liebe zu Alfred Kasulke oder Vaters Flugzeugabsturz im Taunus, dem blutjungen Liebespaar in der Villa bei Practica, das er erschossen hatte – »falls es nicht dieser Kasulke gewesen ist«, warf Lili ein, und ich nickte: »Kann sein. Und mein Vater hat sie in sich begraben, verstehst du, er hat diese Kinder in seinem Innern verscharrt« – oder von Paolo Sassolino, der bei einer Razzia in seiner Geldwechselstube, die in Wahrheit dem Zweck diente, Geld zu waschen – seiner letzten trickreichen Unternehmung – einen Infarkt erlitten hatte und in den Armen eines entsetzten Finanzpolizisten verstorben war; von Beatrice, die sich als eine der ersten Frauen am Tiber hatte scheiden lassen und sich in der Zwischenzeit wieder verheiratet hatte mit einem Hausmeister aus Garbatella; von Cencio Eugenio Frangipane, der vor einem Vierteljahrhundert verreist und nie wieder aufgetaucht war – sein Elternhaus war verrammelt, verfiel, und bis heute spukte es in seinen Mauern, wie mir Antonio

Orizio, der letzte Bekannte, den ich in unserer Gasse antraf, hoch und heilig versichert hatte.

Von sich selbst wollte Lili nicht viel verraten. Sie schlug sich mit Gelegenheitsarbeiten durch, betreute deutsche Touristen, stand in einem Testaccio-Lokal am Zapfhahn oder jobbte bisweilen bei Dreharbeiten in Cinecittà als Komparsin und Scriptgirl und lebte vom Traum, eines Tages mit einer Regieassistenz betraut zu werden. Ich weiß nicht, ob das Lilis Scheu ausmachte. Zeitweise kam es mir vor, als ob sie sich vor mir rechtfertigen wolle, und bei meiner Bemerkung, das brauche sie nicht, verfinsterte sich Lilis schmales Gesicht, wie es mir aus unserer Kindheit vertraut war, eine Entdeckung, die mir einen Stich versetzte und mich um so verlegener machte. Ich begehrte sie in diesem Augenblick. Und mir blieb schleierhaft, ob mein Begehren aus der Erinnerung stammte, nichts anderes war als ein schmerzhafter Sprung in der Zeit, oder ob ich es war, der sie an sich ziehen wollte. Ich streckte den Arm aus, und Lili sprang von der Schaukel, als rechtzeitig das Telefon losrasselte, das vorm Perlenvorhang auf dem Steinboden stand.

Es war warm in der Sonne, am Himmel bewegten sich Wattebauschwolken, und Fliegen brummten um reife Zitronen und knisternde Sonnenblumen. »Und was machst du?« wollte Lili wissen, als sie sich wieder neben mir niederließ, »womit verdienst du dein Geld?« – »Ich habe es leider nie zum Matrosen gebracht, falls du das meinen solltest.« Lili betrachtete mich verwirrt, und ich winkte ab, eine Spur verbittert. Was war diese Erinnerung wert, wenn wir sie nicht mehr miteinander teilten?

Stockend berichtete ich von meiner Stelle am Dahlemer Institut, die ich am liebsten aufgeben wolle, und Lili, die halb verstohlen, halb zerstreut, an einem Nagel kaute, schaute mich stirnrunzelnd an: »Und warum?« – »Ich weiß nicht«, erwiderte ich, »um am Tiber zu bleiben.« – »Und was willst du machen, wenn du in der Stadt bleibst?« – »Anfangs werde ich nichts machen«, sagte ich nach einer Pause, »außer spazierengehen, essen und schlafen und atmen. Ich werde leben, sonst nichts. Ja, ich glaube, mein Leben beginnt erst jetzt.«

Bis zum Sonnenuntergang hockten wir auf der Hollywoodschaukel in Lilis verwildertem Garten, und mit den zunehmenden Schatten, dem warmen Glanz auf der steinernen Wasserleitung, kam sie mir zusehends weicher und heiterer vor. Und als wir bei Dunkelheit zum Cinquecento schlenderten, mit dem sie mich in Trastevere abliefern wollte, bemerkte sie heiser: »Ich habe es nicht vergessen, ich meine, das mit dem Matrosen.« Ein phosphoreszierendes Blau spielte um Lilis Gesicht, und sie wandte sich schleunigst dem Auto zu, um das Verdeck zuzuklappen. Und trotzdem war Lilis Erinnerung ein Trost.

Danksagung, Hinweise, Widmung

Dank meinen italienischen Freunden Massimo, Manuela, Milvia, Marco, Beatrice, Saverio und vielen anderen, die mit Geschichten und Kindheitserinnerungen aus dem Italien der sechziger und siebziger Jahre in nicht geringem Maße zum Entstehen dieses Buches beigetragen haben. In den Text montiert sind Zitate, die ich bei der Journalistin Miriam Mafai (etwa zum Spargelessen) oder dem Historiker Paul Ginsborg (u.a. zur Kampagne um das Scheidungsrecht) fand. Manch einer der Leser wird sich an den peinlichen Versprecher Remulus (statt Remus) erinnern – er stammt zwar aus der Gegenwart, sein Verursacher ist allerdings der Inbegriff des Aufsteigers der sechziger Jahre, dem Botschaftschauffeur Paolo Sassolino beileibe nicht das Wasser reichen kann. Schuster Fabrizios Geschichte seiner Verhaftung kurz vor Kriegsende habe ich teilweise dem Erinnerungsbuch »Servabo« von Luigi Pintor entliehen, mit dem ich, kurz vor seinem Tod, in Rom zusammentraf – der bescheidene Mann wird mir in seiner verzweifelten Gelassenheit unvergeßlich bleiben. Dank meinem alten Freund Svend Hansen und seinem »archäologischen Einfluß«. Und ganz besonders bedanke ich mich bei Eckhart Willige, der mich nicht allein freigebig mit Informationen und Fotodokumenten zur Lastenseglerei im Krieg versorgt hat. Gewidmet ist der Roman meiner Frau Cristina, die ich, ein paar Jahre nach meiner Ankunft in der Ewigen Stadt 1995/96, am Tiber kennenlernte.

Lesen Sie vom selben Autor

JAN KONEFFKE
PAUL SCHATZ IM UHRENKASTEN
Roman. 276 Seiten, gebunden, 2000

Kein kleiner Herr Niemand will Paul Schatz aus dem Berliner Scheunenviertel sein. Keinen Vater will er haben, der ein galizischer Schildermaler und Jude ist und die Frauen betört. »Und was war das, Liebe? Und was war das, ein Herzensbrecher?« Andere Fragen kann ihm Mosche Sternkukker beantworten, der die Bücher liest, oder Anna Feuerhahn, die am Laternenpfahl lehnt, saturngroße Kringel raucht und auf Freier wartet. Und der Großvater, den Paul Schatz anhimmelt. Der schwingt seinen Schlangenknopfstock, ist Antisemit, Logenmeister und besitzt eine Sammlung von zweihundertdreißig historischen Uhren – von magischer Kraft.
Der Großvater stirbt am Tag der Machtergreifung Hitlers, aber in seinem Enkel bleibt er lebendig. Paul stellt sich Karl Haueisens Loge als eine Kammer im Erdinnern vor, vollgestopft mit Uhren. Und wenn der Logenmeister einen Zeiger verstellt, lenkt er das Weltgeschehen in andere Bahnen.

»Entzückend komisch und deftig, liebevoll und heftig, drastisch und – tja, mir fällt kein anderes Wort ein: menschenfreundlich. Ein ganz erstaunliches und heiteres kleines Meisterwerk.«

JÖRG DREWS, BADISCHE ZEITUNG

JAN KONEFFKE
WAS RAUCHTE ICH SCHWADEN ZUM MOND
Gedichte. 90 Seiten, gebunden im Schuber, 2001

Der fantasievolle Erzähler ist auch Dichter mit »sperrigem Eigensinn in Sprache und Vorstellungswelt« (Neue Zürcher Zeitung). – In Jan Koneffkes zweitem Gedichtbuch *Was rauchte ich Schwaden zum Mond* wird die Paradiesmauer zur ehemaligen Grenze zwischen Ost und West, der Mond zum »gelben Magneten«, stehen »herrenlose Hosen« beim Freudenhaus an und rollen die Karossen der Traumzensur durch die »lange rumorende Nacht«. In temporeichen freien Versen und liedhaften Strophen erzählen Jan Koneffkes Gedichte, mal sarkastisch, mal salopp, mal lakonisch und rebellisch verzweifelt, von einer bodenlosen Welt, in der das lyrische Ich traumtänzerisch über Abgründe balanciert, sofern es sich nicht selbst zum Abgrund wird: »aufmerksam, aufmerksam brachten mich zwei Polizisten / heim wo ich mir / begegnete der / Schwaden zum Mond rauchte bis er / elendig gelb war«.

»Jan Koneffke ist ein Dichter der Lüfte. Wie Pan Tau, wie der Fliegende Robert folgt er einem Zug noch oben, gegen den offenbar kein Halten und kein Ankommen ist. Über Leitern, vermittels Magneten oder geradewegs durch die Äther zieht es die Bewohner seiner poetische Welt himmelan.« DIE WELT

Deutschsprachige Literatur bei DuMont

JOHN VON DÜFFEL
HOUWELANDT
Roman. Etwa 314 Seiten, gebunden, Herbst 2004

Familiengeschichte als Generationengeschichte: John von Düffel erzählt in seinem neuen Roman mit dramatischer Raffinesse von den de Houwelandts – von vier bewegenden Gestalten aus drei Generationen.
Großvater Jorge, ein geheimnisvoll asketischer Gottsucher, sieht nach einem mit unerbittlichem Stolz gelebten Leben an der Seite seiner Frau Esther seinem achtzigsten Geburtstag entgegen. Den Familiensitz im Norden Deutschlands haben die beiden Houwelandts mit der spanischen Küste vertauscht – denn »was Jorge brauchte, war das Meer«. Das Elternhaus aus der Gründerzeit verwaltet der ›Erstgeborene‹, sein Sohn Thomas, der am väterlichen Starrsinn zu zerbrechen droht. Dessen einziger Sohn Christian, ›Erstgeborener des Erstgeborenen‹, hat den Großvater kaum je kennen gelernt und möchte allen familiären Verlegenheiten, Verlogenheiten und Verstrickungen aus dem Wege gehen.
Jorges Frau Esther plant, den großen Geburtstag des Patriarchen in Deutschland zu feiern, um die versprengte Familie noch einmal zusammenzubringen.
Je näher das Fest rückt, desto verzweifelter kämpfen die de Houwelandts um die eigene Wahrheit, um Recht und Unrecht in der Vergangenheit.

ANNA KATHARINA FRÖHLICH
WILDE ORANGEN
Roman. 320 Seiten, gebunden im Schuber, 2004

Wilde Orangen ist ein ungewöhnlicher Debütroman, der mit Lust an geistreicher Eleganz und magischer Erotik die Geschichte vom Aufruhr der Gefühle neu erzählt.
Jung soll sie sein und das Glück mit ihr schwindelerregend, märchenhaft schön und klug wünscht sich der berühmte und um viele Jahre ältere Mann seine Geliebte, das Mädchen. Nach London, nach Rom oder Venedig führen ihre Reisen.
Wilde Orangen erzählt von der »unheilbaren Wunde«, die Liebe heißt – und in zauberhaften Bildern vom schützenden Haus der Herkunft, von Ordnung und Maß eines anderen Lebens.
Wilde Orangen lebt von verschwenderischer Einbildungskraft und einer entschiedenen Sprache jenseits allen modischen Glamours, durchdrungen von Flaubertscher Leidenschaft. In *Wilde Orangen* ist eine junge Autorin auf der Suche nach »Metaphysik und Abenteuer« in der Literatur.

»Anna Katharina Fröhlich hat ein tragikomisches Liebesgefecht beschrieben, mit skorpionischem Scharfsinn und in einer blühenden, reichen Sprache.« MARTIN MOSEBACH